Jennifer Alice Jager

School of Myth & Magic

Der Kuss der Nixe

JENNIFER ALICE JAGER

School of Myth & Magic

Der Kuss der Nixe

Band 1

Ravensburger

MIX
Papier | Fördert gute Waldnutzung
FSC® C111262

1 3 5 4 2

Originalausgabe

Postfach 2460, D-88194 Ravensburg
Dieses Werk wurde vermittelt durch die
Michael Meller Literary Agency GmbH, München.

Lektorat: Franziska Jaekel
Umschlaggestaltung und -illustration: © Isabelle Hirtz, Hamburg

Printed in Germany

ISBN 978-3-473-40246-5

ravensburger.com

Ich habe gelacht, geweint,
mich unsterblich verliebt
und meine Geschichte
mehr als einmal verflucht.

Jetzt bist du an der Reihe.

1

Ein nicht ganz so perfekter Tag

Es war einer der heißesten Tage des Sommers, mein neuer Bikini in schillernden Grüntönen stand mir ausgesprochen gut und mein Geburtstag war dieses Jahr auf einen Samstag gefallen. Es war also alles perfekt und so, wie es sein sollte.

Ich tippte ein schnelles *Bis gleich* in den Gruppenchat, warf mein Handy aufs Bett und mich gleich daneben. So konnte ich mehr oder weniger bequem in meine Shorts schlüpfen. Noch im Liegen streckte ich mich, fischte mein Tanktop von der Nachttischlampe und stülpte es mir über.

In nicht einmal einer halben Stunde würden mich Isla und die anderen zu unserem Ausflug an den See abholen. Auch Tyler hatte zugesagt. Wirklich glauben konnte ich das noch nicht. Mit elf oder zwölf, als ich noch Zahnspange, Flechtzöpfe und Hornbrille getragen hatte, war ich total in ihn verschossen gewesen. Wir hatten denselben Heimweg und für mich war er wie ein Beschützer gewesen, hinter dem ich mich vor dem bissigen Nachbarshund verstecken konnte. Mittlerweile beschränkten sich unsere Begegnungen auf den Schulflur und meine Verliebtheit war verflogen. Dennoch zauberte der Gedanke daran, dass er meinen Geburtstag mit mir feiern wollte, ein Lächeln auf meine Lippen.

Mir fiel der Lipgloss ein, den mir Isla geschenkt hatte. Ich kugelte wie eine Sushirolle auf Abwegen vom Bett und landete vor dem Schreibtisch, wo die wenigen Schminkutensilien, die ich besaß, vor einem mit Fotos, Schmuck und Konzertkarten zugekleisterten Spiegel lagen. Darunter befand sich auch der gesuchte Lipgloss und ich betupfte meine Lippen damit.

Normalerweise war ich nicht der Typ für Make-up. Dieses übertrieben farbenfrohe Hochglanzpink schien zudem so gar nicht zu meinen mischbraun-blond-brünetten Haaren zu passen. Doch Isla zuliebe machte ich gern eine Ausnahme. Spätestens im Wasser wäre ich alles wieder los.

Ich band mir einen Pferdeschwanz, was beinahe ein Ding der Unmöglichkeit war, weil kein Haargummi der Welt genug Grip besaß, um meine widerspenstige Mähne im Zaum zu halten. Natürlich lösten sich sofort ein paar besonders eigenwillige Strähnen, baumelten vor meinem Gesicht und blieben an meinen Lippen kleben. Ich versuchte sie wegzupusten, was es nur noch schlimmer machte.

Genervt verdrehte ich die Augen. Als Geburtstagsfrühstück hatte ich mir die Pancakes meiner Granny gewünscht und keine Haare mit Erdbeer-Lipgloss-Geschmack, aber meine gute Laune wollte ich mir davon nicht vermiesen lassen. Wenn das alles war, was an meinem Siebzehnten schiefging, konnte ich den Tag immer noch problemlos unter der Kategorie *Perfekt* abheften.

Ich befreite meine Haare vom Lipgloss und fischte unterdessen nach meiner Kette, die ich am Abend vor dem Spiegel abgelegt hatte. Allerdings fasste ich ins Leere. Die Kette war nicht da.

»Wo zum …!?« Ich suchte den Tisch ab, durchwühlte alles, ging in die Hocke und schaute nach, ob sie runtergefallen war. Unter dem Tisch war allerdings nichts weiter zu sehen als ein paar Staubmäuse, eine zerknüllte Socke und Popcorn – was auch immer das unter meinem Schreibtisch zu suchen hatte.

Mir kam in den Sinn, dass ich die Kette auch im Bad abgelegt haben könnte. Wenn ich nicht immer mit den Gedanken woanders wäre, würde mein Leben um so vieles leichter sein.

Ich stopfte Badetuch, Sonnencreme und Handy in eine Tasche, hängte sie mir über die Schulter und warf noch einen Blick in das angrenzende Bad. Von meiner Kette fehlte jede Spur.

»War ja klar«, murrte ich, aber auch das konnte mir den Tag nicht verderben. Irgendwann würde die Kette schon wieder auftauchen.

Ich verließ mein Zimmer, ging die schmale Treppe nach unten und überwand die letzten Stufen mit einem Satz. Gekonnt wie eine Reckturnerin landete ich auf beiden Füßen und vollzog eine tiefe Verbeugung.

Dad entging der Lärm natürlich nicht und er streckte den Kopf aus dem Nebenzimmer. Staub lag ihm auf der Nase und ein Bleistift steckte hinter seinem Ohr. Der Werkzeuggürtel um seine Hüfte deutete ebenfalls darauf hin, dass er mal wieder im Renovierungswahn war.

Er musterte meine knappe Sommerbekleidung, die kaum den Bikini verdeckte. »Wenn du dich so anziehst, solltest du dich auch wie eine Erwachsene verhalten und eine Stufe nach der anderen nehmen.«

»Passt schon, erwachsen werden wird völlig überbewertet«, sagte ich und winkte ab. »Nette Begrüßung übrigens, dafür, dass ich heute Geburtstag habe.«

Ich schob mich an ihm vorbei und betrat das kleine, dunkle Zimmer in seinem Rücken. So vollgestopft mit Dads Werkzeug, den Kisten, Regalen und Möbeln wirkte es mehr wie eine Rumpelkammer und weniger wie der urige Wohnraum, den ich kannte.

»Du willst das wirklich durchziehen?«, fragte ich ein wenig wehmütig. Ich strich mit dem Finger über den staubigen Kaminsims, bis hin zu dem Foto von Granny mit mir als Kind im Arm. Um meinen Hals war die Kette zu sehen, nach der ich gerade gesucht hatte. Ein dreieckiger Metallanhänger mit einem darin eingelassenen schwarzen Edelstein, höchstens ein paar Dollar wert und trotzdem mein wertvollster Besitz, weil ich die Kette von Granny hatte. Und nun hatte ich sie verlegt.

»Es ist jetzt zwei Jahre her«, sagte Dad leise und einfühlsam. Offenbar entging ihm nicht, wie mich die Gedanken an Granny runterzogen.

Mein Blick wanderte zu dem blau-grünen Unterwassergemälde an der Wand über dem Kamin. Ich machte einen Schritt zurück, um es in seiner vollen Größe betrachten zu können. Dad trat an meine Seite.

Genau wie das Wesen auf diesem düsteren Bild hatte Granny immer die Seemonster beschrieben, die in all ihren Geschichten vorkamen. Teils Fisch, teils Mensch, mit Schuppenhaut, Reißzähnen und Klauen. Gefährlich, aber auch anmutig, Ehrfurcht einflößend und vor allem wunderschön. Sie war nicht müde geworden, von ihnen zu erzählen und mich vor ihnen zu warnen. In ihren letzten Lebensjahren waren sie für Granny zur Realität geworden. Sie hatte wirklich daran geglaubt, dass diese Wesen existierten, in den Untiefen lauerten und nur darauf warteten, unschuldige Menschen in ihre Fänge zu kriegen. Wäre sie noch am Leben, hätte sie alles darangesetzt, mich von einem Ausflug zum Badesee abzuhalten.

»Du hast ja recht«, sagte ich einsichtig. »Es wird Zeit, dass etwas mit diesem Zimmer passiert, und du kannst ein Büro gut gebrauchen.«

»Ich kann auch an einem anderen Tag loslegen«, schlug er vor.

»Nein, ist schon gut«, wiegelte ich ab. »Ich bin gleich weg, also hast du niemanden an der Backe, der sich über den Lärm beschwert.«

Er nickte zufrieden. »In der Küche wartet übrigens eine Überraschung auf dich.«

Meine Augen weiteten sich. »Hast du etwa …?«

»Ich habe es zumindest versucht.« Er schmunzelte leicht verlegen.

Ich eilte an ihm vorbei zur Küche und dort standen sie – wie gemalt, belegt mit Früchten und mit einem Klecks Orangenmarmelade obendrauf. Genau wie Granny sie mir immer gemacht hatte: die leckersten Pancakes der Welt.

Erst jetzt begriff ich, dass der Staub auf Dads Nase in Wirklichkeit Mehl war. Der Berg an dreckigem Geschirr in der Spüle wies darauf hin, dass er sich völlig damit übernommen hatte, die Pancakes nach Grannys Rezept zuzubereiten. Wahrscheinlich würde ich eine erschreckend hohe Anzahl an Fehlschlägen im Mülleimer finden.

Dad trat hinter mir in die Küche und legte eine Hand auf meine Schulter. »Freust du dich?«

»Und wie!« Ich wandte mich ihm zu und drückte ihm einen Kuss auf die Wange.

»Herrgott, was hast du da auf den Lippen?«, beschwerte er sich. »Honig?«

Ich lachte, während er sich die Rückstände des Lipgloss abwischte. Als ich erneut die Lippen spitzte, schob er mich zum Tisch.

»Du bist so ein Spielverderber«, maulte ich.

»Und du benimmst dich wie ein kleines Kind.«

Ich grinste breit. »Ich bin jetzt in einem Alter, in dem ich mir meinen jugendlichen Leichtsinn bewahren muss.«

»Ja klar«, höhnte er.

»Was denn? Man wird nicht jünger!«

»Du bist so ein Scherzkeks.« Er steckte eine Kerze in die Pancakes und zündete sie an. »Wünsch dir was.«

Nachdem es gerade um Küsse ging, war mein Wunsch schnell gefunden. Einmal Tyler so nahe kommen … das wäre es. Sozusagen als Abschluss unserer gemeinsamen Schulzeit, bevor wir nächstes Jahr auf verschiedene Colleges gehen würden. Ich schloss die Augen und pustete die Kerze aus.

Keine zwanzig Minuten später hupte es vor dem Haus. Ich nahm den letzten Bissen Pancake und sprang auf. »Bis später!«, rief ich Dad mit vollem Mund zu.

Er war wieder im Nebenzimmer verschwunden und maß dort die Wände aus. »Genieß den Tag!«

»Das habe ich fest vor.«

Als ich die Tür öffnete, schlug mir augenblicklich die Hitze entgegen. Ich musste meine Augen mit der Hand schützen, weil die Sonne so stark blendete.

Ein Vorteil unseres Reihenhauses in einer ruhigen Seitenstraße in Soho, Birmingham, war, dass es selbst im Hochsommer immer schön kühl blieb. Der Nachteil war die Größe. Die Räume waren beengt, der Flur und die Treppe so schmal, dass keine zwei Personen nebeneinanderlaufen konnten. Ein Grund mehr, Grannys altes Zimmer neu herzurichten. Wir brauchten den Platz.

»Happy Birthday, Süße!«, hallten mir die Stimmen von Isla und den anderen entgegen.

Ich senkte die Hand vor meinen Augen und sah, dass es Konfetti regnete.

Gleich vor der Treppe zum Haus, halb auf dem Bürgersteig, stand ein ziemlich heruntergekommener grüner Jaguar mit offenem Verdeck, rostiger Stoßstange und verbeulten Türen. Der Wagen gehörte

Islas Schwester Bonnie, die am Lenkrad saß. Isla hatte sich von der Rückbank erhoben und hielt die Arme weit ausgebreitet. Was der Wind von ihrem Konfetti nicht davongetragen hatte, hing ihr in den blonden Locken. Tyler saß neben ihr, Dustin hatte sich den Beifahrersitz gesichert.

Lächelnd lief ich die Stufen nach unten, wo ich von Isla am Arm gepackt und herangezogen wurde. Sie drückte mich so fest, dass mir die Luft wegblieb. Stocksteif ließ ich es über mich ergehen.

»Du weißt, dass ich das hasse.« Umarmungen waren nicht mein Ding.

»Einmal im Jahr musst du da durch.« Sie drückte mich noch fester. »Und jetzt komm!«

Ehe ich begriff, was sie vorhatte, zerrte sie mich in den Wagen.

»Woah!«, stieß ich aus, als ich mit dem Rücken voran und baumelnden Beinen zwischen ihr und Tyler landete.

Wobei ... nicht wirklich *zwischen* den beiden, denn ich schaute direkt in Tylers Gesicht. Mein Kopf lag in seinem Schoß.

»Happy Birthday«, sagte er mit seiner rauen, dunklen Stimme.

Die Sonne blitzte über ihn hinweg und hüllte sein schiefes Grinsen in Schatten, ein starker Kontrast zum leuchtenden Blau seiner Meeresküstenaugen.

»Liegst du bequem?«, fragte er.

»Sehr sogar«, erwiderte ich.

»Wo ist die Kette, die du sonst immer trägst?«

Ich griff an die Stelle, wo an jedem anderen Tag der Anhänger war. Tyler hatte die fehlende Kette bemerkt? Ein verlegenes Lächeln machte sich auf meinen Lippen breit, wurde jedoch schnell von einem Stirnrunzeln vertrieben.

»Wo schaust du denn hin?« Halb im Scherz verdeckte ich meinen Ausschnitt.

Isla nahm meine Hand und zog mich mit einem Ruck hoch, während Dustin sich zu uns umdrehte.

»Wir treffen uns mit den anderen am See«, sagte er.

»Schnallt euch an«, forderte uns Bonnie auf und löste die Handbremse.

Da ich wusste, wie ruppig ihr Fahrstil war, kam ich ihrer Aufforderung gern nach. Sie drehte die Musik laut auf, im Radio lief gerade *Bad Habits* und Isla stimmte umgehend mit ein. Lauthals sang sie das Lied, das sie in- und auswendig kannte – genau wie jeden anderen Song von Ed Sheeran. Beim Refrain machte ich mit.

Die Jungs waren weniger begeistert, aber wir ließen uns den Spaß nicht nehmen. Immerhin sollte dieser Tag am See etwas Besonderes werden und Mitsingen auf dem Rücksitz gehörte definitiv dazu.

Nach einer halben Stunde bogen wir auf den Parkplatz des Kingsbury Water Parks ein, der an einem sonnigen Tag wie diesem gut besucht war. Zum Glück hatten wir vorgesorgt und eine Stelle ausgekundschaftet, die abgelegen an einem der kleineren Seen lag, wo wir ungestört waren. Dort warteten bereits die anderen auf uns. Sie besuchten ebenfalls unsere Schule, und auch wenn nicht alle eng mit mir befreundet waren, hatte sie die Vorstellung begeistert, einen der letzten Sommertage am See zu verbringen. Einige planschten ausgiebig, sprangen von Felsen und spritzten sich gegenseitig nass, andere hatten es sich auf Badetüchern am Ufer gemütlich gemacht. Im flachen Wasser standen gekühlte Getränke, aus Boxen dröhnten die angesagten Sommerhits und jemand hatte einen Grill aufgestellt.

»Wer zuerst im Wasser ist!«, rief Isla, schon auf halbem Weg zum Ufer. Sie warf ihre Tasche von sich, zog sich das Oberteil aus und stoppte nicht einmal, um sich aus ihrer Hose zu schälen.

Auch ich warf alles von mir, schlüpfte aus meinen Schuhen und hatte noch keinen Fuß ins Wasser gesetzt, als mich Isla auch schon nass spritzte.

»Na warte, das kriegst du zurück!«, rief ich lachend und stürmte ihr nach. Wir lieferten uns eine wilde Wasserschlacht, bis sich ein paar Jungs einmischten und uns unter Wasser tunken wollten, angeführt von Dustin. Isla sprang ihm auf den Rücken und ließ sich nicht abschütteln, egal wie sehr er es auch versuchte.

»Devin, hilf mir!«, forderte sie mich auf.

Ich hatte nicht vor, meine beste Freundin im Stich zu lassen, also hob ich die Arme aus dem Wasser, um einen Angriff auf Dustin zu starten, als wie aus dem Nichts eine gigantische Welle über uns hinwegschwappte. Sie riss uns von den Füßen und begrub uns unter sich. Für einen Moment sah ich nur aufgeschäumtes Seewasser und wusste nicht, wo oben und unten war, bis ich den Boden ertastete und mich abstoßen konnte. Ich durchbrach die Wasseroberfläche und holte Luft. Auch die anderen tauchten nach und nach wieder auf.

Mein Haargummi hatte sich verabschiedet, ich strich mir den sumpfbraunen Haarvorhang von der Stirn und schaute mich um.

»Wo kam die denn her?«, fragte Dustin.

Das hätte ich auch gern gewusst. Wir waren nicht am Meer und schon gar nicht an einem Surferstrand mit Monsterwellen.

»Es sah fast aus, als hättest du die Welle heraufbeschworen«, meinte Isla lachend und ahmte meine Armbewegung nach.

»Ja klar«, gab ich zurück.

»Wow!«, stieß jemand aus und deutete nach links.

Ich rechnete mit der nächsten Welle, entdeckte aber nur Tyler, der sich auf einem besonders hohen Felsen zum Sprung bereitmachte. Das sah nach mindestens fünf Metern aus.

»Das traust du dich nie!«, rief ihm Dustin zu.

»Spring!«, forderte Isla ihn auf.

»Spring! Spring!«, stimmten die anderen mit ein.

Tyler nahm Anlauf, stieß sich ab und landete mit angezogenen Beinen laut platschend im Wasser. Er löste damit eine Welle aus, die allerdings nicht ansatzweise so hoch war wie die zuvor.

»Jetzt bin ich dran«, sagte Dustin und watete zum Ufer. Ein paar Leute folgten ihm.

Tyler schwamm aus der Sprungzone bis zu uns herüber. »Traut ihr euch nicht?«

»Als ob wir es nötig hätten, hier was zu beweisen.« Isla wandte sich an mich. »Wollen wir unsere Badetücher ausbreiten?«

»Machen wir«, stimmte ich zu.

Sie hakte sich bei mir unter und zog mich zum Ufer. »Ich verstehe total, dass du auf Tyler abfährst. Er ist echt heiß!«

»Ich fahre doch nicht auf ihn ab. Früher vielleicht, aber jetzt nicht mehr.«

Isla lachte. »Ja klar, du machst bei jedem Typen, der dich auch nur zu lange anguckt, einen auf unnahbaren Eisblock, weil du nur Augen für einen hast, aber kaum ist er in greifbarer Nähe, fährst du nicht mehr auf ihn ab.«

Ich warf einen flüchtigen Blick zurück zu Tyler. Er beachtete uns nicht weiter, sondern feuerte die Springer an. Ihn als heiß zu bezeichnen, war noch untertrieben. Mal ganz abgesehen davon, dass sein Lächeln zum Dahinschmelzen war, hatte er als Mitglied des Fußballteams einen durchtrainierten Körper mit keinem Gramm zu viel auf den Rippen.

Am Ufer breiteten wir unsere Badetücher aus, cremten uns ein und genossen die Sonne. Ich lag gerade auf dem Bauch, hatte den Kopf auf die verschränkten Armen gelegt und die Augen geschlossen, als etwas Kaltes meine Schulter berührte. Erschrocken fuhr ich hoch. Tyler kniete neben mir und reichte mir eine eiskalte Pepsi.

Ich nahm die Flasche entgegen und er stieß mit mir an.

»Auf deinen Geburtstag«, sagte er.

»Auf einen perfekten Ferientag«, fügte ich hinzu.

»Isla hat zu viel Schiss, das ist nichts Neues, aber du traust dich doch, oder?« Er nickte in Richtung des hohen Felsens.

Ich schaute zu Isla, die jedoch beim Sonnenbaden eingedöst war.

»Wenn wir zusammen springen?«, fügte Tyler hinzu.

Ich hätte mich auch ohne männlichen Beistand darauf eingelassen, wollte mir die Gelegenheit, den Sprung mit ihm gemeinsam zu machen, aber nicht entgehen lassen.

»Okay«, stimmte ich zu. Sachte stupste ich Isla an und hielt ihr die Pepsi hin. »Hältst du die mal?«

Sie blinzelte verschlafen. »Klar«, sagte sie, richtete sich ein Stück auf und nahm mir die Flasche ab.

Ich folgte Tyler in Richtung des Felsens, wobei wir uns durch ein paar Hecken schlagen mussten.

Nachdem wir die anderen nicht mehr sehen konnten, ergriff ein seltsames Gefühl von mir Besitz. Ich blieb stehen und schaute mich um. Es war wie ein Blick, den man im Nacken spürte – als wäre da jemand, der mich aus dem Schatten heraus beobachtete. Sehen konnte ich allerdings niemanden. Nur einen Vogel. Eine Krähe oder eine Elster, die sich flatternd von ihrem Versteck in der Krone eines Baumes erhob und in der Ferne verschwand.

»Bist du jetzt unter die Vogelbeobachter gegangen?«, fragte Tyler im Scherz. »Pass lieber mit den Ästen am Boden auf.« Er reichte mir seine Hand. Ich griff danach und schob das ungute Gefühl beiseite.

Schließlich kamen wir am Felsen an und kletterten bis zum höchsten Punkt, von wo aus wir den gesamten See überblicken konnten. Von oben sah es noch viel höher aus. Zum Glück hatte ich weder Höhenangst noch war ich wasserscheu.

»Du musst keine Angst haben«, versicherte mir Tyler.

»Das wollte ich dir auch gerade sagen«, konterte ich, löste mich von ihm und warf mich rücklings in die Tiefe.

Der Aufprall war nur halb so schlimm, wie ich befürchtet hatte. Ich tauchte komplett unter und schwebte einen Moment lang zwischen aufsteigenden Luftblasen und in der Sonne glitzernden Partikeln.

Schwer zu sagen, woran es lag, aber mich ergriff nicht das übliche Bedürfnis, sofort wieder aufzutauchen und nach Luft zu schnappen. Hier unten, abgeschirmt von Wind und Lärm, fühlte sich alles so friedlich an, so befreiend. Ich bewegte meine Hände durch das Wasser und spürte, wie es meine Finger umspielte. Es kam mir vor, als könnte ich die Strömung beeinflussen, sie lenken, mit meinem bloßen Willen dazu beitragen, dass die Luftblasen nicht aufstiegen, sondern um meinen Körper tanzten.

Als die Jungs uns vorhin untergetaucht hatten, war mir der See noch dunkel, fast schwarz vorgekommen. Vielleicht lag es an der Position der Sonne, vielleicht auch daran, dass ich jetzt an einer anderen Stelle war, aber die Schwärze schien wie verflogen – als hätte jemand einen Vorhang aufgezogen. Das Wasser umhüllte mich wie waberndes, grün schimmerndes Glas. Ich konnte die Pflanzen am Grund erkennen, die sich sanft mit der Strömung bewegten; die Fische, die in Schwärmen zwischen ihnen umherschwirrten; sogar die strampelnden Beine der anderen in der Nähe des Ufers, das gut zwanzig Meter oder mehr von mir entfernt war.

Bevor sich Tyler Sorgen machte, weil ich nicht wieder auftauchte, katapultierte ich mich aus dem Wasser und warf mit einem tiefen Atemzug mein Haar nach hinten.

Tyler stand noch auf dem Felsen. Er nahm Anlauf und folgte mir mit einem beherzten Sprung. Kaum eine Armlänge von mir entfernt, tauchte er in den See ein und blieb verschwunden.

Ich wartete, aber nichts geschah. Zugegeben, ich hatte mir auch Zeit gelassen, aber Tyler war inzwischen viel länger unter Wasser und ewig konnte er auch nicht die Luft anhalten. Ich wurde unruhig und wollte untertauchen, um nach ihm zu suchen, als ich eine Berührung im Nacken spürte.

Mit einer schnellen Bewegung fuhr ich herum. Tyler war gleich hinter mir aufgetaucht. Auf seinen Lippen lag das schiefe Lächeln, das ich so an ihm mochte.

»Hattest du Angst um mich?«, fragte er neckend.

»Sehr witzig, natürlich hatte ich das!« Gespielt beleidigt stieß ich ihn von mir, konnte mir ein Lachen aber nicht verkneifen.

Tyler ergriff mein Handgelenk, zog mich zu sich heran und mit einem Mal wurde alles um uns herum still. Unser Lachen verstummte, die Musik und die Stimmen der anderen rückten in die Ferne. Übrig blieben nur wir und unser wilder Atem.

»Devin, ich …«, sagte Tyler wie benommen. Er schaute mich an, als würde er mich zum ersten Mal im Leben wirklich sehen, und kam mir so nah, dass sich unsere Lippen beinahe berührten.

Mein Herz überschlug sich geradezu und mein Körper fühlte sich an, als würde er mit dem Wasser verschmelzen. Wie schwerelos schwebte ich, wie losgelöst von Raum und Zeit. Ich hob die Hand, berührte Tylers Wange und es war, als würde diese Berührung ausreichen, um genauso mit ihm zu verschmelzen wie mit dem Wasser. Als spürte ich ihn weit über diese Berührung hinaus.

Seine Lippen berührten meine, warm und weich. Seine Hand wanderte über meinen Körper, bis plötzlich sein Atem stockte.

Ich wusste sofort, dass etwas nicht stimmte, beendete den Kuss, bevor er die Bezeichnung verdiente, schob Tyler von mir und schaute ihn an. Seine weit aufgerissenen Augen waren blutunterlaufen und von Panik gezeichnet. Seine Lippen hatten sich blau gefärbt und er drohte zu versinken, weil sein ganzer Körper wie erstarrt war.

»Tyler?!«, stieß ich aus.

Aus dem Augenwinkel sah ich eine Bewegung im Wasser. Etwas Schmales, beinahe Durchsichtiges zuckte an uns vorbei und war ebenso schnell verschwunden, wie es aufgetaucht war. Tyler atmete hektisch, bewegte sich wieder, aber nur mit größter Mühe.

»Bleib ganz ruhig!«

Ihn musste etwas gebissen haben. Anders konnte ich mir das Ganze nicht erklären. Was auch immer ich im Wasser gesehen hatte, war vermutlich giftig.

»Hilfe!«, rief ich den anderen zu und wandte mich wieder an Tyler. »Wir müssen aus dem Wasser raus.«

Ich wollte ihm helfen, aber er schlug plötzlich um sich und brachte Abstand zwischen uns, als wäre ich diejenige gewesen, die ihn angegriffen hatte. Sein Kopf tauchte immer wieder unter, doch jedes Mal, wenn es mir gelang, ihn am Arm festzuhalten, riss er sich los.

Ein paar Jungs hatten sich nach meinem Hilferuf auf den Weg zu uns gemacht und bekamen ihn zu fassen.

»Wir haben ihn«, sagte einer von ihnen.

Er beruhigte sich einigermaßen, sodass sie ihn zum Ufer ziehen konnten. Bestürzt schwamm ich ihnen nach, bis ich festen Boden unter den Füßen hatte.

Tyler konnte aus eigener Kraft nicht stehen. Schlaff hing er in den Armen seiner Retter und musste von ihnen an Land geschleppt werden, bevor sie ihn ablegen konnten.

Bonnie kam angelaufen. »Was zur Hölle ist passiert?«

»Da ist ein Tier im See, schnell alle raus!«, rief ich den Leuten zu, die noch im Wasser waren.

Teils kreischend wateten sie ans Ufer. Mein Blick hing noch ein paar Sekunden an der Wasseroberfläche, aber ich konnte mir nicht vorstellen, womit wir es zu tun hatten. Wieso gab es in einem Badesee giftige Tiere? War das eine Süßwasserqualle gewesen? Oder eine Schlange? Es hätte Warnschilder oder ein Badeverbot geben müssen!

Ich schaute zu Tyler, um den sich die anderen versammelt hatten. Er war ohnmächtig und sah leichenblass aus. Seine Wangen waren eingefallen, als hätte er tagelang nichts gegessen. In mir schnürte sich etwas zusammen. Ich konnte den Puls in meinen Ohren pochen hören. Was für ein Tier konnte so etwas anrichten?

»Atmet er?«, fragte jemand überfordert.

Die meisten standen bloß perplex herum, also riss ich mich zusammen. Ich schob mich zu Tyler vor, sank neben ihm auf die Knie und fühlte seinen Puls. Zu meiner Erleichterung konnte ich ihn ertasten.

»Wir müssen den Notarzt rufen«, sagte ich.

Bonnie hatte ihr Handy am schnellsten griffbereit.

»Vielleicht ein Hitzschlag«, meinte jemand.

»Haben wir einen Sonnenschirm für Schatten?«, fragte ein anderer.

Zwei Leute brachten ein großes Badetuch und hielten es über Tylers Kopf.

Bonnie kniete sich mit dem Handy am Ohr neben ihn und berührte seine Wange »Tyler? Hörst du mich? Nein, er ist nicht ansprechbar.«

Ich ließ meinen Blick über seinen Körper wandern, suchte nach Anzeichen für das, was ihn angegriffen hatte, und fand tatsächlich etwas: Rötungen an seinen Armen und Beinen, die sich von seiner sonnengebräunten Haut abhoben. Feine Linien, wie Verbrennungen.

»Bonnie, hier!« Wenn er mit einem giftigen Tier in Berührung gekommen war, musste der Notarzt das wissen.

»Warten Sie einen Moment«, sagte sie ins Telefon und fuhr mit dem Finger über eine der Linien, die unter ihrer Berührung verblasste. »Nein, da ist nichts. Gut, verstehe …« Sie stand auf und entfernte sich.

Ich schaute mir die Linien genauer an und erkannte darin Muster, die an Schriftzeichen einer fremden Sprache erinnerten. Wie konnte das sein? Bevor ich Antworten fand, verblassten auch die übrigen Rötungen. Hatte ich mich getäuscht? Waren es doch Verbrennungen einer Qualle, die nur zufällig ein Muster ergaben? Aber dann hätten sie nicht nach wenigen Minuten spurlos verschwinden dürfen.

Ich fuhr mit den Händen über mein Gesicht und merkte, dass ich nicht nur Wasser wegwischte. Tränen liefen mir über die Wangen. Ich fühlte mich noch immer innerlich zusammengeschnürt und völlig aufgelöst, sodass es mir schwerfiel, einen klaren Gedanken zu fassen.

Ein Badetuch legte sich über meine Schultern und Isla sank neben mir auf den Boden. »Geht es dir gut?«, fragte sie.

Ich schüttelte den Kopf. Wie sollte es auch? Irgendein Tier hatte Tyler angegriffen, irgendetwas Gefährliches war dort draußen und ich hatte es zu spät gesehen.

Meine Granny hätte schnell eine Antwort auf die Frage gehabt, was in diesem See lauerte. Aber das konnte nicht sein. Es gab keine Seemonster. Nicht im wahren Leben.

2

Mit Fish and Chips wird alles besser

Mit feuchtem Haar und durchnässter Kleidung lief ich im Wartezimmer des Good Hope Hospitals auf und ab. Dustin, Bonnie, Isla und ich waren dem Krankenwagen, der Tyler abgeholt hatte, in Bonnies Wagen gefolgt.

Obwohl der Vorfall am See über eine Stunde zurücklag, konnte uns noch immer niemand etwas über Tylers Zustand sagen. Kein Arzt hatte sich bei uns blicken lassen und seine Eltern waren auch noch nicht eingetroffen.

Das Auf- und Ablaufen half nicht viel, um genau zu sein, gar nicht. Ich würde nicht eher zur Ruhe kommen, bis ich mir einen Reim darauf machen konnte, was dort draußen im Wasser vorgefallen war.

Ich hatte erst den Sanitätern, danach den Parkwächtern und später der Polizei von meiner Beobachtung erzählt, doch alle hatten mich nur verständnislos angestarrt. Um ehrlich zu sein, hätte ich mir selbst nicht geglaubt, wenn ich nicht dabei gewesen wäre, und auch Google konnte mir nicht beantworten, welches Tier Rötungen hinterließ, die nach Schriftzeichen aussahen.

Isla verstellte mir den Weg. »Wenn du so weitermachst, läufst du noch eine Furche in den Boden.«

»Das soll ein SOS werden.« Ich deutete auf die Route, die ich in der letzten halben Stunde abgelaufen war.

»Wie wäre es, wenn du dich hinsetzt«, riet sie mir und zeigte auf einen dieser unbequemen Plastikstühle, die es nur in Wartezimmern gab. Wahrscheinlich speziell dafür entwickelt, den Angehörigen die Wartezeit noch unerträglicher zu machen.

Seufzend fügte ich mich und stützte meine Stirn mit den Händen ab. Ich hatte mir zwar einen unvergesslichen Tag gewünscht, dabei aber ganz andere Vorstellungen im Kopf gehabt. Beim nächsten Mal sollte ich meinen Geburtstagswunsch genauer formulieren.

Ein flackerndes Licht unmittelbar vor mir zog meine Aufmerksamkeit auf sich. Als ich aufschaute, hielt Isla mir einen Muffin mit brennender Kerze hin. Der Anblick zauberte mir ein Lächeln auf die Lippen.

»Wo hast du denn den her?«, fragte ich.

Dustin hob die Schultern. »Im Geschenkeshop kannst du echt alles kaufen.«

»Es ist immer noch dein Geburtstag«, erinnerte mich Isla. »Also wünsch dir was.«

Obwohl das mit dem Wünschen bis jetzt nicht gut ausgegangen war, tat ich ihr den Gefallen. Kaum hatte ich die Kerze ausgepustet, öffnete sich die Tür zum Wartezimmer. Sofort saß ich aufrecht.

Wenn jetzt Tyler eintrat und erklären würde, dass es ihm gut ging, wäre mein nächster Wunsch ein knallrotes Cabrio. Allerdings war es nicht Tyler, sondern andere Besucher, die wie wir ins Wartezimmer verbannt worden waren.

Ich hielt diese Ungewissheit einfach nicht mehr aus. Entschlossen, etwas dagegen zu tun, stand ich auf. »Ich schaue mal nach, was los ist.«

»Die lassen dich sowieso nicht zu ihm«, sagte Bonnie.

»Was wollen sie denn tun, wenn ich nach ihm suche? Mich verhaften?« Ich ging zur Tür.

»Das wäre eine Option«, meinte Dustin.

Lieber legte ich mich mit der Security des Krankenhauses an, als noch länger Däumchen zu drehen. Ich brauchte Antworten, weil mich die vielen Fragen in meinem Kopf sonst noch um den Verstand brachten.

»Ich komme mit.« Isla drückte Dustin den Muffin in die Hand.

»Als deine große Schwester sollte ich …«, begann Bonnie, seufzte dann aber resigniert. »Ach, was soll's, geht ruhig, wenn ihr unbedingt Ärger haben wollt.« Sie ließ sich auf einen der Stühle plumpsen.

Auf dem Gang vor dem Wartezimmer schauten wir uns um. Ein paar Pfleger waren zu sehen, kümmerten sich aber nicht um uns. Genauso wenig wie das übrige Krankenhauspersonal. Ich hatte auch nicht erwartet, dass sich sofort ein halbes Dutzend Sicherheitsleute auf uns stürzen und uns zu Boden ringen würde.

»Und jetzt?«, fragte Isla unsicher.

Ich beugte mich verschwörerisch zu ihr vor. »Jetzt suchen wir die Umkleide, besorgen uns Arztkittel und schlagen uns bis zu Tylers Zimmer durch. Vielleicht musst du ein paar Bettpfannen leeren oder eine Blinddarm-OP durchziehen, um den Schein zu wahren. Das geht doch klar, oder?«

Islas Unsicherheit war sofort verflogen. »Kein Problem, so was erledige ich im Schlaf.«

Ich schmunzelte.

»Und jetzt noch mal im Ernst«, bat sie.

Ich schaute mich noch einmal um. »Da entlang?«, schlug ich vor und deutete zum linken Flur, an dessen Ende eine Hinweistafel hing. Zwar bezweifelte ich, dass darauf Tylers Name mit Richtungspfeil zu finden war, aber uns wäre schon viel geholfen, wenn wir wüssten, wo sich die Patientenzimmer befanden. In eine Blinddarm-OP wollte ich nämlich nicht wirklich hineinplatzen.

»Okay«, stimmte Isla zu.

Wir hatten die Hinweistafel noch nicht ganz erreicht, als Isla abrupt stehen blieb. »Sind das nicht Tylers Eltern?«, fragte sie und nickte zu einem abzweigenden Gang. Tatsächlich standen die beiden dort und unterhielten sich mit einer Ärztin.

»Stimmt, das sind sie!« Erleichtert ging ich auf sie zu. »Wie geht es ihm?«, übersprang ich die üblichen Höflichkeitsfloskeln.

»Devin, nicht wahr?« Tylers Mum schaute mich mit rot umrandeten Augen an. Sie sah sehr mitgenommen aus und tat mir unheimlich leid. Der Anruf aus dem Krankenhaus musste ein Schock für sie gewesen sein und jetzt unterbrachen wir auch noch ungefragt dieses Gespräch.

»Tut mir leid, ich wollte nicht …«, entschuldigte ich mich.

»Schon gut«, wiegelte sie ab. »Du warst bei ihm, oder? Er ist noch nicht zu sich gekommen.«

»Der Zustand Ihres Sohnes ist stabil, das ist jetzt das Wichtigste«, sagte die Ärztin.

»War es eine Vergiftung?«, hakte ich nach.

»Gift?« Tylers Vater wirkte aufgebracht.

»Da war ein Tier im Wasser«, erklärte ich.

»Die toxikologische Untersuchung hat nichts ergeben«, sagte die Ärztin.

»Also war es kein Tier? Was denn nun?«, wollte Tylers Vater wissen.

»Vielleicht war das im Wasser nur ein Stück Plastikmüll?«, mutmaßte Isla, die dazugetreten war. »Du meintest doch, dass es durchsichtig war wie eine Qualle.«

»Ja schon, aber …« Konnte ich mich wirklich so getäuscht haben? Was auch immer es gewesen war, es hatte lebendig gewirkt. Ich schaute in das Zimmer, vor dem wir standen. Tyler lag dort in einem

Krankenbett, mit Beatmungsmaske und Schläuchen, die von ihm wegführten. Er war noch immer leichenblass, dunkle Augenringe zeichneten sein Gesicht. Mir wurde ganz anders, als ich ihn so schwach und verletzlich dort liegen sah. Ausgerechnet Tyler, den nie etwas erschüttern konnte, dem nichts und niemand Angst machte. Es schnürte mir die Kehle zu.

Die Ärztin unterrichtete Tylers Eltern über die geplanten Untersuchungen, was wie ein fernes Rauschen im Hintergrund an mir vorbeiging. Es nahm mich zu sehr mit, Tyler so zu sehen. Ich betrat das Zimmer und näherte mich zögernd dem Bett.

Bisher war Tyler unerreichbar für mich gewesen. Er hatte nie durchblicken lassen, dass er mehr in mir sah als das kleine Mädchen mit der Hornbrille von früher. Aber am See, kurz bevor das Chaos ausgebrochen war, hatte er mich mit einem Blick angeschaut, den ich nicht von ihm kannte. Er hatte mich küssen wollen, war dabei jedoch wie ausgetauscht gewesen – wie fremdgesteuert.

Ich blieb unmittelbar neben seinem Bett stehen und wusste nichts mit mir anzufangen. Wenn er nur aufwachen würde. Er hatte etwas im Wasser gesehen, genau wie ich, und was auch immer es gewesen war, es hatte ihm Angst gemacht. Wenn er den Ärzten davon erzählte, würden sie ihn hoffentlich richtig behandeln können, damit es ihm bald wieder gut ging.

»Tyler, ich …« Noch immer unschlüssig und mit dem brennenden Gefühl der Hilflosigkeit in meiner Brust, griff ich nach seiner Hand.

In diesem Moment schlug er die Augen auf.

Eine Welle der Erleichterung überrollte mich. »Du bist wach!«

Tylers Augen weiteten sich. Ihn ergriff dieselbe Panik wie im Wasser. Neben ihm begann ein Gerät wild zu piepsen, sein Atem ging stoßweise, er riss sich von mir los und drückte sich auf dem Bett so weit wie möglich zurück.

»Geh weg von mir!«, schrie er, als stünde ich mit erhobenem Messer vor ihm.

»Tyler, ich … ich bin es!«, stammelte ich völlig perplex.

Die Ärztin und Tylers Eltern stürmten an mir vorbei und drängten mich zur Seite. Wie benommen stolperte ich nach hinten.

Er hatte mich angeschaut, als wäre ich ein Monster, als hätte *ich* ihn im See angegriffen und nicht irgendein Tier.

Weiteres Krankenhauspersonal eilte zu Tyler und ich war gezwungen, bis zur Tür auszuweichen. Sie warfen mit Begriffen um sich, mit denen ich nichts anfangen konnte, richteten seine Sauerstoffmaske und verabreichten ihm eine Spritze. Das Piepsen wurde rhythmischer, Tyler schien sich zu entspannen, nachdem nun seine Mum ihm die Hand hielt.

»Was ist passiert?«, fragte Isla.

Ich stand völlig neben mir. »Keine Ahnung. Lass uns verschwinden, ja? Ich will jetzt nur noch nach Hause.«

»Okay, aber dein Dad wollte dich doch abholen.«

»Egal, ich will einfach hier weg.« Mit großen Schritten lief ich los.

Ich musste unbedingt meine Gedanken sortieren und aus alldem schlau werden. Mir war so übel, dass es hinter meinen Schläfen pochte. Ich rieb in kreisenden Bewegungen darüber, was wenig nutzte.

Isla holte mich ein und legte ihre Hand auf meinen Arm. »Selbst wenn wir mit dem Bus fahren, wären wir ewig unterwegs. Außerdem wäre dein Dad bestimmt nicht begeistert, wenn er hier ankommt und du bist schon weg.«

»Hast du gesehen, wie Tyler auf mich reagiert hat?«, fragte ich.

Sie verengte den Blick. »Er ist gerade erst aufgewacht, was erwartest du denn?«

»Jedenfalls nicht, dass er so tut, als würde ich ihn fressen wollen.

Er hat mich … Kurz bevor das mit ihm passiert ist, wollte er mich … küssen.«

»Vorhin im See? Echt jetzt? Er hat nie durchblicken lassen, dass er was von dir will. Aber ist doch mega! Du stehst seit Ewigkeiten auf ihn und er jetzt auch auf dich. Damit hat deine Durststrecke endlich ein Ende und ich muss keine Angst mehr haben, dass du irgendwann ins Kloster gehst oder so.« Sie stieß mich mit dem Ellbogen an. »Ihr wärt ein tolles Paar!«

Um ehrlich zu sein, bezweifelte ich das. Wir hatten nicht wirklich viel gemeinsam, aber darum ging es gerade nicht.

»Schreib das Kloster lieber nicht so schnell ab«, riet ich ihr. »Offensichtlich hält er mich für ein männerfressendes Monster.« Ich deutete an Isla vorbei zu den Patientenzimmern.

»Anfall, Schock, was weiß ich. Er kommt schon wieder in Ordnung und dann könnt ihr dort weitermachen, wo ihr aufgehört habt.« Sie grinste zufrieden.

Ich sah das nicht so locker. Es gab zu viele Faktoren, die ich nicht verstand, die keinen Sinn ergaben und sich ganz und gar falsch anfühlten. Ich wollte wirklich nur nach Hause und diesen schrecklichen Tag abhaken.

»Ich brauche frische Luft«, sagte ich. »Sagst du den anderen Bescheid, dass Tyler wach ist? Ich warte auf dem Parkplatz auf Dad.«

»Okay, dann hol ich dein Zeug und wir treffen uns draußen.«

Ich nickte dankend und nahm den Weg zur Eingangshalle. Vielleicht würden Tyler und ich in ein paar Tagen über seine Reaktion auf mich lachen, aber im Moment war mir ganz und gar nicht danach zumute. Ich ging auf die Drehtür zu und die Aussicht, endlich hier rauszukommen, beschleunigte meine Schritte.

Am liebsten wäre ich nach draußen gestürmt, doch die Drehtür zwang mich zur Geduld. Ich betrat eine der Kabinen, während zwei

Männer in dunklen Uniformen auf der anderen Seite dasselbe taten. Erst schenkte ich ihnen wenig Beachtung, doch dann fiel mir auf, wie seltsam ihre Uniformen aussahen. Als wären sie Polizisten aus einem alten Schwarz-Weiß-Krimi. Die Jacken hochgeschlossen, mit goldenen Knopfreihen und einem breiten Gürtel, an dem etwas hing, das verdächtig nach einem runenverzierten Schlagstock aussah. Runen? Auf einem Schlagstock? Das war mehr als seltsam.

Ein mulmiges Gefühl ergriff mich, auch wenn es bestimmt eine simple Erklärung für ihre Kleidung gab und es nur Zufall sein konnte, dass mich die Runen auf den Schlagstöcken an die Rötungen auf Tylers Haut erinnerten.

Vielleicht fand irgendwo in der Gegend ein Historienfest oder eine Fantasy Convention statt? Allerdings wirkten die beiden Männer mit den ersten Mienen nicht wie Cosplayer.

Der eine war jung und groß, mit kurzen braunen Locken, kupferfarbener Haut und stechenden Augen. Der andere war um die fünfzig, mit gestutztem Bart, grau melierten Haaren und einem silbergrauen Teint.

Dass ich von ihnen genauso gemustert wurde wie sie von mir, ließ mein ungutes Gefühl wachsen. Der Ältere flüsterte dem Jüngeren etwas zu, ohne mich aus den Augen zu lassen, und nickte auch noch in meine Richtung. Zwar musste ich nach dem Schwimmen immer noch wie begossen aussehen, aber das rechtfertigte nicht, mich so ausgiebig zu begutachten.

Es kam mir wie eine Ewigkeit vor, durch diese blöde Drehtür zu gehen. Sowie der Spalt zur Freiheit breit genug war, quetschte ich mich hindurch und stolperte hinaus in die Einfahrt.

Als ich über die Schulter zurückblickte, betraten die Männer gerade die Eingangshalle und beachteten mich nicht weiter. Hatte ich mir ihre aufdringlichen Blicke nur eingebildet? Vielleicht entwickelte ich gerade eine ausgeprägte Paranoia, was nach den heutigen Geschehnissen kein Wunder war.

Auf dem Parkplatz angekommen, lehnte ich mich an einen Poller und atmete tief durch.

Kurz darauf gesellten sich die anderen zu mir, und während wir auf Dad und Dustins Eltern warteten, hob sich die Stimmung wieder etwas. Wir teilten uns meinen Geburtstagsmuffin, schlossen Wetten ab, ob Dustin es schaffen würde, den Poller zu überspringen, und lachten, weil ihn das Teil genau zwischen den Beinen erwischte. Als Dad vorfuhr, hatten sich meine Nerven beruhigt. Ich verabschiedete mich von den anderen und setzte mich auf den Beifahrersitz.

»Gibt es Neuigkeiten?«, fragte Dad ohne Umschweife.

»Tyler ist bei Bewusstsein. Er … er wird wieder.«

»Fish and Chips bei Sharks?«, schlug er vor.

Ich lächelte breit. Dad genügte das als Antwort, er legte den Gang ein und wir fuhren los. Er wusste, wie ich tickte. Egal wie mies es mir ging, ob wegen schlechter Noten oder eines heftigen Streits, eine Portion Fish and Chips bei Sharks munterte mich immer auf.

3

Ein Riesenkrake wäre mir lieber gewesen

An diesem Abend überfiel mich der Schlaf regelrecht. Ich war kaum unter die Bettdecke gekrochen, als ich den Kampf gegen ihn schon verlor. Erst umfing mich Dunkelheit, dann klarte sie allmählich auf und ich fand mich im Badesee wieder – schwebend unter Wasser, umspielt von Luftblasen.

Ich konnte weit blicken, das Ufer aber nicht sehen, was jedoch keine Angst in mir auslöste. Im Gegenteil. Es war, als gäbe es keine Begrenzung, nichts, was mich aufhalten oder festhalten könnte. Es gab nur das Wasser und mich und das Gefühl von Unendlichkeit. Es war unglaublich, fast schon berauschend.

Ich bewegte die Hände, ließ die Strömung durch meine Finger fließen und merkte bald, dass ich sie mit meinem Willen lenken konnte.

Während ich das Schauspiel beobachtete, bemerkte ich aus dem Augenwinkel etwas an meinen Beinen. Ich schaute nach unten, meine Augen weiteten sich, Panik schwappte über mich hinweg. Etwas Durchscheinendes, Tentakelartiges klebte an mir. Es hielt mich fest und ließ sich nicht abschütteln, so sehr ich es auch versuchte. In meiner Verzweiflung riss ich den Mund weit auf und gab einen stummen Schrei von mir. Wasser füllte meine Lunge, brannte wie Feuer und sorgte dafür, dass ich tiefer sank. Tiefer hinab in die Dunkelheit, wehrlos diesem Ding ausgeliefert, das mich fest im Griff hatte.

Im nächsten Moment wachte ich auf. Sofort saß ich aufrecht im Bett und atmete schwer. Mein Haar klebte mir schweißnass an der Stirn. Ich brauchte nicht lange, bis ich begriff, dass es bloß ein Traum gewesen war. Um mich vollends davon zu überzeugen, schlug ich die Decke beiseite. Tatsächlich kamen nur mein Schlafshirt und gelb gestreifte Kuschelsocken zum Vorschein, keine giftigen Monstertentakel, die an meinen Beinen klebten. Dennoch fühlte ich mich, als wäre ich gerade dem Tod durch Ertrinken entkommen.

Ich schälte mich aus dem Bett und ging ins Bad, das direkt von meinem Zimmer abging, sodass ich nicht auf den Flur treten musste und Gefahr lief, Dad zu wecken. Wobei die Gefahr nicht sehr groß war. Üblicherweise schlief er fest wie ein Stein und hätte sich wahrscheinlich auch nicht von einem echten Tentakelmonster wie einem riesigen Kraken wecken lassen, der unser Haus verschlingen wollte.

Ich drehte den Wasserhahn auf und lauschte einen Moment lang dem Plätschern. Als wäre mein Geburtstag nicht schon schlimm genug ausgegangen, mussten mich die Ereignisse auch noch bis in meine Träume verfolgen. Wenn Tylers Träume während seiner Ohnmacht ähnlich abgelaufen waren, wunderte es mich nicht mehr, dass er beim Aufwachen so panisch auf mich reagiert hatte.

Ich legte die Hände zusammen, hielt sie unter den Wasserhahn und ließ sie bis über den Rand volllaufen. Mein Plan war eine nasse Abkühlung im Gesicht, die daran scheiterte, dass es nicht mein Spiegelbild war, das mir entgegenblickte, sondern das des Seemonsters auf Grannys Bild. Die Augen leuchteten beinahe gänzlich weiß, es hatte Kiemen am Hals, Flossen statt Ohren und schimmernde Fischschuppen, die ein Gesicht umrahmten, das meinem zum Verwechseln ähnlich sah.

Ich schrie, riss die Hände vom Waschbecken weg und stolperte rückwärts gegen die Badewanne, in der ich mit dem Hintern landete.

Eilig betrachtete ich meine Hände und tastete mein Gesicht ab. Alles normal. Ich war nicht zu einem abgedrehten Ungetüm mutiert. Aber was zum Teufel war das dann eben gewesen? Eine Halluzination? Ein Tagtraum? Ich hievte meine Beine in die Wanne, griff nach dem Rand und lugte vorsichtig darüber hinweg, um einen Blick in den Spiegel zu werfen. Ich wollte sichergehen, dass ich mir den Anblick nur eingebildet hatte.

Das Gute war, dass ich ganz ich selbst war. Ein bisschen lädiert, mit Schweißtropfen auf der Stirn und wirrem Haar, aber immer noch ich, ohne Flossen und Schuppen. Das Schlechte war, dass über dem Waschbecken – wie von Zauberhand gehalten – das von mir geschöpfte Wasser schwebte. Es hing wabernd in der Luft, fing das Badezimmerlicht auf und warf es in blau schimmernden Tupfern auf die Fliesen.

Mir schoss der Gedanke durch den Kopf, dass ich wahrscheinlich noch immer im Bett lag und einen erschreckend realistischen Traum hatte. Das war die einzig logische Erklärung. Entweder das oder ich hatte den Verstand verloren.

In beiden Fällen war es bestimmt nicht die beste Idee, in der Badewanne hocken zu bleiben. Ich stieg über den Rand und näherte mich dem seltsamen Phänomen. Was auch immer es war, es machte keine Anstalten, auf meine Annäherung zu reagieren. Vorsichtig streckte ich die Hand nach dem Wasser aus. Ich berührte es nur ganz leicht mit der Fingerspitze und schon klatschte es ins Waschbecken, spritzte mich nass und brachte mich erneut dazu, einen Satz nach hinten zu machen. Diesmal landete ich jedoch nicht in der Wanne – auch wenn ich dafür mit den Armen rudern musste.

Ich schaute an mir herunter. Mein Schlafshirt war komplett durchnässt. Das Wasser fühlte sich kalt an, rann über meine Haut, tropfte von meinen Armen. Das war kein Traum, keine Einbildung. Als zusätzlichen Beweis hätte ich mich noch kneifen können, aber das war nicht nötig. Kein Traum fühlte sich so an.

Mein Atem ging schneller, meine Gedanken überschlugen sich, und noch bevor es mir gelang, sie in einigermaßen gerade Bahnen zu lenken, hörte ich Stimmen, die aus dem Flur zu mir vordrangen. Erschrocken riss ich den Kopf zu meinem Zimmer herum.

»Wir erledigen das, während sie schläft, also sei leise«, sagte ein mir unbekannter Mann mit gesenkter Stimme.

»Du bist doch derjenige, der –« Eine lose Diele quietschte. »Mist!«

Einbrecher? Wirklich? Seemonster, Tylers Zusammenbruch, schwebendes Wasser und am Ende auch noch das? Am liebsten wäre ich zur Tür gestürmt und hätte die Typen angeschnauzt, dass sie sich einen anderen Tag aussuchen sollten, weil dieser hier schon verhunzt genug war.

Da ich aber an meinem Leben hing, verzichtete ich darauf. Stattdessen schlich ich zurück in mein Zimmer und versteckte mich hinter der Tür. Erst jetzt fiel mir ein, dass es schlauer gewesen wäre, zu meinem Handy zu schleichen, um die Polizei zu alarmieren. Dieses *Zuerst denken, dann handeln* lag mir einfach nicht. Mein Handy befand sich neben dem Bett, also am anderen Ende des Zimmers, und war damit unerreichbar, denn die Schatten der Eindringlinge krochen bereits unter dem Türspalt hindurch.

Ich hielt die Luft an, damit mich mein hektischer Atem nicht verriet. Mein Herz schlug gegen meine Rippen und in meinen Ohren rauschte es so laut, dass ich mich kaum auf andere Geräusche konzentrieren konnte.

Die Klinke wurde nach unten gedrückt, die Tür schwang knarrend auf, und kaum hatten die Fremden mein Zimmer betreten, warf ich mich mit vollem Körpereinsatz gegen die Tür.

Ein heftiger Schmerz schoss mir durch die Schulter, die Tür knallte gegen die Einbrecher und sie stolperten zur Seite. Das verschaffte mir genug Platz, um an ihnen vorbei auf den Flur zu stürzen. Schlitternd stieß ich gegen die Wand und wirbelte zu den Männern herum, die sich bereits wieder aufgerichtet hatten, sodass ich genauer sehen konnte, mit wem ich es zu tun hatte. Nur glauben konnte ich es nicht. Es waren die seltsamen Typen aus dem Krankenhaus!

»Was zum Teufel wollt ihr von mir!?«, schrie ich.

Wie hatten sie mich überhaupt finden können? Es war ja nicht so, dass ich irgendwo eine Visitenkarte mit meiner Adresse verloren hatte. Ich besaß ja nicht einmal eine.

Mein Blick huschte flüchtig zu Dads Schlafzimmer, was der Ältere der beiden Männer bemerkte. Rasch verstellte er mir den Weg.

»Ganz ruhig, Kleine«, forderte er mich auf und wirkte dabei, als wäre ich die Bedrohung.

»Ruhig bleiben?«, gab ich aufgebracht zurück. Als wäre das eine Option bei einem Überfall. Ich stand in klatschnassem Schlafshirt und gelb gestreiften Kuschelsocken zwei mit Schlagstöcken bewaffneten Männern gegenüber. Schlagstöcken aus Metall, wohlgemerkt. Ich hatte alles andere vor, nur nicht ruhig zu bleiben.

»Wenn du uns erklären lässt«, bat der Jüngere mit amerikanischem Akzent.

Aus dem Augenwinkel sah ich, dass der andere nach dem Schlagstock an seinem Gürtel griff. »Ja klar, erklären mit dem Schlagstock«, knurrte ich.

Möglichst unauffällig schaute ich zur Treppe. Wenn ich loslief, würden mir die Typen bestimmt folgen, ich konnte sie von Dad weglocken und was dann? Ich hatte keine Ahnung, aber irgendetwas würde mir schon einfallen. Bei den Nachbarn klingeln oder laut um Hilfe rufen, Hauptsache, die Männer waren erst mal aus dem Haus.

Ich machte einen Schritt rückwärts zur Treppe und riss die Augen auf. Das Wasser, mit dem mein Shirt getränkt war, blieb einfach in der Luft hängen. Es hatte sich aus den Fasern gelöst und schwebte nun in Form wabernder Tropfen zwischen mir und den Männern.

»Sie lässt es drauf ankommen«, sagte der Ältere und wandte sich an mich. »Du legst dich mit den Falschen an!«

»Ich glaube nicht, dass sie versteht, was vor sich geht«, meinte sein Begleiter und kam auf mich zu.

Abwehrend riss ich die Hände hoch. »Bleibt weg!«, schrie ich und mit meinen Worten schossen ihnen die Wassertropfen wie Pistolenkugeln entgegen.

Das Wasser traf sie mit solcher Wucht, dass sie von mir weggeschleudert wurden und auf dem Boden aufschlugen.

Ich war wie gelähmt. Es wäre sinnvoller gewesen wegzurennen, statt Löcher in die Luft zu starren, aber meine Beine gehorchten mir nicht. Meine Gedanken rasten, ich hielt die ausgestreckten Arme noch immer erhoben und traute meinen Augen kaum. Hatte ich das getan? Folgte das Wasser meinem Willen, so wie in meinem Traum? Aber wie konnte das sein?

Während der ältere Mann noch stöhnend am Boden lag, zog der jüngere eine Art Kurzschwert aus seinem Schlagstock und richtete es auf mich. War ja klar. Es reichte nicht aus, dass diese Männer seltsame Kostüme trugen und mich mit Schlagstöcken bedrohten, sie konnten daraus auch noch Klingen hervorzaubern.

Ich wirbelte auf dem Absatz herum und rannte los.

»Arané e lumina!«, rief der junge Mann in bedrohlich gesenkter Stimmlage.

Ich hatte gerade die Treppe erreicht, da packte mich etwas am Fußgelenk und brachte mich zu Fall. Verzweifelt versuchte ich, mich zu befreien, warf mich auf den Rücken und sah, was mich festhielt – eine Art Netz, das sich über den Boden ausgebreitet hatte und aus Linien, Wirbeln und Symbolen bestand, die wie von unsichtbarer Hand mit Kreide gezeichnet wirkten. Ausgangspunkt dieses abstrusen Gebildes war das Kurzschwert des Mannes, das er in den Boden gerammt hatte und noch immer festhielt.

Die Linien lösten sich von den Dielen und begannen mein Bein zu umwickeln. Sie krochen immer weiter hinauf, bis sie meinen Oberkörper erreicht hatten und meine Arme fixierten.

Ich wollte mich herauswinden, doch je mehr ich mich wehrte, desto enger zogen sich die Linien zusammen. Ich hatte keine Chance.

»Verdammt, du mieser …!«, zischte ich.

»Hast du sie unter Kontrolle, Cardeles?«, fragte der Ältere und hievte sich humpelnd auf die Füße.

»Ja, habe ich«, antwortete Cardeles. Er ließ das Schwert stecken, kam näher und ging direkt neben mir auf ein Knie.

Ich zappelte noch immer und spuckte ihm ins Gesicht. Es brauchte schon etwas mehr als so einen Zaubertrick, um mich unter Kontrolle zu bringen. Auch wenn ich nicht wirklich wissen wollte, was diese Typen noch zu bieten hatten.

»Bleib ja weg von mir!«

Cardeles blieb erschreckend gelassen. Er wischte sich die Spucke von der Wange und hielt seinen Begleiter mit einer knappen Handbewegung auf Abstand, als sich dieser nähern wollte.

»Wenn du dich beruhigst und mit uns redest, können wir dir helfen«, erklärte er. In seinem Blick lag etwas Vertrauenswürdiges, dem ich nur schwer widerstehen konnte. Seine Augen wirkten warm und offen und ein einnehmendes, wenn auch kaum merkliches Lächeln umspielte seine Mundwinkel. Aber das alles änderte nichts daran, dass ich gefesselt am Boden lag, während er über mich gebeugt neben mir kniete.

»Du hast ein verdammtes Schwert auf mich gerichtet, also erzähl mir nichts von Hilfe«, zischte ich durch zusammengebissene Zähne.

»Ganz schön biestig, die Kleine, für das, was sie angestellt hat«, meinte der Ältere. »Soll ich die Strafe direkt vollstrecken?«

»Eins nach dem anderen«, sagte Cardeles.

Strafe? Wofür? Für das unerlaubte Verlassen des Wartebereichs im Krankenhaus?

In dem Moment trat Dad aus seinem Schlafzimmer. »Was zur Hölle?!«

»Dad, ruf die Polizei!«, brüllte ich und wehrte mich erneut gegen das Netz. Ich befürchtete jedoch, dass ich nur dagegen ankommen würde, wenn jemand das Schwert aus dem Boden zog.

Cardeles stand auf, während der andere Mann Dad den Weg versperrte, indem er die flache Hand vor sein Gesicht hielt.

»Hier passiert nichts«, sagte er.

Dad wich einen Schritt zurück, als die Handfläche des Mannes zu leuchten begann. Das Licht legte sich auf Dads Haut und sein Blick wurde trüb. Die Unruhe darin erlosch, er wirkte teilnahmslos und regte sich nicht mehr. Ich konnte nicht glauben, was ich da sah. In meinen Ohren begann es erneut zu rauschen, Panik ergriff Besitz von mir.

»Was macht ihr mit ihm?«, rief ich aufgebracht.

»Als Normalsterblicher wird er das alles nicht verstehen«, erklärte Cardeles. »Genauso wenig wie dein Freund Tyler.«

»Tyler? Wart ihr seinetwegen im Krankenhaus? Habt ihr ihm dasselbe angetan wie Dad?« Deswegen hatten sie mich nach unserer ersten Begegnung nicht weiter beachtet. Sie waren erst auf Tyler losgegangen. Hatte er ihnen verraten, wo ich wohnte?

»Hättest du gewollt, dass er allen erzählt, was er am See gesehen hat?«, fragte Cardeles. »Man hätte ihn für verrückt erklärt.«

Dad räusperte sich. »Darf ich den Herren einen Kaffee anbieten?«

»Was?!«, stieß ich fassungslos aus.

»Wieso nicht?«, sagte der Ältere. Cardeles schaute ihn vorwurfsvoll an, woraufhin er mit den Schultern zuckte.

»Das verspricht eine lange Nacht zu werden«, verteidigte er sich. »Ein Kaffee kann nicht schaden.«

»Na dann, folgen Sie mir«, sagte Dad und machte sich auf den Weg.

Ich glaubte nicht, was gerade geschah. Seine Tochter lag gefesselt am Boden und er stieg seelenruhig über mich hinweg.

»Verdammt noch mal, Dad!«, schrie ich und wand mich erneut.

»Er hört dich nicht«, sagte Cardeles. »Nicht wirklich. Aber keine Sorge, sobald wir alles geklärt haben, heben wir den Zauber auf. Dafür musst du mir nur versprechen, uns nicht wieder anzugreifen, wenn ich dich befreie. Einverstanden?«

Was hatte ich denn für eine Wahl? In dem Zustand durfte Dad nicht bleiben. Ich wusste nicht, ob sie ihn unter Drogen gesetzt hatten oder tatsächlich etwas Übernatürliches vor sich ging. Aber er lief wie ein Zombie die Treppe nach unten zur Küche. Und ich wollte auch nicht den Rest meines Lebens wie eine Roulade zusammengezurrt auf dem Boden verbringen.

»Einverstanden«, grummelte ich missmutig – und genervt und angefressen. Ich war so wütend auf diese Männer, auf das alles hier, auf die ganze beschissene Welt, wie schon lange nicht mehr.

»Sehr schön.« Cardeles ging zu seinem Schwert, zog es aus dem Boden und die Kreidelinien verblassten.

Während er die Klinge zurück in die Metallhülle steckte, sodass sie wieder zu einem Schlagstock wurde, richtete ich mich auf.

»Du hast sicher einige Fragen. Vielleicht möchtest du dich umziehen, bevor wir sie dir beantworten?«, schlug Cardeles vor und wandte sich an seinen Begleiter. »Sullivan, achtest du auf ihren Vater?«

»Mach ich. Du kommst hier klar?« Er beäugte mich misstrauisch. »Ich kenne solche wie sie. Die spielen gern die Unschuldigen, bevor sie ihre Krallen zeigen.«

»Sie wird keinen Ärger mehr machen«, meinte Cardeles.

»Klar, weil ich auch diejenige bin, die hier Ärger macht.« Meine Worte trieften förmlich vor Sarkasmus, sodass es mich nicht gewundert hätte, wenn dieser Sullivan beim Vorbeigehen darauf ausgerutscht wäre.

Cardeles entlockten sie ein Schmunzeln. Er deutete auf mein Zimmer, als wüsste ich nicht selbst, wo mein Kleiderschrank stand. »Nach dir.«

Widerwillig folgte ich seiner Anweisung. Ich ging zu meinem Schrank und durchwühlte die Schubladen. Was trug man am besten bei einer Geiselnahme? Ein Shirt mit dem Aufdruck *Hilfe, ich werde gegen meinen Willen festgehalten!* wäre ideal gewesen. Leider besaß ich so etwas nicht.

Ich musste mir etwas einfallen lassen. Irgendetwas. Es gab sicher einen Ausweg, den ich bloß noch nicht sehen konnte.

Cardeles lehnte am Türrahmen. Er ließ mich keine Sekunde aus den Augen, schien jede meiner Bewegungen zu analysieren und zu bewerten und tat das mit einer Routine, die mich vermuten ließ, dass so etwas zu seinem Alltag gehörte.

Professioneller Geiselnehmer also? Das klang absurd. Andererseits reihte sich diese Annahme in eine ganze Menge anderer Absurditäten ein, von denen ich bis vor Kurzem noch geglaubt hatte, dass sie unmöglich wären. Angefangen mit Magie. Waren Tyler und ich im See mit einem magischen Wesen in Kontakt gekommen? Hatte es mich … infiziert? Ich hatte unheimlich viele Fragen und Cardeles behauptete, sie beantworten zu können. Aber durfte ich riskieren, blindlings seinen Anweisungen zu folgen, in der vagen Hoffnung, dass er die Wahrheit sagte?

»Könntest du …?« Ich gestikulierte, dass er sich umdrehen sollte.

Sein Blick ging zum Fenster.

»Denkst du, ich leide an akuter Selbstüberschätzung und springe aus dem obersten Stock?«

»Mach schnell«, sagte er nur und drehte sich um.

Ich schlüpfte in eine Jeans. Vielleicht war es keine schlechte Idee, aus dem Fenster zu fliehen. Wie hoch war das? Vielleicht vier Meter? Wenn ich mich abrollen würde … war es immer noch zu riskant. Und was wäre dann mit Dad? Ich verwarf den Gedanken und friemelte umständlich mein Top unter mein Schlafshirt. Nur für den Fall, dass Cardeles linste. Anschließend huschte ich auf Zehenspitzen zu meinem Nachttisch.

»Mit Höflichkeit habt ihr Amerikaner es nicht so, was?«, fragte ich, um eventuelle Geräusche zu übertönen, während ich mein Handy in meiner Gesäßtasche verschwinden ließ und zurück zum Kleiderschrank schlich.

»Das hast du erkannt?«

»Was? Dass du Amerikaner bist oder dass du keine Aufforderung gebraucht hättest, dich umzudrehen, wenn du höflich wärst? Fertig.«

Er wandte sich zu mir um. Wieder lag dieses amüsierte Schmunzeln auf seinen Lippen. Schön, dass er sich von mir unterhalten fühlte, aber ich fand die ganze Sache nicht zum Lachen.

»Beides«, sagte er. »Wie alt bist du? Siebzehn? Achtzehn?«

»Im Ernst? Du fragst nach meinem Alter? Soll das ein Flirt werden? Fragst du mich gleich, ob ich mir wehgetan habe, als ich vom Himmel gefallen bin? Hätte ich gewusst, dass sich das in diese Richtung entwickelt, hätte ich Make-up aufgelegt.«

Sein Schmunzeln wurde breiter. »Du bist wirklich schlagfertig. Dabei verstehst du nicht einmal, was hier vor sich geht, oder irre ich mich?«

»Ich habe nicht die geringste Ahnung«, erwiderte ich stockernst. »Und ich habe nichts Falsches getan.«

»Ich glaube dir, dass du das glaubst.«

Noch umständlicher hätte er sich nicht ausdrücken können. Ich wollte endlich meine Antworten und verlor allmählich die Geduld.

»Können wir dann?« Ohne seine Reaktion abzuwarten, marschierte ich an ihm vorbei zurück auf den Flur, wo mir der Duft nach frisch aufgebrühtem Kaffee entgegenschlug.

Eine Berührung an meiner Gesäßtasche ließ mich aufschrecken. Ich wirbelte zu Cardeles herum, der mein Handy in die Höhe hielt.

»Das bekommst du später wieder. Versprochen.«

»Hast du mir gerade an den Hintern gefasst?«, warf ich ihm vor.

»Ich …«, stammelte er.

Endlich hatte ich es geschafft, ihn aus dem Konzept zu bringen. Seine hypersouveräne Art machte mich nervöser als alles andere. Ich nutzte seine kurze Verwirrung, schnappte mir mein Handy und ging auf Abstand zu ihm. »Ich schalte es ab«, sagte ich und ließ ihn dabei zusehen, wie der Bildschirm schwarz wurde. »Aber ich behalte es bei mir. Einverstanden?«

»Einverstanden«, stimmte er mit einem Nicken zu.

»Also, ich heiße Devin Blackwood, bin siebzehn Jahre alt und habe mir nichts zuschulden kommen lassen. Zumindest nichts, was diesen nächtlichen Überfall rechtfertigen würde. Und du bist Cardeles …?«

»Seth. Seth Cardeles, Wächter des Tribunals und fünfundzwanzig Jahre alt, wenn wir schon dabei sind unsere persönlichen Daten auszutauschen. Und ich bin hier, weil du gegen diverse Gesetze der Zwischenwelt verstoßen hast.«

Wächter? Tribunal? Zwischenwelt?

»Ich verstehe kein Wort«, gestand ich.

»Das wirst du noch«, versprach er und deutete zur Treppe.

Ich schob das Handy zurück in meine Tasche und ging die Stufen nach unten. Seth folgte mir in kurzem Abstand. Schon vom Flur aus konnte ich Dad und Sullivan am Küchentisch sitzen sehen. Dad starrte wie hypnotisiert auf seine Kaffeetasse. Mein Inneres zog sich zusammen und lenkte mich einen Moment von Sullivan ab, der etwas hinter seinem Rücken versteckte, als er mich sah.

»Lass uns das schnell hinter uns bringen«, schlug er vor und stand auf. Etwas Bedrohliches schwang in seinen Worten mit und weckte in mir das Gefühl, geradewegs in eine Falle zu tappen. Seth schien kein schlechter Kerl zu sein, aber dieser Sullivan? Er plante etwas und das gefiel mir gar nicht. Wenn er mich mit demselben Zauber belegte wie Dad, wären wir ihnen hilflos ausgeliefert.

Ich schaute zum Spülbecken, in dem sich noch das Geschirr von heute Morgen stapelte. Wie üblich hatte Dad es zum Einweichen mit Wasser volllaufen lassen. Wenn es mir gelingen würde, die Kontrolle über das Wasser zu erlangen, könnte ich uns verteidigen. Aber wie? Bisher war es nur Zufall gewesen.

»Sie greift an!«, rief Sullivan und versetzte mir damit einen solchen Schreck, dass sein Ausruf zu einer sich selbst erfüllenden Prophezeiung wurde. Das Wasser in den Schüsseln und Pfannen explodierte regelrecht, spritzte zu allen Seiten und zwang Sullivan, sich zu ducken, während ich unter Seths Arm hinwegtauchte.

Ich wusste nicht, wie ich das mit dem Wasser angestellt hatte, aber ich musste die Chance nutzen und Hilfe holen, egal wie. Also rannte ich zur Haustür und riss sie auf.

Ein Hauch warmer Nachtluft wehte mir entgegen, dann knallte die Tür wieder zu. Seth hatte mich eingeholt.

»Du kannst nicht davor fliehen«, sagte er.

»Ich kann es wenigstens versuchen«, warf ich ihm entgegen. Ich wollte ihn von mir stoßen und schlug gegen seine Brust, doch er packte mich an den Händen.

»Ich weiß nicht, was ihr von mir wollt!«, schrie ich. »Ich habe nichts Falsches getan! Ihr seid hier eingebrochen, ihr habt meinen Dad in eine Art Trance versetzt und wollt mir dasselbe antun!«

»Du hast mich falsch verstanden«, erwiderte er. »Ich meinte damit, dass du nicht vor dem fliehen kannst, was du bist. Das ging siebzehn Jahre lang gut, jetzt ist es vorbei.«

»W-was?« Worauf wollte er hinaus? Die Verwirrung, die sich in mir breitmachte, ließ meine Gegenwehr abebben.

»Du bist eine Nixe und daran wird sich nichts ändern, egal wie weit du wegrennst«, erklärte er.

Ich war wie erstarrt. »Ich bin … was?«

4

Da hilft es auch nicht, die Polizei zu rufen

Ich konnte nicht fassen, was Seth behauptet hatte. Eine Nixe? Ich? So etwas wie diese Wesen, vor denen mich Granny immer gewarnt hatte?

»Hältst du sie fest?«, fragte Sullivan, der hinter Seth aufgetaucht war. »Wir versiegeln ihre Kräfte. Dann hat der Spuk ein Ende.«

Er richtete seine Hand auf mich, so wie er es bei Dad getan hatte. Erst jetzt erkannte ich, was so hell darin leuchtete. Es war ein Amulett, implantiert in seine Handfläche. Eine goldene Fassung umschloss einen mit Runen verzierten Edelstein, der in Regenbogenfarben schimmerte und dabei eine geradezu hypnotisierende Wirkung auf mich ausübte.

»Nein!«, schrie ich, zerrte an meinen Händen, kam aber nicht frei und konnte mich der Wirkung des Amuletts kaum entziehen. Es war, als würde es mir zuflüstern und mich zwingen wollen, es anzuschauen. Ich riss den Kopf zur Seite und kniff die Augen fest zusammen, um nicht genauso willenlos zu werden wie Dad.

»Warte.« Seth ließ mich los und die Anziehungskraft des Amuletts ebbte ab.

Vorsichtig öffnete ich die Augen. Er hatte Sullivans Hand samt Amulett nach unten gedrückt. Das Licht war erloschen.

Sullivan knurrte angefressen. »Worauf warten?«

»Sie wusste bis eben noch nichts von ihrer Abstammung«, sagte Seth. »Wie es aussieht, handelt es sich bei dem Vorfall am See um einen Unfall.«

»Glaubst du das wirklich?«, blaffte Sullivan. »Wie kann sie eine Nixe sein und es bis eben nicht gewusst haben? Ich kenne solche wie sie. Nixen sind berechnende Biester, die sich unter die Menschen mischen und einen auf unschuldig machen. Das sind sie aber keinesfalls. Und selbst wenn es tatsächlich ein Unfall war, bleibt die Konsequenz dieselbe.«

»Sollte es ein Unfall gewesen sein, gibt es die Option, sie nach Skavik zu schicken«, erklärte Seth.

»Im Ernst?«, fragte Sullivan ungläubig.

Ich schaute verwirrt von einem zum anderen. Ob ihnen klar war, dass ich noch hier stand? Sie ignorierten meine Anwesenheit völlig.

Seth trat auf Sullivan zu, was mir die Chance gab, unter seinem Arm hindurchzutauchen und ins Nebenzimmer zu stürzen.

»Und da rennt sie wieder«, sagte Sullivan, gefolgt von einem tiefen Seufzer.

Beinahe wäre ich in Dads Werkzeuge gekracht. Sie lagen kreuz und quer auf dem Boden verteilt. Grannys Habseligkeiten hatten wir schon vor einiger Zeit in Kisten zusammengepackt. Das Unterwassergemälde stand mittlerweile daneben.

Ich hatte nicht vor, erneut zu fliehen. Wie auch? Das Fenster in Grannys altem Zimmer war vergittert. Einen Fluchtweg gab es nicht. Was ich wollte, waren Antworten, also nutzte ich die Chance, dass mir die Männer noch nicht gefolgt waren, schob das Bild eilig beiseite, riss die erste Kiste auf und nahm einen Stapel Bücher heraus – Lektüre über Mythologie, über längst vergessene Geschichten und Aberglaube.

Mein Blick huschte flüchtig zur angelehnten Tür, hinter der gedämpfte Stimmen zu hören waren. Die Zeit, alle Bücher in Ruhe durchzulesen, blieb mir ganz bestimmt nicht. Mit etwas Glück diskutierten die beiden dort draußen über ihr weiteres Vorgehen, was mir zumindest ein paar Minuten verschaffen würde. Ich ging in die Hocke und blätterte die Bücher durch. Alle Stellen, in denen es um Meerjungfrauen, Nixen und andere Wasserwesen ging, waren markiert, doch ich war zu aufgebracht, um mich auf die Texte konzentrieren zu können. Mein Blick wanderte nur über die Bilder.

Granny hatte mir unzählige Male aus diesen Büchern vorgelesen, mir die Zeichnungen gezeigt, mich gewarnt. Aber wovor? Vor mir selbst? Hatte sie vorgehabt, mich über meine wahre Herkunft aufzuklären, bevor ... bevor so etwas passierte wie im See? Hatte ich Tyler angegriffen? War es das? Hatte ich ihn versehentlich attackiert, ihm mein wahres Gesicht gezeigt? Ein Gesicht, das ich selbst nicht kannte.

Auf jeder Seite, die ich aufschlug, fand ich handschriftliche Notizen und Zeichnungen von Granny. Oft bestätigte und verneinte sie Fähigkeiten, die den Meerjungfrauen in den Büchern zugeschrieben wurden. Telekinese, die Fähigkeit über Wasser zu gebieten; Telepathie, die Fähigkeit mit Tieren in Kontakt zu treten.

Oft hatte sie die recht simplen Abbildungen in den Büchern übermalt. In ihren Augen waren Nixen viel mehr als nur Mädchen mit Fischschwanz und Muschel-BH. Der Übergang von Flossen und Schwanz zum Oberkörper war fließend. Auf manchen Bildern zogen sich zarte Muster über die Haut der Wesen, andere hatte Granny mit silbrig glänzenden Schuppen dargestellt. Sie hatten lange Flossen, die im Wasser schwebten und sie wie ein seidener Umhang umhüllten, sich wie Flügel zwischen Armen und Taille spannten oder ihr Haupt wie eine Krone zierten.

Doch das alles war nichts gegen das Ölgemälde, auf das mein Blick wieder fiel. Es war dunkel gehalten und über dem Kamin zu hoch angebracht gewesen. Jetzt saß ich direkt davor und nahm viel mehr Details wahr. Die Flossen dieses Wesens waren durchschimmernd, unheimlich lang und wurden zu den fadendünnen Enden hin fast unsichtbar. Wie die Tentakel einer Qualle schwebten sie anmutig im Wasser und erinnerten mich daran, was ich im Badesee gesehen hatte. Die Nixe auf dem Bild war längst nicht so farbenfroh, ihre Flossen nicht so pompös wie die in den Büchern. Ihre Ausstrahlung allerdings war Ehrfurcht einflößend, geradezu majestätisch.

Ich fuhr mit dem Finger über die Pinselstriche, über das Haar und das Gesicht der Meerfrau – und plötzlich fiel es mir wie Schuppen von den Augen. Mit pochendem Herzen schob ich die Bücher von meinem Schoß, machte mich über eine andere Kiste her und fand darin den Abschiedsbrief meiner Mum an Dad zusammen mit einem Foto von ihr.

Sie lächelnd und fröhlich in Dads Armen zu sehen, sorgte dafür, dass alles um mich herum in die Ferne rückte. Wie benommen starrte ich das Foto an. Ein bisschen sah sie aus wie eine jüngere Version von Granny und auch mich selbst fand ich in ihr wieder.

Ich kannte diese Frau nicht. Sie war kurz nach meiner Geburt aus meinem Leben verschwunden und nie wieder aufgetaucht. Alles, was ich von ihr wusste, hatte ich von Granny und Dad. Sie soll wild und frei und kaum zu bändigen gewesen sein. Immer ein Lied auf den Lippen, immer fröhlich und mir sehr ähnlich mit ihrem dunklen Haar, den runden Augen, den Segelohren und dem Breitmaulfroschmund, den ich offenbar neben ein paar anderen Dingen von ihr geerbt hatte – zum Beispiel die Fähigkeit, Wasser zu kontrollieren.

Ich hielt das Foto von ihr neben das Gesicht der Meerfrau. Das war sie. Dieses Gemälde zeigte meine Mum in ihrer Nixengestalt. Das war mir zuvor nie aufgefallen, weil die Pinselstriche zu grob waren und ich das Bild nie aus der Nähe betrachtet hatte. Jetzt, wo ich es wusste, konnte ich es nicht mehr übersehen.

Noch immer benommen, ließ ich das Foto sinken. Was passierte hier? Der Tag am See, dieser Abend. Mein Leben war binnen weniger Stunden völlig auf den Kopf gestellt worden.

»In Wahrheit sehen sie nicht ganz so gruselig aus«, sagte Seth.

»Was?« Ich war zu sehr in Gedanken gewesen, um sein Eintreten zu bemerken. Wahrscheinlich beobachtete er mich schon eine Weile.

Er deutete auf das Gemälde. »Nixen gelten als die schönsten und anmutigsten Wesen der Zwischenwelt. Sie können ganz unterschiedlich aussehen, je nachdem, woher sie stammen. Eine dieser Art ist mir bisher jedoch noch nicht begegnet.«

»Zwischenwelt?«, hakte ich nach. Es war schon das zweite Mal, dass er davon sprach.

»Die Welt, in der Magiebegabte wie wir frei leben können«, erklärte er. »Außerhalb ist es verboten, sich den Normalsterblichen zu offenbaren. Genau das hast du allerdings getan.«

»Nicht mit Absicht«, erinnerte ich ihn.

»Was ich dir glaube, auch wenn es ungewöhnlich ist. Deine Kräfte hätten sich schon in frühester Kindheit zeigen müssen. Irgendetwas hat das verhindert.«

»Die Kette!«, platzte es aus mir heraus. Keine Ahnung, woher dieser Geistesblitz gekommen war. Eilig kramte ich wieder in der Kiste. Dort hatte Dad auch das Foto von Granny und mir verstaut. Ich stand auf und reichte es an Seth weiter.

»Ein schwarzer Turmalin«, stellte er fest, nachdem er sich die Kette um meinen Hals genauer angeschaut hatte. »Der Stein unterdrückt Magie. Wahrscheinlich ist auch ein Zauber eingewoben, der dich dazu bewegt hat, die Kette ständig zu tragen. Wie alt ist das Bild?«

»Zehn Jahre.«

Er nickte wissend. »Einfache Zauber verlieren ihre Wirkung nach Ablauf eines Jahrzehnts. Ich vermute, du hattest die Kette am See nicht bei dir?«

»Ich hatte sie am Abend davor abgelegt und nicht wiedergefunden.« Allmählich schnürte sich der Kloß, der von meinem Hals bis in meine Magengrube gewandert war, zu einem festen Klumpen aus Wut zusammen. Wut darüber, dass ich so vieles nicht gewusst hatte und auf diese Weise davon erfahren musste. Meine Mum hätte für mich da sein müssen. Sie hätte nie weggehen dürfen. Aber hier stand ich nun, völlig auf mich allein gestellt, verlassen von allen und jedem, der mir hätte helfen können.

»Warum sollte mir meine Granny eine solche Kette schenken?«, fragte ich mit belegter Stimme. Ein unverhohlener Vorwurf schwang in meinen Worten mit. »Sie hat mir nie etwas von meiner Abstammung erzählt. Und wieso hat sie mir weisgemacht, dass Nixen menschenfressende Monster sind, vor denen ich mich in Acht nehmen soll, wenn ich doch selbst eine bin?«

»Das kann ich dir nicht beantworten«, sagte Seth in ruhigem Tonfall.

Ich rieb mir den Nasenrücken und begann auf und ab zu laufen. »Und die Strafe dafür, dass sich meine Kräfte am See gezeigt haben?«

Seth reagierte nicht gleich, also blieb ich stehen und schaute ihn an. Er hatte die Lippen zu einer schmalen Linie zusammengepresst. Es war nicht zu übersehen, dass er kein Freund der Vorgehensweise war, die sein Kollege so bereitwillig durchziehen wollte.

»Deine Fähigkeiten werden versiegelt und dein Gedächtnis gelöscht«, erklärte er. »Du wirst als Normalsterbliche weiterleben, so wie es vielen Magiebegabten vor dir ergangen ist. Insbesondere Nixen, weil sie sich oft nicht auf ein Leben in der Zwischenwelt beschränken wollen.«

Vielleicht war genau das mit meiner Mum und auch mit meiner Granny passiert. Aber wieso dann Grannys Warnungen? Das ergab keinen Sinn.

»Du und Sullivan, ihr seid auch Nixen?«, hakte ich nach.

»Es gibt keine männlichen Nixen.«

Ich hob eine Braue. Nicht dass ich sonderlich viel Ahnung von Nixenphysiologie gehabt hätte, aber ganz ohne Männer konnte das mit dem Fortbestand der Art nicht hinhauen.

»Und wie funktioniert das dann mit dem ... du weißt schon?« Ich versuchte es mit Handzeichen, was es nicht besser machte. Mein Aufklärungsgespräch mit Dad lag schon ein paar Jahre zurück und trotzdem konnte ich mich noch gut erinnern, wie peinlich das Ganze gewesen war. Zum Glück verstand Seth, worauf ich hinauswollte, bevor ich zu den eindeutigeren Gesten übergehen musste.

»Mit dem Nachwuchs?«

Ich nickte erleichtert. »Ja, sag ich doch.«

»Nixen gehen Partnerschaften mit Normalsterblichen ein, so war es auch bei deinen Eltern«, klärte er mich auf.

Gut, darauf hätte ich auch selbst kommen können. Dann wäre mir das Thema erspart geblieben. »Klingt logisch«, murmelte ich. »Und Sullivan und du, ihr seid ...?«

»Ich bin ein Hexer und Sullivan ist ein Vampir.«

»Nicht dein Ernst!?« Hilfe suchend schaute ich mich im Raum um, obwohl ich gar nicht wusste, wonach ich suchte. Einem Pflock vielleicht? »Das ist also alles echt? Hexen, Nixen, Vampire?«

»Magier, Nekromanten, Ghule, Nymphen …«, führte er meine Aufzählung fort. »Die meisten sogenannten Fabelwesen existieren wirklich. Wir Wächter kümmern uns darum, diese Wahrheit zu schützen. Zu unser aller Sicherheit.«

»Und das soll ich dir einfach abkaufen?« Ich schüttelte den Kopf, als könnte ich dadurch die verhedderten Fäden lösen, die meine Gedanken zu einem unübersichtlichen Knäul zusammenschnürten.

»Das erwarte ich nicht von dir.« Seth hob zwei Finger und trat einen Schritt auf mich zu.

»Bleib ja weg von mir!«, verlangte ich und riss die Hände hoch. »Ich lasse nicht zu, dass du mit mir machst, was dein Vampirkollege mit Dad angestellt hat.«

»Das wird nicht geschehen«, beteuerte er und zeigte mir seine Handfläche. »Siehst du? Kein Memora-Amulett.«

Er legte die zwei Finger an seine Stirn, murmelte ein paar Worte, von denen eines verdächtig nach Memora klang, und seine Fingerkuppen begannen zu leuchten.

»Netter Versuch!« Auch wenn ich keine Ahnung von Magie hatte, war ich nicht auf den Kopf gefallen. Sullivan war ein Vampir, Seth ein Hexer. Wahrscheinlich brauchte er kein Amulett, um den Zauber zu wirken.

Ich stürzte an ihm vorbei zur Tür, doch Sullivan versperrte mir den Weg. Als ich herumwirbelte und Seth ausweichen wollte, packte er mich am Arm und drückte mir seine Finger auf die Stirn.

»Es tut nicht weh«, behauptete er.

Eine Bilderflut überströmte mich. Ich konnte nichts dagegen tun. Sie prasselten auf mich ein, viel zu viele und viel zu chaotisch, um einen Sinn darin erkennen zu können. Es fühlte sich an, als würde mein Schädel platzen. Von wegen, es tat nicht weh!

Seth zog die Hand wieder weg. Ich taumelte, atmete ein und aus.

Das Gefühl, mit Bildern vollgepumpt worden zu sein wie ein Luftballon mit Helium, ebbte ab und ich begann zu verstehen. Seth hatte mir Erinnerungen gezeigt.

Es waren unzählige Momentaufnahmen, fremde Gesichter und Orte. Ein Tanzsaal voller Vampire, eine Frau, die mit einem Baum verschmolz, fliegende Bücher in einer Bibliothek, ein Hexenzirkel, der sich um einen Ritualkreis versammelt hatte, eine ganze Reihe von Läden in einer belebten Einkaufsstraße, in der mindestens jeder zweite Passant Hörner, Flügel oder Fangzähne besaß. Alles Dinge, die Seth gesehen hatte. Dinge, die in der Welt, durch die er sich bewegte, völlig normal waren und auf mich so unwirklich, so absurd wirkten, dass ich mich davon regelrecht erschlagen fühlte.

»Wenn du das alles nicht möchtest, versiegeln wir deine Kräfte und du kannst weiterleben wie bisher«, erklärte Seth.

»Und wenn ich es möchte?«, fragte ich.

»Dann musst du lernen, deine Kräfte zu beherrschen, damit sich ein Vorfall wie der am Badesee nicht wiederholt.«

»Es gibt eine Schule in Skavik, die auch Nixen aufnimmt«, fügte Sullivan hinzu.

»Skavik?« Von dem Ort hatte ich noch nie gehört.

»Das liegt in Norwegen«, sagte Seth.

»Norwegen?« Ich war noch zu verwirrt und überrumpelt, um mehr als einzelne Wörter hervorzubringen. Norwegen war ewig weit weg. Es konnte nur ein Witz sein, dass sie von mir verlangten, mein Zuhause zu verlassen, um in ein fremdes Land zu reisen. Allerdings sahen die beiden nicht aus, als würden sie sich einen Scherz mit mir erlauben. »Was ist mit Dad?«

»Er wird von alldem nichts erfahren, er –«, begann Seth.

»Halt! Nein!«, unterbrach ich ihn. »Das könnt ihr nicht machen. Ihr könnt nicht hier einbrechen, mir das alles erzählen und mich dann vor diese Wahl stellen. Ich lasse nicht zu, dass Dad so bleibt, wie er jetzt ist. Und wenn ich mich dazu entschließe, auf die andere Seite des Meeres zu ziehen, will ich, dass Dad alles darüber weiß.«

Sullivan schaute Seth vorwurfsvoll an. »Das Problem hätten wir nicht, wenn wir das Ganze den Vorschriften entsprechend durchgezogen hätten. Das Mädchen und ihr Vater würden längst wieder friedlich schlummernd in ihren Betten liegen, wenn du gleich richtig durchgegriffen hättest.«

»Hat sie kein Recht darauf, etwas über ihre Abstammung zu erfahren?«

»Das hat sie verwirkt, als sie in der Öffentlichkeit Magie eingesetzt hat.«

»Okay, das reicht«, unterbrach ich die beiden, schob mich an Sullivan vorbei und ging rückwärts auf die Küche zu. »Ich will mit Dad reden. Sofort. Ich will, dass er von meiner Abstammung weiß. Er hat ein Recht darauf.«

»Er würde es nicht verstehen«, meinte Seth.

»Ihr hebt jetzt diesen Hypnosezauber auf oder ich schwöre, ich lasse die Wasserrohre des gesamten Viertels platzen.« Keine Ahnung, ob ich dazu fähig war, aber ich konnte zumindest so tun. Ich ballte die Hände so fest zu Fäusten, dass sie zitterten, und breitete die Arme aus.

»Okay, beruhige dich«, bat Sullivan beschwichtigend. »Das können wir jetzt wirklich nicht gebrauchen. Nicht nach der Gasexplosion in London.«

Ich erinnerte mich an die Zeitungsberichte darüber. Ein ganzer Stadtteil war lahmgelegt worden, das Gas hatte bei den Leuten Halluzinationen und eine Massenpanik ausgelöst.

»Dafür wart ihr verantwortlich?«, fragte ich.

»Und das wird sich nicht wiederholen«, zischte Sullivan. »Also senk deine Hände.«

»Mein Vater!«, beharrte ich.

»Einverstanden«, sagte Seth.

»Wie bitte?«, entfuhr es Sullivan.

»Sie will nur mit ihm reden. Lassen wir sie. Lassen wir ihr und ihrem Vater Zeit, sich mit der neuen Situation zu arrangieren. Ihre Entscheidung kann sie auch morgen noch treffen.«

»Tsss«, stieß Sullivan aus. »Also gut. Hauptsache, der Ärger von London wiederholt sich nicht in Birmingham. Aber sei dir sicher, wir lassen dich keine Sekunde lang aus den Augen.« Drohend deutete er mit dem Zeigefinger auf mich.

Ich nickte und öffnete die Fäuste. Dass sie mir tatsächlich abkaufen würden, ich könnte mit meinen Kräften, die mir noch völlig fremd waren, einen solchen Schaden anrichten, hatte ich nicht für möglich gehalten.

Sullivan ging an mir vorbei zur Küche, während Seth mir ein wissendes Lächeln schenkte. Okay, offenbar war nur Sullivan auf meinen Bluff hereingefallen. Seth hatte lediglich mitgespielt, was mich dazu brachte, ihm dankend zuzunicken. Ich ging in die Küche und setzte mich Dad gegenüber an den Tisch.

»Du kannst«, sagte ich an Sullivan gerichtet.

Er verdrehte die Augen, hob die Hand und richtete sie auf Dads Gesicht. Das Memora-Amulett leuchtete auf und es dauerte nicht lange, bis Dads abwesender Blick der Panik wich. Erschrocken schaute er sich um, denn er wusste nicht einmal, wie er in die Küche gekommen war. Als er die fremden Männer sah, sprang er auf.

»Dad, nicht aufregen«, bat ich. »Setz dich, ich erkläre dir alles.«

»Devin, was …?«

»Könnt ihr bitte gehen?«, sagte ich an die Wächter gewandt.

Sullivan schnaubte verächtlich. »Wir können nicht einfach –«

»Wir kommen morgen wieder«, unterbrach Seth ihn.

Eigentlich wollte ich nur, dass sie die Küche verließen, aber so war es mir sogar noch lieber. Auch wenn ich nicht verstand, wieso mich Seth nach dem ganzen Theater unbewacht lassen wollte.

Er schaute zu Sullivan, nickte zur Tür und die beiden zogen ab. In meinem Rücken hörte ich, wie die Haustür auf- und wieder zuging.

»Bitte.« Ich deutete auf den Stuhl.

Dad nahm Platz und ich begann zu erzählen.

Ein paar Stunden später lag ich in meinem Bett und starrte zur Decke. Dad hatte die ganze Sache überraschend gut aufgenommen. Auch wenn ein paar fassungslose Momente während unseres Gesprächs nicht ausgeblieben waren. Im Grunde hatte er die fünf Phasen der Trauer durchgemacht: Leugnen, Wut, Verhandeln, Depression, Akzeptanz. Dabei gab es gar keinen Grund zu trauern. Er hatte mich nicht verloren. Nicht so wie Mum. Ich war da und ich war immer noch dieselbe – auch wenn sich mein ganzes Leben plötzlich und ohne Vorwarnung verändert hatte.

Wahrscheinlich steckte ich deshalb im Gegensatz zu Dad noch irgendwo in der Depri-Phase fest. Ich wollte nicht von ihm weg, wollte mein Zuhause, meine Freunde und meine Heimatstadt nicht verlassen. Aber stattdessen aufgeben, was ich gerade erst an mir entdeckt hatte? Das kam nicht infrage. Es gab so viel, was ich nicht verstand, worüber ich mehr wissen wollte. Und genau deswegen hatte ich Dad nichts von der Option verraten, meine Kräfte zu versiegeln. Ich hatte es vorgehabt, es dann aber nicht über mich gebracht.

Immer wenn ich die Augen schloss, sah ich die Bilder, die mir Seth eingepflanzt hatte. Bilder einer fremden Welt voller Magie und Wunder. Und der Schlüssel zu dieser Welt, meine Eintrittskarte sozusagen, war die Schule in Norwegen.

Norwegen. Was wusste ich über das Land? Es war kalt, dunkel. Und kalt. Hatte ich schon kalt erwähnt? Ich konnte dem Winter nichts abgewinnen. Hätte diese Schule nicht in Spanien liegen können? Bei Spanien wäre ich sofort dabei gewesen.

Ich hörte ein Poltern aus Dads Zimmer und richtete mich auf. Mein Wecker zeigte kurz nach fünf Uhr morgens an. Der nette kleine Überfall der Wächter und das darauffolgende Gespräch mit Dad hatten uns fast die ganze Nacht gekostet. Es war viel zu früh, um schon wach zu sein. Wobei ich zugeben musste, dass ich selbst kaum ein Auge zubekommen hatte.

Ich stieg aus dem Bett, lief zu Dads Schlafzimmer und klopfte an. »Dad?«

Vorsichtig schob ich die Tür auf. Dad tat so ziemlich das Gegenteil von Ausruhen und Verarbeiten. Er hatte einen Koffer auf das Bett gelegt, stand vor seinem Kleiderschrank und räumte ihn aus. Wahllos griff er in die Ablagen und warf haufenweise Hemden, Hosen und Socken in den Koffer. Gehetzt schaute er zu mir.

»Gut, dass du wach bist. Pack deine Sachen.«

»Packen? Für Norwegen?« Ich trat näher. War ihm klar, dass er nicht mitkommen konnte?

Dad ergriff meine Oberarme. »Wir verschwinden von hier. Wir gehen irgendwohin, wo sie dich nicht finden. Ich habe Freunde in London. Dort wird unsere erste Station sein, dann sehen wir weiter.«

Ausgerechnet London? Wo vor ein paar Wochen eine Gasexplosion stattgefunden hatte, die gar keine Gasexplosion gewesen war?

Ich sah das Telefon, das neben dem Koffer lag. »Hast du deine Freunde in London angerufen?«

»Um die Zeit? Nein, ich wollte die Polizei rufen, aber was bringt das schon? Was sollen die ausrichten gegen … Vampire und dergleichen.« Sein Blick wurde schwer.

»Wir können nicht weglaufen«, wiederholte ich, was Seth zu mir gesagt hatte. Wenn ich die Bilder, die er mir übermittelt hatte, richtig interpretierte, war diese Zwischenwelt verdammt groß und ihre Bewohner hatten übernatürliche Kräfte. Ihnen zu entkommen war garantiert unmöglich.

»Wir finden einen Weg«, sagte Dad eindringlich.

»Diese Fähigkeiten stecken in mir, okay? Sie verschwinden nicht einfach. Und wenn ich nicht lerne, sie zu kontrollieren, wird sich so etwas wie am Badesee wiederholen. Und dann stehen die Wächter erneut vor unserer Tür.«

»Aber wer sagt uns, dass die Absichten dieser Leute gut sind?«, hielt er dagegen. »Wer weiß, ob deine Mutter wirklich eine von ihnen war? Sie war ganz sicher nicht so ein Ungeheuer, wie deine Granny diese Wesen beschrieben hat. Und das bist du auch nicht!« Seine Hände schraubten sich schmerzhaft fest um meine Oberarme. »Du bist mein kleines Mädchen. Kein Unterwassermonster, das Menschen in den eisigen Tod lockt. Das kann und darf nicht sein. Du würdest nie jemandem wehtun.«

»Wie du mir gerade?«, warf ich ihm entgegen.

Ich erkannte Dad nicht wieder. Die reine Panik lenkte ihn. Wahrscheinlich war das nur deswegen nicht schon bei unserem Gespräch passiert, weil er zu dem Zeitpunkt noch unter Schock gestanden hatte.

»Es tut mir leid, das wollte ich nicht«, entschuldigte er sich und ließ mich los. »Du musst packen, okay?«

Vielleicht hätte ich ihm doch von der Option erzählen sollen, dass ich meine Kräfte auch versiegeln lassen könnte. Andererseits hätte er dann bestimmt darauf bestanden. Er hätte mich dazu gedrängt, auf mein Erbe zu verzichten. Aber das konnte ich nicht.

»Dad, ich will nicht …«, begann ich.

»Pack dein Zeug!«, verlangte er unwirsch und deutete in Richtung meines Zimmers.

»Schrei mich nicht an!« Ein Kloß hatte sich in meinem Hals gebildet. Dad schrie normalerweise nie. Er verlor nie die Fassung. Und jetzt schaute er mich an, als wäre ich eine Fremde, die ihm seine Tochter weggenommen hatte – als wäre das Monster in mir erwacht. Er schaute mich an, wie Tyler es getan hatte.

Vielleicht war Dad wirklich nicht bereit für all das. Für mich eröffnete sich eine ganz neue Welt, aber für ihn war das alles zu viel. Und ich wollte nicht, dass er das Gefühl hatte, seine Tochter zu verlieren.

»Ich packe meine Sachen«, lenkte ich ein, verließ das Zimmer und zog die Tür zu. Eine Weile stand ich schweigend im dunklen Flur. Ich fühlte mich erdrückt und ausgehöhlt zugleich.

»Es wird ihm nicht wehtun, oder?«, fragte ich leise.

Seth trat aus dem Schatten. »Nein, das wird es nicht.«

Im Grunde war mir die ganze Zeit klar gewesen, dass er nicht gegangen war. Er versuchte zwar, es mir so leicht wie möglich zu machen, aber er war nicht unvorsichtig.

»Ich werde deinem Vater die Erinnerung an die letzten Stunden nehmen und sie durch eine andere ersetzen. Er wird sich für dich freuen und euer Verhältnis wird wieder so wie früher sein.«

»Versprochen?« Es war keine angenehme Vorstellung, dass Seth am Gedächtnis meines Vaters herumpfuschen wollte, aber ich sah keinen anderen Weg, um ihm seine Tochter zurückzugeben und meine Chance zu nutzen, diesen neuen Teil von mir kennenzulernen.

»Hoch und heilig«, schwor Seth.

Er betrat Dads Schlafzimmer, schloss die Tür hinter sich und ich blieb allein im dunklen Gang zurück.

5

Auf die Eiszeit bin ich vorbereitet, auf Norwegen nicht

Auf Norwegen war ich überhaupt nicht vorbereitet. Ich lebte in Birmingham. Hier wurde es nie extrem kalt und nur selten so warm wie in diesem Sommer. In der Ecke von Norwegen, in der meine neue Schule liegen sollte, war es im Schnitt fünfzehn Grad kälter als hier. Und fünfzehn Grad konnten für eine Frostbeule wie mich über Leben und Tod entscheiden. So sah ich das zumindest.

Wie ich nachgelesen hatte, konnten selbst im Sommer Minusgrade vorkommen, und der Sommer neigte sich gerade dem Ende zu. Im Winter herrschte dort Eiszeit. Mit meinen gefütterten Leggings und warmen Hoodies, die ich üblicherweise im Winter trug, kam ich da nicht weit. Isla und ich waren daher gleich losgezogen, um mir Skikleidung zu besorgen, nachdem ich ihr von Norwegen erzählt hatte.

Ungefähr die Hälfte der Klamotten hatte ich am frühen Morgen meiner Abreise angezogen, was meine Bewegungsfreiheit so stark einschränkte, dass es wahrscheinlich einfacher gewesen wäre, die Treppe nach unten zu rutschen.

Dad hantierte gerade in der Küche. Normalerweise war das mein Part, aber er würde sich daran gewöhnen müssen.

»Und, was sagst du?«, fragte ich, breitete die Arme aus und schaute an mir herunter.

»Du siehst aus wie das Marshmallow-Männchen«, zog er mich lachend auf. »Soll ich die Ghostbusters rufen?«

Mein Blick fiel auf den Esstisch. Darauf lag eine Broschüre der *School of Skavik.* Der Zusatz *Myth and Magic* war vorsorglich weggelassen worden, genau wie jeder andere Hinweis darauf, dass es sich um eine Schule für Magiebegabte handelte. Offenbar gab es nicht wenige Neuankömmlinge wie mich, die ihre Magie verheimlichen mussten. Unverfängliche Stockfotos zeigten lächelnde Gesichter in Klassenzimmern, die wahrscheinlich nichts mit der echten School of Myth and Magic zu tun hatten. Daneben standen nichtssagende Werbetexte und das Versprechen auf eine hervorragende Ausbildung. Das Entscheidende war aber der Zauber, der in das Papier eingewebt war. Wer auch immer die Broschüre in die Hand nahm, war von diesem Moment an der festen Überzeugung, schon viel von der Schule gehört zu haben. Auch mein angebliches Sportstipendium im Schwimmen stand außer Frage, obwohl ich nie im Schwimmteam meiner Schule gewesen war.

»Ich kann es immer noch nicht glauben«, sagte Dad wehmütig.

»Ich auch nicht«, gab ich zu.

Er kam zu mir und legte seine Hände auf meine Schultern. »Es ist eine große Chance für dich. Nur deswegen lasse ich dich gehen, auch wenn es mir das Herz bricht.«

»Ich werde dich unheimlich vermissen, Dad.«

Meine Abneigung gegen Umarmungen schob ich beiseite und drückte ihn an mich. Ein letztes Mal für eine irrsinnig lange Zeit.

Es klopfte an der Tür, aber ich wollte den Moment noch nicht enden lassen.

»Brauche ich einen Freischneider, um dich von mir loszubekommen?«, fragte Dad.

»Wenn das mal reicht.«

»Du bist doch sonst nicht so anhänglich«, meinte er.

Ich sagte nichts.

»Es wird Zeit, du wirst abgeholt. Vielleicht schicken sie dir sogar eine Limousine, um dich zum Flughafen zu bringen. Das wäre doch was, oder? Und denkst du nicht, dass es reicht, wenn du die warme Kleidung nach deiner Ankunft anziehst? Immerhin dauert der Flug ein paar Stunden. Und auch in Norwegen ist zurzeit Sommer.« Er schob mich von sich und ging zur Tür.

»Nur dass es bei denen im Sommer gern mal schneit«, meinte ich.

»Aber nicht am Flughafen hier in Birmingham und auch nicht in Oslo, wo du landen wirst. Laut Wetterbericht sind dort fünfzehn Grad.«

»Das passt schon«, wiegelte ich ab. Ich konnte ihm ja schlecht erklären, dass mich Seth angewiesen hatte, warme Kleidung zu tragen, weil unsere Anreise nicht lange dauern würde und auch nicht mit einem Zwischenstopp in Oslo vonstattenging.

Dad öffnete die Tür und Seth trat ein. Es störte Dad überhaupt nicht, dass er seine Wächteruniform trug, die so gar nicht nach der Kleidung eines Schulmitarbeiters aussah.

»Ist Ms Blackwood für ihre Abreise bereit?«, fragte Seth.

»Das ist sie«, bestätigte Dad.

»Und das wird hier einfach so über meinen Kopf hinweg entschieden?«, beschwerte ich mich. »Vielleicht würde ich doch lieber erst in einer Woche abreisen. Oder in zwei. Oder gar nicht.«

»Jetzt komm schon«, forderte Dad mich auf und streckte mir die Hand entgegen. Widerwillig ging ich zur Tür, wo er mich noch einmal zu sich zog und mir einen Kuss auf die Wange drückte. »Du rockst das.«

»Oder ich stehe in zwei Tagen wieder vor deiner Tür.«

»Das wäre auch okay«, versicherte er mir.

»Es wird Ihrer Tochter an nichts fehlen«, versprach Seth und wandte sich an mich. »Können wir?«

Ich nickte, wenn auch mit einem mulmigen Gefühl. Dann setzte ich meinen Rucksack auf, schnappte mir meinen Koffer und ging an Seth vorbei die Stufen vor dem Haus nach unten.

»Ruf mich an, sobald du angekommen bist«, bat Dad.

»Das mache ich.«

Wir winkten uns zu, bevor er die Tür schloss. Ich schluckte und schaute rasch zur Straße. »Und wo ist jetzt meine Limousine?«

»Limousine?«, fragte Seth.

»Na, für die Ehrenschülerin.« Ich deutete einen Knicks an.

»Wir gehen zu Fuß.« Er machte sich auf den Weg und ich schloss zu ihm auf.

»Zu Fuß nach Norwegen?« Das war ein verdammt weiter Weg.

»Ich habe dir von der Zwischenwelt erzählt, wo Magiebegabte sicher leben können. Sie verteilt sich auf viele Orte, überall auf der Welt, und verbirgt sich in Falten von Raum und Zeit.«

»Aha?« Ob das meine erste Unterrichtsstunde werden sollte?

»Stell dir vor, du breitest ein Stofftuch vor dir aus, auf dem eine Weltkarte zu sehen ist. Wenn du den Stoff an zwei Stellen greifst und zusammenführst, entsteht dazwischen eine Falte. Auf diese Weise verbirgt sich die Zwischenwelt vor den Augen Unwissender. Von außen betrachtet ist nichts zu sehen, aber die Falten ziehen sich durch die ganze Welt und verbergen magische Orte in ihrem Inneren. Und wir reisen jetzt über eine dieser Falten von einem Ort zum nächsten. Ganz ohne Zeitverlust. Das ist besser als mit einer Limousine zum Flughaften zu fahren und danach stundenlang im Flugzeug zu sitzen, oder?«

Ich zuckte mit den Schultern, was Seth bei meinen dicken Klamotten wahrscheinlich nicht sehen konnte. »Kommt darauf an«, sagte ich. »Hätte es im Flugzeug Knabbernüsse und Orangensaft in kleinen Flaschen gegeben?«

Seth sah flüchtig zu mir, sagte jedoch nichts und lief weiter. Was Humor anging, waren wir offenbar nicht ganz auf einer Wellenlänge.

»Wie habt ihr mich eigentlich gefunden?«, fragte ich.

»Polizeifunk.«

»Darüber wurde von einer Nixe berichtet?«

»Nein, über den Angriff eines unbekannten Tiers auf einen Schüler«, korrigierte er. »Wir sind der Sache nachgegangen und haben am See Restspuren von Nixenmagie gefunden.«

Ich schaute zu meinen Händen. »Ganz sicher Nixenmagie?«

»Ganz sicher«, bestätigte er. »Zweifelst du daran?«

»Ich kann Wasser kontrollieren«, sagte ich. »In der Dusche klappt das mittlerweile ganz gut. Aber ich verwandle mich nicht in ein Wesen mit Flossen, wenn ich nass werde. Und was ich mit Tyler angestellt habe –«

»Du hast dich vermutlich ganz unbewusst in seiner Gegenwart verwandelt und ihm damit den Schock seines Lebens verpasst. Es wird seine Zeit brauchen, bis du dich bewusst verwandeln kannst, aber das lernst du noch.«

Das sollte alles gewesen sein? Auf mich hatte er nicht bloß schockiert gewirkt, sondern als wäre ihm das Leben ausgesaugt worden, so blass und kraftlos, wie er gewesen war. Die eingefallenen Wangen und dann diese seltsamen Zeichen auf seiner Haut, diesen Anblick werde ich bestimmt nicht vergessen. Von solchen Nixenfähigkeiten stand auch nichts in Grannys Büchern.

Seth blieb an einem ausgemusterten Briefkasten stehen, der an dieser Kreuzung vor sich hin rostete, seit ich denken konnte.

»Stell dich neben mich«, bat er.

Ich folgte seiner Aufforderung und er hakte sich bei mir unter.

»Gut festhalten«, forderte er mich auf. Im nächsten Moment ließ er sich mit Schwung nach hinten über den Briefkasten fallen und zog mich mit sich.

»Woah!«, stieß ich noch aus, als uns ein grelles Licht erfasste, uns förmlich einsog und mitsamt meinem Koffer verschluckte, als wären wir in einen Strudel geraten.

Bevor ich überhaupt begriff, was mit mir geschah, ebbte das Licht bereits ab. Ich hörte den Wind pfeifen, spürte festen Boden unter meinen Füßen und stolperte einen Schritt nach vorn.

Seth hielt mich am Oberarm fest und verhinderte so, dass ich stürzte. »Alles in Ordnung? Die ersten Male sind immer etwas holprig.«

»Alles gut, ich wäre schon nicht …« Übelkeit stieg in mir auf. »Hingef…«

»Ist dir schlecht?«

»Es …« Ich hielt mir die Hand vor den Mund und hob den Zeigefinger, um ihn zu bitten, mir einen Moment zu geben. Mein Magen fühlte sich an wie einmal durch den Fleischwolf gedreht. Es nutzte auch nichts, die Luft anzuhalten, und als ich das Gefühl hatte, dass es mir endgültig hochkam, riss ich mich von Seth los, stolperte zur Seite und stützte mich an einem Baum ab.

Die Übelkeit legte sich wieder, sodass meine erste Handlung nach meiner Ankunft in einem fremden Land zum Glück nicht die Entleerung meines Mageninhalts war.

Ich atmete ein paarmal tief ein und aus, erst dann begann ich zu registrieren, wo genau uns die Raumfalte hingebracht hatte. Ich stand auf rauem Steinboden, durch den sich hier und dort ein paar störrische Grasbüschel reckten.

Mit der Schulter an den Baum gelehnt, hob ich den Blick und

schaute hinunter in ein naturbelassenes Tal, über die Kronen von Kiefern und Birken hinweg, bis hin zu weit entfernten blauen Hügeln, die sich deutlich vom tristen Grau des bewölkten Himmels abhoben. Hier draußen war nichts. Nur Einöde. Keine Strommasten, keine Straßen, Autos oder Häuser. Rein gar nichts.

»Wenn du die Aussicht genießen willst, solltest du dich umdrehen«, riet mir Seth.

Ich wusste nicht, ob ich das wollte. Noch konnte ich mir einbilden, dass sich in meinem Rücken eine blühende Stadt befand. Würde ich mich umdrehen, wäre diese Hoffnung sicher ganz schnell zerschlagen. Da ich aber nicht ewig an diesem Baum stehen und ins Nichts starren konnte, blieb mir keine andere Wahl. Ich schickte ein Stoßgebet gen Himmel und drehte mich um.

Seth stand an einem verwitterten Holzverschlag, den ich bei näherem Betrachten als eine Bushaltestelle identifizierte. Zumindest wiesen die morsche Bank unter dem Verschlag und ein Pfosten darauf hin, an dem zu besseren Zeiten sicher einmal ein Fahrplan angebracht gewesen war.

Der Pfad, der zu dieser abgelegenen Haltestelle am höchsten Punkt eines Hügels führte, verdiente die Bezeichnung Straße nicht. Es war eher so etwas wie eine Furche aus Schottersteinen, die sich durch die Landschaft schlängelte. Ein gutes Stück weiter unten führte sie an zerfallenen Mauern und zugewachsenen Zäunen vorbei, die zu Vorgärten von Häusern gehörten, die im wild wuchernden Grün kaum auszumachen waren. Im Tal waren sie schon besser zu erkennen, weil dort unten weniger Bäume standen, hinter denen sie sich verstecken konnten. Es blieb jedoch bei vereinzelten Häusern. Kreuz und quer, wie achtlos hingeworfen, standen sie abseits von schmalen Schotterwegen, die sich immer weiter bis zu einer Steilküste vorkämpften. Dort lagen die Häuser dichter beieinander, als würden sie um die besten Plätze am Wasser ringen – oder vor dieser tristen Einsamkeit fliehen wollen, die über allem hing.

»Yeah, Natur«, sagte ich trocken und simulierte einen Jubelausbruch, indem ich die Fäuste hob.

Auch wenn ich nicht unbedingt vor Freude übersprudelte, musste ich zugeben, dass der Blick auf die Küste Postkartenqualität hatte. Die steilen, von schäumendem Wasser umspülten Klippen umrahmten die wohl größte Bucht, die ich je gesehen hatte. Scharfkantige Felsen erhoben sich überall aus dem tiefdunklen Blau und in der Ferne bildeten gigantische Berge den Horizont, begruben das Dorf unter ihren Schatten und reckten sich hinauf bis in die Wolken.

»Das ist jetzt also die Zwischenwelt?«, fragte ich.

»Nein, das ist Norwegen. Wir haben die Zwischenwelt wieder verlassen.«

»Norwegen also«, murmelte ich.

»Dort hinten, hinter den Bergen, mündet der Fjord ins Meer«, sagte Seth.

Es wäre vielleicht angebracht gewesen, mich ein bisschen über Norwegen zu informieren, bevor ich in dieses Land gereist war, aber von Fjorden hatte ich schon gehört. Dennoch ließ Seth es sich nicht nehmen, mir eine kleine Einführung in die Geografie zu geben.

»Was du hier siehst, ist ein Meeresausläufer, der sich weit ins Landesinnere erstreckt. Nur das Dorf Skavik liegt an seiner Küste. Die nächste Stadt ist ungefähr fünfzig Meilen entfernt.«

Ich hob eine Braue. »Verstehe. Und für diese Schule, in die ich verfrachtet werde, gab es keinen abgelegeneren Ort?«

Seths einzige Reaktion war ein verschmitztes Lächeln. »Da drüben liegt die School of Myth and Magic.« Er deutete nach links, wo abseits des Dorfes … nichts war. Rein gar nichts.

»Ist das eine Baumschule?«, fragte ich.

»Siehst du die Insel?« Er deutete noch einmal in die Richtung.

Mit dem Bild eines Schulgebäudes im Hinterkopf hatte ich die Küste abgesucht, jetzt schaute ich hinaus aufs Meer, wo zwischen einigen spitzen Felsen eine kleine, grüne Insel lag. Erst auf den zweiten Blick konnte ich überall dort, wo es die dichten Baumkronen zuließen, schmuckloses Mauerwerk und vergitterte Fenster erkennen.

»Das sieht aus wie eine Gefängnisruine«, stellte ich fest.

»Eine Ruine ist es ganz sicher nicht«, sagte er.

Lieber wäre es mir gewesen, wenn er mir versichert hätte, dass es kein Knast war.

»Auch wenn das Hauptgebäude tatsächlich schon sehr alt ist. Bevor Direktor Bradford die Schule vor gut einhundert Jahren gegründet hat, handelte es sich um sein Familienanwesen. Wir müssen hier entlang.« Er deutete auf das Dickicht vor uns und wollte nach meinem Koffer greifen.

»Schon gut, ich mache das«, lehnte ich dankend ab.

Er nickte und lief querfeldein los, während ich wehmütig zum Dorf schaute. Die kleine Anhäufung von Häusern und der schmale Pfad, der dorthin führte, wirkten zwar nicht sonderlich einladend, aber es sah wenigstens ansatzweise nach Zivilisation aus. Vor Seth und mir lag einfach nur Urwald.

»Halt mal, hast du gerade einhundert Jahre gesagt?« Ich tauchte ebenfalls zwischen den Hecken hindurch. »Wie alt ist dieser Direktor?«

Nachdem ich Seth eingeholt hatte, sah ich, dass er nicht einfach nur den Hügel hinabstieg. Am Abhang waren Steinquader angebracht, die eine steile, gefährlich wirkende Treppe bildeten. Ich musste genau darauf achten, wohin ich trat, sonst wäre ich noch viel schneller unten angekommen, als mir lieb sein konnte – und wahrscheinlich nicht in einem Stück.

»Direktor Bradford ist ein Drache«, erklärte Seth. »Du wirst an deiner neuen Schule nicht nur auf Nixen treffen.«

»Auch auf andere Hexer?«, fragte ich.

Er lachte. »Das wahrscheinlich nicht.«

»Und wieso nicht?« Ich wollte alles über Magie, die Zwischenwelt und die Wesen, die sie bewohnten, erfahren. Meine Neugier lenkte mich auch davon ab, dass ich nicht wusste, was mich an dieser Schule erwarten würde.

Mittlerweile waren wir so weit hinabgestiegen, dass weder von der Haltestelle hinter uns noch vom Fjord vor uns noch etwas zu sehen war. Wir waren komplett von Bäumen und Sträuchern umgeben, nur die Trittsteine wiesen darauf hin, dass wir auf dem richtigen Weg waren. Ich nahm die nächste Stufe und zog meinen Koffer hinterher. Obwohl es mit Temperaturen nur knapp über dem Gefrierpunkt um einiges kälter als in Birmingham war, stand mir bereits der Schweiß auf der Stirn. Vielleicht war ich doch zu dick eingepackt.

»Die Zwischenwelt ist genauso wenig perfekt wie die Welt der Normalsterblichen«, erzählte Seth. »Nixen, wie du eine bist, haben erst im Laufe des achtzehnten Jahrhunderts eine Stimme im Tribal der Zwischenwelt erhalten. Hexer wie ich werden erst seit Kurzem anerkannt. Ich habe mich selbst noch vor nicht allzu langer Zeit als Magier ausgegeben.«

»Das ist ein Unterschied?« Für mich waren das bisher immer Synonyme gewesen.

»Ein gewaltiger. Für den Anfang wird es reichen, wenn du weißt, dass Hexen ihre Magie unvermittelt fließen lassen können. Magier brauchen einen Gegenstand, der ihre Magie bündelt.«

»Wie einen Zauberstab?«, fragte ich zweifelnd.

Seth bestätigte das mit einem Nicken und diesem kaum merklichen Lächeln, das oft seine Lippen umspielte. Ich musste noch viel lernen, was kein Wunder war. Schließlich war ich von einem Moment auf den anderen mit einer ganz neuen, fremden Welt konfrontiert worden.

»Übrigens gibt es eine alte Legende, die besagt, dass die erste Hexe ihre Magie durch den Kuss einer Nixe erhalten hat«, erzählte Seth.

»Wenn du denkst, dass ich dich jetzt küsse …«, gab ich neckend zurück.

Er lachte flüchtig. »Das lassen wir mal lieber.«

Mühsam hievte ich meinen Koffer die nächste Stufe nach unten.

»Du kommst klar?«, fragte Seth.

»Geht schon.«

»Das glaube ich dir. Trotzdem bin ich jetzt an der Reihe.« Ohne weitere Worte zu verlieren, nahm er mir den Koffer ab und setzte den Weg fort.

»Ist das jetzt so ein ›der Gentleman trägt dem Mädchen das Gepäck hinterher‹-Ding?«, rief ich ihm nach.

»Das wäre es nur, wenn du nicht trödeln und zurückfallen würdest«, meinte er.

Bevor ich etwas erwidern konnte, ließ mich ein Rascheln in meinem Rücken herumfahren. Ich suchte das umliegende Dickicht ab, konnte jedoch nichts entdecken. Wahrscheinlich war dort nur ein Vogel oder eine Maus zugange. Zumindest hoffte ich das, denn hier draußen gab es bestimmt auch Elche, Bären und Wölfe. Da wäre mir eine Maus weitaus lieber.

Aber wieso wuchs dann dieses ungute Gefühl, beobachtet zu werden, so rapide an? Es lag wie ein Stein in meinem Magen. Unruhig ließ ich meinen Blick über die Hecken und Schatten der Bäume wandern. Irgendetwas war dort draußen und ich spürte es nicht zum ersten Mal. Zum ersten Mal hatte mich dieses Gefühl am See ergriffen, als ich mit Tyler auf dem Weg zum Felsen gewesen war. Ich war nicht allein.

In dem Moment berührte etwas meine Schulter.

6

Das ist eine Gefängnisruine, keine Schule

Wölfe oder Bären legten einem Menschen keine Tatze auf die Schulter, um Hallo zu sagen. Das war mir klar. Also wirbelte ich herum, befreite mich von der Hand und riss meinen Arm hoch, um mich zu verteidigen.

Seth fing mich am Handgelenk ab.

»Verdammt, du hast mich zu Tode erschreckt!«, fluchte ich.

Seth ließ mich los und beachtete mich nicht weiter. Sein Blick wanderte suchend über das Dickicht, als wäre er die Inkarnation einer Überwachungsdrohne. Ich sah wahrscheinlich eher nach einer verqueren Mischung aus Marshmallow-Männchen und verschrecktem Häschen aus.

»Da ist jemand, oder?«, fragte ich.

Es dauerte noch einem Moment, bis Seth seinen Überwachungsdrohnenscan abgeschlossen hatte.

»Was auch immer es war, es ist verschwunden. Wahrscheinlich ein Tier.« Ohne ein weiteres Wort setzte er seinen Weg fort.

»Das war auch mein erster Gedanke.« Wirklich überzeugt war ich davon aber nicht. »Hätte die Schule nicht etwas näher an dieser Raumfalte liegen können?«

»Tatsächlich führt die Falte über das Schulgelände«, antwortete er.

»Ach ja?« Ich schloss zu ihm auf »Und die Bergsteigernummer hier veranstalten wir weswegen?«

»Weil die Schule von einem magischen Schutzwall umgeben ist. Er verhindert primär das Eindringen ungebetener Gäste, aber leider auch den direkten Zutritt.«

»Ungebetene Gäste. Das heißt, wer auch immer uns beobachtet hat, könnte dazuzählen?«

»Es war ein Tier«, beharrte Seth.

»Ein Tier, das mich von Birmingham bis hierher verfolgt hat?«

Seth wurde hellhörig. »Wie meinst du das?«

»Bevor ich mit Tyler ins Wasser gesprungen bin und, du weißt schon, meine Kräfte erwacht sind, hatte ich auch schon das Gefühl, beobachtet zu werden. Ihr wart das nicht, oder?«

»Wie schon gesagt, wir wurden erst durch den Polizeifunk auf dich aufmerksam.« Er schaute wieder zum Wald. »Vielleicht war es doch kein Tier. Vielleicht jemand von der Schule mit hellseherischen Fähigkeiten. Die Person könnte deine Ankunft vorausgesehen haben und wollte mehr über dich erfahren.«

»Oh, wie nett«, sagte ich überzogen. »Es macht doch immer Spaß, aus den Schatten heraus beobachtet zu werden.«

»Da es unwahrscheinlich ist, dass du Feinde hast, die dir gefährlich werden könnten, gibt es keinen Grund, sich länger den Kopf darüber zu zerbrechen. Wir sind da.« Seth schob ein paar Äste zur Seite und gab den Blick auf einen Bootssteg frei, der ebenso heruntergekommen und verlassen wirkte wie die Haltestelle.

Die kleine Insel lag nun direkt vor uns, doch das Gebäude, das eine Schule sein sollte, sah auch aus der Nähe nicht danach aus. In meinen Augen war es nach wie vor eine von der Natur halb zurückeroberte Ruine: alte, modrig wirkende Mauern, die wahrscheinlich eher von Kletterpflanzen und Moos als von Mörtel zusammengehalten wurden, vergitterte Fenster und ein Dach mit losen Ziegeln.

Wellen brachen sich an den scharfkantigen Felsen, die die Insel umgaben, schäumten auf und warfen sich laut tosend gegen die Klippen. Sehr einladend wirkte das nicht. Ich konnte mir vorstellen, dass selbst ein geübter Segler Schwierigkeiten gehabt hätte, diese Untiefen zu umschiffen, und ich fragte mich, wie wir heil dort hinüberkommen sollten. Es gab nicht mal ein Boot an diesem Steg. Wobei das nicht ganz stimmte, denn jetzt sah ich ein stramm gezogenes Seil, das im Wasser mündete, unter dessen Oberfläche ich die Holzplanken eines Bootes zu erkennen glaubte.

Ich wandte mich an Seth. »Sag mal, kann es sein, dass wir uns im Jahrhundert geirrt haben?«

Er schmunzelte. »Wie kommst du darauf?«

Ich begann mit den Fingern aufzuzählen. »Die Haltestelle, der Steg, das Boot, diese Ruine dort hinten? Du hast doch gesagt, dass die Zwischenwelt in Falten von Raum und *Zeit* liegt. Für mich sieht es aus, als wären wir am falschen Ende der Zeit rausgekommen.«

»Keine Sorge, das kann nicht passieren«, meinte er. »Diese Äußerlichkeiten dienen lediglich der Tarnung.«

»Dann laufen wir über das Wasser? Weil das Boot nämlich nicht aussieht, als wäre es nur zur Tarnung gesunken.« Noch ein paar Grad kälter und wir hätten tatsächlich zur Insel laufen können. Es fehlte sicher nicht viel und der Fjord wäre zugefroren.

Seth breitete die Arme aus und konzentrierte sich auf das Wasser. »Levate illu de mar et convertempus!«, sprach er in gebieterischem Tonfall. Seine Hände begannen zu beben, genau wie das Boot. Luftblasen stiegen blubbernd auf, als hätte Seth das Wasser zum Kochen gebracht. Die Wasseroberfläche wölbte sich, der Steg knarzte und ich wich zurück.

Es war beeindruckend, Seth beim Ausüben von Magie zu beobachten. Die Luft flirrte wie von aufgeladener Energie, die nur darauf zu warten schien, sich zu entladen. Was sie dann auch tat. Das Boot durchbrach die Wasseroberfläche, schoss in die Höhe, bevor es vornüberkippte, sich aufs Wasser legte und zur Ruhe kam.

Seth senkte die Arme und ich trat wieder einen Schritt vor. So beeindruckend sein Zauber auch gewesen war, das Boot war es nicht. Es sah genauso aus, wie man sich ein Ruderboot vorstellte, das ein paar Monate oder auch schon Jahre unter Wasser verbracht hatte. Verwittert und morsch, von Muscheln und Algen bedeckt – sogar ein kleiner Krebs huschte eilig aus unserem Sichtfeld und verkroch sich unter der vorderen Sitzbank.

»Nach dir«, sagte Seth und deutete auf das Boot.

Ich schaute noch einmal zu den wellenumspülten Felsen, die sich rund um die Insel wie die Reißzähne einer Bestie aus der Brandung erhoben. Nie im Leben würden wir es schaffen, sie mit diesem klapprigen Kahn zu umschiffen.

»Ich glaube, ich schwimme lieber.«

Seth lachte. »Ich kann nicht für deinen Koffer sprechen, aber ich für meinen Teil ziehe es vor, trocken an unserem Ziel anzukommen.«

Ich verzog das Gesicht. »Da hast du mit dem Boot aber schlechte Karten.«

»Vertrau mir«, bat er.

»Nachdem du mich bis nach Hause verfolgt und nachts überfallen hast?« Widerwillig hievte ich meinen Koffer ins Boot und wartete einen Moment, bis ich ganz sicher war, dass sein Gewicht nicht schon ausreichte, um es zum Kentern zu bringen. Dann stieg ich selbst hinein. Das Boot schwankte zwar etwas, hielt aber stand – und dass trotz des riesigen Lecks unter der hinteren Sitzbank, durch das ich bis zum Meeresgrund schauen konnte. Wahrscheinlich hielt dieselbe Magie, die das Boot an die Oberfläche gebracht hatte, es auch über Wasser.

Ich nahm auf der Bank Platz. »Zum Glück trage ich eine Hose, sonst könnten mir jetzt alle Fische unter den Rock gucken.«

Seth löste das Tau vom Steg und setzte sich auf die Bank mir gegenüber. Ich schaute wieder zur Insel, während er zu rudern begann.

So wie er sich ins Zeug legte, näherten wir uns schnell den Klippen. Das Wasser wurde immer unruhiger und das Boot schaukelte bedrohlich.

»Hältst du es für eine gute Idee, mit dem Rücken zu diesen Untiefen zu rudern?«, fragte ich.

»Was habe ich dir vorhin gesagt?«

Ich setzte eine nachdenkliche Miene auf. »Wenn du die Aussicht genießen willst, solltest du dich umdrehen?«, gab ich wieder, was er mir an der Haltestelle geraten hatte.

»Vertrau mir«, wiederholte er seine Worte.

»Ach ja, das.«

Mit weiteren kräftigen Ruderschlägen manövrierte er das Boot um die winzige Insel herum und an den scharfkantigen Felsen vorbei. Ich fragte mich, ob uns auf der anderen Seite ruhige See und eine gut erreichbare Anlegestelle erwartete, wurde aber schnell eines Besseren belehrt. Auch dort war die Insel schwer zugänglich. Schroff ragte sie aus dem Meer heraus, sodass ich mir kaum vorstellen konnte, ohne Kletterausrüstung hinaufzukommen.

Seth steuerte geradewegs auf die Felsen zu und drängte das Boot mit solcher Wucht gegen eine Welle, dass ich mich links und rechts festhalten musste, um nicht von der Sitzfläche zu rutschen und geradewegs im Loch zu meinen Füßen zu landen. Auch Seth hielt sich fest, was nicht besonders vertrauenerweckend wirkte. Ich wollte ihn fragen, ob er wusste, was er tat, da riss die Welle das Boot auch schon in die Höhe. Sofort pochte mein Puls heftig in meinen Ohren. Ich klammerte mich mit aller Macht fest, rutschte nach hinten, sah den Himmel über dem höchsten Punkt der schäumenden Gischt auftauchen und kniff die Augen fest zusammen, als wir uns zu überschlagen drohten.

Ein plötzlicher Ruck und das Knarren von Holz brachten mich zum Blinzeln. Mein Herz trommelte wild, mein Atem ging schnell, aber immerhin atmete ich Luft ein und kein Meerwasser. Ich war nicht einmal nass geworden.

»Das war keine echte Welle, oder?«, keuchte ich.

Wir hatten uns einmal komplett um uns selbst gedreht und waren trotzdem weder versunken noch war das Boot in seine Einzelteile zerlegt worden. Das *konnte* nicht echt gewesen sein!

»Schau«, forderte Seth mich auf. Er hatte die Ruder wieder zur Hand genommen, als wäre nichts gewesen.

Ich richtete meinen Blick auf die Insel und im selben Moment brachen wir durch eine unsichtbare Wand, die bei der Kollision aufflackerte. Das Flackern zog sich zu allen Seiten weg und machte den gesamten Schutzwall für ein paar Sekunden sichtbar. Es sah ein wenig so aus, als hätte jemand eine gigantische Salatschüssel über die Insel gestülpt. Ich schaute auf, um den Wall im Ganzen sehen zu können, dann blickte ich wieder nach vorn und traute meinen Augen kaum. Das Bild, das sich auf der Innenseite dieser Salatschüssel vor mir auftat, hatte sich komplett verändert. Staunend richtete ich mich auf.

Die scharfkantigen Felsen waren verschwunden, das Meer lag ruhig und klar vor uns und die Insel war zur doppelten Größe angewachsen. Als hätte sie jemand in zwei Teile gebrochen, auseinandergeschoben und um die bisher unsichtbare Mitte ergänzt – einen

Teil, auf dem keine heruntergekommene Gefängnisruine stand, sondern ein gigantisches Schloss! Ich zählte bestimmt ein halbes Dutzend hoher Türme mit grünen Spitzdächern, die von einem geflügelten Wesen umkreist wurden. Es gab massenhaft erleuchtete Fenster, Brücken und mehrere Nebengebäude. Eines davon hatte ich vorher schon gesehen, doch im Schatten des Schlosses wirkte es nur noch wie ein kleiner Schuppen.

Das wilde Gestrüpp der Insel hatte einer Parkanlage Platz gemacht, durch die sich geschotterte Wege schlängelten. Ich sah Sitzbänke, Pavillons, eine Brunnenanlage auf dem freien Platz vor dem Hauptgebäude und eine bunte Mischung junger Leute im Alter zwischen vierzehn und achtzehn Jahren, die sich trotz der winterlichen Temperaturen über den Campus bewegten. Viel mehr konnte ich allerdings nicht erkennen. Dazu waren die steilen Klippen, die die Insel vom Meer trennten, zu hoch. Zudem war mir eine Mauer im Weg, die sich aus dem Wasser erhob und nur einen schmalen Zugang zur Insel offen ließ.

»Pass auf«, warnte mich Seth und deutete mit dem Kinn zum Loch im Boden.

Ich war so abgelenkt gewesen, dass ich beinahe hineingetreten wäre. Damit das nicht geschah, setzte ich mich wieder hin, was mir den Blick auf die Insel abschnitt.

Auch die Aussicht durch das Loch hatte sich verändert. Wo zuvor nur wabernde Dunkelheit gewesen war, konnte ich jetzt Schwärme von großen und kleinen Fischen durch Korallen flitzen sehen, die so intensiv in allen Farben des Regenbogens leuchteten, als hätte jemand einen Disneyfilter über die Wirklichkeit gelegt. Es fehlte nur noch die passende Musik.

In dem wilden Wuchs am Meeresgrund sah ich Krebse, Rochen, Schildkröten und es verschlug mir den Atem, als ein Mädchen mit grünbrauner Schuppenhaut und Haaren wie Algen durch das Bild huschte. Genauso geschickt wie die Fische schwamm sie zwischen dem hohen Seegras hindurch. Sie hatte keinen Fischschwanz wie die Nixen auf den Zeichnungen in Grannys Büchern. Ihre Züge wirkten menschlich und doch ein wenig anders mit den spitzen Ohren, den ungewöhnlich großen, runden Augen und einer so flachen Nase, dass sie Voldemort hätte Konkurrenz machen können. Allerdings war sie um einiges hübscher als dieser grauhäutige Bösewicht. Und besser schwimmen konnte sie bestimmt auch.

Als sie bemerkte, dass ich sie beobachtete, lächelte sie breit, winkte mir zu und sauste davon. Kaum eine Sekunde später schoss sie neben dem Boot aus dem Wasser und legte ihre Arme auf den Handlauf.

»Hey!«, begrüßte sie mich fröhlich. »Neu hier?«

»Ich … ja«, stammelte ich unbeholfen. Ich war von den vielen Eindrücken noch zu erschlagen, um einen Satz herauszubekommen.

Das Mädchen schaute zu Seth. »Mit persönlicher Security. Bist du eine Berühmtheit oder so?«

»Nicht wirklich«, sagte ich.

»Eine Immortal?«

»Eine *was*?«

»Nicht wichtig. Freut mich jedenfalls.« Sie hielt mir ihre Hand hin. »Lilou ist mein Name. Lilou Lagier, eine Sirene, wie dir bestimmt schon aufgefallen ist. Und du?«

Ich nahm ihre Hand. Ihre Schuppenhaut fühlte sich weich und geschmeidig an, nicht schleimig, wie ich erwartet hatte. »Devin Blackwood.«

»Oh, Blackwood. Darf ich raten? Du bist eine Hexe?«

Ich lachte. »Nein.«

»Kein Vampir, aber vielleicht Nekromantin? Harpyie? Nein, das kann nicht sein, die sind ja ausgestorben.«

»Nichts dergleichen«, wehrte ich ab. »Ist dir nicht kalt?« Ich würde an ihrer Stelle sehr wahrscheinlich als Eisklotz durchs Wasser dümpeln.

»Sie ist eine Nixe«, mischte sich Seth ein. »Wärst du so nett, uns bei Direktor Bradford anzukündigen?«

»Nixe?«, hakte Lilou ungläubig nach. »Echt jetzt? Da fragst du mich, ob mir kalt ist? Und …« Sie deutete an mir herunter.

»Und, was?«, fragte ich und schaute verwirrt zu Seth. Wenn sich jetzt herausstellte, dass alles nur ein großes Missverständnis war, hätte ich gern gewusst, wie er die letzten Chaostage erklären wollte, die mein Leben komplett auf den Kopf gestellt hatten.

»Ich hatte dich um etwas gebeten«, sagte Seth an Lilou gerichtet und ignorierte die Fragezeichen, die über meinem Kopf schwebten.

»Bin schon weg!« Sie stieß sich vom Boot ab und tauchte unter.

Ich musste wohl deutlicher werden. »Okay, was stimmt nicht mit mir?«

»Mit dir stimmt alles«, versprach er.

Ja klar, deswegen hatte Lilou auch geguckt, als hätte ein Nashorn versucht, sich ihr als Einhorn zu verkaufen. Ich hätte aber auch beim besten Willen nicht sagen können, was an mir so auffällig danach schrie, dass ich keine Nixe war. Bis auf den fehlenden Fischschwanz. Ein Keine-Meerjungfrau-Sticker auf meiner Stirn wäre mir definitiv aufgefallen.

Seth brachte uns mit ein paar weiteren Ruderzügen an die Insel heran und durch die Öffnung in der Mauer. Wobei *Öffnung* sträflich untertrieben war, denn über uns erhob sich ein gigantischer Rundbogen. Er war mehrere Meter hoch, aber gerade einmal breit genug für unser Boot, und wurde von Steinsäulen getragen, die ein wahres

Meisterwerk der Bildhauerei darstellten. Jedes in der Mythologie erwähnte magische Wesen schien auf ihnen verewigt zu sein. Von Wassergestalten wie Nixen, Sirenen oder Tieren halb Pferd und halb Fisch im wellenumspülten Bereich, bis hinauf zu fliegenden Wesen weit über uns, darunter Feen und gefiederte Frauen mit Adlerflügeln. Gekrönt wurde das alles von einem Drachen, der mit rot glimmenden Augen den Querbalken zwischen den Säulen bildete.

Wahrscheinlich war dieser eindrucksvolle Torbogen der einzige Zugang zur Insel. Dahinter umschlossen ebenso hohe Mauern eine Anlegestelle, an der Boote vertäut waren, die um einiges vertrauenswürdiger aussahen als das löchrige Ding, mit dem wir die Überfahrt gewagt hatten. Seth steuerte eine freie Stelle an.

Die Aussicht, endlich wieder festen Boden unter den Füßen zu haben, drängte mich zur Eile. Ich wartete nicht ab, bis Seth das Boot angebunden hatte, hievte meinen Koffer an Land, krabbelte auf allen vieren hinterher und klopfte mir anschließend den Dreck von der Hose.

Das musste so wenig elegant ausgesehen haben, dass ich allmählich eine Ahnung davon bekam, warum mich Lilou nicht den Nixen zuordnen konnte. Zumindest auf den Zeichnungen, die ich bisher gesehen hatte, waren sie der Inbegriff von Grazie und Anmut. Also das genaue Gegenteil von mir.

Ich schaute zur Treppe, die an die Mauer gepresst hinauf zum Schloss führte. Sie hatte kein Geländer, war erschreckend schmal und endete gute zwanzig Meter über uns.

»Ganz nach oben, oder?«, fragte ich.

»Ganz nach oben«, bestätigte Seth.

Ich seufzte. »Als hätte ich es geahnt.«

Es war wenig verwunderlich, dass ich japsend oben ankam. Immerhin waren wir zuerst gut eine Meile steil bergab gekraxelt, bevor es die Treppe hinaufgegangen war. Ich fühlte mich mit meinen Kräften am Ende, mein Atem zeichnete sich neblig vor mir ab und die Kälte machte mir kaum noch etwas aus, weil mein Körper regelrecht heiß gelaufen war.

Seth hingegen sah wie einer dieser Typen aus, die täglich um fünf Uhr morgens aufstanden, um vor der Arbeit noch zwei Stunden im Gym zu absolvieren. Dementsprechend hatte ihm weder der Abstieg noch der Aufstieg etwas anhaben können und ich brauchte kein schlechtes Gewissen zu haben, dass er meinen Koffer trug.

Die Treppe führte uns auf den Campus, den ich bereits aus der Ferne bewundert hatte. Hier und dort erhoben sich Bäume aus dem buschigen Gras, das ganz und gar nicht nach englischem Rasen aussah. Es wirkte wild und störrisch, tanzte im Wind, der in Böen über die Insel wehte, und rauschte dabei, als wollte es dem Meer Konkurrenz machen.

Auch die Bäume waren eher von der widerborstigen Sorte, mit krummen, borkigen Stämmen und üppigen Kronen. Alles in allem wirkte die Anlage, als hätte sich schon lange kein Gärtner mehr hierher verirrt.

Unter den Bäumen saßen vereinzelt ein paar Mädchen und Jungs mit ihren Lehrbüchern. Andere waren mit Rucksäcken oder Taschen zu einem der Nebengebäude unterwegs oder standen zusammen und unterhielten sich.

Schuluniformen waren an der School of Myth and Magic wohl nicht üblich. Ich sah eine Gruppe Mädchen mit farbenfrohen Röcken, die sich Tücher um die Hüfte und ins Haar gebunden hatten. Ein paar Schülerinnen und Schüler trugen dunkle, altertümliche Kleidung mit Rüschen und Goldknöpfen, womit sie gut in die Barockzeit gepasst hätten. Andere wirkten wie Söhne und Töchter der oberen Zehntausend in ihren schicken Designeroutfits. In diesem Potpourri aus Magiebegabten, die von überall herkamen, sodass jede Haut- und Haarfarbe und jede Größe vertreten war, sollte ich in meinem Marshmallow-Männchen-Look nicht weiter auffallen. Irrtum. So ziemlich alle, die meine Ankunft registriert hatten, starrten mir nach. Einige tuschelten hinter vorgehaltener Hand und hatten offenbar viel über mich zu sagen, ohne mich überhaupt zu kennen.

»Vorsicht!«, rief jemand.

Ein Ball kam in hohem Bogen auf mich zugeflogen. Ich fing ihn auf und schaffte es gerade noch rechtzeitig, dem Schüler auszuweichen, der dem Ball folgte. Statt in mich hineinzubrettern, landete er im Gras. Die Umstehenden stöhnten erschrocken auf, als wäre es ihnen lieber gewesen, ich hätte meine voluminöse Skibekleidung genutzt, um mich als Airbag anzubieten. Nach einer gekonnten Rückwärtsrolle blieb er flach auf dem Rücken liegen. Ich ignorierte das zunehmende Getuschel, beugte mich über ihn und hielt ihm den Ball hin.

»Ist das deiner?«

Der Schüler, groß, dunkelblond, mit braunen Augen und den niedlichsten kleinen Hörnern, die ich je auf dem Kopf eines Jungen gesehen hatte – okay, den einzigen Hörnern, die ich je auf dem Kopf eines Jungen gesehen hatte –, lächelte mich schief an. Etwas Schelmisches lag in seinem Blick, aber auch etwas, das ich schwer zuzuordnen wusste. Es kam mir vor, als würde er geradewegs in mein Inneres schauen und darin Dinge lesen, von denen ich selbst noch nichts wusste.

Während ich mich noch fragte, warum er in mir das Gefühl auslöste, mich besser zu kennen als ich mich selbst, schnappte er sich den Ball, zog die Beine an und kam mit einem schwungvollen Satz zum Stehen.

Dann wandte er sich dem Schüler zu, der den Ball geworfen hatte. »Das zählt nicht, Alvar, der war im Aus!«, rief er.

»Es gibt kein Aus, Caleb! Nur Feiglinge wie dich, die das Spielfeld begrenzen wollen!«, konterte Alvar.

Nach diesem Spruch rissen ein paar Leute um uns herum erschrocken die Augen auf oder flüsterten sich etwas zu, als hätte Alvar eine Majestätsbeleidigung begangen. Der Einzige, der sich nicht aus der Ruhe bringen ließ, war Caleb selbst. Er strahlte ein Selbstbewusstsein aus, das seinesgleichen suchte, und lächelte noch immer verstohlen, wobei seine Augen schmal und dunkel geworden waren.

»Dann fang den!«, gab er zurück, holte aus und warf den Ball mit voller Wucht. Er flog irre weit und so hoch, dass er einen Moment lang im aufblitzenden Licht der Morgensonne verschwand, nur um kurz darauf gefährlich nah an der Klippe wieder aufzutauchen.

Ich sah ihn schon im Meer verschwinden, doch Alvar ließ sich von dem übermenschlichen Wurf nicht abschrecken. Er ging tief in die Hocke, stieß sich vom Boden ab und katapultierte sich mühelos mehrere Meter in die Höhe. Allerdings hatte er wohl die Kraft hinter dem Wurf falsch eingeschätzt, denn der Ball traf ihn ungebremst im Bauch, riss ihn mit sich und fegte ihn von der Insel.

»Ach du Scheiße!«, stieß ich aus und rannte zum Abgrund. Ich hoffte, dass es nicht so schlimm war, wie es ausgesehen hatte. Mit etwas Glück hatte sich Alvar festhalten können und brauchte nur eine helfende Hand, um zurück auf festen Boden zu gelangen.

Auch ein paar andere waren losgerannt. Ich erreichte die Klippe als Erste, bremste ab, rutschte auf dem taufeuchten Gras bis zum Rand, ruderte mit den Armen und kam schwankend am steilen Abhang zum Stehen. Meine Schuhe ragten halb über den Felsen, ein paar Steine lösten sich und rieselten in die Tiefe, wo sich das Meer in tosenden Wellen gegen die Insel warf.

Mit wild pochendem Herzen hielt ich gehetzt nach Alvar Ausschau, konnte ihn aber nirgendwo entdecken. In mir schnürte sich alles zusammen. Es ging wirklich verdammt tief runter. Wer dort unten von einer Welle erfasst wurde, hatte kaum eine Chance.

Hilfe suchend drehte ich mich zu Seth um. In dem Moment spürte ich einen Ruck unter meinen Füßen und der Boden gab nach.

7

Wo bleiben die Pauken und Trompeten?

Genau wie die kleinen Steinchen zuvor löste sich ein ganzer Brocken des Abhangs, stürzte in die Tiefe und riss mich mit sich. Ich schrie, versuchte mich festzuhalten, bekam aber keinen Halt. Dann stoppte mein Sturz so abrupt, dass es mir die Luft aus der Lunge trieb.

Um mich herum waren Ranken und Blätter aufgetaucht. Am Steilhang wuchs eine Kletterpflanze, die ich vorher nicht bemerkt hatte und in der ich nun hängen geblieben war.

So viel Glück musste man erst einmal haben. Ich hatte mich schon zerschellt wie eine Porzellanpuppe auf den wellenumspülten Felsen liegen sehen.

Damit das nicht noch geschah, durfte ich mich bloß nicht bewegen. Ich traute mich nicht einmal, tief einzuatmen. Nur ganz vorsichtig legte ich den Kopf in den Nacken, um nachzuschauen, wie tief ich gestürzt war. Kaum hatte ich das getan, gab es einen weiteren Ruck. Mein Atem stockte.

Allerdings ging es diesmal nicht nach unten. Die Ranken umwickelten meine Arme und Beine, sodass ich wie eine verknotete Marionette in ihren Fäden hing, und wuchsen samt mir in die Höhe.

»Was zum …« Ich versuchte, meine instabile Lage zu verbessern, indem ich meine Arme zu mir zog, machte es damit allerdings nur schlimmer. Ich drehte mich einmal um mich selbst, wickelte mir die Ranken um den Körper und endete kopfüber in der Luft, während mich die Kletterpflanze zurück auf die Insel hob – wo ich umringt von Schaulustigen über dem Boden schwebend ankam. Gefühlt hatte sich die gesamte Schülerschaft an der Klippe versammelt.

Das war doch mal der perfekte Einstand in einer neuen Schule. Es fehlten nur noch die Pauken und Trompeten.

Neben mir setzten die Ranken Alvar ab und zogen sich von ihm zurück. Wenn mich nicht alles täuschte, verdankte ich ihm meine Rettung. Zum einen schien die Kletterpflanze auf seine Handbewegungen zu reagieren und zum anderen sah er von Nahem nicht ganz so menschlich aus, wie ich geglaubt hatte. Seine Haare waren grün, was zunächst nicht allzu ungewöhnlich war. Allerdings waren es nicht wirklich Haare. Ihm wuchs Gras auf dem Kopf, seine Haut hatte einen grünbraunen Teint, seine Augenbrauen waren aus Moos, seine Fingernägel aus Holz und seine Ohren endeten in Blätterspitzen.

Ich schaute mich nach Seth um, aber wie es aussah, war er noch eine Weile damit beschäftigt, sich durch die Menge bis zu mir durchzuwühlen.

Caleb hatte damit weniger Probleme. Alle machten ihm Platz, als wäre er von einem unsichtbaren Schild umgeben. Er schloss zu Alvar auf und verpasste ihm einen Stoß gegen die Schulter. »Ich sagte doch, den fängst du nicht.«

»Ach ja?« Alvar hob die Hand, eine Ranke tauchte neben ihm auf und ließ den Ball fallen. Ohne den Blick von Caleb abzuwenden, fing er den Ball auf.

Caleb schmunzelte anerkennend.

»Hallo?!«, machte ich auf mich aufmerksam und wollte winken, was mir nicht wirklich gelang. Die Bewegung sorgte nur dafür, dass ich im verknoteten Rankengewirr weiter nach unten rutschte und auf Calebs Augenhöhe hängen blieb.

»Hallo«, erwiderte er mit einem sanften Lächeln, ignorierte meine missliche Lage jedoch völlig. Es machte den Eindruck, als käme es ihm gelegen, dass ich wehrlos in der Luft hing, denn er begutachtete mich ausgiebig.

»Soll ich Eintritt nehmen?«, fragte ich.

Wieder ging ein Raunen durch die Menge. Verwundert schaute ich mich um, bevor ich den Blick wieder auf Caleb richtete. Er grinste, senkte den Kopf und trat einen Schritt beiseite. »Alvar, könntest du?«

»Oh, sorry«, entschuldigte er sich.

Er hob die Arme, um hoffentlich einen Zauber zu wirken, der mich aus diesem Rankengewirr befreien würde, als ihn jemand beiseitestieß.

»Mach mal Platz, Waldschrat«, verlangte das Mädchen. Mit giftgrünen Augen funkelte sie mich an. Ihr Haar war blond, ihr Make-up in glitzernden Rosatönen gehalten, und wenn mich nicht alles täuschte, trug sie den superschicken Trendlipgloss, den mir Isla zum Geburtstag geschenkt hatte. Damit erfüllte sie das längst überholte Klischee der aufgetakelten Schulzicke in allen Punkten. Man hätte meinen können, sie wäre noch nicht im einundzwanzigsten Jahrhundert angekommen. Wenn ich mir das schlossähnliche Schulgebäude und die altertümliche Kleidung einiger Mitschüler ansah, stimmte das vielleicht auch.

Ich versuchte, aus eigener Kraft freizukommen, doch die Ranken stellten sich als besonders reißfest heraus.

»Ist das die Neue?«, fragte die Blonde an ihre Begleiterinnen gerichtet. Offenbar war sie sich zu schade, um direkt mit mir zu reden. Sie führte eine Gruppe von fünf Schülerinnen an, die alle atemberaubend schön waren und seidige lange Haare hatten, in denen Schmuck aus Muscheln und Perlen eingeflochten war. Nur ihre Kleidung war … unpassend. Die Temperatur lag kaum über Null Grad und diese Mädchen trugen Sandalen, hauchdünne Strandkleider oder kurze Röcke zu knappen Oberteilen aus Seide und anderen luftigen Stoffen.

»Das kann unmöglich sein«, meinte ein rothaariges Mädchen. Etwas Hochnäsiges lag in ihrer Stimme. Sie musterte mich von oben bis unten. »Es hieß doch, sie sei eine Nixe wie wir.«

»Ja, das muss ein Irrtum sein«, sagte die Blonde und deutete abfällig auf mich.

Das waren also die Nixen an dieser Schule?

Mit dem Gemälde aus Grannys Zimmer hatten sie so gar nichts gemein. Und sie sahen auch nicht wie Monster aus, die Menschen gefährlich werden konnten – es sei denn, jemand litt unter einer Glitzerallergie.

»Okay, das reicht jetzt, Dalia«, mischte sich Caleb in schneidendem Tonfall ein.

Die Blonde setzte ein etwas zittriges und gezwungenes Lächeln auf. Auch wenn sie versuchte, sich nichts anmerken zu lassen, war es unverkennbar, dass ihr Caleb gehörigen Respekt einflößte. »Ich habe nur eine Feststellung gemacht, nichts weiter«, sagte sie.

Caleb trat einen Schritt auf sie zu. Seine Miene war wie aus Stein gehauen, Dunkelheit umhüllte seine Augen. Gebanntes Schweigen legte sich über alle Anwesenden.

In dem Moment hatte Seth mich erreicht.

»Lass sie runter«, forderte er Alvar auf.

»Ich war gerade dabei.« Der Waldschrat hob erneut die Arme und die Ranken drehten mich in eine aufrechte Position.

»Was geht hier vor sich?«, dröhnte in diesem Moment eine laute

Stimme über die Köpfe aller hinweg. Die Menge stob auseinander und gab den Blick auf einen hochgewachsenen Mann mittleren Alters frei, der mit großen Schritten auf uns zukam. Sein Gang strotzte vor Selbstsicherheit, sein schwarzes Haar war von grauen Strähnen durchzogen und stand wirr zu allen Seiten ab, was ihn in Verbindung mit dem gestutzten Bart wie einen verzottelten Doctor Strange wirken ließ. Sein Gesicht war kantig, mit pfeilgerader Nase und schmalen Augen. Seine Kleidung erinnerte an einen Lord aus dem vorigen Jahrhundert.

In seinem Rücken tauchte ein Mädchen auf, das der Sirene Lilou, die mich auf der Bootsfahrt begrüßt hatte, zum Verwechseln ähnlich sah. Was sicherlich daran lag, dass ich es mit ihrer menschlichen Form zu tun hatte. Sie war schätzungsweise ein oder zwei Jahre jünger als ich, ihre Fischschuppen waren einer blassweißen, mit Sommersprossen verzierten Haut gewichen, ihre Nase war stupsig, aber vorhanden, und das dunkelblonde Haar wirkte nicht mehr wie aus Algen bestehend.

»Könntest du dann …?«, bat ich Alvar.

»Oh, klar, da war ja was …« Er fuhr mit seinem Zauber fort, die Ranken lösten sich von mir und setzten mich unsanft ab. Stolpernd kam ich zum Stehen.

»Das war ein cooler Trick«, sagte ich und zupfte mir ein paar Pflanzenreste von der Jacke. »Aber das nächste Mal, wenn du eine Klippe hinunterstürzt, rechne nicht damit, dass ich angerannt komme, um dir zu helfen.«

»Geht klar.« Er grinste schief und zwinkerte mir zu.

Seth grüßte unterdessen den hochgewachsenen Mann mit einem Nicken. »Direktor Bradford.«

»Seth Cardeles höchstpersönlich«, stellte Bradford fest. »Es ist mir eine Ehre.«

»Das muss es nicht«, wiegelte Seth ab. »Ich bin bloß hier, um die neue Schülerin abzuliefern.«

Bradford wandte sich mir zu. »Devin Blackwood, habe ich recht? Wie ich sehe, haben Sie bereits die ersten Bekanntschaften geschlossen. Ms Price wird Ihnen bei allen Fragen zur Verfügung stehen.«

»Aber sicher doch«, erwiderte Dalia, die blonde Nixe. »Sie ist ja eine von uns, nicht wahr?« Es klang nicht, als suchte sie eine Bestätigung. Eher als hoffte sie auf ein Missverständnis, das sich schnell aufklären würde, weil es sich bei mir nicht um eine Nixe, sondern um einen Gnom handelte.

»Genauso sieht es aus«, bestätigte ich zur Sicherheit und zupfte mir noch ein Blatt aus den Haaren. Ich schloss zwar selbst nicht aus, in Wahrheit ein Gnom zu sein, dieser Dalia mit ihrer arroganten Art wollte ich das aber nicht auf die Nase binden. »Ich freue mich darauf, alles von dir zu lernen, was es über uns Nixen zu wissen gibt«, behauptete ich.

»*Uns* Nixen, aber klar doch«, höhnte sie abfällig, bemerkte dann aber den Blick des Direktors und setzte ein gekünsteltes Lächeln auf, das diesmal ganz und gar nicht zittrig war. Offenbar hatte sie ihr Selbstbewusstsein wiedergefunden. »Und ich freue mich darauf, dir alles zu zeigen.«

»Damit können Sie direkt anfangen«, sagte Bradford. »Führen Sie Ms Blackwood doch bitte zu ihrer Unterkunft.«

»Das kann ich doch übernehmen«, schlug Lilou vor.

»Sie, meine Liebe, haben eine Strafe zu verbüßen, weil Sie sich unerlaubt in Ihrer Wassergestalt außerhalb der gesicherten Zone aufgehalten haben«, erinnerte Bradford sie.

Verlegen kratzte sie sich am Hinterkopf. »Ach ja.«

»Das übernehme ich liebend gern«, log Dalia unverfroren.

Ich schenkte ihr dasselbe aufgesetzte Lächeln, das sie für mich übriggehabt hatte. »Dann hole ich nur noch meinen Koffer, damit wir loskönnen.«

»Machen Sie sich mit allem hier vertraut, richten Sie sich ein und in zwei Stunden erwarte ich Sie in meinem Büro«, sagte Bradford.

Zustimmend nickte ich.

»Ich begleite dich noch zu deinem Koffer, dann werde ich mich verabschieden.« Seth deutete zu meinem Gepäck, das vereinsamt auf der Wiese stand, und wir gingen los. In meinem Rücken hörte ich, wie das Tuscheln wieder ausbrach.

»Die sieht wirklich nicht wie eine Nixe aus«, sagte jemand.

»Kümmere dich nicht um das Gerede«, riet mir Seth. »Es gibt keinen Zweifel daran, dass du eine Nixe bist, und das wirst du ihnen auch bald beweisen.«

»Ich muss es wahrscheinlich erst einmal mir selbst beweisen«, gab ich zu. »Wenn das allerdings bedeutet, dass ich bei Minusgraden in Flipflops rumlaufen muss, wird es problematisch. Ich bin nämlich eine Frostbeule.«

»Das ändert sich, wenn sich deine Kräfte manifestiert haben. Falls es doch Probleme geben sollte, nimm den.« Er reichte mir eine kleine, schwarze Visitenkarte ohne Aufdruck.

Ich drehte sie in meiner Hand. »Sieht man die Nummer nur unter Schwarzlicht oder wo ist der Trick? Habt ihr Wächter überhaupt Handys?«

»Ich habe ein Diensttelefon in meinem Büro in New York.«

»Uh, sehr modern, wahrscheinlich noch mit Wählscheibe und Schnur«, schlussfolgerte ich anhand seiner altmodischen Uniform.

Er schmunzelte. »Ja, das stimmt sogar. Aber ich habe dir keine Visitenkarte gegeben, sondern einen Foki.«

»Ein was?«

»Einen Gegenstand, in den Magie eingebunden ist. In diesem Fall ein Rufzauber. Denk an mich und zerreiß die Karte dann. Deine Botschaft wird ihren Weg zu mir finden.«

»Ich kann dir nicht versprechen, dass ich das nicht aus reiner Neugier ausprobieren werde«, sagte ich und griff nach meinem Koffer, der allerdings eine unerwartete Abneigung gegen mich entwickelt zu haben schien. Kaum näherte sich ihm meine Hand, rollte er aus meiner Reichweite. Aus dem Augenwinkel sah ich Dalia und ihre Freundinnen. Auf ihren Lippen lag ein süffisantes Lächeln. Sie bewegte die Finger und der Koffer rückte noch weiter von mir weg.

Na toll. Ich hatte noch keinen Fuß in diese Schule gesetzt, mir aber schon Feinde gemacht. Und das ausgerechnet unter den Nixen, von denen ich mir erhofft hatte, mehr über meine Abstammung zu erfahren. Das versprach ein spannendes Schuljahr zu werden.

»Heb dir den Foki lieber für eine wichtige Angelegenheit auf«, riet mir Seth. Dann vollführte er seinerseits eine knappe Bewegung mit der Hand, flüsterte ein Wort und der Koffer schoss so schwungvoll auf mich zu, dass er gegen meine Beine stieß und ich mir den Griff schnappen konnte.

»Danke«, sagte ich.

»Nichts zu danken.« Er verabschiedete sich mit zwei Fingern an der Stirn und diesem freundlichen Lächeln, das mir von unserer ersten Begegnung an das Gefühl gegeben hatte, ihm vertrauen zu können.

Es tat gut zu wissen, dass ich in dieser mir fremden Welt wenigstens einen Freund hatte. Ich schloss meine Hand fester um den Foki und schaute Seth nach. Als mein Koffer ungeduldig ruckelte, schob ich das Kärtchen in die Hosentasche und wandte mich dem Hauptgebäude zu.

Dalia war bereits auf dem Weg dorthin. Sie hatte sich von ihren Freundinnen gelöst und stolzierte unter deren neugierigen Blicken und Getuschel an mir vorbei. »Kommst du?«, forderte sie mich auf.

Ich zerrte meinen Koffer über die Wiese.

»Es ist doch in Ordnung, dass ich dir mit deinem Gepäck helfen wollte, oder?«, fragte sie, nachdem ich sie eingeholt hatte. »Es sah aus, als wärst du damit überfordert.«

Ihr Blick ging zu ihren Freundinnen – wahrscheinlich wollte sie sichergehen, dass sie alles mitgehört hatten. Und tatsächlich kicherten die Mädchen wie auf Kommando, was ein zufriedenes Lächeln auf Dalias Lippen zauberte.

Ich verdrehte die Augen. »Mach dir mal keine Sorgen um mich, ich habe schon ganz andere Dinge unter Kontrolle gebracht als aufmüpfige Koffer.«

Leute wie Dalia waren mir schon immer ein Rätsel gewesen. War sie nicht glücklich, wenn sie nicht ständig nach unten treten konnte? War ihr Verhalten eine Art Ablenkungsmanöver, damit niemand merkte, wie unsicher sie in Wirklichkeit war? Ich wusste es nicht.

»Schön zu hören«, sagte sie schnippisch und deutete auf das riesige Gebäude, das sich vor uns erhob.

Aus der Nähe war das Schloss noch weitaus beeindruckender. Am Fuß der Treppe zu einem meterhohen Eingangstor, das von wuchtigen Säulen umrahmt wurde, hatte ich das Gefühl, auf Daumengröße geschrumpft zu sein. Von oberhalb des Tors blickte die Statue eines Drachen mit ausgebreiteten Schwingen grimmig auf die Stufen hinunter. Seine Augen funkelten wie melonengroße Rubine. Mit den Pranken hielt er das Wappen der Schule fest umschlossen. Es zeigte ein ineinander verschlungenes doppeltes M für Myth and Magic und im unteren Bereich eine Flosse, was sicher die Spezialisierung auf Wasserwesen hervorheben sollte.

Dalia schwebte leichtfüßig zum Eingangstor und ich mühte mich damit ab, meinen Koffer Stufe für Stufe hinaufzuhieven. Es waren verdammt viele Stufen und jede Einzelne davon war mindestens doppelt so hoch wie üblich. Oben angekommen musste ich erst einmal verschnaufen.

»Ich dachte, du lässt dich von einem Koffer nicht unterkriegen«, lästerte Dalia.

Sie stand vor einer normalgroßen Tür, die in das meterhohe Tor eingelassen war. Es wäre auch müßig gewesen, jedes Mal diesen Koloss in Bewegung setzen zu müssen, wenn jemand kurz nach draußen wollte.

»Können wir diese Sticheleien einfach sein lassen und wie zwei vernünftige Menschen miteinander umgehen?«, fragte ich.

Dalia hob eine Braue und betrachtete mich von oben bis unten. »Wenn du darauf bestehst, behandle ich dich gern wie einen Menschen. So hast du schließlich auch die letzten siebzehn Jahre verbracht, nicht wahr? Als normalsterblicher *Mensch.*« Die Betonung am Ende war so abfällig, dass es wie eine Beleidigung klang.

»Du hättest auch einfach Nein sagen können«, murrte ich genervt.

Dalia schob die Tür auf, und nachdem ich nach ihr eingetreten war, lag eine gewaltige, rund angelegte Eingangshalle vor mir. Hätte mir nicht schon die Außenansicht der Schule den Atem geraubt, wäre mir spätestens jetzt die Luft weggeblieben.

Im Zentrum der Halle stand ein hüfthoher, schlichter Brunnen. Das war aber auch das einzige Schlichte hier. Über mehrere Etagen konnte ich bis hinauf zu einer verglasten Rundkuppel schauen, die von unten betrachtet winzig wirkte, in Wahrheit aber bestimmt mehrere Meter umspannte. Arkadengänge gaben den Blick in die Korridore der einzelnen Etagen mit unzähligen Türen frei. Mehrere rund angelegte Treppen zogen sich wie Korkenzieher an den Wänden entlang bis hinauf zur Glaskuppel und sorgten für die optische

Täuschung, dass sich die gesamte Eingangshalle drehte und immer enger zusammenzog. Mir wurde beinahe schwindelig, also schaute ich lieber nicht länger nach oben. Es fehlte mir gerade noch, dass ich zu torkeln anfing – ausgerechnet vor Dalia, die keine Gelegenheit ausließ, sich über mich lustig zu machen.

Auch um das Erdgeschoss zog sich ein von mächtigen Säulen getragener Arkadengang mit Dutzenden Türen. Eine sah aus wie die andere. Perfekt, um sich zu verlaufen – eine meiner Spezialfähigkeiten.

»Willkommen an der School of Myth and Magic von Skavik, gegründet Neunzehnhundertneun und damit die jüngste der zehn magischen Schulen der Zwischenwelt«, verkündete Dalia. »Was die Zwischenwelt ist, weißt du? Ich frage nur, weil du unter Normalsterblichen aufgewachsen bist. Die Schule befindet sich innerhalb einer Raumfalte in der Zwischenwelt. Aber keine Sorge, die Falte ist sehr klein, also verläuft die Zeit hier nur unwesentlich langsamer als außerhalb. Deine Verwandten und Bekannten da draußen werden nicht steinalt sein, wenn du die Schule wieder verlässt.«

»Die Zeit läuft langsamer?«, hakte ich nach.

Dalia schnaubte verächtlich. »Du hast wirklich keine Ahnung, oder? Aber zurück zum Wesentlichen: Wie du bestimmt schon weißt, liegt das Hauptaugenmerk der Schule auf der Ausbildung von Wasserwesen, was nicht bedeutet, dass hier keine Vampire, Hexen, Drachen oder Faune vertreten sind. Derzeit lernen hier achtzehn verschiedene Wesensarten und Magiebegabte aus aller Welt. Ein paar davon durftest du schon kennenlernen, wie zum Beispiel unseren Waldschrott Alvar, über andere wirst du vielleicht nie etwas erfahren.« Dalia lachte. »Hatte ich Waldschrott gesagt? Ich meine natürlich Waldschrat.«

Ich ignorierte ihren stumpfen Versuch, lustig zu sein, und schaute mich weiter um. Dalia musste mir ansehen, dass ich vom Anblick der imposanten Eingangshalle wie erschlagen war, denn ihr Mundwinkel hob sich zu einem fiesen Grinsen.

»Hier hinten geht es zu den Waschräumen, dort zum Speisesaal, die Räumlichkeiten der Professoren sind da, die Unterrichtsräume gleich rechts. Nur die für den Theorieunterricht, versteht sich.« Während sie aufzählte, deutete sie so flüchtig in die entsprechenden Richtungen, dass ich nicht einmal raten konnte, welche der vielen Türen sie meinte. »Der Festsaal, die Sporthalle, Kunstunterricht, Lagerräume, Schlafgemächer für Jungs, für Mädchen, gemischte Räume hier. Die Bibliothek, Archive, das Gewächshaus und draußen liegen die Stallungen.«

»Stallungen?«, unterbrach ich ihren Redefluss.

»Kommst du nicht mit?«, höhnte sie. »Wir haben gerade erst angefangen.«

»Wie viele Räume hat dieses … Schloss?«

Sie zuckte mit den Schultern. »Sechshundert vielleicht? Aber zum Herzstück kommen wir noch.«

Sie nickte zum Brunnen in der Mitte der Halle. Er war rund und bis zum Rand gefüllt. Es gab weder Wasserspeier noch tummelten sich Fische darin. Wenn er das Herzstück des Gebäudes war, war ich gespannt auf Dalias Erklärung.

»Durch den Brunnen geht es in den Teil der Schule, der unterhalb des Wasserspiegels liegt. In unser Reich«, erklärte sie.

»Du meinst, man muss tauchen, um dorthin zu gelangen?«

Sie verschränkte die Arme vor der Brust und musterte mich von oben herab. »Für eine Nixe sollte das kein Problem sein, oder etwa doch?«

»Für meinen Koffer ist es jedenfalls eins«, sagte ich.

»Na ja, unter diesen Umständen sollten wir wohl die Losertreppe nehmen.« Sie deutete nach rechts.

»Das ist ja mal eine nette Umschreibung.«

»Folge mir«, forderte sie mich mit erhobenem Finger auf und ging zu einer der vielen Türen. Ich zählte eilig nach. Es war die dritte Tür von links. Ein Gebäudeplan wäre praktisch gewesen.

Wir gelangten zu einem schmalen, fensterlosen Treppenhaus und nahmen die steilen Stufen nach unten. Vermutlich handelte es sich um einen Dienstbotengang aus früheren Zeiten, denn ein Drache in der Größe der Statuen, die ich gesehen hatte, hätte hier beim besten Willen nicht hineingepasst. Ich schloss daraus, dass es eine Zeit gegeben haben musste, in der Drachen Menschen als Bedienstete beschäftigt hatten. Oder als Sklaven? Ich nahm mir fest vor, diese Frage meinem neuen Schuldirektor nicht als Erstes zu stellen.

Es war stockfinster. Mit der freien Hand tastete ich mich an der Wand entlang, um im Dunkeln nicht zu stürzen und Dalia unter mir zu begraben. Ich wollte nicht wissen, was sie dann mit mir anstellen würde.

Erst spürte ich noch unverputztes Gemäuer unter meinen Fingern, doch schon bald fühlte es sich nach klammen Felsen an. Auch der Geruch erinnerte mich immer mehr an eine feuchte Höhle und weniger an das, was ich mir unter bewohnten Räumen vorstellte.

Ich wollte mich schon darüber beschweren, dass bei der Inneneinrichtung die Lampen vergessen worden waren, als ich ein paar Stufen vor mir ein Licht erkennen konnte, das in blau schimmernden Tupfern über die Wände wanderte. Nun erkannte ich auch, dass sie tatsächlich nach Höhlenwänden aussahen – rau und feucht, mit Kristalladern durchzogen, die das unstete Licht reflektierten. Auch Geräusche waren mittlerweile zu hören. Ein leises Rauschen in der Ferne und das Tropfen von Wasser hallten durch das Halbdunkel.

»Okay, wo führst du mich hin?«, fragte ich.

»Das sagte ich doch. In die Räumlichkeiten der Wasserwesen.« Sie verdrehte die Augen. »Du weißt schon: Nixen, Sirenen, Selkies, Makara, Kappa. Muss man dir eigentlich alles erklären?«

Ich ignorierte Dalias Überheblichkeit und verkniff mir nachzufragen, was es mit den Wasserwesen auf sich hatte, die mir vom Namen her nicht geläufig waren. Das konnte ich später immer noch googeln.

Ob die Aussicht, ein paar Jahre in einer dunklen, feuchten Kellerhöhle zu verbringen, dazu beigetragen hatte, dass Mum und Granny ihre Herkunft geheim gehalten hatten? Für mich klang das jedenfalls nicht sehr verlockend.

Als wir die unterste Stufe erreicht hatten, lag ein Tunnel vor uns, der vollends in das blau schimmernde Licht getaucht war. Woher es stammte, war allerdings nicht zu erkennen. Es wirkte wie von Wasser reflektiert – Wasser, das ich auch hören, aber nicht sehen konnte. In die Geräuschkulisse mischten sich Stimmen, Gelächter und Schritte.

Dalia lief an ein paar Abzweigungen vorbei den Tunnel entlang. »Dort hinten geht es zu den Unterkünften der Sirenen, dort zu den Selkies, den Makara und den unteren Stallungen.«

Das meiste davon sagte mir gar nichts.

»Es gibt obere und untere Stallungen?«, hakte ich nach.

»Sind die Ställe alles, was dich interessiert? Wäre es dir lieber, wenn man dich dort unterbringt?« Sie lachte spöttisch, während sie ihren Weg fortsetzte.

Ich ging gar nicht erst auf ihre Sticheleien ein und schaute mich weiter um. Ab und zu erhaschte ich einen Blick auf Schülergruppen, die durch die Gänge liefen, als wäre es das Normalste der Welt, in einer fensterlosen Höhle zu leben.

Alle waren für das feuchtkalte Klima viel zu leicht bekleidet, die meisten hatten nasse Haare und liefen barfuß, als kämen sie gerade aus den Waschräumen. Ein paar Sirenen zeigten sich auch in ihrer Wassergestalt. Verwandelte Nixen sah ich keine, was mich nicht wunderte, denn es war bestimmt nicht leicht, sich ohne Beine an Land zu bewegen.

Wir erreichten einen Tunnel, durch dessen Wände sich tiefe Wasseradern zogen. Sie waren nicht ganz einen Meter breit und wurden von Kristallen umrahmt, die ich auch schon in den anderen Tunneln gesehen hatte. Dadurch wirkten sie wie gigantische, aufgeschnittene Geoden, die zu einem Aquarium umfunktioniert worden waren. Fische waren allerdings nicht zu sehen. Dafür schwamm etwas anderes an uns vorbei. Eine Nixe. Die erste waschechte Nixe in ihrer Wassergestalt, die ich zu Gesicht bekam – und die Bilder in den Büchern konnten nicht annähernd mithalten.

Jede einzelne Schuppe flimmerte in Regenbogenfarben, ihr Haar umrahmte ihre wohlgeformten Konturen wie hauchzarter Nebel, die Flossen waren durchschimmernd, unheimlich lang und glänzten seidig. Sie erinnerten an ein festliches Abendkleid, das die Schönheit dieses Wesens perfekt in Szene setzte. Perfekt waren auch ihre Bewegungen, voller Kraft und Grazie. Ich hatte in meinem Leben noch nie etwas so atemberaubend Schönes, so Elegantes und Anmutiges gesehen. Ich hätte bei dem Anblick vor Rührung weinen können.

»Eine Nixe«, hauchte ich leise und schaute dabei zu, wie sie davonschwamm.

»Natürlich eine Nixe. Was dachtest du denn? Dass es ein Selkie ist, du Blindfisch?«, warf mir Dalia vor. »Sag bloß, du hast noch nie eine Nixe gesehen? Aber behaupten, eine von uns zu sein.«

Mir fiel auf, dass sich die Wasseroberfläche stark bewegte. Ich hob die Hand, berührte sie und tauchte ein Stück weit in das Wasser ein. Offenbar gab es einen Zauber, der verhinderte, dass die

Schwimmwege ausliefen, genau wie beim Boot, in das kein Wasser durch das Loch im Boden hineingelaufen war.

»Genial«, sagte ich.

»Hörst du mir überhaupt zu?«, protestierte Dalia.

»Ich bin ganz Ohr«, versicherte ich. »Selkie, Nixe, irgendwas mit Blindfisch und weiter?«

Sie verdrehte genervt die Augen, setzte den Weg fort und deutete nach links. »Hier sind die Nixen untergebracht.«

Der Tunnel führte an mehreren Räumen vorbei, die keine Türen hatten, aber dennoch nicht einzusehen waren, weil eine Wand die Sicht versperrte. Dalia blieb vor einem der Räume stehen. »Das hier ist deine Grotte.«

»Von Türen halten wir Nixen nicht viel, was?«

Dalia trat näher an mich heran. So nah, dass ich beinahe nach hinten ausgewichen wäre. Abschätzig lag ihr Blick auf mir. »Du bist keine von uns«, zischte sie. »Es liegt nicht daran, dass du kleiner bist als durchschnittliche Nixen, auch nicht an deinem dunklen Haar. Das ist in vielen Regionen der Welt nicht ungewöhnlich. Es liegt an deinem Auftreten, deiner Ausstrahlung, der Art, wie du dich kleidest und deinen Körper richtiggehend verwahrlosen lässt. Ich meine, schau dich an, eigentlich bist du gar nicht mal so hässlich, aber deine Haare sind strohig, du hast einen Pickel auf der Stirn und was ist mit deinen Zähnen los? Die wirken wie Fangzähne. Als Werwolf wärst du überzeugender. Und dann diese abstehenden Ohren. Du stinkst nach Versagerin, hast keine Eleganz, keine Anmut, nichts von dem, was uns Nixen ausmacht. Wir sind die Schmetterlinge der Unterwasserwelt. Du bist nicht mal eine Raupe, aus der eine Motte werden könnte. Du bist ein Wurm, und wenn du das erst einmal eingesehen hast, wirst du deine Sachen packen und von hier verschwinden. Je schneller, desto besser für uns alle.«

Auch wenn ich nicht abstreiten konnte, dass mich Dalias Worte trafen, hatte ich während ihrer Rede keine Miene verzogen. Den Gefallen wollte ich ihr nicht tun.

Sie hatte gesagt, was sie sagen wollte, nun war ich an der Reihe. »Du hast Mundgeruch.«

Geradezu geschockt riss Dalia die Augen auf, wich empört vor mir zurück und legte eine Hand auf ihre Brust, als hätte sie gerade einen Herzinfarkt. »Wie kannst du …?!«

»Ich dachte nur, wenn ihr Nixen so elegant und anmutig seid, würdest du das wissen wollen. Mir ist noch nie ein Schmetterling mit Mundgeruch begegnet.«

»Sieh zu, wie du hier zurechtkommst«, blaffte sie mich an. »Du wirst schon merken, wohin dich dieses unmögliche Verhalten führt.« Sie machte auf dem Absatz kehrt und stolzierte davon.

Beste Freundinnen würden wir wohl nie werden, aber damit konnte ich leben. Ich war nie ein Fan von Leuten gewesen, die sich nur über ihr Äußeres definierten. Wenn alle Nixen so gestrickt waren, wusste ich nicht einmal, ob ich eine von ihnen sein wollte. Wobei dieser Anblick von eben … dieses wunderschöne Wesen. Was hätte ich dafür getan, so durchs Wasser schweben zu können?

Ich schnappte mir meinen Koffer und rollte ihn in mein künftiges Zuhause. Die Wand, die den Blick ins Innere verbarg, war schnell umrundet. Dahinter lag eine beengte Grotte ohne Möbel, nur mit einer aus dem Felsen geschlagenen Pritsche. Ein kleines, rundes Fenster, ähnlich einem Bullauge, wie man es von Schiffen kannte, zeigte die Unterwasserwelt Norwegens – oder hätte sie gezeigt, wenn nicht der viele Seetang gewesen wäre, der mir die Aussicht versperrte. Ein Blick auf Berge und Wälder hätte mir besser gefallen.

Noch einmal schaute ich mich um, aber viel gab es nicht zu sehen. Diese Grotte kam einer Gefängniszelle gleich, wobei man den Gefangenen im Knast wenigstens Toiletten in den Zellen zur Verfügung stellte. Ich hatte nicht einmal das. Auch keinen Schrank, um meine Sachen zu verstauen, keine Matratze, gar nichts. Eilig kramte ich mein Handy hervor und warf einen Blick darauf. Natürlich war mir auch kein Empfang vergönnt. Enttäuscht ließ ich das Telefon samt meinen Schultern sinken, seufzte und setzte mich auf die Pritsche.

Mir war trotz meiner dicken Klamotten kalt, ich war hier nicht willkommen und konnte mir beim besten Willen nicht vorstellen, die nächsten Monate an diesem Ort zu verbringen. So faszinierend die Nixen und diese Welt voller Magie auch waren, ich wollte nach Hause. Ob es zu früh war, den Foki einzusetzen?

8

Götter schubst man nicht

Nachdem ich eine Weile in der düsteren und feuchten Grotte Trübsal geblasen hatte, war ich zu dem Schluss gekommen, dass mir untätiges Herumsitzen rein gar nichts brachte. Erst einmal legte ich die dicke Daunenjacke und die Skihose ab, anschließend schnappte ich mir mein Handy und ging zurück nach oben. Dort gab es wenigstens Tageslicht, was schon eine Verbesserung um einhundertzwanzig Prozent war. Mindestens.

Leider hatte ich auch dort keinen Empfang, um zu Hause anzurufen und meinem Dad vorzumachen, dass es mir super ging und die neue Schule ein Traum war. Albtraum traf es wohl besser.

Mit dem Blick auf mein Handy gerichtet, durchstreifte ich die Flure, hielt es immer wieder aus einem Fenster und spielte mit dem Gedanken, wie King Kong auf einen der Türme zu klettern, in der Hoffnung, dort ein paar Balken zu erhaschen.

»Ist das die Neue?«, hörte ich jemanden flüstern, doch ich achtete nicht weiter darauf. Es blieb noch genug Zeit, die anderen kennenzulernen, wenn ich Dad erst einmal angerufen hatte.

Die Anzeige auf meinem Handy sprang gerade auf einen Balken, als plötzlich ein breiter Rücken vor mir auftauchte. Zu plötzlich, um abzubremsen. Ich krachte in ihn hinein, das Handy flog mir aus der Hand, landete auf der Gehäusekante und das Display wurde schwarz. Der Schock durchfuhr meinen ganzen Körper.

»D-das …«, stammelte ich. Die Worte waren mir abhandengekommen. Mein ganzes Leben war auf diesem Handy, alle meine Kontakte, Dads Nummer, die ich beim besten Willen nicht auswendig kannte, Fotos von Granny, von meiner Clique. Einfach alles. Es fühlte sich an, als hätte mir jemand den Boden unter den Füßen weggezogen.

Ich war noch dabei, den Schreck zu verwinden, da drehte der Schüler vor mir um und machte einen Schritt auf mich zu. Das heißt, er hob den Fuß und begrub mein Handy darunter.

»Woah!«, stieß ich aus, schlug ihm beide Hände gegen die Brust, drängte ihn zurück und bewahrte mein Handy so vor dem sicheren Tod durch Zerquetschen – während der Schüler auf dem Hintern landete. Erst jetzt erkannte ich, dass er kein Unbekannter für mich war.

»Das kam jetzt überraschend«, gab Caleb zu. Er wirkte völlig überrumpelt, als wäre er es nicht gewohnt, gestoßen oder auch nur von den anderen angefasst zu werden. Aber ich hatte das auch nicht mit Absicht getan.

»Wie ich sehe, ist die Neue bereits dabei, sich Freunde zu machen«, höhnte Dalia, die ausgerechnet in dem Moment mit ihren Freundinnen im Schlepptau an mir vorbeiging.

Und Dalia war nicht die Einzige, die den Vorfall mit angesehen hatte. Ein paar weitere Leute waren stehen geblieben und hatten einen Kreis um Caleb und mich gebildet. Sie schauten mich an, als würde ich ihm mit einem Baseballschläger in der Hand gegenüberstehen.

»Was ist denn mit der los?«, flüsterte jemand.

»Ganz schön aggro«, meinte ein anderer.

Ich ging auf ein Knie, hob mein Handy auf und zeigte es Caleb als Erklärung für meine Attacke. »Sorry, ich …«

»Verstehe«, unterbrach er mich und raffte sich auf. Sein Stolz hatte durch seinen Sturz keinen Schaden genommen. »Hier gibt es nichts zu sehen. Nur ein kleiner Zusammenstoß, kein Grund zu gaffen, also macht euch vom Acker!«

Tatsächlich löste sich die Ansammlung auf. Die Schaulustigen mieden Calebs Blick und suchten schnell das Weite. Offenbar hatte er hier alle gut im Griff, was mich eigentlich nicht wundern sollte bei seiner beeindruckenden Größe von gut einem Meter neunzig, den breiten Schultern und dem muskulösen Körperbau. Ganz zu schweigen von dem Selbstbewusstsein, das er ausstrahlte.

Er streckte mir die Hand entgegen und ich nahm sie an. Mit einem Ruck, der mich genauso gut durch die Decke hätte befördern können, zog er mich hoch.

»Du hast ganz schön viel Kraft, obwohl unter diesen dicken Winterklamotten von vorhin ziemlich wenig Mensch zum Vorschein gekommen ist.« Grinsend lehnte er sich zurück, sein Blick wanderte von meinem Hoodie bis hinunter zu meinen Leggings.

Ich ließ die Schulter kreisen, die sich anfühlte, als hätte er sie mir beinahe ausgekugelt. »Und du hast ganz schön wenig Stehvermögen, für jemanden mit so viel Kraft.«

Er wackelte vielsagend mit den Augenbrauen. »Wir fangen jetzt bestimmt nicht an, über mein Stehvermögen zu reden. Habe ich dir wehgetan?« Sein Grinsen verlor sich und er schaute mich ernsthaft besorgt an.

»Nein, schon gut«, sagte ich. »Aber wir sollten aufhören, uns so zu begegnen.«

»Es stört dich also, wenn ich dir zu Füßen liege?«

»Ich bevorzuge Begegnungen auf Augenhöhe«, erwiderte ich und ging auf die Zehenspitzen, doch ich reichte nicht einmal ansatzweise an seine Größe heran. Kopfüber in den Ranken hängend war das leichter gewesen.

Caleb vergrub die Hände in den Hosentaschen und deutete mit dem Kinn zu meinem Handy. »Damit alles in Ordnung?«

»Ich denke schon.« Um sicherzugehen, drehte ich es in meiner Hand und schaltete es an. »Das Schutzglas hat das meiste abgefangen. Wahrscheinlich bekommt man hier in der Gegend nicht so leicht Ersatz dafür?«

»Eher nicht.«

Er schaute sich um und zum ersten Mal, seit wir uns auf dem Campus begegnet waren, wirkte er ein wenig verloren auf mich. Es hatte den Anschein, als würde er nicht oft ein längeres Gespräch mit jemandem führen. Zumindest nicht, wenn es um Banalitäten ging. Hatten die anderen wirklich so viel Respekt vor ihm, dass sie ihm aus dem Weg gingen? Dann musste er ziemlich einsam sein.

»Kannst du mir sagen, wo ich Empfang habe?«, fragte ich. »Ich klettere zur Not auch aufs Dach, wenn es sein muss.«

»Das wird dir nicht viel nützen. Mal abgesehen davon, dass man in der Zwischenwelt wegen der Raum-Zeit-Verschiebung sowieso kaum Empfang hat, lässt der Schutzwall, der die Insel abschirmt, so gut wie keine Signale durch.«

»Nicht dein Ernst, oder?« Ich seufzte schwer und ließ mich gegen die Wand plumpsen. Gerade wenn ich dachte, dass es nicht schlimmer kommen konnte, setzte das Schicksal noch einen obendrauf. Wahrscheinlich hatte ich in meinem früheren Leben kleinen Kindern ihre Lollis geklaut, um das zu verdienen.

»Jetzt schau nicht so begossen. Da bricht mir ja das Herz. Was du brauchst, ist ein Verstärker, damit kann Klein-Devin nach Hause telefonieren. Komm mit.«

Ich schaute ihm leicht verdattert nach. »Was?«

»Sag bloß, du kennst E.T. nicht?«

»Vergleichst du mich gerade mit einem kleinen, grünen Alien?« Ich schloss zu ihm auf.

Er begutachtete mich noch einmal gründlich, zog eine Hand aus der Tasche und hielt sie mir über den Kopf. Im Vergleich zu ihm war ich wirklich winzig, dabei war ich normalgroß. Er war einfach nur ein Hüne.

»Sag jetzt bloß nichts Falsches«, warnte ich ihn.

Er zog die Hand zurück. »E.T. ist nicht grün, er ist braun.«

»Dann ist ja gut.«

Eine Weile liefen wir schweigend nebeneinanderher und zogen dabei sämtliche Blicke auf uns. Lag es nur daran, dass ich die Neue war oder weil sie mich an Calebs Seite sahen?

»Hier sind wir schon«, sagte er und deutete auf eine Tür, die zu einem kleinen Zimmer gehörte.

Ich warf einen Blick ins Innere und traute meinen Augen kaum. »Das ist jetzt nicht wahr, oder?«

»Ich hatte nicht mit Besuch gerechnet«, sagte er entschuldigend, trat ein und sammelte seine Dreckwäsche zusammen, die allerdings nicht für meine Fassungslosigkeit verantwortlich war. Auch nicht der muffige Geruch, der chaotische Berg aus Lernutensilien auf seinem Schreibtisch oder die Tatsache, dass der Röhrenfernseher, der in einer Ecke stand, ins Museum gehörte, genau wie die steinalte Nintendo-64-Spielekonsole, die daran angeschlossen war.

Mich schockierte, dass es sich um ein ganz normales Zimmer handelte. Mit Tapete an den Wänden, einem Fenster mit Blick au die Berge, einem Bett mit Matratze und Decke und allem, was dazu gehörte. Anders ausgedrückt: Es war keine verdammte Grotte!

Ich betrat den Raum, als hätte mich Caleb in einen Süßwarenladen geführt. »Okay, was muss ich tun, um ein Zimmer wie deins zu bekommen?«

»Aufhören ein Wasserwesen zu sein«, schlug er vor, merkte aber schnell, dass mir nicht nach Scherzen zumute war. »Du gewöhnst dich noch an euer Reich dort unten. Für mich war ein Zimmer mit vier Wänden und einem festen Dach über dem Kopf am Anfang auch ungewohnt. Wie es in meinem Volk üblich ist, bin ich in einem, nennen wir es *Baumhaus,* aufgewachsen. Genauer gesagt in einer Raumfalte in der Nähe von Belfast. Dort gibt es nur Bäume, Moos und noch mehr Bäume.«

»Du kommst also aus Irland? Das merkt man deiner Aussprache gar nicht an.«

»Das kannst du auch nicht merken. Innerhalb des Schutzwalls der Schule herrscht ein Zauber vor, der dafür sorgt, dass wir einander problemlos verstehen können. Die Schülerschaft hier kommt aus aller Welt, es wäre unnötig kompliziert, wenn niemand wüsste, was der andere sagt.«

Meine Neugier war geweckt. »Du redest im Moment also Gälisch oder Englisch?«

»Eher eine Art Altgälisch, mit Einschlägen von Ulster Scots. Du könntest mich selbst dann nicht verstehen, wenn du Gälisch beherrschen würdest.«

»Hören würde ich es trotzdem gern«, sagte ich. »Und dein Volk, das sind …?« Ich tippte auf die Stelle an meinem Kopf, wo bei Caleb eines seiner Hörner aus dem vollen Haar lugte.

»Faun, väterlicherseits«, antwortete er. »Meine Mum ist eine Normalsterbliche und ich komme eindeutig mehr nach ihr. Die Hörner habe ich von meinem Dad.«

»Sie sind wirklich …« Ich brach ab, bevor mir das Wort *niedlich* über die Lippen kam. Ich war mir ziemlich sicher, dass er so etwas nicht hören wollte.

»Stattlich?«, hakte er nach und hob dabei die Brauen.

Ich grinste. »Ja, genau das wollte ich sagen.«

»Ich wette, dein Fischschwanz ist auch ganz ansehnlich.«

Auf die Wette konnte ich schlecht eingehen, denn ich wusste nicht einmal, ob ich wirklich einen hatte oder herbeizaubern konnte oder wie auch immer das bei Nixen funktionierte. Caleb lehnte sich an seinen Schreibtisch und schaute mich an, als würde er darauf warten, dass mir eine Flosse wuchs.

»Was ist jetzt mit dem Verstärkerding, von dem du gesprochen hast?«, fragte ich, bevor die vorherrschende Stille noch unangenehm wurde.

»Stimmt, da war ja was!« Er wirkte aus den Gedanken gerissen, überspielte das aber schnell. »Nicht, dass du denkst, das wäre nur ein Vorwand gewesen, um dich auf mein Zimmer zu locken.« Er wandte sich dem Schreibtisch zu und durchwühlte die Schulutensilien, bis unter einem Haufen Bücher ein seltsames Gerät zum Vorschein kam. Es bestand aus einer Holzplatte, auf der Kupferdrähte und Röhrchen, Spiralen und eine ganze Menge Zahnräder angebracht waren. Es sah nicht so aus, als würde dieses Teil tatsächlich irgendeinem Zweck dienen, geschweige denn, etwas Magisches an sich haben.

»Leg dein Handy hier in die Mitte und aktiviere den Freisprecher«, erklärte Caleb.

Ich trat zu ihm, um mir das Gerät genauer anzuschauen.

»Es sollte problemlos funktionieren«, versprach er. »Auch wenn der Verstärker eine Antiquität ist und ursprünglich zum Empfang von Radiowellen gedacht war.«

»Wo hast du ihn her?«, fragte ich und schaute zu Caleb auf.

Er rückte so nah an mich heran, dass sich unsere Schultern beinahe berührten. »Das bleibt unter uns?«

»Klar«, versicherte ich ihm, woraufhin er sich zu mir hinunterbeugte.

»Ich habe ihn aus dem Büro von Direktor Bradford mitgehen lassen.«

»Aha, so einer bist du also.« Ich schmunzelte.

Caleb richtete sich wieder auf. »Jetzt kennst du mein dunkelstes Geheimnis.«

Aus meinem Schmunzeln wurde ein Lachen.

»Bradford sammelt solchen Kram in Massen«, erklärte er abwinkend. »Ihm fällt gar nicht auf, wenn etwas fehlt.«

»Also hier hin?« Kaum hatte ich mein Handy auf den Verstärker gelegt, setzten sich die Zahnräder in Bewegung, Federn spannten sich und zogen sich wieder zusammen, kleine Bolzen tauchten in rhythmischen Bewegungen aus Vertiefungen im Holz auf. Das Entscheidende war aber, dass der Empfang meines Handys voll ausschlug.

»Wie genial, es klappt!«, stieß ich freudig aus.

»Okay, dann lasse ich dich mal in Ruhe telefonieren.« Caleb schob sich rückwärts aus dem Zimmer, während ich bereits Dads Nummer aus meinen Kontakten heraussuchte.

»Klar, danke!«, rief ich ihm nach und aktivierte den Freisprecher.

Es dauerte nicht lange, bis sich Dad meldete.

»Hey, Dad!«

»Rufst du vom Flughafen an?«, fragte er.

Ich stockte. Die Sache mit der Anreise per Raumfalte hatte ich völlig vergessen. Wie konnte ich nur so verpeilt sein? Ich schlug mir die Faust gegen die Stirn.

»Ja, genau«, murmelte ich. »Ich wollte nur sagen, dass ich mich nicht so oft melden kann. Seth, also Mr Cardeles, hat gesagt, dass man an der Schule kaum Handyempfang hat. Ich … schick dir Postkarten, ja? Haufenweise.«

»Das ist völlig okay«, sagte er. »Hauptsache, dir geht es gut. Du wirst schon sehen, das wird eine unbeschreiblich tolle Zeit für dich werden.«

»Ja«, gab ich leise zurück. Was hätte ich auch sonst sagen sollen? Ich drehte den Bürostuhl zu mir um, weil ich mich hinsetzen wollte, bekam einen Schreck und gab einen Aufschrei von mir, der wie ein niedergetrampeltes Quietscheentchen klang. Zwei große, kugelrunde Augen schauten mich an.

»Alles okay bei dir?«, hörte ich Dad fragen.

Eine rot getigerte Langhaarkatze hatte es sich auf dem Stuhl gemütlich gemacht. Sie streckte sich gähnend und zuckte mit den Ohren.

Ich ging vor ihr in die Hocke. »Was bist du denn für ein Fellknäul?«

»Devin?«

»Hier liegt eine zuckersüße Katze.« Ich hob die Hand, um sie zu streicheln, und sie nutzte die Gelegenheit, stupste mit ihrer Stirn dagegen und schob ihren Kopf in meine offene Handfläche. »Du hast ganz schön Schmusebedarf, was?«

»Eine Katze am Flughafen?«

»Äh, ja. Hat sich bestimmt verirrt«, sagte ich. »Ich höre mich am besten mal um, ob das Tier vermisst wird.«

»Solange du den Flug nicht verpasst.«

»Das werde ich nicht, versprochen.«

»Dann will ich dich nicht länger aufhalten. Ich freue mich auf deine Postkarten.«

Ich verabschiedete mich, schickte Isla noch eine Nachricht und nahm mein Handy schweren Herzens vom Verstärker. Ich hätte ihn am liebsten mit in meine Grotte genommen, aber dort gab es keine Möglichkeit, ihn zu verstecken, mal ganz abgesehen davon, dass er wahrscheinlich nicht stark genug war, um mein Handysignal durch meterdicke Höhlenwände zu schicken.

Die Katze sprang in meinen Schoß und schmiegte sich an meine Beine.

»Dich würde ich auch gern mitnehmen.« Ich kraulte sie, setzte sie zurück auf den Stuhl und versteckte den Verstärker wieder unter ein paar Heften. Anschließend verließ ich das Zimmer.

Zu meiner Überraschung wartete Caleb draußen im Gang. Die Hände in den Hosentaschen vergraben, lehnte er an der Wand und stieß sich davon ab, als er mich sah.

»Sorry, ich wollte dich nicht aus deinem Zimmer verjagen«, entschuldigte ich mich.

»Schon okay, ich habe es dir ja angeboten. Wie ich sehe, hast du Bekanntschaft mit Lancie gemacht?« Er deutete mit dem Kinn auf meine Oberschenkel.

Ich schaute nach unten und sah eine Spur roter Haare, die sich über meine Leggings zog. »Deine Katze ist ganz schön anhänglich«, sagte ich lachend und versuchte vergebens, die Haare abzuklopfen. In dem Moment kam mir etwas ganz anderes in den Sinn. »Lancie ist doch eine echte Katze, oder?«

Wenn sich jetzt herausstellte, dass es sich um einen Gestaltwandler oder verwandelten Magier handelte, der sich genüsslich an meinen Beinen gerieben hatte, würde ich im Boden versinken.

»Katze? Nein«, erwiderte er stockernst.

Ich riss die Augen auf.

»Lancie ist ein Kater«, schob er nach und lachte.

»Sehr witzig«, beschwerte ich mich und zuckte im selben Moment zusammen, weil wie aus dem Nichts ein ohrenbetäubendes Dröhnen durch die Schule hallte. Das Geräusch verschwand ebenso schnell, wie es aufgetaucht war, und hatte sich angehört, als hätte jemand einen gigantischen Hammer auf die Salatschüssel herabfahren lassen, die die Insel vor der Außenwelt abschirmte.

Caleb hatte sich nicht erschreckt. Er war allerdings hellhörig geworden und ging zum nächstgelegenen Fenster.

»Was war das?«, fragte ich.

»Sieh selbst«, forderte er mich auf.

Ich trat neben ihn. Meine erste Eingebung, das Geräusch könnte mit dem Schutzwall zusammenhängen, war offenbar richtig gewesen. Die Kuppel war sichtbar geworden, waberte wie angestupster Wackelpudding um die Insel herum, beruhigte sich allmählich wieder und verschwand.

»Etwas oder jemand hat versucht hier einzudringen«, erklärte Caleb.

»Und jedes Mal, wenn das passiert, wird der Schutzwall sichtbar?«, fragte ich. »Ist das nicht ein bisschen auffällig?«

»Von außen sieht man nichts«, sagte er. »Wir befinden uns in einer Raumfalte, unsichtbar für die Außenwelt.«

»Kommt es oft vor, dass hier jemand einbrechen will?« Mir wurde bei dem Gedanken etwas mulmig. Immerhin war das eine Schule und nicht der Tower of London, bei dem sich ein Einbruch sicher lohnen würde. Wer würde unbedingt in eine Schule einbrechen wollen und vor wem oder was musste die Schülerschaft in dieser Raumfalte so dringend beschützt werden, dass ein Schutzwall nötig war? Das war mir von Anfang an suspekt vorgekommen.

»Alle paar Monate«, meinte Caleb schulterzuckend. »Mach dir darüber keine Sorgen. Es war wahrscheinlich nur ein Wal oder ein großer Vogel.«

»Wenn das so ist …«, murmelte ich gedankenversunken.

Ein Tier also? Dieselbe fadenscheinige Erklärung hatte auch Seth benutzt, ohne dass er mich wirklich überzeugt hätte.

»Devin, hier steckst du!«, rief jemand. Ich schaute mich um und entdeckte Lilou, die auf uns zugelaufen kam. Völlig außer Atem blieb sie vor mir stehen. »Ich habe von Dalias mieser Aktion gehört. Das tut mir so leid!«

»Miese Aktion?«, bohrte ich nach. Mal davon abgesehen, dass Dalia sich mir gegenüber wie ein Piranha im Angriffsmodus benommen hatte, war ich mir keiner miesen Aktion bewusst.

»Na, das mit deiner Grotte!« Sie deutete hinter sich und ich schaute an ihr vorbei, was natürlich überflüssig war, weil ich meine Grotte irgendwo im Keller nicht von einem Korridor im zweiten Stock aus sehen konnte.

»Was hat Dalia angerichtet?«, fragte Caleb. Seine Augen waren zu schmalen Schlitzen verengt. Wut und Entschlossenheit funkelten darin.

»Sie … also …« Lilou starrte Caleb an, als wäre er gerade aus dem Nichts aufgetaucht. Vielleicht war sie auch so aufgewühlt gewesen, dass sie ihn erst jetzt bemerkt hatte. Allerdings schien noch mehr hinter ihrer Verunsicherung zu stecken, denn aus der Art, wie sie ihn anschaute, hätte man schließen können, dass er mit einer gezückten Waffe vor ihr stand.

»Ja?«, fragte er.

Lilou war wie erstarrt. Ihr Mund stand halb offen und ihre Ohren liefen knallrot an.

»Was ist denn nun?«, hakte ich nach.

Sie richtete den Blick auf mich und gewann ihre Selbstkontrolle zurück. »Sie haben die Grotte komplett ausgeräumt. Dein ganzer Kram stapelt sich in der Fentra-Höhle.«

Mit dem »ganzen Kram« waren vermutlich nicht meine Skiklamotten und der Koffer gemeint. Also war dieses Zimmer ursprünglich gar nicht so leergefegt gewesen, wie ich es vorgefunden hatte.

Ich schnaubte. »Diese Dalia bekommt jetzt was von mir zu hören.«

Als ich losstiefeln wollte, hielt Caleb mich zurück. Seine Finger umschlossen meinen Oberarm mühelos, und hätte er es darauf angelegt, wäre ich bestimmt nicht so leicht freigekommen.

»Was ist?«, fragte ich.

»Dein Tatendrang in allen Ehren, aber das solltest du lieber lassen.«

Das sah ich anders. »Ich kenne Mädchen wie sie. Wenn ich mir alles gefallen lasse, wird es nur schlimmer. Ich will mir meine Schulzeit nicht von ihr zur Hölle machen lassen. Und jetzt lass mich los.«

Er ließ von mir ab, hob unschuldsbeteuernd die Hände und trat einen Schritt zurück. Ich mochte es gar nicht, ungefragt angefasst zu werden, wusste aber, dass es keine böse Absicht gewesen war.

»Das ist bei Nixen etwas anderes«, sagte Lilou. Sie klang eingeschüchtert und mied es, Caleb anzuschauen. »Du bist unter Normalsterblichen aufgewachsen, oder?«

»Ja, das bin ich«, bestätigte ich.

»Nixen bilden einen Schwarm und der folgt einer Anführerin, der alle bedingungslos vertrauen. Diese Anführerin nennt sich Royal und an dieser Schule hat sich Dalia als Royal des Schwarms hervorgetan. Wenn du sie offen herausforderst, werden dich die anderen Nixen ausschließen.«

»Ich kam bisher auch gut ohne Schwarm zurecht«, sagte ich.

»Bisher hast du auch als Normalsterbliche gelebt«, erinnerte sie mich. »Du hast zwei Optionen. Entweder du stellst dich mit Dalia gut, sodass sie dich in ihrem Schwarm duldet und –«

»Okay, okay, wie lautet die zweite Option?«, fiel ich ihr ins Wort. Im Einschleimen war ich wirklich nicht gut.

»Du beweist dem Schwarm, dass du die bessere Royal bist. Wenn dir das gelingt, wird er dir folgen und Dalia muss sich ihm gezwungenermaßen anschließen.«

»Nichts leichter als das«, sagte ich mit ironischem Unterton. Ich war gerade einmal fünf Minuten lang eine Nixe. Wie sollte ich da zu einer Anführerin werden?

»Lass uns damit anfangen, dass wir deine Einrichtung zurückholen«, schlug Caleb vor. »Etwas Muskelkraft könnt ihr doch gebrauchen, oder?«

»Du … du willst …?«, stammelte Lilou und verfiel wieder in ihre Schockstarre.

»Auf jeden Fall«, sagte ich.

»Dann kommt!« Caleb ging voraus.

Wie benommen starrte Lilou ihm nach.

»Alles okay?«, fragte ich. Ihr Benehmen ihm gegenüber war merkwürdig. Eigentlich benahmen sich alle ihm gegenüber seltsam.

»Das ist Caleb Harley«, sagte sie im Flüsterton und betonte dabei jedes Wort überdeutlich.

»Ja und?«, hakte ich nach.

»*Der* Caleb Harley.«

Ich verstand immer noch nicht, worauf sie hinauswollte. »Und *der* Caleb Harley hängt uns gleich ab, wenn wir ihm nicht folgen.«

Lilou atmete tief durch und schaute auf ihre Füße, als müsste sie sichergehen, dass sie noch an Ort und Stelle waren, bevor sie loslief.

»Also, was hat es mit ihm auf sich?«, fragte ich, bevor wir ihn eingeholt hatten.

»Er ist ein Halbfaun«, sagte sie leise. »Und Faune sind so etwas wie Götter.«

»Das wusste ich nicht«, gab ich zu. Ich kannte Faune zwar aus der Mythologie als Wesen mit Hörnern und Hufen, aber ich hatte noch nie davon gehört oder gelesen, dass es sich um Götter handelte. Waldgötter, wie ich vermutete. Caleb war dementsprechend dann wohl ein Halbgott. Ich hatte einen Halbgott umgeschubst. Das konnten sicher nicht viele von sich behaupten.

Als wir zu ihm aufschlossen, grinste ich ihn breit und triumphierend an.

»Was ist?« Er wirkte verständlicherweise verwirrt.

Mein Grinsen wurde noch breiter. »Nichts«, sagte ich und tastete meine nicht vorhandenen Muskeln ab. »Ich fühle mich heute nur ganz besonders stark.«

»Das muss ich jetzt nicht verstehen, oder?« Er wandte sich an Lilou.

Sie schrumpfte um ein paar Zentimeter in sich zusammen.

»Wie ist das unter euch Sirenen?«, fragte ich, um sie aus ihrem Schneckenhaus zu locken. »Bildet ihr auch Schwärme?«

»Nein, ganz und gar nicht.« Sie schüttelte vehement den Kopf. »Sirenen sind Einzelgängerinnen. Zumindest bis sich unsere Kräfte zeigen. Bis dahin gehen uns eigentlich alle aus dem Weg.«

Ich setzte einen gespielt misstrauischen Blick auf und beugte mich zu Caleb, ohne Lilou dabei aus den Augen zu lassen. »Gibt es etwas, das ich über Sirenen wissen sollte?«

»Sie –«, begann er.

»Sag es nicht!«, unterbrach sie ihn und begriff erst dann, was sie getan hatte. Erschrocken schlug sie sich die Hände vor den Mund, ihre Ohrenspitzen liefen erneut rot an und sie stammelte eine kaum hörbare Entschuldigung zusammen.

»Ich kann Devin ja schlecht belügen«, meinte er.

»Schon gut, ich muss es gar nicht wissen. Und mach dir keinen

Kopf, Lilou. Mich schreckt so schnell nichts ab. Wenn du deine Freunde also nicht im Schlaf auffrisst …«

Sie lächelte zaghaft. »Keine Sorge, ich steh nicht so auf Fisch.«

»Hey!« Ich verpasste ihr einen zarten Stoß, sodass sie ein paar Schritte von mir wegstolperte.

»Muss ich dazwischengehen?«, fragte Caleb.

Wir hatten das Kellergewölbe erreicht und Lilou führte uns durch einen breiten Tunnel bis zu einer zentralen Höhle, die komplett in das blau schimmernde Licht gehüllt war.

»Und hier sind wir schon«, verkündete sie mit ausgebreiteten Armen. »Die Fentra-Höhle.«

Wie es aussah, hatte der blaue Schimmer seinen Ursprung in dieser Höhle oder vielmehr in den steinernen Torbögen, die einen Kreis in der Mitte bildeten. Sie wirkten wie gigantische Spiegel, die nicht aus Glas, sondern aus Licht bestanden. Wir traten durch den einzigen Bogen, der nicht blau leuchtete.

Dahinter türmte sich ein Berg aus Möbeln. Kommode, Tisch, Stuhl – alles, was in ein gut ausgestattetes Zimmer gehörte, war dabei. Die Sachen wirkten antik und bunt zusammengewürfelt. Kein Knauf glich dem anderen und unter der verblichenen Perlmuttfarbe der meisten Möbel blitzten ältere Anstriche hindurch. Dazu kam noch eine Unmenge an Kleinkram, der überall herumlag. Reich verzierte Schmuckkästchen, Perlenketten, vergoldete Handspiegel – gleich mehrere davon –, jede Menge Phiolen mit seltsamen Flüssigkeiten darin und Muscheln. Unzählige Muscheln. Aber auch Seesterne, Korallen und was das Meer sonst noch an Schätzen hergab.

Eigentlich hätte mich der Anblick fesseln sollen, aber es waren die Tore um uns herum, die meine Aufmerksamkeit auf sich zogen. Die Lichtoberflächen wirkten wie der Blick von oben auf einen Pool. Die sieben Tore – ohne das Zugangstor, durch das wir in ihre Mitte getreten waren – bestanden aus Stein, waren mindestens zwei Meter breit sowie drei Meter hoch und ähnlich aufwändig verschnörkelt wie die Möbel. Zusätzlich waren Symbole zu erkennen, die ich schon einmal gesehen hatte – auf Tylers Haut.

Ich trat näher an eines der Tore heran, begutachtete die Symbole genauer und versuchte, schlau daraus zu werden. Natürlich gelang mir das nicht. Es war eine mir völlig unbekannte Sprache, die ich bestimmt nicht durch intensives Anstarren lernen würde.

Als ich eines der Symbole berührte, leuchtete es auf und meine Fingerspitzen kribbelten. Ob es sich um die Sprache der Nixen handelte? Jedenfalls waren nicht nur die Symbole mit Magie getränkt, sondern die ganzen Tore, was mir eindrucksvoll bewiesen wurde, als mich ein riesiger Schatten unter sich begrub. Ich wich zurück und beobachtete einen gigantischen Buckelwal, der nur eine Armlänge entfernt an mir vorbeischwamm. Er gab einen tiefen Laut von sich, der die gesamte Höhle erfüllte und den Boden unter meinen Füßen vibrieren ließ. Ein Gruß, den ich zu gern erwidert hätte. Zu dumm nur, dass ich kein Walisch sprach.

»Was sind das für Tore?«, fragte ich, ohne den Blick von dem Wal lösen zu können.

»Das sind Portale zu den sieben Weltmeeren«, erklärte Lilou. »Wir nutzen sie für den praktischen Teil des Unterrichts. Willst du eine Runde drehen? Ich kann den Indischen Ozean empfehlen. Dort gibt es die schönsten Rotfeuerfische.«

Ich wandte mich ihr zu. »Das heißt, da ist gerade ein echter Wal an mir vorbeigeschwommen?«

»Du hättest die Hand ausstrecken und ihn berühren können«, bestätigte sie.

Dazu war es nun leider zu spät, der Wal war bereits verschwunden. Und auch wenn ich eine Wassergestalt besaß, wollte ich mir das nicht mit einem Sprung mitten in den Indischen Ozean beweisen. Eine Badewanne wäre mir lieber gewesen.

Ich lief an den anderen Portalen vorbei. Wenn ich näher an sie herantrat, konnte ich den ein oder anderen Meeresbewohner entdecken. Delfine, bunte Fischschwärme und leuchtende Quallen. Es hatte etwas von einem Aquariumsbesuch, auch wenn es hier kein Glas gab und kein Tier in Gefangenschaft leben musste.

»Was ist jetzt mit deinem Zeug?«, fragte Caleb. »Sollen wir alles zurück in deine Grotte bringen oder willst du dich lieber hier häuslich einrichten?«

Die Versuchung war groß, denn die Tore übten eine unglaublich starke Faszination auf mich aus, aber mitten in der zentralen Höhle würde ich mich auf Dauer nicht wohlfühlen.

»Das Problem ist, der Kram gehört gar nicht mir«, erklärte ich. »Gibt es vielleicht andere Neuankömmlinge, denen Dalia die Sachen geklaut haben könnte?«

»Glaub mir, das ist dein Zeug«, sagte Lilou. Sie zog die Schublade aus dem Schreibtisch und füllte sie mit den Muscheln, die auf dem Boden lagen. »Ihr Nixen seid Sammlerinnen. Alles, was schön ist, zieht euch in den Bann. Ihr nehmt es mit nach Hause und schmückt damit eure Grotte. So machen es auch die Nixen hier an der Schule. Neue Schülerinnen erben die Sachen der vorangegangenen Generation, ergänzen sie im Laufe ihrer Schulzeit und vererben sie weiter.«

»Wenn das so ist …« Ich ließ den Blick über den Krimskrams wandern und entdeckte ein Diadem, das ich mir kurzerhand aufsetzte. »Und? Wie gefalle ich euch als neue Royal des Schwarms?« Um meine Worte zu unterstreichen, straffte ich die Schultern, hob die Nase in die Höhe und stolzierte an den Toren vorbei.

Lilou lachte laut und ungezwungen und auch ich musste kichern, als mir das Diadem vom Kopf zu rutschen drohte.

»Das mit dem königlichen Gang musst du noch üben«, zog mich Caleb auf.

Ich zweckentfremdete eines der Portale als Spiegel, wollte das Diadem zurechtrücken und erschrak, als es nicht mein menschliches Ich war, das mir entgegenschaute. Es war die Wassergestalt, die ich schon einmal im Spiegel gesehen hatte. Sie war mir zum Verwechseln ähnlich und doch sah sie ganz anders aus mit ihrer blass silbrigen Haut und dem pechschwarzen, im Wasser schwebenden Haar, durch das Flossen stachen, wo ich meine Ohren hatte. Flossen spannten sich auch zwischen ihren Armen und dem Oberkörper, umrahmten ihren korallenfarbenen Schwanz, waren durchscheinend und liefen fadendünn aus. Sie sah anders aus als die Nixe, die ich im Tunnel gesehen hatte. Nicht weniger imposant, aber längst nicht so glitzernd und bunt. Das Diadem, das ich trug, ruhte auch auf ihrem Haupt. Und bei ihr wirkte es, als würde es genau dorthin gehören.

»Alles okay bei dir?«, fragte Caleb und riss mich damit zurück in die Wirklichkeit. Statt der Wassergestalt sah ich nur noch mein eigenes Spiegelbild mit dem schief sitzenden Diadem und den struppigen Haaren.

»Ja … klar«, stammelte ich.

Nachdem ich das Diadem abgelegt hatte, schüttelte ich mich, um diese seltsame Vision aus dem Kopf zu bekommen. Es war fast, als würde die Wassergestalt in mir darauf drängen, endlich freigelassen zu werden.

»Packst du dann mit an?« Caleb hatte sich die Kommode gegriffen.

»Mach ich.« Schließlich war das alles mein Zeug, wie ich nun wusste. Zumindest für die nächste Zeit.

9

Natürlich lebt der Drache im höchsten Turm

Es war ein Kraftakt, die Möbel zurück in meine Grotte zu schleppen, und ich fragte mich, wen Dalia bezirzt hatte, ihr die Arbeit abzunehmen. Sie hätte bestimmt niemals riskiert, sich dabei einen Fingernagel abzubrechen.

Den ganzen Kleinkram einzusammeln nahm die meiste Zeit in Anspruch. Caleb hatte sich verabschiedet, nachdem seine Körperkraft nicht mehr gebraucht wurde, und Lilou blieb, um mir beim Einräumen zu helfen. Es waren unzählige Fundstücke aus dem Meer, die wir als Deko an die Wand hängten, in den Regalen, auf dem Tisch und der Kommode drapierten oder schlichtweg auf dem Boden verteilten, weil es einfach keinen Platz mehr gab. Die Grotte war zu einer wahren Schatzkammer geworden. Durch die vielen Decken und Kissen verdiente das Bett fast schon die Bezeichnung Sofa. Es lud zum Ausruhen ein, was ich nach der anstrengenden Aktion gut gebrauchen konnte. Mit einem tiefen Seufzer sank ich in die Kissen.

»Das sieht doch ganz hübsch aus«, sagte Lilou zufrieden, stemmte die Arme in die Seiten und schaute sich um.

»Danke noch mal für deine Hilfe«, wiederholte ich gefühlt zum tausendsten Mal. Ich konnte es gar nicht oft genug sagen.

Sie winkte ab. »Das habe ich gern gemacht.«

Ich hörte ein Kichern, setzte mich auf und schaute zum Eingang.

Auch Lilou wandte sich um, als jemand die Grotte betrat. Es waren Dalia und zwei ihrer Freundinnen. Mit vorgetäuschtem Interesse schauten sie sich um.

»Schön hast du es hier«, sagte Dalia. »Richtig gemütlich.«

Ich stand auf. »Was willst du?«

»Nachschauen, was du aus der Grotte gemacht hast«, sagte sie mit einem verstohlenen Lächeln auf den Lippen.

»Das war echt fies«, warf Lilou ihr vor. Sie wirkte eingeschüchtert, aber nicht so sehr wie vor Caleb.

Dalia betrachtete sie von oben bis unten, dann schaute sie zu mir. »Man sieht, dass du wirklich keine Ahnung hast, wenn du dich mit einer Sirene abgibst. Was sie als ›fies‹ bezeichnet, ist ein Willkommensritual für jede neue Nixe. Du bist die erste, die nicht uns andere Nixen um Hilfe gebeten hat. Man könnte fast meinen, dass du keine von uns bist.«

Ich trat näher an sie heran. Mein Blick lag fest auf ihr. »Wenn du glaubst, dass du mich einschüchtern kannst …«

»Weiß Direktor Bradford von diesem Willkommensritual?«, mischte sich Lilou ein. Sie warf mir einen warnenden Blick zu. Offenbar wollte sie mich davon abhalten, in Konfrontation mit Dalia zu gehen. Sie hatte mir bereits erklärt, dass ich damit nicht viel erreichen würde. Ich hielt bloß nichts davon, mich herumschubsen zu lassen. Und dass Dalia obendrein meine neu gewonnene Freundin beleidigte, ging mir einfach zu weit.

»Bradford bekommt von vielem nichts mit, was in seiner Schule vor sich geht«, sagte Dalia. Ihre Worte klangen fast wie eine Drohung.

»Verdammt, Bradford!«, stieß ich erschrocken aus. »Ich hätte längst in seinem Büro sein sollen.«

»Ich bringe dich hin.« Lilou zog mich an Dalia und ihren Freundinnen vorbei in den Gang und schaute sich nervös nach ihnen um.

»Ich glaube nicht, dass sie uns verfolgen«, sagte ich. »Und loslassen kannst du mich jetzt auch.«

»Sorry, ich wollte dich nur in Sicherheit bringen«, entschuldigte sie sich.

Ich lachte. »Du musst mich nicht vor Dalia retten.«

»Ich rette dich vor dir selbst! Wenn du dich mit ihr anlegst, wird sie dich verstoßen und dann stehst du ganz allein da. Glaub mir, ich weiß, wie das ist. Das wünsche ich niemandem.«

»Ich werde bestimmt nicht ganz allein dastehen, auch wenn Dalia beschließt, mich vom Nixenschwarm auszuschließen«, versuchte ich sie zu beruhigen. »Ich habe ja dich und das heißt im Umkehrschluss, du bist ab jetzt auch nicht mehr allein.«

Lilou lächelte verlegen. »Das siehst du bestimmt anders, wenn du uns Sirenen besser kennengelernt hast.«

»Das glaube ich nicht. Also, wo liegt Bradfords Büro?«

»Rate mal«, forderte sie mich auf.

Ich hob eine Braue. »Im höchsten Turm?«

Sie grinste breit. »Siehst du, du bist fast schon ein Vollprofi. Da soll noch einer sagen, dass Nixen dumm sind.«

»Das wird über Nixen gesagt?«, fragte ich.

»Nimm das nicht so ernst«, meinte sie. »Es heißt, dass Nixen die schönsten Wesen der Zwischenwelt sind, aber nicht unbedingt die klügsten.«

»Oh, okay … muss ich noch etwas wissen?«

»Eure Magie wird von den meisten belächelt, weil ihr nichts wirklich Großes damit zustande bringen könnt. Und sehr stark seid ihr auch nicht.«

»Also Nixen sind hübsch anzusehen und das war's«, fasste ich zusammen. »Konntest du bei unserer ersten Begegnung deswegen nicht glauben, dass ich eine Nixe bin? Weil ich einen so überaus intelligenten Eindruck mache?« Für die letzten Worte benutzte ich einen versnobten Unterton und zog die Lippen zusammen, um wie eine griesgrämige Bibliothekarin auszusehen.

»Genau das«, bestätigte sie lachend.

Vom Kellergewölbe bis hinauf in Bradfords Büro zu gelangen, kam einer Weltumrundung gleich. Wir mussten durch endlose Korridore, einmal quer über einen Innenhof und immer wieder Treppen hinauf. Als wir endlich vor einer großen, schweren Eichentür standen, waren wir völlig ausgelaugt.

»Hier ist es«, sagte Lilou außer Atem.

Ich schaute aus dem Fenster. »Wir sind aber nicht ganz oben.«

»Hier ist die Tür zum Turm. Wir müssen da hoch.«

Ich beugte mich aus dem Fenster und schaute hinauf. Die Spitze des Turms verschwand zwar nicht in den Wolken, kam ihnen aber ziemlich nah.

»Yeah«, stieß ich trocken aus. »Wie macht ihr das eigentlich bei einem Notfall? Es dauert ja ewig, das Büro des Direktors zu erreichen.«

»Wenn es einen Notfall gibt, muss niemand den Direktor rufen. Bradford weiß über alles Bescheid, was an dieser Schule vor sich geht, auch wenn Dalia etwas anderes behauptet.«

Sie schob die Tür auf und trat ins Innere des Turms.

»Ich weiß nicht, ob ich das beruhigend oder beängstigend finde«, sagte ich und folgte ihr.

Ich wusste sofort, warum Caleb davon überzeugt war, dass Bradford den Verstärker nicht vermissen würde. Der gesamte untere Bereich des Turms diente als eine Art Abstellkammer und war mit verschiedenen Gerätschaften vollgestopft. Ich sah eine Weltkugel, deren Oberfläche nicht rund, sondern wellenförmig war, und einen Webstuhl, der von ganz allein lief, jedoch keinen Wollfaden ausgab, sondern Draht. An der Wand hing ein Porträt, das sich aus ratternden Zahnrädern zusammensetzte und in ständiger Bewegung immer wieder andere Unterwasserlandschaften zeigte. Daneben stand ein riesiger Blechkerl mit einem Kopf, der wie ein umgestülpter Putzeimer aussah. Den Zweck der meisten Gerätschaften konnte ich beim besten Willen nicht erraten. Sie unterschieden sich in Größe und Form, hatten aber eins gemeinsam: Sie wirkten antik und doch viel zu modern für dieses Zeitalter.

Eine schmale Treppe schlängelte sich an der Außenwand entlang nach oben. Ich schaute hinauf und seufzte schwer.

»Noch eine Treppe … Wäre ja auch ein Stilbruch, wenn es in diesem Turm einen Fahrstuhl gäbe.«

»Das hält die Beine fit«, meinte Lilou und klopfte sich auf den Oberschenkel. »Wenn du dich erst mal an das Leben als Nixe gewöhnt hast, benutzt du sie so selten, dass dir jedes bisschen Training guttut.«

So positiv konnte man das natürlich auch sehen.

Wir schleppten uns die Treppe hoch und ich fragte mich, wie Bradford auf den Gedanken gekommen war, dass ich es innerhalb von zwei Stunden pünktlich in sein Büro schaffen konnte. Wahrscheinlich wäre ich auch zu spät dran, wenn ich vorhin gleich losgerannt wäre.

Oberhalb der Treppe erwartete uns ein Vorzimmer, das weniger an eine Schule, sondern vielmehr an den Empfangsraum des Buckingham Palace erinnerte – falls es dort so etwas gab.

Riesige Gemälde hingen an der Wand und auf einem Teppich in der Mitte des Raumes stand ein Tisch umrahmt von Ohrensesseln mit Blümchenmustern und goldenen Verzierungen. Auf einem Empfangstresen war ein dicker, gebogener Ast drapiert, auf dem es sich eine Elster gemütlich gemacht hatte. Sie legte den Kopf schief und beäugte uns interessiert.

Ich fragte mich, wie Lancie auf den Vogel reagieren würde, den sich der Direktor als Haustier hielt, als sich die Elster von ihrem Ast abstieß und in gerader Linie auf mich zusegelte. Ich wich zur Seite aus. Im nächsten Moment verwandelte sich das Federkleid des Tiers in einen langen Umhang, bis unmittelbar neben mir eine ältere Dame mit ergrautem Haar und einer weißen, rüschenverzierten Bluse unter dem schwarzen Seidenumhang zum Stehen kam. Auf der schnabelartigen Nase trug sie eine Lesebrille an einer Kette. Sie schob sie ein Stück nach unten und begutachtete mich über die Brillengläser hinweg mit ihren kleinen, runden Augen.

»Devin Blackwood, wie ich vermute«, sagte sie mit näselnder Stimme. Ich wusste nicht, ob sie eitel klingen wollte oder erkältet war.

»So ist es«, bestätigte ich. »Und Sie sind?«

Lilou beugte sich zu mir vor. »Mrs Amber, die Sekretärin.«

»Ich kann Ihnen sagen, was ich nicht bin«, antwortete sie schnippisch. »Katzenfutter.«

Meine Augen weiteten sich. »Haben Sie meine Gedanken gelesen?« Warum musste ich nun an die Vorfälle am Badesee und bei meiner Anreise im Wald denken? Vielleicht, weil ich am Badesee einen Vogel gesehen hatte, der eine Elster gewesen sein könnte. Ob Mrs Amber mich beobachtet hatte?

»Direktor Bradford hat Sie vor drei Stunden erwartet«, sagte sie, ohne auf meine Frage einzugehen.

»Ich wurde aufgehalten«, entschuldigte ich mich.

Mrs Amber machte nicht den Eindruck, als würde ihr meine Erklärung genügen. Sie schaute mich mit hochgezogener Braue an, machte auf dem Absatz kehrt und lief zur Bürotür. »Er ist derzeit nicht vor Ort, aber Sie haben Glück, er sollte jeden Moment zurück sein. Sie können in seinem Büro warten.«

Sie öffnete die Tür und ich ging darauf zu. Lilou wollte mir folgen, aber Mrs Amber hielt sie zurück. »Die Einladung des Direktors bezog sich nur auf Ms Blackwood.«

»Dann gehe ich wohl besser«, sagte sie kleinlaut.

»Es dauert bestimmt nicht lange«, versicherte ich ihr.

»Ich werde trotzdem …« Sie schielte flüchtig zu Mrs Amber. »Wir sehen uns später.«

»Okay, dann danke fürs Herbringen.«

Sie lächelte und ging.

Ich betrat das Büro, das ebenso gut ein Abziehbild des Raumes im Erdgeschoss hätte sein können. Obwohl, nicht ganz. Es war zwar auch bis zum Bersten mit allerlei Kuriositäten vollgestopft, die jedoch nicht gestapelt und zusammengeräumt an den Wänden standen, sondern auf Sockeln und in Vitrinen oder zwischen Bücherregalen präsentiert wurden.

In einem mächtigen Steinkamin prasselte ein Feuer und ein ornamentverzierter Läufer endete an einem Schreibtisch, der ebenfalls mit den Sammlerstücken des Direktors übersät war. Hinter dem Schreibtisch befand sich der Zugang zu einem Balkon, der keine Tür hatte. Im Winter wurde das bestimmt ganz schön kalt. Andererseits war es so weit nördlich in Norwegen immer kalt, aber der Kamin sorgte für eine angenehme Wärme. Wahrscheinlich verhinderte ein Zauber ihr Entweichen, so wie gefühlt alles mit Magie abgeschottet wurde, was in der Welt der Normalsterblichen hinter Glas war. Es wunderte mich, dass das nicht auch für die Vitrinen galt – oder für die Brillengläser von Mrs Amber.

Ich trat näher an den Schreibtisch heran. Ob Bradford in seiner Drachenform unterwegs war und auf dem Balkon landen würde? So tief und breit wie er war, sah er nach einem idealen Landeplatz aus. Vermutlich war er auch genau dafür konzipiert worden. Ich musste zugeben, dass ich ziemlich gespannt darauf war, einen echten Drachen von Nahem zu sehen.

Allerdings kam ich nicht in den Genuss. In meinem Rücken wurde die Tür geöffnet, und als ich mich umdrehte, trat Direktor Bradford ein. Über dem schicken, aber ziemlich altmodischen Anzug, den er schon bei unserem Kennenlernen angehabt hatte, trug er einen ebenso altmodischen grauen Filzmantel mit hochgestelltem Kragen und dazu passendem Hut.

»Verzeihen Sie mir meine Verspätung«, entschuldigte er sich. »Es gab eine wichtige Angelegenheit in Berlin zu klären.«

Er nahm den Hut ab und hängte ihn an einen Kleiderständer voller Hüte, Schals und Jacken, die ich allesamt unterschiedlichen Jahrhunderten der Modegeschichte zugeordnet hätte.

»Ich bin diejenige, die zu spät ist«, erinnerte ich ihn. Was vielleicht nicht die beste Idee war, wenn ich ungeschoren davonkommen wollte. Andererseits hätte ich mit Dalias angeblichem Begrüßungsritual die beste Ausrede gehabt. Ich war bloß keine Petze.

Bradford legte nachdenklich die Stirn in Falten. »Jetzt, wo Sie es sagen. Was hat Sie aufgehalten, Ms Blackwood?«

»Ähm … ich …« Während ich über eine Antwort nachdachte, die für mich am ersten Schultag nicht mit Nachsitzen oder Strafarbeit endete, wanderte mein Blick zum Balkon. Ich hatte wirklich darauf gehofft, einen Drachen zu sehen.

»Offensichtlich haben Sie sich meine Ankunft anders vorgestellt«, sagte er.

»Können hier alle Gedanken lesen?«

»Und Sie haben bereits Bekanntschaft mit der Begabung meiner Sekretärin gemacht«, stellte er fest. »Mrs Amber ist eine Magierin, die sich auf Gedankenanalyse spezialisiert hat. Mir liegt diese Fähigkeit fern. Ihr Blick zum Balkon war eindeutig. Um Schlüsse daraus zu ziehen, braucht es keine Magie.«

Ich hob die Schultern. »Wann hat man schon mal die Gelegenheit, einen echten Drachen live und in Farbe zu erleben?«

»Seltener als Sie vielleicht denken, selbst in der Zwischenwelt. Dazu sollten Sie wissen, dass wir Drachen unsere menschliche Form bevorzugen. Je öfter wir unsere Drachengestalt annehmen, desto schwerer fällt es uns, in unseren menschlichen Körper zurückzukehren. Irgendwann verlieren wir die Fähigkeit und sind damit gezwungen, ein anderes Leben zu führen. Kleidung, Häuser, Straßen, das Schließen von Knöpfen, nichts ist auf Drachenkörper ausgelegt.« Bei den Worten wanderte sein Blick über die vielen Antiquitäten, die sein Büro füllten. Vielleicht hing er deswegen an diesen Dingen, weil das meiste davon auf filigraner Technik beruhte, die ein Drache mit seinen Klauen nicht bedienen konnte. »Wenn wir all das zurückhaben wollen, bleibt uns nur der Tod und die damit verbundene Wiedergeburt in unser menschliches Leben.«

»Drachen sind also unsterblich?«, hakte ich nach. Für mich klang das wie die Legende der Phönixe, die am Ende ihres Lebens verbrannten und aus der Asche auferstanden. Womöglich beruhte dieser Mythos in Wahrheit auf dem Lebenszyklus der Drachen.

»Im entferntesten Sinne«, bestätigte Bradford. »Wir sterben und beginnen von Neuem, behalten jedoch unsere Erinnerungen an vergangene Leben. Nun aber genug davon. Kommen wir zu Ihrem Stundenplan.« Er ging zu seinem Schreibtisch und begann, die Unterlagen zu durchwühlen, die sich darauf stapelten. »Haben Sie sich schon eingelebt?«

»Das kann man so nicht sagen«, gab ich zu. »Im Kellergewölbe ist es ziemlich düster und feucht.«

»Oh, das wird Sie bald nicht mehr stören«, behauptete er. »Das ist bei Nixen ähnlich wie bei Drachen.«

Ich zog die Brauen zusammen. »Wenn ich mich zu oft verwandle, kann ich kein Mensch mehr werden?«

Er lachte. »Das nicht, aber Sie werden sich immer mehr an Ihre Nixengestalt gewöhnen und ihre Fähigkeiten in die Menschengestalt adaptieren. Sie werden im Dunkeln besser sehen können und unempfindlicher gegen Nässe und Kälte werden.«

Das erklärte die luftige Kleidung von Dalia und ihren Freundinnen. Mir fiel ein, dass ich im Badesee unter Wasser kurzzeitig das Gefühl gehabt hatte, alles um mich herum ganz genau erkennen zu können. Zu dem Zeitpunkt hatte ich noch geglaubt, dass das Wasser des Sees an dieser Stelle besonders klar war, dabei verdankte ich die gute Sicht wahrscheinlich dem Nixenblut in meinen Adern.

»Ah, hier haben wir ihn ja.« Bradford zog einen Zettel hervor, kam zu mir und hielt ihn mir hin. »Sie werden feststellen, dass Ihnen genug Freizeit bleibt.«

Ich nahm den Zettel und warf einen Blick darauf. Magiekunde mit Schwerpunkt Gesang, Alternativgeschichte mit Schwerpunkt Wasserwesen, Tierkommunikation mit Schwerpunkt Meeresfauna. Es fehlte nur noch Kochen mit Schwerpunkt Sushi, dann wäre mein Bild von einem Nixenstundenplan komplett gewesen.

»Halt mal, singen?«

»Nixen wirken ihre Magie mithilfe von Gesang. Wussten Sie das nicht?«

»Nein, ich …« Mir blieb die Sprache weg und es dauerte eine Weile, bis ich sie wiederfand. »Ich habe keine Ahnung von Nixen und ich kann auch nicht singen. Also wirklich gar nicht singen.

Höchstens so gut wie ein verstimmter Teekessel oder die Notbremse eines Expresszugs.«

»Das kommt schon noch.« Er ging zu seinen Regalen. »Ich habe bestimmt ein paar Bücher, die Ihnen helfen werden.«

»So was wie *Singen für Unbegabte*?«, fragte ich. »Im Ernst, ich bin unter allen Singvögeln der Rabe.« Oder vielleicht nur der Wurm, der vom Raben gefressen wird, wenn ich an Dalias Drohrede dachte.

»Eine Enzyklopädie der Wasserwesen«, sagte Bradford, zog ein Buch aus dem Regal und hielt es mir hin. Da er mich dabei nicht anschaute und ich befürchtete, dass er es einfach fallen lassen würde, wenn ich nicht schnell genug war, eilte ich zu ihm und fing es gerade noch rechtzeitig auf.

»*Die Natur der Nixen*«, las er vor, zog das nächste Buch aus dem Regal und legte es auf die Enzyklopädie. »Etwas veraltet, aber immer noch gut zu gebrauchen. *Nixenmagie und ihre Tücken* dürfte Sie auch interessieren. *Anatomie der Nixen*, *Wasserwesen und ihre Riten*, *Der Aufstieg der Nixen* …«

Der Stapel auf meinen Armen wurde immer höher. Noch ein paar Bücher und ich würde nichts mehr sehen können.

»Dieses noch, dann sollten Sie fürs Erste versorgt sein«, sagte er zu meiner Erleichterung und ergänzte den Stapel um ein weiteres Buch. *Bestien aller Weltmeere* stand auf dem Einband.

»Gibt es zufällig eine Abkürzung ins Kellergewölbe?«, fragte ich. Ich hätte meinen Rollkoffer gebrauchen können, um die ganzen Bücher zu transportieren.

»Durch den Brunnen«, sagte er. »Aber die Bücher sind nicht wasserfest.«

»Das hatte ich schon befürchtet.«

Bradford legte mir eine Hand in den Rücken und eskortierte mich zur Tür. »Ihr Unterricht beginnt am Montag, Sie haben also –«

»Eineinhalb Tage Zeit, um es bis nach unten zu schaffen? Die Zeit werde ich wohl auch brauchen.«

»Ein Gutes hat es. Unterwegs wird Ihnen der Lesestoff nicht so schnell ausgehen.«

Der Herr Direktor hatte also Humor. Klar, dass er Scherze machen konnte, er musste die Bücher ja nicht schleppen.

Ich schenkte ihm ein müdes Lächeln. »Danke, die Bücher helfen ganz bestimmt.«

Er öffnete mir die Tür. »Denken Sie daran, Sie können jederzeit zu mir kommen, wenn Ihnen etwas Sorgen bereitet. Es muss Ihnen nur gelingen, an Mrs Amber vorbeizukommen.« Er zwinkerte mir zu und deutete nach draußen.

Mrs Amber hatte sich wieder in eine Elster verwandelt. Sie krächzte unzufrieden und flatterte mit den Flügeln. Offenbar war sie nicht sehr glücklich über die Aussage des Direktors.

»Ich komme darauf zurück«, sagte ich. »Und die Bücher –«

»Können Sie behalten, solange Sie wollen.«

10

Nixen klettern nicht auf Bohnenranken

Ich verbrachte die nächsten Stunden auf dem Bauch liegend in meinem Bett und quälte mich durch die Bücher. Ich las gern mal ein Buch, aber was Bradford mir mitgegeben hatte, war trockene, öde Fachliteratur. Noch trockener und die Bücher würden zu Staub zerfallen – was bei dem feuchtkalten Kellerklima schon was heißen wollte.

Im Moment beschäftigte ich mich mit einem Buch, das die verschiedenen Unterarten der Nixen beschrieb, denn Nixe war nicht gleich Nixe, was nicht verwunderlich war, immerhin bestand die Erdoberfläche zu über siebzig Prozent aus Wasser. Überall, wo es Wasser gab, gab es auch Nixen. Arktische Nixen, tropische Nixen, Schilfnixen. So ging es ewig weiter.

Ich blätterte durch die verschiedenen Abbildungen, hatte aber noch keine Nixe entdeckt, die so aussah wie meine Spiegelbildvision. Zumeist waren sie farbenfroher und oft eher niedlich als imposant. Vielleicht täuschte mich meine Vision auch und ich sah in meiner Wassergestalt eher wie eine bunte Kaulquappe aus.

Allmählich brannten meine Augen und Müdigkeit umfing mich. Ich setzte mich auf, um der Gefahr zu entgehen, über den Büchern einzuschlafen, und wollte mich ans Fenster in meinem Rücken lehnen, was jedoch ein Fehler war. Denn natürlich gab es kein Glas, das die Luft vom Wasser trennte.

»Woah!«, stieß ich aus, als meine Schulter ins Wasser eintauchte. Ich warf das Buch von mir und breitete rudernd die Arme aus, um zu verhindern, dass mein ganzer Oberkörper aus dem Fenster rutschte. Gerade so konnte ich mich mit den Ellbogen von der Wand abstoßen und mich so in Sicherheit bringen.

»Na super.« Ich war nicht nur triefend nass geworden, auch die Matratze sah aus, als hätte sie einen Surfausflug hinter sich, und ich hatte ein Kissen weniger. Es trieb außerhalb der Grotte durchs Meer.

Ich krempelte einen Ärmel hoch – was ziemlich überflüssig war, weil er ohnehin schon einen Tauchgang hinter sich hatte –, stützte mich an der Wand ab und streckte den Arm ins Wasser, um nach dem Kissen zu fischen. Vergebens. Zwar erwischte ich es mit den Fingerspitzen, gab ihm dadurch aber nur einen Drall, der es noch weiter wegbeförderte.

»Dann schwimm halt davon«, knurrte ich und zog den Arm wieder zurück. Sofort fiel mir auf, dass ich mehr als nur nass war. Meine Haut schimmerte blass silbrig mit korallenfarbenen Einschlägen, was eindeutig nach meiner Spiegelbildvision aussah. Also doch keine Kaulquappe? Zu schade. Ich hatte mich schon auf die Schleimschicht gefreut.

Ich fuhr mit der Hand über meinen Arm und strich das Wasser ab, womit auch der Schimmer verschwand.

Als Nächstes musste ich aus den nassen Klamotten raus, dann würde ich die Bücher Bücher sein lassen und mich auf die Suche nach etwas zu essen machen. Mein Magen grummelte schon seit einer Weile.

Ein kleiner Schwarm Fische zog an meinem Fenster vorbei. »Keine Sorge, auf euch habe ich keinen Appetit«, versprach ich, was sie mir aber wohl nicht abkauften, denn sie huschten ebenso schnell davon, wie sie aufgetaucht waren.

Ich mühte mich vom Bett und schlüpfte aus meinem Hoodie. Zur Kommode zu gelangen, kam einem Hindernislauf gleich, denn in meinem verzweifelten Versuch, nicht so zu enden wie mein Kissen, hatte ich einige Bücher vom Bett gefegt.

An einem davon blieb mein Blick hängen, denn die aufgeschlagene Seite zeigte eine Abbildung der Nixenart, nach der ich suchte.

»Hey, da haben wir dich ja«, stellte ich erleichtert fest, ging auf die Knie und nahm das Buch zur Hand.

Die Überschrift zur Textpassage lautete: *Tiefenschrecken.* Das klang gar nicht nach Nixe, also sah ich erst mal auf dem Buchdeckel nach, womit ich es zu tun hatte. *Bestien aller Weltmeere.* Ich hob eine Braue. Das konnte doch nur ein schlechter Scherz sein. Warum war meine Art in so einem Buch abgebildet? Ich blätterte zurück zu dem Bild und las den dazugehörigen Text.

Tiefenschrecken. *Eine ausgestorbene Nixenart, die unter den Menschen Angst und Schrecken verbreitete. Ihnen wird nachgesagt, dass sie ihre Opfer in den Bann ziehen, sie ins Meer locken und ihnen ihre Lebenskraft stehlen. Bekannteste Vertreterin ist die Meerhexe Skylla. Fälschlicherweise oft mit Hundeunterleib dargestellt.*

Ich starrte auf die Beschreibung, bis sie mir nur noch wie ein wahllos zusammengewürfelter Haufen Buchstaben vorkam. Dass ich verwirrt war, traf es nicht annähernd.

Eine weitere Aktion von Dalia? Konnte das sein? Das Buch hatte ich allerdings vom Schuldirektor. Und Bradford kam mir nicht wie ein Mann vor, der sich solche Scherze erlaubte.

Wenn es der Wahrheit entsprach, dass meine Art als ausgestorben galt und ich dazu fähig war, Lebenskräfte zu entziehen … war es dann das, was ich Tyler angetan hatte? Mein Inneres schnürte sich bei dem Gedanken zusammen.

Hatte Granny meine Kräfte deswegen unterdrückt und meine Abstammung geheim gehalten? Mit Sicherheit hätte mich Seth nicht an diese Schule geschickt, wenn er wüsste, was ich in Wirklichkeit war. Ein Monster.

»Was soll das hier werden?«, fragte jemand wie aus dem Nichts.

Ich schaute erschrocken auf. Ein Mädchen mit braunem, gewelltem Haar, dunklen Augen und einem runden Gesicht war in meine Grotte getreten. Ich hatte sie schon ein paarmal mit Dalia zusammen gesehen.

Eilig schlug ich das Buch zu und versuchte, mir nichts anmerken zu lassen.

»Was soll *was* werden?«, gab ich zurück.

Sie deutete auf das Chaos am Boden. »Sieht nach irgendeinem seltsamen Ritual aus, wie du halbnackt zwischen den Büchern sitzt.«

Ich stand auf. »Du bist eine Freundin von Dalia, oder? Was willst du von mir?«

»Freundin ist vielleicht etwas hochgegriffen.« Sie winkte ab. »Ich bin noch nicht so lange an dieser Schule, weiß aber, an wen ich mich halten muss. Im Gegensatz zu dir. Devin, nicht wahr? Ist das nicht ein Jungenname?«

»Eigentlich ist er geschlechtsneutral. Und dein Name?«

»Der ist nicht geschlechtsneutral«, sagte sie.

Ich schmunzelte. »Wie er lautet, wollte ich wissen.«

»Mahina.« Sie schaute sich neugierig in meiner Grotte um.

»Du hast mir noch nicht gesagt, was du hier suchst«, erinnerte ich sie.

»Es ist gleich achtzehn Uhr. Um die Zeit gibt es Abendessen im Speisesaal. Ich wollte dir raten, dich zu uns Nixen an den Tisch zu setzen. Dalia macht es dir schwer, aber das muss sie auch als Royal des Schwarms. Setz dich an den Rand, lern die anderen Nixen kennen. Sie wird dich ignorieren und so kannst du dich nach und nach in den Schwarm integrieren.«

»Danke für den Tipp«, sagte ich, blieb aber misstrauisch. Wieso war Mahina ohne ersichtlichen Grund freundlich zu mir? Bisher hatte sich mir keine Nixe an dieser Schule auch nur genähert, ohne sich dabei hinter Dalia zu verstecken.

»Nichts zu danken«, sagte sie und ging, ohne weitere Worte zu verlieren.

Ich schaute ihr nach. Vielleicht waren nicht alle Nixen so intrigant wie Dalia und ich sollte Mahinas Rat befolgen. Allerdings gefiel mir der Gedanke, mich einzuschmeicheln, noch immer nicht. Ganz und gar nicht.

Nachdem ich in meinen liebsten Schlabberpulli geschlüpft war, machte ich mich auf den Weg zum Speisesaal. Dazu musste ich bloß dem Strom der hungrigen Meute folgen.

Ich gab es nicht gern zu, aber nach dem, was ich durch das Buch erfahren hatte, fühlte ich mich unsicher dabei, mich zwischen den anderen zu bewegen. Dabei war es ziemlich unwahrscheinlich, dass ich mich vor aller Augen in einen Tiefenschrecken verwandelte – auf dem Trockenen und ohne zu wissen, wie so eine Verwandlung überhaupt vonstattenging. So schnell würden sie nicht erfahren, was ich war, und ich würde ihnen auch bestimmt nicht versehentlich die Lebenskräfte entziehen.

Gleich am Eingang zum Speisesaal stand ein Wagen mit Tabletts, von denen ich mir eines nahm. Die Schlange an der Essenausgabe zog mich allerdings nicht sofort an. Es war viel interessanter, mich erst einmal umzusehen. Der Raum war riesig und wirkte wie der Festsaal eines Schlosses mit Marmorboden und üppig verzierten Steinsäulen, die bis zu einer Galerie hinaufreichten, die sich um den gesamten Saal zog. Das Dach war aus Glas, genau wie im Eingangsbereich der Schule. Ich konnte dunkle Wolkentürme sehen, die vom Wind über den Himmel getrieben wurden.

Ohne das ganze Festsaalambiente erinnerten mich die vielen voll besetzten Tische, der Lärm, das Gelächter und der Geruch nach Kantinenessen dann doch wieder an eine ganz normale Schulmensa – mit dem entscheidenden Unterschied, dass sich die Cliquen an der School of Myth and Magic nicht aus Cheerleadern, Mathe-Nerds oder Footballspielern zusammensetzten.

Bei vielen konnte ich nicht sagen, welche Wesensarten sie vertraten, bei einigen war es jedoch nicht schwer zu erraten. Ich sah ein paar in Schwarz gekleidete Leute mit silbrig blasser Haut und Fangzähnen. Vampire, wenn mich nicht alles täuschte. Sie strahlten eine düstere Aura aus, und wer ihnen zu nahe kam, erntete missbilligende Blicke.

Eine weitere Gruppe fiel mir durch ihre raubeinige Art, die starke Behaarung und den kräftigen Körperbau auf. Auch die Mädchen waren sehr stämmig. Ich vermutete, dass es sich um Werwölfe handelte.

Wieder andere wirkten durch ihre perfekt sitzenden Anzüge, die knielangen Röcke, die streng zurückgekämmten Haare und die vielen Bücher, die sie bei sich hatten, intellektuell und wohlgesittet. Den ein oder anderen Zauberstab sah ich ebenfalls, also waren das wahrscheinlich die Magier. Ganz klar von den Hexen zu unterscheiden, die mir bei meiner Ankunft schon durch ihren farbenfrohen Kleidungsstil, die vielen bunten Tücher, geringelten Socken und Schutzamulette aufgefallen waren.

Nicht zu übersehen war der Tisch der Nixen. Bei ihnen saß alles perfekt: die Frisuren, der Schmuck aus Perlen und Muscheln, die hauchdünnen Kleider. Bunt lackierte Fingernägel, knallige Lippenstifte und glitzernder Lidschatten waren offenbar ein Muss bei ihnen.

Ich schaute an mir herunter. So wie heute sah ich nicht immer aus – mit meinem ausgeleierten Kuschelpulli und den schlichten Leggings –, aber aufgestylt wie die anderen Nixen wäre ich selbst in meinem trendigsten Outfit nicht gewesen.

Nun ja, ich war auch nicht wirklich eine von ihnen, vielleicht gehörte ich nicht mal an diese Schule. Bei dem Gedanken trat ich unwillkürlich einen Schritt zurück. Am liebsten wäre ich wieder gegangen, zwang mich aber, mir ins Gedächtnis zu rufen, dass es keinen Grund gab, mich zu verstecken. Niemand ahnte etwas von meiner wahren Abstammung. Und galten Vampire, Werwölfe und dergleichen nicht auch als gefährlich? Wenn sie hierhergehörten, dann auch ich.

Mein Blick wanderte zu einem der Tische, wo es laut und ausgelassen zuging. Ein bunter Haufen, der keiner bestimmten Gruppe zuzuordnen war, hatte sich um einen Schüler versammelt und feuerte ihn an.

»Höher, höher, höher!«, grölten sie.

Bei dem Schüler handelte es sich um Alvar, den Waldschrat mit den grasgrünen Haaren. Er starrte sein Tablett an, hatte die Hände links und rechts davon mit gespreizten Fingern fest auf die Tischplatte gepresst und fixierte eine Bohne – oder vielmehr eine Ranke, die daraus hervorgebrochen war und immer weiter in die Höhe wuchs.

Ich war mir sicher, wenn ich mich zu diesen Leuten setzen würde, hätte ich bestimmt viel mehr Spaß als bei den Nixen. Also schob ich meine aufgewühlten Gedanken beiseite und näherte mich dem Tisch.

»Und wer klettert jetzt hoch?«, fragte ich, in Anspielung auf das Märchen *Jack und die Bohnenranke.*

Alvar schaute auf. »Na, du!«, forderte er mich auf. »Devin, nicht wahr? Traust du dich?«

Ich schaute hoch. Die Ranke hatte beinahe die Galerie erreicht. Dort oben befanden sich ebenfalls Tische, die offenbar dem Lehrpersonal vorbehalten waren. Einer der Professoren hatte sich bereits erhoben, ein Mann mittleren Alters mit dunkelbraunem Teint und schwarzen, kurz geschnittenen Haaren.

»Keine Magie im Speisesaal«, ermahnte er Alvar.

Sofort fiel die Ranke in sich zusammen.

»Kommt nicht wieder vor!«, beteuerte er.

Der Professor setzte sich.

»Dann muss ich meine Kletterkünste wohl ein anderes Mal unter Beweis stellen«, sagte ich.

Jemand stupste sacht mit seiner Schulter gegen meine. Ich schaute zur Seite und sah Caleb, der mit den Händen in den Hosentaschen neben mir stand. Er lächelte mich an, während es um uns herum stiller geworden war, als hätte sich ein Schleier des Schweigens über alles und jeden gelegt.

Ich brauchte einen Moment, um zu begreifen, dass mir nicht die Ohren zugefallen waren. Die Umstehenden hatten tatsächlich ihre Lautstärke gesenkt. Ein paar Gespräche waren verstummt, andere flüsterten nur noch und gefühlt alle Blicke waren auf Caleb gerichtet. Die einzige Ausnahme bildeten die Vampire, die sich nicht darum scherten, dass ein Halbgott den Raum betreten hatte.

»Du wärst nur wieder kopfüber baumelnd im Gestrüpp gelandet«, sagte Caleb und ignorierte dabei völlig, dass er bloß einen Fuß in den Speisesaal setzen musste, um sofort zum Mittelpunkt des Geschehens zu werden, auch wenn es nicht lange dauerte, bis wieder alles wie vorher war. Wahrscheinlich war er das längst gewohnt und wusste damit umzugehen.

»Willst du behaupten, dass Nixen nicht klettern können?« Ich hob eine Braue und schaute ihn herausfordernd an.

»Pass auf, das ist eine Fangfrage«, warnte Alvar ihn.

Bevor Caleb antworten konnte, schoben sich zwei aufgedrehte Mädchen zwischen uns. Sie waren kleiner als ich, höchstens fünfzehn Jahre alt, mit ungewöhnlich großen Augen, spitzen Ohren und roten Locken, zwischen denen Geweihe hervorlugten, was ich allerdings erst auf den zweiten Blick erkannte, weil sie sich Äste ins Haar geflochten hatten.

Besonders auffällig war, dass sie keine Kleidung trugen. was nicht bedeutete, dass sie nackt waren, denn ihr grünlich schimmernder Körper war mit einem Geflecht aus Rinde und Wurzeln bedeckt.

Eine der beiden hakte sich bei Caleb ein, die andere befreite seine Hand aus der Hosentasche und versuchte, ihn zum Tisch zu ziehen. »Setzt du dich zwischen uns?«, fragte sie mit glockenheller Stimme.

»Ja, bitte!«, säuselte die andere. »Du musst uns noch die Geschichte von gestern zu Ende erzählen.«

Alvar brach sich eine Bohne von der Ranke ab, warf sie in die Luft und fing sie mit dem Mund auf.

»Isst du die echt roh?«, fragte ich.

»Immer noch besser als deine Ausbeute vom Büfett.« Er deutete auf mein leeres Tablett.

»Fastenzeit?«, zog Caleb mich auf, während er von den Mädchen mit Händen und Füßen zum Tisch gedrängt wurde.

»Schusseligkeit«, erwiderte ich.

Er packte eine von ihnen an der Hüfte, hob sie mühelos hoch und setzte sie auf den Tisch, woraufhin sie kicherte. »Ich bin gleich wieder da«, versprach er und wandte sich mir zu. »Komm mit, ich zeige dir, wovon du an der Essenausgabe die Finger lassen solltest.«

»Ich will mich nicht zwischen dich und deinen Fanclub drängen.« Ich beugte mich zur Seite, um an ihm vorbei einen Blick auf die Mädchen zu werfen. Sie wirkten ziemlich niedergeschlagen, nachdem sie Calebs Aufmerksamkeit verloren hatten.

»Die halten ein paar Minuten ohne mich aus.« Er deutete zur Essenausgabe.

Auf dem Weg dorthin war kaum zu übersehen, dass die anderen einen Bogen um uns machten, was von Caleb ignoriert wurde.

»Du streitest also nicht ab, einen Fanclub zu haben?«, fragte ich.

Er überlegte kurz. »Wieso sollte ich? Ich *habe* einen Fanclub. Wenn du beitreten willst, musst du das allerdings mit den Dyraden-Zwillingen ausmachen.«

Er lächelte und gab mir wieder einen Stoß gegen die Schulter. Diesmal hatte er sich dabei allerdings nicht so gut im Griff, sodass ich von ihm wegstolperte. Er hielt mich am Ellbogen fest und zog mich zu sich heran.

»Sorry«, sagte er leise. Er war mir so nah, dass sich sein Atem warm auf meine Haut legte. Ein angenehmer Schauer lief mir über den Rücken.

Wieder war es still um uns geworden. Als Neue an der Schule war es schon schwierig genug, unauffällig zu bleiben, mit Caleb an meiner Seite fühlte es sich an, als wären Scheinwerfer auf mich gerichtet. Ich versuchte, es ihm gleichzutun und die anderen zu ignorieren.

»Nichts passiert«, sagte ich. »Du kannst mich jetzt wieder loslassen. Ich falle schon nicht um.«

Er löste seine Hand von mir. »Ich will dir nur nicht wehtun.«

»So empfindlich bin ich nicht«, versicherte ich ihm.

Ich stellte mich in der Schlange vor der Essenausgabe an und Caleb reihte sich hinter mir ein, während sich die anderen auch wieder um ihren eigenen Kram kümmerten.

Als Erstes fiel mir der rohe Fisch auf, den es an meiner alten Schule nicht gegeben hätte. Lachsfilets, Heringe und Shrimps lagen dort auf Eis.

Eine Küchenhilfe hielt eine Zange über den Lachs. »Hiervon?«, fragte sie mich.

»Nein danke«, lehnte ich ab und ging weiter.

Roh war anscheinend das Motto des Abends, denn auf den Fisch folgte jede Menge Grünzeug, Gemüse und Obst. Alles ungekocht und teils nicht einmal geschält.

»Ist der Herd defekt?«, fragte ich Caleb.

Es war eine Sache, in einer Grotte untergebracht zu sein, wenn ich mich jetzt auch noch von Rohkost ernähren musste, ging das definitiv zu weit. Gab es an dieser Schule wirklich Leute, die sich zum Abendessen eine dicke Scheibe rohen Fisch mit ein paar sandigen Kartoffeln als Beilage gönnten?

»Der rohe Fisch ist für die Hardcore-Wasserwesen«, sagte Caleb und deutete über meine Schulter hinweg. »Dort hinten gibt es für die Hexen und Magier Nudeln mit Soße, Gemüsesuppe und Schnitzel mit Pommes. Danach folgen rohes Fleisch, Blut und Eingeweide.«

»Für die …?«

»Werwölfe und Vampire. Mit denen konkurrierst du besser nicht um ihr Essen, sonst wirst du am Ende noch selbst zur Hauptspeise.«

Ich schluckte schwer. Mein Appetit auf Fleisch hatte sich damit auch erledigt. »Gemüsesuppe hört sich super an.«

»Du kannst dich auch ganz langsam an das härtere Zeug herantasten«, schlug er vor. »Wie wäre es mit ein paar rohen Shrimps in der Suppe?«

»Ach, nein danke. Heute nicht«, lehnte ich in lockerem Tonfall ab, als hätte mir Caleb gerade Croutons angeboten.

Ebendiese streute ich mir kurz darauf tatsächlich über die Suppe.

Caleb nahm sich ebenfalls eine Schüssel und stellte sie auf mein Tablett. »Ich darf doch, oder?«

»Klar. Und du willst kein Schnitzel? Ich hätte gedacht, das wäre eher dein Geschmack.«

»Ich bin Vegetarier.«

»Dann wäre der rohe Fisch auch nichts für dich gewesen.«

»Absolut nicht«, bestätigte er.

Auf dem Rückweg entdeckte ich Lilou, die allein an einem Tisch saß. Auf ihrem Teller lagen nur Dinge, um die ich einen großen Bogen gemacht hatte: dünn geschnittene Scheiben roher Fisch und Algensalat.

»Hey!«, rief ich ihr zu.

Erschrocken schaute sie auf, dann erkannte sie mich und nickte lächelnd.

»Wir sind dort hinten bei Alvar. Willst du dich nicht zu uns setzen?«, schlug ich vor.

Sie schüttelte vehement den Kopf und widmete sich wieder ihrem Essen. Ich wandte mich an Caleb. »Okay, ich will es jetzt wissen. Warum wird Lilou an der Schule von allen ausgeschlossen?« Ich schaute mich nach anderen Sirenen um, konnte sie aber nicht entdecken.

»Das solltest du sie selbst fragen.«

Gerade er müsste doch wissen, wie es war, wenn einem alle aus dem Weg gingen. Nur dass sie es bei ihm aus Ehrfurcht taten. Bei Lilou steckte etwas anderes dahinter. Die Nixen waren richtig gemein zu ihr.

Am Tisch angekommen, stellte ich das Tablett ab. »Ist es für alle okay, wenn ich Lilou bitte, sich zu uns zu setzen?«, fragte ich in die Runde.

»Ich weiß nicht«, murmelte ein Mädchen.

»Die ist doch eine Sirene«, sagte eine andere mit gesenkter Stimme.

Begeisterung sah anders aus.

»Sie wird das gar nicht wollen«, meinte Alvar.

»Gut, dann setze ich mich zu ihr«, beschloss ich, nahm meine Suppenschüssel und mein Getränk, ging zu Lilou zurück und setzte mich ihr gegenüber. »Okay, raus mit dem Geheimnis.«

»Welches Geheimnis?«, fragte sie verdutzt.

»Du weißt, wovon ich rede. Warum will niemand etwas mit dir zu tun haben?«

Sie seufzte schwer. »Also gut. Es liegt daran, dass niemand Sirenen belügen kann.«

Ich legte die Stirn in Falten. »Ja und?«

»Das …« Sie schaute sich um. »Das ist allen unangenehm.«

»Nicht lügen zu können? Im Ernst?« Das ergab für mich keinen Sinn. War es nicht selbstverständlich, ehrlich zueinander zu sein?

Lilou zuckte mit den Schultern. Ich nahm meinen Löffel zur Hand, probierte die Suppe und deutete auf ihren Teller. »Wie schmeckt dein Sushi?«

»Köstlich!« Sie leckte sich über die Lippen und grinste. Ich ließ mich davon anstecken, als jemand den Stuhl neben mir zurückzog. Caleb und Alvar waren mit ihrem Essen zu uns gekommen und setzten sich. Lilou starrte sie an wie Engel, die geradewegs die Himmelstreppe zu uns herabgestiegen waren.

»Du musst deinen Mund schließen, sonst springt der Lachs wieder raus«, riet Alvar ihr.

Sie schlug sich die Hand vor den Mund. »Sorry!«

»Was ich dir sagen wollte, Devin«, begann Caleb und wechselte damit das Thema. »Ich habe herausgefunden, dass es in Skavik einen Laden gibt, der Handybedarf verkauft.«

»Dieser Souvenirladen, oder?«, fragte Lilou begeistert und schrumpfte gleich darauf in sich zusammen.

»Den meine ich«, bestätigte er. »Wenn du also ein neues Schutzglas brauchst, kann ich dir den Laden morgen zeigen.«

»Sehr gerne«, stimmte ich zu.

»Da bin ich dabei«, sagte Alvar und nickte in Lilous Richtung. »Du auch?«

Ihre Augen weiteten sich. Es verging eine halbe Ewigkeit, in der sie völlig verblüfft in Alvars Richtung starrte.

»Ja. Ich … ja!«, rief sie schließlich aus.

»Wir treffen uns morgen früh um neun am Bootssteg«, machte Caleb die Sache fest.

11

Wo auch immer das Zeug herkommt, gibt's da noch mehr?

Es lag Nebel über dem Campus, als ich kurz vor neun Uhr aus dem Schulgebäude trat. Die Berge am Horizont, wo Nebel und Wolken nahtlos ineinander übergingen, waren nur als graublaue Schatten zu erahnen, der Duft nach Tau und wildem Gras lag in der Luft. Wie ich schon vermutet hatte, war es eiskalt. Ich trug meine Skiklamotten samt Mütze und Handschuhen also nicht umsonst.

Ich unterdrückte ein Gähnen und schaute mich nach den anderen um. Wegen der Sache mit den Tiefenschrecken hatte ich kaum ein Auge zubekommen. Andererseits war es auch ein Ding der Unmöglichkeit, in einer feuchtkalten Grotte erholsam zu schlafen. Ich hatte mir die Nacht um die Ohren geschlagen, vergebens alle Bücher durchforstet und mit dem Gedanken gespielt, mich an Bradford zu wenden oder Seth per Foki zu kontaktieren. Im Moment meines schlimmsten Tiefs hatte ich sogar überlegt, mit Dalia zu reden. Irgendwann gegen vier Uhr morgens war ich zu dem Schluss gekommen, dass Granny meine Abstammung nicht grundlos geheim gehalten hatte. Bevor ich nicht mehr über meine Vorfahren wusste und mir nicht sicher war, wem ich vertrauen konnte, musste niemand etwas darüber erfahren.

Caleb und Alvar warteten an der Treppe, die hinunter zur Anlegestelle führte. Caleb trug eine Kappe, unter der seine Hörner verschwanden, und Alvar hatte sein grünes Haar und seine hölzernen Fingernägel unter Mütze und Handschuhen versteckt. Auffällig wäre das nur in einer Gegend gewesen, die nicht von eisigen Winden und Temperaturen nahe dem Nullpunkt dominiert wurde.

Ich hob zum Gruß die Hand und machte mich auf den Weg. Gerade als ich bei ihnen ankam, holte mich Lilou ein. Sie war nicht im Ansatz so warm gekleidet wie wir, was sicher daran lag, dass sie als Sirene – genau wie die Nixen – sehr gut mit der Kälte zurechtkam.

»Da bin ich!«, verkündete sie fröhlich. »Und hier ist unsere Erlaubnis, das Schulgelände zu verlassen.«

Sie hielt einen Zettel hoch und schüttelte ihn, woraufhin er sich in goldenen Glitzer auflöste. Als hätte der Glitzer ein Eigenleben, fand er zu unseren Händen. Er verschwand unter meinem Handschuh, doch bei Lilou konnte ich beobachten, dass er ein Symbol auf der Haut bildete, das gleich darauf verblasste. Es juckte ein wenig und ich kratzte mich.

»Ihr habt echt Glück, dass ihr in Menschengestalt herumlaufen könnt«, meinte Alvar.

Ich schaute an mir herunter. »Menschengestalt ist gut. Das hier ist mein normales Aussehen.«

Zugegebenermaßen war ich in meinen Winterklamotten so dick eingemummelt, dass ich darunter alles Mögliche hätte verstecken können. Mit etwas Geschick vielleicht sogar einen Fischschwanz.

»In ein paar Wochen siehst du das bestimmt anders«, meinte Lilou und ging tänzelnd voraus. Wir folgten ihr die Treppe nach unten. »Dann wirst du dich nur noch im Meer herumtreiben wollen.«

»Das glaube ich erst, wenn es so weit ist«, sagte ich.

Wir waren unten angekommen und bestiegen eines der Boote. Ich löste das Tau von der Anlegestelle, die Jungs übernahmen das

Rudern und Lilou schwärmte mir von den Unterwasserwundern vor, die ich allesamt noch entdecken würde, wenn ich mich erst einmal mit meiner Wassergestalt angefreundet hatte.

»Festhalten!«, rief Alvar, als wir von einer plötzlich aufkommenden Welle erfasst und einmal auf den Kopf gestellt wurden, nur um kurz darauf – trocken und unbeschadet – vom Meer ausgespuckt zu werden wie eine unverdauliche Mahlzeit.

Es war ein weitaus besseres Gefühl, die ungewöhnliche Überfahrt mit einem Boot anzutreten, das nicht wie ein Wrack aussah. Noch besser wäre es gewesen, wenn wir eine echte Stadt als Ziel gehabt hätten und kein winziges Fischerdorf. Mehr als das und eine phänomenale Aussicht hatte die Gegend aber nicht zu bieten.

Wir ließen die scharfkantigen Felsen, von denen die kleine Insel inmitten des Fjords umringt war, hinter uns und ruderten auf die Küste und damit auf die kleinen Holzhäuser zu, die sich durch ihre roten Fassaden deutlich vom Grün der Landschaft abhoben. Einige standen auf Stelzen im Wasser, als wäre an Land nicht genug Platz für sie. Was gar nicht mal so abwegig war, denn unmittelbar hinter Skavik erhob sich ein steiles Gebirge aus dem dichten Nebel. Es sah aus, als würden wir auf eine senkrechte Wand zusteuern. Ich musste den Kopf in den Nacken legen, um die schneebedeckten Gipfel erkennen zu können, durch die genau in dem Moment die Strahlen der Morgensonne brachen und den gesamten Fjord in ein warmes Licht tauchten. Mit einem Mal wirkte es, als würden wir nicht durch Nebel, sondern durch Orangenmarmelade rudern. Es war herrlich. Das musste ich zugeben.

Wir erreichten die Anlegestelle und Caleb vertäute das Boot zwischen zwei Fischkuttern.

»Il y a des magasins là-bas«, sagte Lilou und deutete zu den Häusern.

»Sorry, mein Französisch ist etwas eingerostet.« Ich untertrieb damit maßlos, denn es war schon ein Wunder, dass ich ihre Worte überhaupt als französisch identifizieren konnte.

»Ní thuigeann sí sinn«, sagte Caleb.

Was das zu bedeuten hatte, konnte selbst ich nicht erraten.

Lilou lachte verlegen. »J'ai oublié.«

Ich wandte mich an Alvar. »Sag mir bitte, dass wenigstens du noch meine Sprache sprichst.«

»Olen pahoillani, mutta se on hauskaa«, sagte er in neckischem Tonfall.

»Das ist jetzt wieder eine andere Sprache, oder?« Fragend schaute ich zwischen ihnen hin und her.

Lilou hielt mir eine Phiole mit einer schimmernden klaren Flüssigkeit hin. »Bois ça«, sagte sie und bedeutete mir, den Inhalt zu trinken.

Ich nahm die Phiole, betrachtete die Flüssigkeit und zuckte schließlich mit den Schultern. Was konnte schon passieren? Ich leerte sie in einem Zug.

»Jetzt solltest du uns verstehen«, sagte Caleb.

»Tut mir leid«, entschuldigte sich Lilou, errötete dabei und schaute zu Boden. »Ich habe dir den Trank extra von den Hexen brauen lassen und dann ganz vergessen, ihn dir zu geben.«

»Wenn du gleich daran gedacht hättest, hätte ich ihn trotzdem erst getrunken, nachdem ich eure Muttersprachen gehört habe«, versicherte ich ihr. »Du sprichst also Französisch?«

»Genau«, bestätigte sie lächelnd.

Ich wandte mich an Caleb. »Und du so eine Art Gälisch.«

Er nickte und ich schaute fragend zu Alvar.

»Finnisch.«

»Genial«, sagte ich. »Wo auch immer das Zeug herkommt, gibt's da noch mehr?« Ich reichte Lilou die Phiole zurück. »Ich würde gern mit einer Wagenladung davon eine Weltreise machen.«

»Wenn du lieb bittest, stellen dir die Hexen alles her, was dein Herz begehrt«, sagte Lilou.

»Aber nicht alles ist genießbar«, meinte Alvar und verzog dabei das Gesicht, als hätte er einen bitteren Geschmack im Mund.

»Was ich vorhin sagen wollte«, begann Lilou. »Dort hinten gibt es ein paar Geschäfte. Nichts Besonderes, aber trotzdem schön für einen Schaufensterbummel. Mehr ist an einem Sonntag auch nicht drin. Der Souvenirladen hat aber geöffnet.«

»Ja, für die zweieinhalb Touristen, die sich im Jahr hierher verirren«, sagte Alvar lachend.

»Wir besorgen dir dein Handyschutzglas und danach gehen wir zur Karaokebar«, schlug Lilou vor. »Was haltet ihr davon? Die haben den besten Latte macchiato, den ich je getrunken habe!«

»Solange niemand von mir erwartet, dass ich singe«, stimmte ich zu.

»Eine Nixe, die nicht singen will«, höhnte Alvar. »Jetzt habe ich wirklich alles gesehen.«

»Dann los!« Lilou hakte sich bei mir ein, zog mich weg von den Fischerbooten, über gepflasterte Straßen und vorbei an kleinen, beschaulichen Einfamilienhäusern. Wir sahen nur wenige Menschen, und wenn, beäugten sie uns missmutig.

»Hallo!«, rief Lilou ein paar Leuten zu und winkte dabei aufgeregt. Die Blicke wurden durch ihre aufgedrehte Art jedoch nur noch argwöhnischer.

Ein bisschen wirkte sie auf mich wie die glückliche Gewinnerin eines All-Inclusive-Wochenendes im Disneyland. Ganz abwegig war der Vergleich bestimmt nicht. Ihre Überschwänglichkeit rührte wahrscheinlich daher, dass sie das erste Mal mit Freunden unterwegs war. Zudem musste ein Dorf voller Normalsterblicher für jemanden, der die magische Zwischenwelt bisher selten verlassen hatte, wie ein Besuch im Freizeitpark sein.

»Es kommt etwas seltsam rüber, wenn du fremde Menschen grüßt«, erklärte ich ihr.

Lilou wirkte bestürzt. »Was heißt hier fremd? Wir sind doch quasi Nachbarn!«

Ich lächelte. Lilou war wirklich etwas ganz Besonderes. Ich hatte noch nie jemanden erlebt, der so freundlich und lebensfroh war, und das, obwohl sie von den meisten gemieden wurde. Andere hätten sie vielleicht als naiv bezeichnet und es abwertend gemeint. Ich mochte gerade diese unbekümmerte Herzlichkeit an ihr.

»Aber keine Nachbarn mit einem guten Verhältnis«, meinte Alvar. »Die Leute aus dem Dorf halten uns allesamt für bekloppt.«

»Das Gerücht, dass es sich bei unserer Schule um ein Internat für Schwererziehbare handelt, hält sich wacker«, erklärte Caleb.

Das wunderte mich nicht, so wie die Insel von Weitem aussah. Alcatraz wirkte im Vergleich dazu wie ein gemütlicher Urlaubsort.

Lilou setzte eine nachdenkliche Miene auf. »Irgendwie ist da auch was Wahres dran.«

»Das gilt vielleicht für dich. Ich bin ein Musterschüler!«, behauptete Alvar mit überheblichem Gesichtsausdruck und straffte seine Haltung.

»Du musst wegen deiner schlechten Noten regelmäßig zum Direktor«, verbesserte Caleb ihn und verpasste ihm einen Klaps auf den Hinterkopf.

Alvar rückte die Mütze zurecht. »Willst du mich hier enttarnen?«, grummelte er. »Am Ende müssen wieder die Wächter antanzen und die Erinnerungen der Leute zurechtbiegen.«

Wir erreichten die Straße mit den Geschäften und es wurde schnell klar, dass Lilou nicht untertrieben hatte. Auf den ersten Blick sah ich ein Blumengeschäft, einen Anglershop, ein Lebensmittellädchen und eine Zoohandlung.

»Der Souvenirladen ist dort hinten«, sagte Lilou.

Ich schaute zu dem Geschäft, auf das sie deutete, wobei mein Blick an der dunklen Gasse daneben hängen blieb. Dort gab es zwar nichts zu sehen, aber mich ergriff ein seltsam vertrautes Gefühl. Das Gefühl, beobachtet zu werden.

»Kommst du?«, fragte Lilou.

»J-ja«, stammelte ich abgelenkt.

»Alles in Ordnung?« Caleb wirkte besorgt.

»Klar.« Ich lächelte das ungute Gefühl weg. Ob ich mir das nur einbildete?

Wir überquerten die Straße, die anderen betraten den Laden und ich fing die Tür ab, bevor sie hinter ihnen zufallen konnte. Aus der Nähe war die Gasse gar nicht mehr so dunkel oder gruselig und einen Spanner, der sich hinter den Mülltonnen versteckte, entdeckte ich auch nicht. Es gab also keinen Grund, dass ich mich beobachtet fühlte. Höchstens von der Ratte, die mich interessiert beäugte, anstatt das Weite zu suchen.

Ich nickte ihr zu. »Wie geht's?«

Sie legte den Kopf schief und entschied sich dann doch für die Flucht.

»Komm rein, die ganze Wärme zieht raus, wenn du die Tür offen hältst«, sagte Lilou.

»Ja, ich …« Aus dem Augenwinkel bemerkte ich nun doch etwas neben den Mülltonnen. »Ich bin gleich da«, versprach ich, ließ die Tür los und trat einen Schritt auf die Gasse zu.

Ich fühlte mich wie im falschen Film. Dort lag mein Kissen. Verschmutzt und triefend nass lehnte es zwischen zwei Mülltüten an einer Tonne.

Wie war es hierher gekommen? War es angeschwemmt und aus dem Wasser gefischt worden? Das wäre die logischste Erklärung. Obwohl es dann auch aus der Raumfalte geschlüpft sein müsste. Und das beantwortete nicht die Frage nach dem Grund für mein ungutes Gefühl. Ich war mir ziemlich sicher, dass ein Kissen mich nicht beobachten konnte, und ganz bestimmt hatte es das nicht schon am Badesee oder im Wald getan. Irgendetwas ging hier vor. Irgendetwas, das ich nicht verstand.

Ich betrat die Gasse und das ungute Gefühl in mir verschlang mich geradezu, als ich sah, dass mich im Dunkeln mehr erwartete als nur mein verloren gegangenes Kissen. Darauf drapiert lag meine Kette. Grannys Kette.

Dafür gab es keine logische Erklärung.

Meine Gedanken rasten, ich schaute mich um, aber ich war allein. Es gab niemanden, der mir die vielen Fragen, die mich überrannten, beantworten konnte.

Unruhe durchzog meinen ganzen Körper. Verdankte ich das alles tatsächlich jemandem aus der Schule mit hellseherischen Kräften, wie Seth vermutet hatte? War mir die Kette gestohlen worden, damit sich meine Kräfte zeigten und ich genau heute, genau hier landete? Aber wieso das alles?

Vor dem Kissen ging ich in die Hocke und konnte es auch dann nicht glauben, als ich die Kette von Nahem sah. Es war so unwirklich, sie zu sehen, als würden mein bisheriges Leben und mein neues Leben an diesem Punkt, diesem Ort und genau zu dieser Zeit miteinander verschmelzen. Ich griff nach dem Anhänger und hätte mich nicht gewundert, wenn das alles nur Einbildung gewesen wäre. Vielleicht eine Nebenwirkung des Hexentranks, den Lilou mir gegeben hatte.

Aber es war echt. Die Kette war echt. Kalt und feucht vom nassen Kissen lag sie auf meiner Hand, der schwarze Edelstein fühlte sich schwer an.

Als ich ihn mit meinen Fingern umschloss und damit das Sonnenlicht von ihm abschnitt, wurde es in der Gasse plötzlich dunkler. Verwirrt hob ich den Kopf. Die Schatten um mich herum schienen zu wabern, zu wachsen und auf mich zuzukriechen, als bestünden sie aus Rauch. Ich sprang auf und die Schatten wuchsen in die Höhe.

Was passierte hier bloß? Ich wollte nur noch weg und wich zum Ausgang der Gasse zurück, doch die Schatten umschlossen mich, hielten mich fest und wuchsen unmittelbar vor mir zu einer Gestalt heran, die in ihren Konturen menschenähnlich wirkte, aber es doch nicht war.

Ich hatte kaum Zeit zu erfassen, was geschah, als die Gestalt aus Rauch und Schatten auch schon auf mich zustürzte. Mit einer unbändigen Macht schleuderte sie mich gegen die Wand. Der Aufprall trieb mir die Luft aus der Lunge, klauenähnliche Hände legten sich an meine Schultern und drückten mich noch fester an die Fassade.

Ich wollte nach den anderen rufen, aber meine Stimme versagte. Kein Ton kam über meine Lippen, jeder Atemzug brannte hinter meinen Rippen und mein Körper war wie gelähmt.

Es erinnerte mich an meinen Traum, als ich unter Wasser gefangen und völlig hilflos gewesen war.

Mein Puls rauschte mir in den Ohren und mein Atem rasselte, während sich gefährlich scharfe Krallen meinem Hals näherten – Krallen, die noch immer halb aus Rauch bestanden, durchscheinend und dennoch körperlich genug waren, sodass ich ihren Druck auf meiner Haut spüren konnte. Ihre eisige Kälte, ihr unbarmherziges Voranrücken.

Unfähig, mich zu wehren, stumm und wie gelähmt, wagte ich es kaum, den Blick zu heben. Trotzdem tat ich es, denn ich wollte meinem Angreifer wenigstens von Angesicht zu Angesicht gegenüberstehen, wenn ich ihm schon nicht entkommen konnte.

Was ich sah, als ich nach vorn schaute, war schneeweißes, gewelltes Haar, das zu schweben schien, als befänden wir uns unter Wasser. Es umhüllte ein von blindem Zorn verzerrtes Gesicht. Die Haut war ebenso blass wie das Haar und von dunklen Linien durchzogen. Rot leuchtende Augen starrten mich an. Eingebettet waren sie in kantige Züge mit einer geradezu raubtierhaften Ausstrahlung und hohen Wangenknochen. Dieses Wesen – ein Dämon oder was auch immer es war – riss den Mund in einem stummen Schrei weit auf, entblößte spitze Fangzähne und bewegte sich auf mich zu.

In dem Moment entglitt mir die Kette.

»Aufhören!«, schrie ich und merkte erst dadurch, dass ich meine Stimme wiedergefunden hatte. Auch mein Körper war nicht länger gelähmt. Ich stieß den Dämon von mir und es sah aus, als würde ich ihn aus seiner eigenen, sich in Rauch verlierenden Gestalt herausstoßen. Während er ein paar Schritte zurückstolperte, färbten sich seine Augen und Haare schwarz, seine verzerrten Züge wurden menschlicher – bis ein Typ vor mir stand, der höchstens ein paar Jahre älter als ich sein konnte.

Er wirkte noch genauso gefährlich wie der Dämon, strahlte dieselbe raubtierhafte Anmut aus, schien aber nicht mehr nur von blindem Zorn gesteuert zu werden.

Dass der Dämon nicht ganz verschwunden war, bewies die weißblasse Haut, die sich wie eine breite gezackte Narbe über die linke Gesichtshälfte des Fremden zog, über seine Wange, seine Stirn bis zu seinem Haar, wo zwischen der dichten, schwarzen Mähne einzelne weiße Strähnen zu sehen waren.

Für den Bruchteil einer Sekunde sah es so aus, als hätte ihn meine

Gegenwehr überrascht, doch das verlor sich schnell. Er durchbohrte mich mit einem unergründlichen Blick und ein rotes Funkeln blitzte in seinem linken Auge auf, das von der weißen Dämonennarbe umgeben war.

Er schaute zur Kette, die mir aus der Hand gerutscht war. »Du hast meinen Trick also durchschaut«, stellte er fest, die Stimme zu einem bedrohlichen Raunen gesenkt.

»Wer bist du?«, warf ich ihm entgegen.

Die Antwort blieb er mir schuldig, denn das dämonische Wesen brach erneut aus ihm heraus und stürzte mit einem stummen Schrei auf mich zu. Ich hatte kaum genug Zeit, die Arme hochzureißen, sah nur noch gefletschte Fangzähne und rechnete schon damit, dass sie sich tief in meinen Hals schlagen würden, als der Dämon plötzlich in Rauchfetzen auseinanderstob und stattdessen eine Faust auf mich zuschnellte.

Reflexartig ließ ich mich zu Boden fallen und landete auf dem Hintern – mitten im dichten Schattenrauch, der mich komplett in Dunkelheit hüllte, in meinen Augen brannte und mir die Luft zum Atmen raubte. Eine Welle aus Emotionen erfasste mich, die ganz gewiss nicht zu mir gehörten. Allen voran Wut, aber auch Verwirrung, Verzweiflung, Chaos … ein Gefühl der Haltlosigkeit.

Das alles geschah so schnell, dass ich kaum begreifen konnte, was hier vor sich ging. Binnen weniger Sekunden waren die fremden Gefühle verschwunden. Genauso wie der Rauch. Meine Augen tränten, ich hustete und fühlte mich, als hätte ich Zigarettenqualm eingeatmet – oder Reißnägel. Mein Herz schlug heftig, Kälte fuhr mir in die Glieder und ich war froh, bereits am Boden zu sitzen, weil ich andernfalls garantiert in mich zusammengesackt wäre. Ich presste eine Hand auf meine schmerzhaft brennende Brust und atmete tief durch.

»Alles okay?« Caleb ging vor mir auf ein Knie.

»Ja … ich …«, krächzte ich, noch immer außer Atem und nicht weniger verwirrt als an dem Tag, als die Wächter bei mir aufgetaucht waren. »Habe ich … dieses Ding gerade eingeatmet?«

Ich schaute zu Caleb auf. Er lächelte warm und beruhigend, doch da war noch etwas anderes in seinem Blick. Etwas, das ich nicht gleich zuordnen konnte. Seine Hände legten sich an meine Wangen, mit den Daumen strich er mir Tränen aus den Augenwinkeln.

»Du bist nicht mehr in Gefahr«, versicherte er mir. Seine Stimme klang gepresst, er wirkte zerknirscht.

Ich nahm seine Hand und führte sie von mir weg. Blut klebte an seinen Fingerknöcheln. »Du hast dieses Ding zerschlagen und die Wand getroffen.«

»Ich habe nicht nachgedacht.« Er sprach leise, sein Blick war von Schuldgefühlen getrübt und hielt meinem nicht länger stand.

»Du hast mich gerettet«, sagte ich eindringlich. »Alles ist gut.«

»Ich hätte dich treffen können«, gab er zurück. »Ich hätte –«

»Aber das hast du nicht«, fiel ich ihm ins Wort und drückte seine Hand fester.

Ein stummes Lächeln huschte über seine Lippen.

»Und jetzt sag mir bitte, dass du weißt, wer oder was das gerade war.« Ich versuchte, auf die Füße zu kommen, Caleb half mir und zog mich hoch.

In diesem Moment betrat Lilou die Gasse. Sie sah die Abschürfungen an Calebs Hand und legte die Stirn in Falten. »Was bei allen Strömungen ist passiert?«

»Ich hatte eine kleine Auseinandersetzung mit der Wand«, sagte Caleb.

Mir fiel meine Kette ein und ich hob sie vom Boden auf.

»Und ich habe ehrlich gesagt keine Ahnung«, gestand ich. »Meine

Kette lag hier, auf einem Kissen aus meiner Grotte. Nicht so wichtig. Fakt ist, dass ich die Kette zuletzt in Birmingham hatte, wo sie verschwunden ist. Jemand muss sie gestohlen und hier abgelegt haben, um mich von euch wegzulocken, vermute ich.«

»Da komme ich nicht mit. Wer sollte so etwas tun und wieso? Und wer sollte überhaupt wissen, dass du heute hier sein würdest?«, fragte Lilou.

»Seth Cardeles meinte, dass vielleicht jemand aus der Schule mit hellseherischen Kräften von meiner Ankunft an der School of Myth and Magic wusste und mich beobachtet hat.« Ich wandte mich an Caleb. »Hast du diesen Typ erkannt?«

»Wie sah er denn aus?«, wollte Lilou wissen, bevor Caleb antworten konnte.

»Er war ungefähr einen halben Kopf größer als ich, hatte schwarzes, welliges Haar und ein kantiges Gesicht. Er sah ein bisschen so aus wie einer dieser Typen aus der Dune-Verfilmung.«

»Der Was-Verfilmung?« Lilou sah mich verwirrt an.

Mit Filmbeispielen kam ich bei jemandem, der abgeschnitten von der Außenwelt lebte, wohl nicht sehr weit.

»Ich weiß nicht, was du gesehen hast, aber du wurdest nicht von einem Menschen angegriffen«, meinte Caleb. »Außerdem gibt es an unserer Schule nur einen Schüler mit Hellsicht.«

»Und wer ist das?«

»Ich«, sagte er.

»Aber du hast mich nicht angegriffen«, erinnerte ich ihn.

Er schaute schuldbewusst zu seiner Hand. Es war nicht seine Absicht gewesen, mich in Gefahr zu bringen, und es war auch nichts passiert. Aber die Vorwürfe, die er sich machte, waren unverkennbar.

»Du hast mich nicht angegriffen«, wiederholte ich.

»Es war wahrscheinlich eine Illusion«, meinte er.

»So hat es aber nicht auf mich gewirkt«, widersprach ich kopfschüttelnd. Ich hatte die Krallen an meinem Hals gespürt und war noch immer benommen von den fremden Gefühlen, die mich überrollt hatten.

»Es muss so gewesen sein«, beharrte Caleb. »Ich konnte ihm nichts anhaben. Meine Faust ging einfach durch ihn hindurch.«

»Das trägt ganz klar Dalias Handschrift«, meinte Lilou. »Sie hat das alles eingefädelt, um dir Angst zu machen. Vielleicht arbeitet sie mit den Hexen zusammen.«

Caleb überlegte. »Sie könnten etwas in deinen Trank gemischt haben«, mutmaßte er.

Ich war nicht davon überzeugt. »Du hast den Typen doch auch gesehen. Ich habe ihn mir nicht eingebildet.«

»Das sagt auch niemand«, meinte er. »Hexen kennen sehr überzeugende Illusionszauber. Es kann auch sein, dass sie deine Ankunft vorausgesehen haben. Ich bin zwar der einzige Schüler mit Hellsicht, aber Voraussagen können auch andere treffen. Dazu braucht es nur das richtige Ritual und ein bisschen Magie.«

»Oh, ich weiß es!«, sagte Lilou aufgeregt. »Die Hexen haben vorausgesehen, dass du die neue Royal wirst!«

Ich stieß ein hohles Lachen aus. »Das bezweifle ich.«

»Hey, findet hier ein Geheimtreffen ohne mich statt?«, rief uns Alvar von der Straße aus zu.

»Hak die Geschichte einfach ab«, riet mir Caleb. »In der Schule kann sich Dalia solche Tricks nicht erlauben und ich rede mit den Hexen. Sie werden es nicht wagen, dich auch nur schräg anzuschauen.«

»Wir kommen«, rief Lilou.

Sie eilte zu Alvar und Caleb folgte ihr. Ich warf noch einen letzten

Blick in die Gasse. Meine Hand schloss sich fester um die Kette und erneut breitete sich ein mulmiges Gefühl in meiner Magengegend aus. Waren die Hexen wirklich in der Lage, eine so überzeugende Illusion heraufzubeschwören? Und wieso ausgerechnet diesen Typ mit seinen zwei Gesichtern? Eine Riesenspinne oder ein Zombie hätten mich mindestens genauso sehr erschreckt, wenn nicht mehr. Da ich aber keine andere Erklärung fand und nicht wollte, dass der Vorfall meinen ersten Ausflug nach Skavik mit meinen neu gewonnenen Freunden völlig ruinierte, nahm ich mir Calebs Rat zu Herzen und hakte das Ganze gedanklich mit dem Rotstift ab. Schließlich wollte ich noch einen Einkauf erledigen, Postkarten für Dad besorgen und den besten Latte macchiato der Welt probieren.

12

Da hilft auch kein ganzer Eimer Kaffee

Am nächsten Morgen riss mich mein Handy aus einem so tiefen Schlaf, dass ich es am liebsten gegen die Wand gefeuert hätte. Zum Glück gelang es mir, mich zusammenzureißen. Noch tief unter der Decke vergraben, tastete ich nach dem Handy und fegte es dabei vom Bett.

Ich stöhnte, drückte mir ein Kissen aufs Gesicht und strampelte genervt mit den Beinen. Wenn mein neuer Displayschutz beim Absturz das Zeitliche gesegnet hatte, war das der perfekte Start in meinen ersten Schultag.

Wenigstens konnte ich davon ausgehen, dass mein Handy überlebt hatte, denn der Alarm trällerte fröhlich weiter. Also richtete ich mich auf und warf das Kissen vom Bett aufs Handy.

Die Tatsache, dass es in diesem Kellerloch keine richtige Nacht und keinen richtigen Tag gab, konnte ich mit auf die Liste der Unzumutbarkeiten setzen. Weil ich nicht hatte einschlafen können, war ich eine Weile durch die Tunnel gewandert und schlussendlich hinaufgegangen, wo ich den Sternenhimmel sehen und meinen Körper davon überzeugen konnte, dass es Nacht und längst Schlafenszeit war. Dass ich daraufhin nicht auf der Stelle im Stehen eingeschlafen war, sondern tatsächlich den Weg zurück in mein Bett gefunden hatte, grenzte an ein Wunder.

Zuallererst brauchte ich einen Kaffee. Ohne Kaffee ging gar nichts. Ich schälte mich aus dem Bett, schlüpfte in die Klamotten vom Vortag, klemmte mir meinen Kulturbeutel für einen späteren Abstecher ins Gemeinschaftsbad der Nixen unter den Arm und machte mich auf den Weg zum Speisesaal.

So schlaftrunken, wie ich war, mit nur halb geöffneten Augen und ständig gähnend, hätte ich einem rosa Walross begegnen können, ohne dass es mir ungewöhnlich vorgekommen wäre. Erst als ich die oberen Stockwerke erreicht hatte und echtes, helles Tageslicht auf meiner Haut spürte, machte mich das wach genug, sodass mir die Blicke der anderen auffielen.

Das ganze Wochenende über hatten mich schon alle schräg angeschaut. Immerhin war ich die Neue. An diesem Morgen beäugten sie mich aber anders. Als wäre ich das rosa Walross. Woran das lag, konnte ich mir nicht erklären.

Am Eingang zum Speisesaal blieb ich stehen. Die Blicke von allen Seiten zerfraßen mich regelrecht. Es wurde still und sogar ein paar Professoren traten an das Geländer der Galerie, um nachzuschauen, was los war.

Hatten sie es herausgefunden? Wussten sie, dass ich keine Nixe wie die anderen war? Oder schauten sie mich so an, weil ich aussah wie der Tod höchstselbst?

Ich hätte vielleicht doch vor dem ersten Kaffee ins Bad gehen sollen. Mein Haar war verzottelt, Schlaf klebte mir in den Augenwinkeln und mit Sicherheit war ich nach der kurzen Nacht auch leichenblass, mit preisverdächtigen Ringen unter den Augen. Nicht die besten Voraussetzungen, um mich den bohrenden Blicken der gesamten Schülerschaft zu stellen.

Ein Arm legte sich um meine Schultern, was mich dazu brachte aufzuschauen. Caleb hatte sich zu mir gesellt. Er sah stur nach vorn und legte seine Hand um meinen Oberarm, als wollte er mich beschützen.

»Wenn wir zum Direktor gerufen werden, nehme ich die Schuld auf mich«, sagte er und führte mich zu einem leeren Tisch.

Offenbar reichte sein Arm um meine Schultern aus, um die anderen dazu zu bringen, mich nicht länger offen anzustarren.

»Was ist hier los?«, fragte ich, ohne ihn dabei anhauchen zu wollen. Es wäre wirklich besser gewesen, vor dem Frühstück ins Bad zu gehen und mir zumindest die Zähne zu putzen.

»Du hast es noch nicht gehört?« Wir hatten den Tisch erreicht, er ließ seinen Arm sinken und rückte mir einen Stuhl zurecht.

Ich wusste, dass er wegen seines unüberlegten Faustschlags geradewegs auf mein Gesicht zu ein schlechtes Gewissen hatte, aber deswegen musste er mich nicht hofieren. Ich griff selbst nach der Stuhllehne und setzte mich. »Was hätte ich denn hören sollen?«

Er nahm neben mir Platz. »Eine der Hexen ist heute Morgen nicht aufgewacht.«

»Was?« Mir wurde ganz anders. Wollte er damit sagen, dass in der Nacht eine Schülerin gestorben war? »Ist sie …?«

»Nein«, wiegelte er zu meiner Erleichterung ab. »Sie ist auf der Krankenstation. Man kann noch nicht sagen, welcher Zauber für ihren Zustand verantwortlich ist, aber es heißt, dass sie sich erholen und hoffentlich bald aufwachen wird.«

Ich schaute mich noch einmal um. Auch wenn sie es jetzt heimlich taten, sahen viele noch immer in meine Richtung und tuschelten. Allen voran die Hexen. Ein Mädchen mit pinken Haaren, heller Haut, schwarzen Fingernägeln und katzenhaften Augen fiel mir dabei besonders auf.

»Und wieso starren mich deswegen alle so an?«, fragte ich.

»Ich war gestern noch bei den Hexen und habe sie wegen des Vorfalls in Skavik zur Rede gestellt«, erklärte Caleb. »Sie haben geleugnet, dass sie etwas in deinen Trank gemischt haben, aber glaubhaft war das nicht.«

»Und weiter?«, hakte ich nach. »Denken jetzt alle, dass ich die Hexe angegriffen habe, um mich zu rächen?«

»Ich wollte dich nicht in Schwierigkeiten bringen«, beteuerte er.

»Das weiß ich doch. Es ist nur …« Ich seufzte, legte meine Arme auf den Tisch und ließ meinen Kopf darauf sinken. Als wäre es nicht schon schwer genug für mich. Jeder neue Tag an dieser Schule begann mit einer neuen Katastrophe.

»Das wird schon wieder«, versuchte mich Caleb zu beruhigen. »Soll ich dir etwas von der Essenausgabe holen?«

»Kaffee, schwarz, einen Eimer voll bitte.«

»Wird gemacht.« Ich hörte, wie er aufstand und sich jemand anderes näherte. »Alvar, hab du ein Auge auf sie, ja?«

»Klar, ich passe auf, dass sie nicht noch jemanden angreift«, höhnte er.

»Das ist nicht witzig«, fuhr Caleb ihn schroff an.

»Fand ich schon«, sagte ich und schaute auf, um Alvar einen guten Morgen zu wünschen.

Er stand mir gegenüber, erschrak, als sich unsere Blicke trafen, und wich vor mir zurück. »Wer hat dich denn von den Toten zurückgeholt?«

»Schlaf du mal in einer Grotte.« Ich gähnte ausgiebig.

»Ach, nein danke. Das ist nicht so mein Fall.« Er grinste schief.

Nach und nach füllten sich die Tische. An unserem nahmen die Dyraden-Zwillinge Platz, hielten dabei allerdings auffällig viel Abstand zu mir. Caleb brachte mir meinen Kaffee und ich fühlte mich nach dem ersten Schluck gleich viel besser – sofern ich ausblendete, dass ich von einem Tag auf den anderen unter Verdacht stand, eine Mitschülerin angegriffen zu haben.

Ich versuchte, es positiv zu sehen. Noch wusste niemand, dass ich keine Nixe wie die anderen war. Es hätte also schlimmer sein können.

Mein Blick wanderte hinauf zu den Tischen der Professoren. »Am besten gehe ich zu Bradford und erzähle ihm von diesem Dämon oder der Illusion oder was auch immer in Skavik über mich hergefallen ist.«

»Ja klar, wenn du deinen Ruf als Attentäterin gegen Petze austauschen willst«, spottete Alvar.

»Bradford ist für ein paar Tage verreist«, sagte Caleb. »Davon abgesehen gebe ich Alvar recht. Das würde es für dich nur schlimmer machen.«

»An dieser Schule regeln wir solche Dinge unter uns«, fügte Alvar hinzu.

»Euer Ernst?«, fragte ich. »Auch wenn ihr vielleicht von jemandem aus der Schule verzaubert oder von einem Dämon heimgesucht wurdet?«

Caleb und Alvar warfen sich einen kurzen Blick zu.

»Wie sieht denn dein Stundenplan aus?«, wechselte Caleb abrupt das Thema. »Einer von uns sollte dich zu den Klassenzimmern begleiten. Den Hexen habe ich klargemacht, dass sie sich von dir fernhalten sollen, aber so, wie die Stimmung ist, sind sie nicht die Einzigen, die dir gefährlich werden könnten.«

»Gefährlich werden?«, wiederholte ich ungläubig. »Ich habe nichts getan.«

»Viele hier glauben, es besser zu wissen.« Er schaute sich um. »Ich kann nicht mit allen reden und ein paar Leute hier lassen sich von mir auch nichts sagen.« Sein Blick blieb an den Vampiren hängen.

»Ich komme allein zurecht«, versicherte ich ihm.

»Bist du dir sicher?« Er legte seine Hand auf meinen Arm. Den beiden Dyraden entlockte das ein erschrockenes Aufstöhnen hinter vorgehaltenen Händen.

Ich nickte. »Ganz sicher. Also, das heißt … ich schwebe doch nicht in Lebensgefahr, oder?«

Wieder wechselten die Jungs einen vielsagenden Blick.

»Oder?«, wiederholte ich.

»Nein, bestimmt nicht«, wiegelte Alvar ab.

»Dann brauche ich auch keinen Leibwächter.« Im Fall der Fälle hätte ich mich verteidigen können, indem ich Wasser kontrollierte. Das konnte ich zwar nicht sehr gut, aber gut genug, um zur Not auch ein paar Vampire nass zu machen.

Meine ersten Unterrichtsstunden fanden in den oberen Stockwerken, also auf dem Trockenen statt. Trocken war auch das beste Wort, um sie zu beschreiben. Zu Beginn jeder Stunde wurde ich mit jeder Menge Büchern ausgestattet und bekam meist noch eine Liste mit weiterführender Literatur in die Hand gedrückt, die ich mir in der Schulbibliothek ausleihen konnte – wenn ich wollte. Ich nahm weit hinten Platz, um nicht aufzufallen, doch die argwöhnischen Blicke der anderen waren kaum zu übersehen. Die Professoren hielten ihren Unterricht über Runenkunde, Ritualtheorie und Alternativgeschichte – alles neu und spannend für mich –, doch ihr ellenlanger, monoton gehaltener Redeschwall war auch unheimlich ermüdend. Zudem verstand ich vieles nicht, weil mir schlicht die Grundlagen fehlten, wodurch ich mich am Ende jeder Stunde nicht klüger fühlte als zuvor.

Nur die Erläuterungen von Professor Okai, der Alvar im Speisesaal wegen seines Bohnenrankenzaubers ermahnt hatte, fesselten mich. Und das, obwohl ich in Mathe eine Niete war und kaum etwas von dem verstand, was er in seinem Grundlagenkurs Magisch-Mathematische Physik von sich gab. Es war einfach faszinierend zu hören, welche physikalischen Erklärungen es für den gefalteten Raum gab, in dem sich die magische Welt verbarg, wie es sein konnte, dass die Zeit dort durch die Raum-Zeit-Krümmung anders verlief als außerhalb und wie der Ereignishorizont, der beim Falten des Raums entstand, genutzt werden konnte, um in Windeseile von einem Ort zum anderen zu reisen. Erst als Einsteins Relativitätstheorie mit ins Spiel kam, schaltete ich ab. Nach vier Unterrichtsstunden ohne Pause war mein Hirn völlig überlastet.

Es läutete, ich packte mein halbes Dutzend Bücher zusammen, von denen nur ein Bruchteil in meinen Rucksack passte, und machte mich auf den Weg zur Tür.

»Ms Blackwood, haben Sie noch einen Moment?«, hielt mich Professor Okai auf.

Er war ein imposanter Mann, der sich von Normalsterblichen nur insofern unterschied, dass seine Finger knöchrig und ungewöhnlich lang und seine Füße klauenähnlich waren. Seine Wollweste und die Cordhose in Kombination mit einer altmodischen Lesebrille sorgten dafür, dass er dennoch wie ein harmloser Schulprofessor wirkte. Zu Beginn des Unterrichts hatte er mir erklärt, dass er ein Asanbosam war, ein vampirähnliches Wesen, von dem ich noch nie zuvor etwas gehört hatte.

Ich wandte mich ihm zu. »Lassen Sie mich raten: Ich bekomme noch eine Liste mit weiterführender Literatur?«

Er lächelte flüchtig. »Wo Sie es sagen, ich habe tatsächlich eine Liste für Sie. Aber deswegen wollte ich Sie nicht sprechen. Mir sind Gerüchte zu Ohren gekommen.«

Ich verdrehte die Augen. »Ich habe niemanden angegriffen.«

»Mehr wollte ich nicht hören.«

»Das war alles?« Verwundert legte ich die Stirn in Falten. Obwohl es wahrscheinlich gar keinen Grund gab, verwundert zu sein. Die Jungs hatten mir schließlich schon erklärt, dass die Schülerschaft ihre Probleme unter sich austrug.

»Nicht ganz«, sagte er. »Hier ist die Liste.«

Er reichte mir einen Zettel.

»Okay, danke«, sagte ich und wandte mich der Tür zu.

»Ms Blackwood?«

»Ja?«

»Sie sind jetzt Teil einer sozialen Gruppe, in der andere Strukturen vorherrschen, als Sie es bisher gewohnt waren. Versuchen Sie sich einzufügen, ein wertvolles Mitglied zu werden und zu lernen.«

Ich blinzelte schweigend. War das noch ein Hinweis, mich unterzuordnen und Dalia in den Allerwertesten zu kriechen? Ich konnte es allmählich nicht mehr hören, wollte aber auch keine Diskussion mit einem Professor vom Zaun brechen. Dass er mir überhaupt einen Rat gab, verstieß wahrscheinlich schon gegen den Professorenkodex, sich nicht in die Angelegenheiten der Schülerschaft einzumischen.

»Okay, danke«, wiederholte ich und verließ das Klassenzimmer.

Ich wollte nachschauen, welcher Kurs als Nächstes dran war und ob mir davor noch genug Zeit blieb, die vielen Bücher und Notizen loszuwerden und etwas zu essen. Allerdings war das gar nicht so leicht, so vollgepackt wie ich war. Mit nur einer freien Hand war es unmöglich, den Stundenplan aus meinem überfüllten Rucksack hervorzukramen, also stellte ich ihn samt Büchern auf dem Boden ab und hockte mich davor.

Gerade als ich den Stundenplan gefunden hatte, stieß jemand gegen mich. Ich kippte vornüber, verlor den Zettel aus der Hand und musste dabei zusehen, wie er über den Boden segelte und eine Armlänge von mir entfernt liegen blieb.

»Ups«, sagte ein Typ, gefolgt von gehässigem Lachen.

Ich kannte weder ihn noch die beiden, die ihn begleiteten – ein stämmiges Mädchen mit kurzen Haaren und ein schlaksiger Kerl. Er selbst war mittelgroß, blond und mit Sommersprossen übersät. Ich ordnete die drei ihrem Aussehen nach den Magiern zu. Sie trugen schicke, ziemlich altertümliche Kleidung und schleppten mindestens genauso viele Bücher mit sich herum wie ich. Der eindeutigste Hinweis waren jedoch die Zauberstäbe in ihren Händen. Kichernd gingen sie an mir vorbei.

Bevor ich nach meinem Stundenplan greifen konnte, richtete der Blonde seinen Zauberstab auf den Zettel und flüsterte ein paar Worte. Die Buchstaben begannen zu tanzen und wirbelten durcheinander.

»Echt witzig«, knurrte ich, packte den Zettel und stopfte ihn zurück in meine Tasche.

»Hey!«, hörte ich Caleb in meinem Rücken rufen. »Zieh ab, Thomas.«

»Shit«, stieß der Blonde aus und die drei suchten das Weite.

Ich setzte mich auf.

Caleb umrundete mich und ging vor mir in die Hocke. »Alles okay?«

»Ich habe doch gesagt, dass ich keinen Aufpasser brauche«, erinnerte ich ihn.

»Das sah aber anders aus.«

»Sie wollten mich nicht in die Luft sprengen«, sagte ich genervt. »Mit ein bisschen Geschubse komme ich klar.«

»Das solltest du aber nicht müssen.« Er begann, meine Bücher zusammenzupacken. »Wenn ich den Hexen gestern nicht gedroht hätte …«

»Das hättest du nicht tun müssen, wenn sie nicht mit Dalia gemeinsame Sache machen würden«, erinnerte ich ihn und schüttelte den Kopf. »Eigentlich hättest du es gar nicht tun müssen. Ich brauche wirklich keinen Beschützer. Das zwischen Dalia und mir muss ich selbst klären. Ich weiß noch nicht wie, aber ich regle das schon.«

»Wo musst du als Nächstes hin?«, fragte er.

Ich zog den zerknitterten Stundenplan mit dem Wortsalat hervor. »Gute Frage.« Auch den Zettel zu drehen, brachte mich der Antwort nicht näher.

Mit gespreizten Fingern legte Caleb seine Hand auf das Papier. Ich blickte zu ihm auf.

»Die Magie der Faune bringt Ordnung ins Chaos«, sagte er.

Ich schaute wieder auf den Zettel und beobachtete, wie die Buchstaben an ihre ursprüngliche Position zurückkehrten.

»Ich dachte, deine Fähigkeit ist, in die Zukunft zu sehen.«

»Das stimmt«, bestätigte er. »Wenn das Chaos überhandnimmt, sehe ich Momentaufnahmen, die mir mit viel Glück dabei helfen, die Ordnung wiederherzustellen. Ich bin nur ein Halbfaun und manchmal glaube ich, dass ich mehr Chaos verursache, als ich in Ordnung bringen kann. Aber ein paar verdrehte Buchstaben an ihren Ursprungsplatz zurückzuzaubern, bekomme ich noch hin.«

Ich lächelte. »In *mein* Chaos hast du schon eine Menge Ordnung gebracht.«

»Gern geschehen. Und jetzt helfe ich dir mit den Büchern.«

Ich schaute auf den Stundenplan. »Der nächste Kurs ist Tierkommunikation, der in einer halben Stunde im Kellergeschoss stattfindet. Bis ich die Bücher in meine Grotte gebracht und den Klassenraum gefunden habe, ist die halbe Stunde vorbei. Das war's mit dem Mittagessen.«

Wir richteten uns auf.

»Ich weiß.« Caleb hielt mir einen Crunchie-Riegel hin.

»Das ist mein Lieblingsschokoriegel«, stellte ich überrascht fest. In England gab es Crunchies an jeder Ecke zu kaufen, aber zwischen hier und dort lag ein ganzer Ozean. Dass es den Riegel auch in Norwegen gab, hätte ich nicht gedacht. »Woher wusstest du …?«

»Woher wohl?« Caleb streckte mir den Riegel auffordernd entgegen und ich nahm ihn an. Beim Zugreifen glitten meine Finger über seine. Ein wärmender Schauer breitete sich in mir aus, Calebs Lächeln steckte mich an und ließ den ganzen Ärger von vorhin unwichtig erscheinen.

Ich hätte nicht für möglich gehalten, dass mein Leben in so kurzer Zeit so sehr aus den Fugen geraten konnte. Noch weniger hätte ich gedacht, dass ein einfacher Schokoriegel dazu in der Lage war, alles irgendwie wieder zurechtzurücken. Obwohl es nicht wirklich der Riegel war, dem ich das verdankte. Bei diesem Gedanken und mit dem Blick tief in Calebs Augen versunken, wurde mein Lächeln breiter.

13

Fischköpfe sind eine Delikatesse

Mir blieb nicht einmal Zeit, mich richtig bei Caleb für seine Hilfe zu bedanken. Kaum hatten wir meinen Bücherhaufen in mein Zimmer gebracht, musste ich auch schon wieder los, um es rechtzeitig zur nächsten Stunde zu schaffen. Als ich mich der Schülerschar näherte, die in die Grotte strömte, in der der Unterricht stattfand, schob ich mir schnell den letzten Bissen meines Crunchie-Riegels in den Mund.

Eigentlich hatte ich erwartet, dass nur Wasserwesen den Kurs Tierkommunikation besuchen würden, weil der Unterricht im Kellergewölbe stattfand und Nixen die Fähigkeit besaßen, mit Tieren in Kontakt zu treten. Neben Dalia und ihrem Anhang nahmen jedoch auch einige andere teil – darunter eine Gruppe Hexen, zu denen das Mädchen mit den pinken Haaren zählte.

Das hatte mir gerade noch gefehlt. Caleb hatte mir zwar versprochen, dass sich die Hexen von mir fernhalten würden, aber eine gemeinsame Unterrichtsstunde mit ihnen weckte nicht gerade Glücksgefühle in mir. Das Mädchen mit den pinken Haaren warf mir einen Blick zu, als wollte sie Laserstrahlen aus ihren Augen auf mich abfeuern. Und so besessen, wie sie mich anstarrte, gelang ihr das vielleicht auch.

Die Grotte war kuppelförmig und hatte ein Wasserbecken in der

Mitte, das von steinernen Sitzflächen umgeben war. In der hintersten Reihe saßen die Hexen und starrten mich schweigend an, bis Dalia mir den Blick auf sie verstellte.

»Du hast Nerven, hier aufzutauchen. Wir sind alle davon ausgegangen, dass du längst deine Sachen gepackt hast und auf dem Heimweg bist.«

»Du hast das Gerücht in die Welt gesetzt, dass ich die Hexe angegriffen habe, oder?«, fragte ich.

Sie lachte und ihre Freundinnen stimmten mit ein. Ausgenommen Mahina, was mir sofort auffiel.

»Mit solchen Unterstellungen solltest du dich zurückhalten«, riet mir Dalia. »Ich habe es nicht nötig, Gerüchte über dich zu verbreiten. Du manövrierst dich von ganz allein in Schwierigkeiten. Du wurdest gesehen, als du letzte Nacht durch die Gänge gegeistert bist, während alle anderen geschlafen haben.«

So war das Gerücht also zustande gekommen. Vielleicht war es doch nicht die beste Idee gewesen, meine Einschlafprobleme mit einem Spaziergang zu bekämpfen. Wie hätte ich aber auch ahnen sollen, was mir danach blühen würde?

»Wenn alle anderen brav in ihren Betten waren, wie konnte mich dann jemand sehen?«, konterte ich.

»Du musst immer das letzte Wort haben, was?«, blaffte sie mich an.

»Nicht immer, aber immer, wenn ich mit dir rede«, gab ich zurück.

Ihre Mundwinkel zuckten in ihrem krampfhaften Versuch, ihre Gesichtszüge unter Kontrolle zu halten. »Siehst du die Hexe mit den pinken Haaren? Das ist Merel de Vries, eine der mächtigsten Hexen an dieser Schule. Sie hat ihre Kindheit unter Normalsterblichen verbracht, genau wie du. Es heißt, dass sie an ihrer vorherigen Schule von ein paar Jungs gemobbt wurde. Eines Tages waren sie verschwunden und sind nie wieder aufgetaucht. Von da an hatte ihre Heimatstadt mit einer Rattenplage zu kämpfen. Was meinst du? Hat sie die Mobber in Ratten verwandelt oder die Ratten heraufbeschworen, um sie aufzufressen?«

»Du meinst also, ich soll mich von Ratten fernhalten?«, hakte ich nach.

»Nur ein kleiner Rat meinerseits.« Sie schmunzelte zufrieden.

»Dann sollte ich mich besser nicht mit dir unterhalten«, sagte ich.

Dalia schnappte empört nach Luft. Sie tat mir ein wenig leid, aber diese Steilvorlage konnte ich mir unmöglich entgehen lassen.

»Genug geplaudert!«, tönte eine hohe Stimme über die Köpfe der Anwesenden hinweg.

Eine Frau in einem Sari, mit wallendem, dunkelbraunem Haar, goldenem Kopfschmuck und großen, runden Ohrringen betrat die Grotte. Ich warf einen flüchtigen Blick auf meinen Stundenplan. Das war Professorin Kumar.

»Kumar ist eine Makara«, flüsterte mir Dalia zu. »Ihre Wassergestalt ähnelt einem gigantischen Krokodil. Wenn du ihr dumm kommst, war's das mit dir. Ratten sind nichts dagegen. Also versuch in ihrem Unterricht niemanden anzugreifen.«

»Danke für den Tipp.«

Mit erhobenem Haupt und schwebendem Gang lief Kumar am Wasserbecken vorbei und stellte sich dahinter auf. So zierlich wie sie war, fiel es mir schwer, sie mir als Riesenkrokodil vorzustellen. Gut möglich, dass Dalia übertrieben hatte, um mir Angst zu machen.

Die Gespräche brachen ab und alle suchten sich Sitzplätze. Ausgenommen die Nixen, die sich am Wasserbecken versammelten. Unsicher, zu wem ich mich zählen sollte, setzte ich mich erst einmal hin.

»In der heutigen Stunde befassen wir uns mit der Sprache der Stachelrochen«, erklärte Kumar. »Kann mir jemand sagen, worauf bei ihnen zu achten ist?«

Eine der Hexen meldete sich. »Rochen sind sture Tiere, die sich nur schwer von Magie beeinflussen lassen. Ihre Stacheln sind für diverse Rituale nötig, man braucht sie –«

»Wir haben heute nicht vor, Ritualingredienzen zu sammeln«, unterbrach Kumar sie. »Die Aufgabe unserer Nixen wird sein, einen Stachelrochen in dieses Becken zu locken. Ist das geglückt, werdet ihr ihn der Reihe nach zu bestimmten Bewegungen überreden. Wie ich gehört habe, dürfen wir heute eine neue Nixe in unserem Schwarm begrüßen?« Sie suchte nicht nach mir, sondern schaute zu Dalia.

Dalia legte den herablassendsten Blick auf, den ich je bei ihr gesehen hatte, und deutete mit dem Kinn auf mich.

Professorin Kumar wirkte verwundert, mich nicht bei den anderen Nixen zu sehen, lächelte aber und nickte mir freundlich zu. »Dann wird das vermutlich Ihr erster Ausflug unter Dalias Führung sein? Kommen Sie doch bitte zu uns.«

Ausflug? Damit hatte ich nicht gerechnet. Da ich aber schlecht sagen konnte, dass ich lieber in ein Becken mit Feuerquallen springen würde, als mich von Dalia irgendwohin führen zu lassen, legte ich meinen Rucksack beiseite und kam der Aufforderung erst einmal nach. Ich würde schon noch den richtigen Moment finden, um zu beichten, dass ich mich noch nicht verwandeln konnte. Und es auch nicht wollte.

»Schau zu und lerne«, sagte Dalia hochnäsig.

Wie eine Turmspringerin stellte sie sich am Beckenrand auf, hob die Arme und stieß sich ab. Komplett bekleidet vollzog sie einen hohen Bogen, tauchte elegant im Wasser ein, ohne dabei auch nur einen Tropfen zu verspritzen, und wirbelte um sich selbst. Die Farben ihrer Kleider verschmolzen auf magische Weise miteinander, bildeten einen zarten Schleier, der ihren Körper umhüllte und sich in seidengleiche Flossen verwandelte.

Dalia schwamm einen große Runde, sodass alle ihre Gestalt in voller Pracht bewundern konnten. Durch ihren langen Fischschwanz, der mit blausilbrig schimmernden Schuppen überzogen war, hatte sie gut einen Meter Körperlänge dazugewonnen. Auch ihre Haare hatten einen bläulichen Farbton angenommen. Ihre Flossen zogen sich in einem zarten Rosa von ihrem Hals bis hin zu den Schultern und zeigten sich auch zwischen den Fingern.

Nie im Leben hätte ich es offen zugegeben, aber Dalia war in ihrer Wassergestalt das schönste und anmutigste Wesen, das ich je zu Gesicht bekommen hatte. Als sie auftauchte, schaute sie mich mit einem verschlagenen Lächeln an – sie wusste, dass ich völlig hingerissen und fasziniert von ihrem Aussehen war.

»Jetzt bist du an der Reihe«, sagte Dalia. Ihre Stimme hatte sich verändert, klang jetzt eher wie ein Gesang, der lockend wirkte und mich umgarnte.

»Ich habe noch nie meine Wassergestalt angenommen«, gab ich rasch zu.

Dalia lachte. »Und das mit siebzehn. Wie peinlich.«

»Vielleicht sollten wir ihr behilflich sein«, schlug eine der Nixen vor und packte mich am Arm. Die anderen halfen ihr, mich zum Beckenrand zu bugsieren.

»Lasst die Finger von mir!« Ich riss mich los, wirbelte zu den Nixen herum und verlor den Halt. Ich wäre geradewegs mit dem Hintern voran im Becken gelandet, doch eine unsichtbare Macht bewahrte mich davor. In Schräglage hing ich über dem Wasser, bevor mich ein leichter Schubs zurück in den sicheren Stand brachte.

Professorin Kumar hatte mich vor dem Sturz gerettet. »Dieses kindische Verhalten hat nichts in meinem Unterricht zu suchen«, ermahnte sie die Nixen. »Ms Blackwood, nehmen Sie sich die Zeit, die Sie brauchen. Ihr anderen, ab ins Wasser.«

»Spielverderberin«, murrte eine der Nixen.

Eine nach der anderen sprang ins Becken, bis alle ihre Wassergestalt angenommen hatten. Sie sahen wunderschön aus, auch wenn keine mit Dalia mithalten konnte.

Die Hexen kicherten und tuschelten hinter vorgehaltener Hand, verstummten aber, als Kumar ihnen einen scharfen Blick zuwarf.

Ich schaute hinunter zum Beckenrand. Meine erste Verwandlung hätte ich mir unter anderen Umständen gewünscht – nicht beobachtet von einem Dutzend Nixen, die mich nicht ausstehen konnten, und noch einmal so vielen Hexen, die mich für eine hinterlistige Attentäterin hielten. Ich fühlte mich wie eine Vorführpuppe und der Gedanke, dass meine Wassergestalt viel schlichter und lange nicht so farbenfroh war wie die der anderen, ließ mich zusätzlich zögern. Im schlimmsten Fall wäre ich sofort als Tiefenschrecken enttarnt und vielleicht würde ihnen das schon als Beweis genügen, dass ich in der Nacht die Hexe angegriffen hatte. Immerhin waren meine Vorfahren dafür bekannt, Unschuldigen das Leben auszusaugen.

»Schon gut«, munterte mich Kumar auf und deutete auf das Becken.

Ich nickte, holte tief Luft und sprang mit den Füßen voran ins kalte Nass. Kopfüber hätte ich den Absprung nicht gewagt, was auch gut so war, denn in diesem eisigen Wasser hätte ich wahrscheinlich Hirnfrost bekommen. Ich tauchte komplett unter, mein Körper erstarrte vor Kälte und nur mit Mühe schaffte ich es zurück an die Oberfläche.

»Scheiße, verdammt, ist das kalt!«, fluchte ich bibbernd.

Die anderen lachten.

»Und wo bleibt die Verwandlung?«, fragte Dalia.

»Am Ende ist sie doch keine Nixe«, mutmaßte eine andere.

Ich hob meine zitternden Arme, die Kälte klang ab und meine Haut nahm einen schimmernden Silberton an. Aber meine Kleidung verschwand nicht und einen Fischschwanz hätte ich kaum bekommen können, so wie ich mit den Füßen strampelte. Flossen wuchsen mir ebenfalls nicht, obwohl ich das Gefühl hatte, dass sich Schwimmhäute zwischen meinen Fingern bildeten.

»Ist das alles?«, fragte Dalia. »Wir haben zwar eine Doppelstunde, aber die ist nicht dazu gedacht, dir beim Versagen zuzuschauen.«

»Lassen wir ihr Zeit.« Professorin Kumar ging vor dem Becken in die Knie und legte eine Hand auf meine Schulter. »Sie müssen sich darauf einlassen. Legen Sie Ihre Zweifel ab.«

Sie hatte gut reden, in ihr schlummerte schließlich kein Monster. Andererseits klang *gigantisches Krokodil* auch nicht gerade nach Kuscheltier.

Ich versuchte, mir ihren Rat zu Herzen zu nehmen, atmete tief durch und konzentrierte mich auf meine Hände. Aber mir war einfach viel zu kalt, um loszulassen, und in meinem Kopf hörte ich die Warnungen meiner Granny. Es gelang mir einfach nicht, meine Zweifel zu überwinden. Was, wenn ich mich verwandelte und die Kontrolle verlor? Wenn sich wiederholen würde, was am Badesee geschehen war?

»Professorin?«, meldete sich Mahina zu Wort. »Ich glaube, die Fütterung steht noch an. Wäre das nicht eine Aufgabe für unseren Neuzugang? Besser jedenfalls, als alle anderen warten zu lassen.«

»Die Idee ist wirklich nicht schlecht«, stimmte Kumar zu. »Ms Blackwood, kommen Sie heraus.«

Ich nickte, stützte mich am Beckenrand ab und hievte mich hoch. Es war eine Erleichterung, mich nicht vor aller Augen verwandeln zu müssen, aber auch beschämend, versagt zu haben. So gedemütigt hatte ich mich noch nie gefühlt und es brodelte förmlich in mir, Dalia zu beweisen, dass ich nicht die Versagerin war, für die sie mich hielt. Aber nicht heute, nicht in dieser Unterrichtsstunde.

Kumar stand auf. »Ms Kawai, Sie begleiten Ms Blackwood.«

»Was?«, stieß Mahina missmutig aus. Sie merkte schnell, dass Widerworte nichts brachten, schnaufte genervt und stieg ebenfalls aus dem Becken. Während sie ihren Fischschwanz aus dem Wasser zog, verwandelte er sich zurück in zwei Beine, und ihre Flossen wurden zu trockener Kleidung. Ich stand noch zitternd und tropfend am Beckenrand.

Sie kam zu mir und richtete eine Hand auf mich. »Das Wasser lässt du besser hier«, sagte sie und mit ihren Worten löste sich die gesamte Feuchtigkeit aus meinen Klamotten, schoss nach hinten weg und klatschte in das Becken.

»Netter Trick«, sagte ich und schaute an mir herunter. Ich, mein Haar, meine Kleidung, alles war wieder trocken.

Mahina verdrehte die Augen. »Das kann schon jede sechsjährige Nixe.«

»Viel Spaß mit den Fischköpfen«, höhnte Dalia und tauchte ab. Die anderen Nixen folgten ihr. Sie verschwanden in der Tiefe und wie ich vermutete, würden sie irgendwo weit draußen im Meer herauskommen, wo sie einen Stachelrochen finden und überreden würden, ihnen zu folgen.

Sehnsüchtig schaute ich ihnen nach. Wenn es sich nur ansatzweise wie in meinem Traum anfühlte, frei durch die Meere zu schwimmen, verpasste ich definitiv etwas. Am liebsten hätte ich mich umentschieden und wäre wieder ins Becken gesprungen. Aber das hätte vermutlich nur mit einer weiteren Blamage geendet, also trottete ich Mahina hinterher.

»Erinnere mich daran, dass ich dir nie wieder einen Gefallen tue«, murrte sie.

»Ich habe dich nicht darum gebeten.«

Das mit den Fischköpfen hatte Dalia wörtlich gemeint. Kaum waren wir an den unteren Stallungen angekommen, sah ich sie auch schon in Eimern am Eingang stehen: schleimige, glupschäugige Fischköpfe, an denen teils noch Gräten und Innereien hingen. Ich hatte selten etwas so Unappetitliches gesehen.

»Das sind die Überreste aus der Küche«, sagte Mahina und deutete unwirsch auf die Eimer. »Manche Nixen halten Fischköpfe für eine Delikatesse, wenn du also Hunger hast, greif ruhig zu.«

»Nein danke«, lehnte ich ab und schluckte mein Würgegefühl hinunter.

Was an der School of Myth and Magic als Stallungen bezeichnet wurde, war nach meinem Geschmack die wohnlichste Grotte im Kellergewölbe – mit Tageslicht! Weil sie oberhalb des Wasserspiegels lag, hatten wir ein paar Treppen nach oben gehen müssen, um sie zu erreichen. Sie war halbrund, teils geflutet und zu einer Seite hin offen, sodass ich über den Fjord bis zu den Bergen blicken konnte.

Die Sonnenstrahlen malten glitzernde Tupfer auf das Wasser, das den Boden der Grotte in immer wieder aufkommenden Wellen bis fast zu unseren Füßen bedeckte.

Dafür, dass es sich bei diesem Ort um Stallungen handelte, gab es allerdings reichlich wenig Tiere. Nämlich gar keine.

»Nimm du die Eimer«, wies mich Mahina an. »Ich rufe die Kelpies.«

»Dann ist das hier so etwas wie ein Offenstall?« Im Gegensatz zu Maraka und Asanbosam hatte ich das Wort Kelpie schon einmal gehört. Mir fiel allerdings auf die Schnelle nicht ein, um welche Art von Fabelwesen es sich handelte.

Mahina ignorierte meine Frage, lief zum Ufer und ging dort, wo die Wellen ihre Füße umspülten, in die Hocke. Sie legte ihre Hand ins Wasser, begann zu summen und wechselte dann in einen leisen, melodischen Singsang. Ihre Stimme hallte von den Wänden wider und erfüllte die Grotte. Sie hatte eine beruhigende, lockende Wirkung. Hypnotisierend und einnehmend. Und sie konnte so gut singen. Übernatürlich gut. Selbst mithilfe der hervorragenden Akustik an diesem Ort hätte ich nicht ansatzweise solche Töne zustande gebracht.

Der Wellengang in der Grotte nahm zu. Das Rauschen verschmolz mit Mahinas Gesang, das Wasser stieg bis zu ihren Knien an und ich wich zu den Eimern zurück, damit meine Füße trocken blieben. Ich bezweifelte allerdings, dass mir das lange etwas nützen würde, denn die ersten Wellen warfen sich bereits brausend und schäumend gegen die Wände am Höhleneingang. Sie stiegen bis zur Decke hinauf und erweckten den Anschein, dass die Grotte bald komplett überflutet sein würde.

Nach kurzer Zeit stand ich bis zu den Knöcheln im Wasser und hob die Eimer an, bevor sie weggespült werden konnten. Als ich wieder nach vorn blickte, nahmen die Wellen weit oben, wo sie sich an den Felsen über uns brachen, ungewöhnliche Formen an. Statt sich in der Gischt aufzulösen, teilten sie sich und wirbelten in Strudeln um Mahina herum. Staunend glaubte ich in ihrem Inneren Hufe, Mähnen und die Nüstern von Pferden erkennen zu können. Pferde, die gänzlich aus Wasser bestanden, ihre festen Konturen immer wieder in der Brandung verloren, sich neu bildeten und aus den

Wellen hervortraten. Kelpies. Ich erinnerte mich wieder: Wassergeister, die als Pferde in Erscheinung traten.

Ihre Mähnen strömten weiß schäumend über ihre anmutigen, glasklaren Körper, ihre Hufe verschmolzen bei jedem Schritt mit den Wellen, durch die sie galoppierten und die ein Teil von ihnen zu sein schienen. Sie waren wie lebendig gewordenes Wasser. Greifbare, stattliche Tiere und doch nur Wellen, nur Meer, wie ein Gedanke, so flüchtig, dass ich es kaum wagte, sie direkt anzuschauen, weil ich befürchtete, dass sie sofort wieder verschwinden würden.

Doch das taten sie nicht. Sie kamen auf mich zu, gleich ein halbes Dutzend von ihnen. Sie umkreisten mich, schnaubten, warfen ihre Köpfe in die Höhe und schüttelten ihre Mähnen, sodass ich vom Haaransatz bis zu den Knöcheln nass gespritzt wurde. Ein Kelpie stieß mir sanft seine Schnauze in den Rücken und ließ mich einen Schritt nach vorn stolpern.

»Sie wollen ihr Futter«, sagte Mahina, die sich erhoben hatte. Eines der Pferde war bei ihr geblieben, knabberte an ihrem Ärmel und forderte ihre Aufmerksamkeit ein.

»Klar, die Eimer!« Ich hob sie hoch und sofort steckten die Pferde ihre Köpfe hinein. Sie waren so aufdringlich, dass ich Mühe hatte, auf den Beinen zu bleiben.

»Nicht so gierig«, ermahnte ich sie und versuchte, an ihnen vorbei zu Mahina zu schauen. »Wieso suchen sie sich ihr Futter nicht selbst?«

»Weil das nicht reichen würde«, sagte sie. »Kelpies sind vom Aussterben bedroht. Sie verwechseln das Geräusch von Schiffsschrauben mit den Rufen ihrer Art und … du kannst dir denken, wie das leider viel zu häufig ausgeht. Diese Herde ist durch den Schutzwall der Schule in Sicherheit. Wir füttern zu, weil sie im Fjord zu wenig Nahrung finden.«

»Ich verstehe.«

Einer der Eimer war bereits leer. Ich stellte ihn ab und nutzte die Gelegenheit, um meine freie Hand vorsichtig nach einem der Kelpies auszustrecken. Es schnüffelte an meinen Fingern und ließ sich von mir über die Nüstern streichen. Sie fühlten sich weich an, nicht einfach nur nass, wie ich vermutet hatte.

»Du kannst auf ihnen reiten«, sagte Mahina. Sie war näher getreten. Das Kelpie, das sich von Anfang an mehr für sie als für das Futter interessiert hatte, folgte ihr.

»Wirklich?«, fragte ich fasziniert. »Können sie ganz aus dem Wasser raus und sich an Land bewegen?«

Mahina lachte. »Nein, du musst zu ihnen ins Wasser, nicht umgekehrt.«

Ich hatte mir bereits ausgemalt, wie es sein würde, mit einem Kelpie am Strand entlangzureiten, durch die Wellen zu galoppieren und den Wind in meinen Haaren zu spüren. Es wäre eine ziemlich nasse Angelegenheit, aber nicht ansatzweise so nass, wie unter Wasser zu reiten. Und mit Fischschwanz und Flossen wahrscheinlich im Damensitz.

Ich hörte ein knacksendes Geräusch und schaute mich nach dem Ursprung um.

»*Alle Schülerinnen und Schüler haben sich im großen Auditorium einzufinden*«, hallte eine Stimme von irgendwoher. Das war Direktor Bradford. Einen Lautsprecher konnte ich allerdings nicht entdecken.

Erneut brachte mein Verhalten Mahina zum Lachen.

»Was ist jetzt schon wieder?«, fragte ich.

»Na du! Es sieht so lustig aus, wie du dich verwirrt umguckst. Du hast die Stimme in deinem Kopf gehört. Magie, schon vergessen? Ihr Normalsterblichen seid echt witzig! Wirf den Rest Futter ins Wasser und dann komm.«

Ich nahm den Eimer in zwei Hände und leerte ihn mit Schwung aus. Sofort machten sich die Kelpies über die Fischköpfe her, wodurch sich das Wasser rot färbte. Diese Tiere waren wirklich wunderschön mit ihrer stattlichen Gestalt und ihren fließenden Bewegungen. Aber zu sehen, wie sich Pferde über Fischreste hermachten, hatte schon etwas Makabres an sich. Andererseits fraßen Delfine auch nichts anderes und waren trotzdem niedlich.

14

Butterblümchen-Glittermagie

Das große Auditorium war vom Foyer der Schule aus schnell erreicht. Schülergruppen strömten von allen Seiten darauf zu. Es wurde spekuliert, was der Grund für die Versammlung sein könnte. Mahina entdeckte die anderen Nixen, winkte ihnen zu und verschwand in der Menge.

Als ich den Saal betrat, erinnerte mich der Anblick an ein Theater oder eine Oper, mehrere Treppen führten an Dutzenden Stuhlreihen vorbei bis zu einer Bühne hinunter, wo ein Stehpult aufgestellt worden war.

»Hieß es nicht, Bradford sei für ein paar Tage verreist?«, fragte jemand.

Ich wandte mich dem Schüler zu, der mich daraufhin fast schon angeekelt musterte. Nach den Gerüchten, die über mich verbreitet worden waren, wunderten mich die abfälligen Blicke nicht mehr, aber so hatte mich noch niemand angeschaut.

»Du bist ja pitschnass!« Lilou tauchte neben mir auf.

Ich schaute an mir herunter. Tatsächlich sah ich aus wie ein begossener Pudel.

»Oh, das ist …« Ich brach ab, als mir bewusst wurde, dass mir gar nicht kalt war. Ich hatte nicht einmal bemerkt, dass meine Kleidung völlig durchnässt an meiner Haut klebte. Vorhin in der Grotte war mir durch das Meerwasser eiskalt geworden. Vielleicht gewöhnte ich mich wirklich allmählich daran.

»Komm mit.« Lilou nahm meine Hand und zog mich zu einer der hinteren Stuhlreihen. »Erst einmal sorgen wir dafür, dass du keine Pfützen hinterlässt.« Sie richtete ihre Hände auf mich.

»Warte«, bat ich. »Ich mache das selbst.«

Wenn ich nicht wollte, dass sich so etwas wie im Unterricht von Professorin Kumar wiederholte, musste ich lernen, mit meinen Fähigkeiten zurechtzukommen. Ich atmete tief durch, konzentrierte mich und hatte das Gefühl, das Wasser mit meinem Geist greifen zu können. Es löste sich von meiner Haut, aus den Fasern meiner Kleidung und meinem Haar, schwebte in Perlen zu allen Seiten weg und klatschte zu Boden. Ich lächelte zufrieden.

Lilou war weniger zurückhaltend. Sie jubelte, applaudierte und hüpfte dabei wie ein Flummi auf und ab.

»Übertreib es nicht«, bat ich lächelnd. »Das war nichts Besonderes.« Wobei ich zugeben musste, dass ich schon ein wenig Stolz empfand. Immerhin hatte ich mit dieser Fähigkeit bisher nur unter der Dusche experimentiert, wenn mich niemand sehen konnte. Jetzt musste ich nur noch lernen, mir einen Fischschwanz wachsen zu lassen, unter Wasser zu atmen und zu singen, ohne dass davon die Toten auferweckt wurden. Kleinigkeiten also.

Ob Tiefenschrecken überhaupt Magie mit Gesang wirken konnten? Ich hatte keine Ahnung.

»Setzen wir uns«, sagte Lilou. Kaum hatten wir das getan, beugte sie sich zu mir. »Und das war sehr wohl etwas Besonderes. Jeder kleine Fortschritt, den du machst, muss gefeiert werden.«

»Muss er das?«

»Unbedingt!«, beharrte sie.

»Du hättest vorhin in meinem Kurs dabei sein sollen«, meinte ich. »Alle Nixen haben sich verwandelt, nur ich nicht. Ich weiß nicht einmal, wie das geht und ob ich es überhaupt will …«

»Wieso solltest du das nicht wollen?«, fragte sie.

Ich schaute sie einen Moment lang an. Wenn ich jemandem davon erzählen konnte, was ich über meine Vorfahren herausgefunden hatte, dann war es ganz klar Lilou. Sie würde bestimmt nicht sofort die Wächter rufen und mich verhaften lassen. Sie würde vielleicht auch wissen, ob mir diese Gefahr überhaupt drohte. Aber im Auditorium, inmitten so vieler Ohrenpaare, kam es nicht infrage, ihr davon zu erzählen. Also zuckte ich nur mit den Schultern.

Lilou setzte eine nachdenkliche Miene auf und rieb sich grübelnd das Kinn. »Ich bin zwar keine Nixe, aber wenn du willst, helfe ich dir bei der Verwandlung«, schlug sie vor.

»Sehr, sehr gern«, stimmte ich zu.

»Abgemacht!«

Ein Zischen unter meinen Füßen zog meine Aufmerksamkeit auf sich. Die Pfütze, die ich dort hinterlassen hatte, löste sich in Wasserdampf auf.

»Was zum …?«, stieß ich aus.

»Nicht, dass eine von euch Süßen ausrutscht«, sagte jemand neben uns.

Ich schaute auf. Ein schlanker Typ mit dunklen Augen und schwarzen, an den Spitzen rot gefärbten Haaren ging auf der Treppe nach unten an uns vorbei. Seine Kleidung war ebenfalls schwarz und bis ins letzte Detail durchgestylt, er trug auffällig viel Schmuck, darunter ein Lippenpiercing und Ohrringe. Beiläufig spielte er mit den Fingern, was mich zu der Vermutung brachte, dass er die Pfütze ganz mühelos hatte verdampfen lassen. Mit federndem Gang nahm er die Stufen nach unten und steuerte zielsicher einen Platz weiter vorn an.

Lilou zappelte aufgeregt mit den Füßen. »Hast du das gesehen?«, fragte sie.

Wie hätte ich diesen Auftritt übersehen können? Der Kerl strahlte so viel Selbstbewusstsein aus, dass es beinahe blendete. »Wer war das?«, fragte ich.

»Das ist Shin Min-Jae!«, sagte sie. »Er ist neben dem Direktor der einzige andere Drache an der Schule. Nenn ihn aber besser nur Jae, sonst bekommst du Ärger mit den Vampiren. Oder nimm seinen Namen am besten gar nicht in den Mund, das ist am sichersten.«

Ich zog die Brauen zusammen. »Ärger mit den Vampiren?«

»Frag mich nicht wieso, aber die umkreisen ihn wie ein Schwarm Vögel. Siehst du?«

Sie deutete auf Jae, der längst nicht mehr allein saß. Die Vampire – genau wie er in Schwarz gekleidet – hatten sich um ihn geschart und machten es uns unmöglich, noch einen Blick auf ihn zu erhaschen.

»Ist er nicht umwerfend?« Lilou war noch immer ganz überwältigt.

»Er sieht ziemlich gut aus«, bestätigte ich.

»Und er hat uns angesprochen! Kannst du das glauben?« Sie sah mich mit weit aufgerissenen Augen an.

»Spricht er normalerweise nicht mit anderen?«

»Jedenfalls nicht mit uns. Drachen und Vampire gehören zu den Immortals, die ewig lange leben können. Nixen, Sirenen, Hexen, Magier und so weiter haben eine viel kürzere Lebensspanne.«

»Und was ist mit Faunen?« Die Frage kam mir deswegen in den Sinn, weil Caleb gerade das Auditorium betrat.

»Immortals«, antwortete Lilou.

Mir war der Begriff neu, aber ich glaubte zu verstehen, was er bedeutete. Wie immer warfen die Leute Caleb ehrfürchtige Blicke zu und unterbrachen ihre Gespräche. Wer ihm im Weg stand, wich aus, wer einen Sitzplatz mit einer Tasche besetzte, nahm sie weg, in der Hoffnung, dass er sich dorthin setzen würde.

Ich wollte die Hand heben und Caleb zuwinken, sah dann aber, dass er sich einen Platz weit hinten, abseits der anderen suchte. Es wirkte nicht, als hätte er Interesse an Gesellschaft. Dass sich ihm alle anbiederten, machte es ihm bestimmt schwer, richtige Freundschaften zu schließen. Vielleicht war er deswegen von Anfang an so nett zu mir gewesen – weil ich keine Ahnung von den Klassenunterschieden in dieser Welt hatte und ihn in meinem Unwissen nicht wie einen unberührbaren Prinzen behandelt hatte.

»Ist was?«, fragte Lilou, als sie meine halb erhobene Hand sah.

»Nein, nichts«, wiegelte ich ab und richtete meine Aufmerksamkeit auf die Bühne, wo Bradford an das Rednerpult trat.

»Ruhe bitte«, sagte er.

Die letzten Nachzügler setzten sich eilig.

»Ich gehe davon aus, dass bereits alle von dem nächtlichen Überfall auf die Schülerin Lia Larsen gehört haben«, begann Bradford seine Rede. »Seid versichert, dass sie auf dem Weg der Besserung ist und die Krankenstation in den nächsten Tagen verlassen kann. Unsere Nachforschungen haben ergeben, dass Ms Larsen von einem Incubus überfallen wurde.«

Unruhe brach aus. Ein paar Schüler stöhnten erschrocken auf, es wurde getuschelt und spekuliert.

Auch ich konnte nicht ruhig bleiben und wandte mich Lilou zu. »Incubus? Was ist das?«

»Ein Wesen, das seine Opfer im Schlaf angreift und sich von ihrer Angst ernährt«, erklärte sie.

Ich dachte, die Insel hätte den Schutzwall, um solche Vorfälle zu verhindern? Wie hatte es dieser Incubus dann in die Schule geschafft?

»Ruhe bitte«, dröhnte Bradfords Stimme durch das Auditorium.

Es dauerte eine Weile, bis es wieder still wurde.

»Es wird bereits mit Hochdruck an dem Problem gearbeitet«, fuhr er fort. »Wir wissen noch nicht, wie der Incubus in die Schule eindringen konnte, finden es aber heraus und werden den oder die Verantwortlichen zur Rechenschaft ziehen. Bis dahin bewegt euch möglichst nie allein durch die Schule. Sollte es zu einer Begegnung kommen, denkt daran, dass ein Incubus nur dann einen festen Körper annehmen kann, wenn ihr Angst zeigt. Bleibt ruhig und versucht nicht, um Hilfe zu rufen, da eure Stimme in seiner Gegenwart versagen wird. Bewegt euch stattdessen langsam von ihm fort und provoziert ihn nicht. Wir haben es hier mit einem instinktgesteuerten Wesen zu tun. Spürt es keine Angst, wird es von euch ablassen. Versucht nicht, es im Alleingang zu bekämpfen. Überlasst das dem Lehrpersonal. Das war so weit alles. Nur eines noch: Für heute fällt der Unterricht aus.«

Alle klatschten, und kaum hatte der Direktor die Bühne verlassen, brach Unruhe aus. Es wurde wild durcheinandergerufen, teils hitzig diskutiert und die Anspannung in der Luft war beinahe greifbar.

»Ich verschwinde von hier, meine Eltern sollen mich abholen«, hörte ich jemanden sagen.

»Wie kann dieses Ding durch den Schutzwall gebrochen sein?«, fragte ein anderer.

»Wir legen sofort ein Schutzsiegel über unser Zimmer!«, entschied ein Mädchen. Sie lief mit ein paar Magierinnen an uns vorbei, von denen sie für ihren Vorschlag uneingeschränkten Zuspruch erntete.

Ich war wie an meinem Stuhl festgeklebt. Meine Gedanken rasten. Was der Direktor über die Fähigkeiten dieses Wesens aufgezählt hatte, kam mir erschreckend bekannt vor.

»Stimmt etwas nicht?«, fragte Lilou. »Du musst wirklich keine Angst haben. So was kann schon mal vorkommen. In der Schule versammelt sich starke Magie, das macht uns zur Zielscheibe. Es gibt dort draußen genug Geheimbünde, größenwahnsinnige Magier oder Sammler von seltenen Artefakten wie Drachenschuppen und allem Möglichen, die glauben, bei einer Schule leichtes Spiel zu haben. Aber Bradford bekommt das bestimmt schnell in den Griff.«

»Dieser Incubus …« Ich schaute zu Lilou auf. »Ich glaube, es ist derselbe, der mich in Skavik angegriffen hat.«

»Unmöglich«, wehrte sie ab. »Das sind wirklich nur Tiere. Die sehen Menschen höchstens ähnlich. Du hast den Typen in Skavik ganz anders beschrieben. Wahrscheinlich haben die Hexen ein paar Fotos aus irgendwelchen Zeitschriften in einen Pott geworfen und eine Illusion zusammengemixt.«

»Ich konnte in seiner Gegenwart nicht sprechen, er hatte keinen festen Körper und ich denke, er wollte mir Angst machen. Überleg doch mal, ich habe diesen Rauch eingeatmet, aus dem sein Körper bestanden hat. Was, wenn ich ihn dadurch in die Schule gebracht habe? Ich muss das Bradford erzählen.«

Ich stand auf, doch Lilou zog mich am Arm zurück in den Sitz. »Lass es!«, zischte sie mit gesenkter Stimme. »Jetzt wissen endlich alle, dass du die Hexe nicht angegriffen hast. Weißt du, was hier los wäre, wenn du behauptest, du hättest den Incubus an die Schule gebracht? Das kann nicht der Typ in Skavik gewesen sein. Ganz bestimmt nicht.«

Aber das konnte auch kein Zufall sein. Es musste einen Zusammenhang geben, den ich nur noch nicht verstand. Es kam mir vor, als rieselten die Puzzleteile, die ich in den letzten Tagen gesammelt hatte, wie Sand durch meine Finger. Ich war weder fähig, sie festzuhalten, noch konnte ich sie zusammenfügen. Das alles ergab einfach keinen Sinn. Noch nicht. Aber irgendwie gehörte es zusammen. Nur wie?

Ich schaute zu Bradford. Er hatte mir gesagt, dass ich ihm vertrauen und zu ihm kommen sollte, wenn mir etwas Sorgen bereitete. Aber es gab jemanden an dieser Schule, dem ich noch mehr vertraute. Und wenn ich Antworten wollte, war es an der Zeit, dass ich den Mund aufmachte.

»Komm mit«, bat ich Lilou. »Ich muss dir etwas zeigen.«

Lilou und ich saßen uns auf dem Boden meiner Grotte gegenüber. Das Buch über Seemonster lag aufgeschlagen vor Lilous Knien und sie starrte schon eine gefühlte Ewigkeit schweigend die Abbildung des Tiefenschreckens an.

Ich hatte ihr alles erzählt, vom Gemälde über dem Kamin in Grannys Zimmer, über ihre Warnungen, bis hin zu dem Vorfall am Badesee. Auch mein Gefühl, immer wieder beobachtet zu werden, hatte ich nicht ausgelassen.

»Irgendjemand weiß, was ich bin«, sagte ich. »Ich werde beobachtet und ich sollte an diese Schule kommen. Meine Kette wurde mir nicht ohne Grund gestohlen und ich wurde mit ihrer Hilfe in die Gasse gelockt. Der Angriff kann unmöglich nur eine Illusion gewesen sein. Das war dieser Incubus. Er muss es gewesen sein.«

Lilou schwieg, was mich allmählich unruhig werden ließ.

»Wenn du irgendetwas sagen würdest ...«, begann ich zögerlich.

»Und du bist dir sicher, dass die Vision von dir als Nixe genau so ausgesehen hat?« Sie tippte auf die Abbildung.

»Zu einhundert Prozent«, bestätigte ich. »So sieht meine Wassergestalt aus. Denke ich.«

»Das ist doch genial!« Plötzlich strahlte sie, sodass es mir vorkam, als hätten sie und ich an zwei völlig verschiedenen Gesprächen teilgenommen.

»Was?«, fragte ich verwirrt.

»Diese Nixenart gilt als ausgestorben, du bist also einzigartig! Du hast Fähigkeiten, die die anderen nicht haben. Das ist hammermäßig!«

»Ich glaube, die anderen Nixen werden das nicht so sehen.«

Sie überlegte kurz. »Ja, okay, du solltest es vielleicht nicht gleich herausposaunen. Die sind jetzt schon nicht gut auf dich zu sprechen. Lebenskraft auszusaugen ist auch nicht gerade Butterblümchen-Glittermagie wie Tiere mit Gesang anzulocken.«

»Butterblümchen-Glittermagie«, wiederholte ich lachend und fühlte mich erleichtert, auch wenn ich den Antworten auf meine Fragen nicht näher gekommen war.

»Bevor du jemandem etwas davon erzählst, müssen wir mehr über deine Vorfahren herausfinden«, sagte Lilou. »Die Bibliothek bringt uns bestimmt weiter. Die anderen hocken garantiert in ihren Zimmern und wirken irgendwelche Schutzzauber, also haben wir dort unsere Ruhe. Wenn wir wissen, was es mit den Tiefenschrecken auf sich hat, finden wir auch heraus, wem es etwas bringen würde, dass du jetzt hier bist, wer dich also beobachtet hat. Und bis dahin …«

»Sauge ich niemandem das Leben aus?«, fragte ich ironisch.

»Genau.« Lilou nickte.

Wenn es doch nur so einfach wäre. »Früher oder später werde ich meine Wassergestalt annehmen müssen und dann sehen alle, was ich bin.«

»Die halten dich bestimmt für eine Moornixe«, meinte Lilou, schnappte sich die Enzyklopädie der Nixen und blätterte sie durch.

Sie hielt mir eine Abbildung hin, die dem Tiefenschrecken tatsächlich ähnlich sah.

»Das könnte hinkommen«, gab ich zu.

»Vielleicht *bist* du ja eine Moornixe«, überlegte sie laut.

Ich schaute mir die Abbildung genauer an. »Die Flossen sind kürzer und es fehlen die dunklen Linien auf der Haut.«

Lilou zuckte mit den Schultern. »Na ja, jede Nixe sieht ein bisschen anders aus. Niemand wird den Unterschied merken. Und jetzt lass uns zur Bibliothek gehen. Oder … willst du erst üben, deine Wassergestalt anzunehmen?« Sie lächelte breit und funkelte mich herausfordernd an.

15

Wie genial ist es, eine Nixe zu sein?

»Das ist keine gute Idee«, sagte ich.

Mein Blick ging hinaus aufs Meer. Ich stand in der offenen Grotte der Kelpies, das Wasser umspülte meine Füße und die Wellen rauschten in meinen Ohren. Es wäre gelogen gewesen, wenn ich behauptet hätte, dass ich nicht nervös war. Panisch traf es schon eher.

Vielleicht hätten wir doch zuerst zur Bibliothek gehen sollen. Ich wusste kaum etwas über Tiefenschrecken und sollte mich jetzt einfach so in eines dieser Wesen verwandeln? Wer konnte schon sagen, was das mit mir anstellte? Für Tyler hatte es jedenfalls nichts Gutes bedeutet.

»Es ist niemand hier«, erinnerte mich Lilou. »Niemand sieht dich, es kann nichts passieren.«

»Außer vielleicht, dass ich zu einem Monster werde und Hunger auf Menschenleben bekomme«, erinnerte ich sie. »Meine Granny wird einen Grund gehabt haben, meine Kräfte zu unterdrücken und mir zu erzählen, dass Nixen gefährliche Bestien sind.«

»Du bleibst trotzdem dieselbe Person«, versicherte sie mir. »Es ist also sehr, sehr unwahrscheinlich, dass du dich nicht mehr kontrollieren kannst und auf Menschenjagd gehst. Also? Genug mit den Zehen im Wasser geplanscht?«

Wenn ich ehrlich war, hätte ich noch länger in der Grotte stehen und in meinen Zweifeln baden können, aber Lilou hatte recht. Ich würde dieselbe bleiben, und wenn ich meine Ängste überwinden wollte, musste ich mich ihnen stellen – ich musste mich *ihr* stellen, dieser Fremden, die ein Teil von mir war.

»Das Wasser fühlt sich nicht kalt an«, sagte ich. »Das ist schon mal ein gutes Zeichen, oder?«

»Auf jeden Fall«, bestätigte Lilou.

Entschlossen richtete ich meinen Blick auf die Wellen, atmete tief durch und ballte mehrmals die Fäuste. Ich war bereit. Mehr oder weniger.

»Am besten, du erklärst mir, wie ich vorgehen soll, und dann hältst du am Eingang Wache«, schlug ich vor. »Ich will niemanden verletzen.«

Ich wartete auf Lilous Anweisungen, aber sie schmunzelte nur, als hätte ich ihr einen Witz erzählt.

»Was ist?«, hakte ich nach.

»Bewach den Eingang, ich will niemanden verletzen«, äffte sie mich nach.

»Schon vergessen? Hier geht's nicht um Butterblümchen-Glittermagie.«

Lilou stellte sich neben mich. »Schon vergessen? Ich bin eine Sirene. Ich bin schon mit Haien geschwommen, als du noch nicht mal geahnt hast, dass du ein Wasserwesen bist. Ein Tiefenschrecken macht mir keine Angst.«

Ihr Blick lag fest auf mir. Ich hatte sie noch nie so selbstbewusst erlebt. Es gab keinen Zweifel, dass sie es ernst meinte. Egal, was ich zu ihr sagen würde, ich hätte keine Chance, gegen ihre Entschlossenheit anzukommen. Im Wasser war sie in ihrem Element. Sie wusste genau, was sie tat.

»Also gut«, stimmte ich zu.

Lilou wandte sich nach vorn. Ich tat es ihr gleich, spürte, wie sie nach meinen Fingern tastete, und ergriff ihre Hand. Es war ein unheimlich gutes Gefühl, eine Freundin an dieser Schule zu haben, die mir beistand.

»Die Kelpies hast du schon gesehen, oder?«, fragte sie.

»Habe ich.« Ich nickte.

»Okay, und du spürst das Wasser, wie es deine Füße umspült?«, fuhr sie fort.

Wieder nickte ich.

»Die Kelpies sind eins mit dem Wasser. Mach dasselbe.«

Ich blinzelte verwirrt. »Ich soll …?«

»Das ist mein Ernst!«, beharrte sie. »Konzentrier dich auf das Wasser, spüre, wie es deine Füße umspült, und lass alles von dir hineinfließen. Deine Gedanken, deine Gefühle. Lass auch zu, dass das Wasser in *dich* hineinfließt, ein Teil von dir wird. Du musst nur offen dafür sein. Lass es geschehen, ohne dir großartig den Kopf darüber zu zerbrechen.«

»Okay, ich versuche es«, sagte ich und richtete meinen Blick wieder nach vorn.

Zu Beginn spürte ich nur die Wellen, die meine Beine umspülten, dann fühlte es sich allmählich so an, als würden sie mit mir verschmelzen, durch meine Adern fließen, bis ihr immer gleicher Rhythmus zu meinem Puls wurde.

Ich hatte geglaubt, dass es mir fremd und bedrohlich vorkommen würde, aber das Gegenteil war der Fall. Mit dem Meer eins zu werden, war wie nach Hause zu kommen.

Wir liefen bis zur Hüfte ins Wasser, meine Haut veränderte sich, wurde silbrig und schimmerte korallenfarben. Lilou ließ meine Hand los und tauchte bis zu den Schultern ab. Es sah aus, als wäre ihre menschliche Form bloß Farbe, die sich im Wasser von ihr löste und ihr wahres Ich zum Vorschein brachte. Grüne Haut, Haare wie Algen und große, runde Augen, die nichts an ihrer Freundlichkeit verloren hatten.

»Komm!«, forderte sie mich auf und schwamm unter Wasser auf den Ausgang zu.

Ich hielt mich an dem Bild fest, wie ihre Menschengestalt von ihr abgewaschen worden war, stellte mir vor, dass es bei mir auch so sein würde, streckte die Arme aus und sprang vor.

Kaum war ich eingetaucht, spürte ich die Veränderung, die Magie, die mich umfing, mich durchströmte und befreite, was die ganze Zeit schon in mir geschlummert hatte.

Es tat nicht weh, ganz im Gegenteil. Es war vielmehr wie ein Erwachen. Als wäre mein wahres Ich über eine sehr, sehr lange Zeit weggesperrt und zusammengeschnürt worden und die Schnüre lösten sich nun endlich. Ich drehte mich im Wasser, im Schimmer der Magie verschwand meine Kleidung, durchscheinende Flossen zeigten sich an ihrer Stelle. Zwischen meinen Fingern, die in die Länge wuchsen und krallenähnlich wirkten, bildeten sich Schwimmhäute. Mein Haar wurde schwarz, umhüllte meine Schultern, und wo zuvor meine Beine gewesen waren, sah ich einen langen, schmalen Fischschwanz. Korallenfarben, mit einer schwarzen Zeichnung, zarte Linien, wie Tinte auf Papier.

Mich so zu sehen, so zu fühlen und zu wissen, dass ich zu der geworden war, die ich schon immer hätte sein sollen, ließ eine Euphorie in mir aufkommen, wie ich sie noch nie zuvor gespürt hatte.

Ich schaute mich nach Lilou um, sah sie ein Stück voraus und tauchte ihr nach. Eine knappe Bewegung mit meiner Flosse reichte aus, um durch das Wasser zu schießen und sie in Windeseile einzuholen. Sie lächelte mich an und wir schwammen aufs offene Meer hinaus. Dort umkreiste sie mich, während ich jedes Detail meines neuen Körpers bewunderte.

»Du musst dich vor niemandem verstecken, du bist wunderschön!«, versicherte sie mir. Ihre Stimme klang unter Wasser leicht verzerrt und fremd, aber verstehen konnte ich sie trotzdem gut. »Nicht so glitzernd wie die anderen Nixen an der Schule, dafür aber viel, viel imposanter.«

Ich schaute an mir herunter. Zwar war ich nicht besonders bunt und meine Flossen sahen auch nicht aus, als hätte ein Schmuckkästchen ein Hochzeitskleid gefressen, aber mir gefiel, was ich sah. Es gefiel mir unbeschreiblich gut.

Als ich den Mund öffnete, um Lilou zu antworten, spürte ich zum ersten Mal, wie sich meine Lunge mit Wasser füllte. Obwohl Lunge vielleicht falsch war. Ich hatte Kiemen am Hals, die das Wasser filterten, und keine Ahnung von Nixenanatomie, sodass ich nicht wusste, ob sich noch Lungenflügel hinter meinen Rippen befanden. Ich tastete meinen Hals ab und spürte, wie sich die Kiemen daran bei jedem Atemzug öffneten und schlossen.

»Fühlt es sich seltsam an?«, fragte Lilou.

Wieder setzte ich zu einer Antwort an, doch kein Ton kam über meine Lippen. Erschrocken legte ich eine Hand auf meine Brust, versuchte es erneut und scheiterte. Meine Stimme war weg! Die Euphorie in mir fand ein jähes Ende. Panik machte sich breit. Was, wenn der Incubus in der Nähe war? Konnte das der Grund sein?

»Stimmt etwas nicht?« Lilou schaute mich besorgt an, während ich mich gehetzt umschaute.

Sie konnte sprechen, also lag es wohl nicht am Incubus. Hatten Tiefenschrecken unter Wasser keine Stimme? Wie sollte ich unter diesen Umständen mit Gesang Magie wirken? Verzweifelt schaute ich zu Lilou. Vielleicht sollte ich auftauchen, um ihr zu erklären, was los war? Ich schaute hinauf zur Wasseroberfläche, auch wenn ich nicht wusste, ob es reichen würde, den Kopf aus dem Wasser zu strecken, um meine Stimme wiederzufinden.

Lilou ergriff meinen Arm. »Wir können nicht auftauchen, die Menschen würden uns sehen. Was ist denn los?«

»Ich kann nicht sprechen, verdammt!«, schoss es mir durch den Kopf.

Lilou riss die Augen auf. »Du beherrschst Telepathie!«

Wie bitte? Ich legte die Stirn in Falten, woraufhin sie sich an die Schläfe tippte. »Ich habe deine Stimme in meinem Kopf gehört. Das ist unglaublich! Die wenigen Nixen, die Telepathie beherrschen, können nur vage Gefühle auf Tiere übertragen. Du kannst richtig mit mir reden.«

Meine Panik ebbte ab. *»Du hörst mich wirklich?«*

»Neeein, war nur ein Scherz«, behauptete sie abwinkend.

Ich hob fragend die Schultern.

»Wirklich!«, beteuerte sie. »Ich kann deine Gedanken hören. Also, nicht alle Gedanken, aber was du laut denkst. Versuch es noch mal!« Erwartungsvoll schaute sie mich an.

Ich kniff die Augen zusammen und legte mir zwei Finger an die Schläfen. *»Hörst du mich?«*

»Laut und deutlich«, bestätigte sie. »Aber das mit dem verkniffenen Gesichtsausdruck kannst du lassen.«

Es war bestimmt nicht das letzte Mal, dass ich unbekannte Fähigkeiten an meinem neuen Ich entdecken würde. Ich durfte mich nicht verunsichern lassen.

»Es ist seltsam, keine Stimme zu haben, aber wie genial ist es bitte, unter Wasser atmen zu können!?« Ich drehte mich um mich selbst und vollzog eine halbe Rückwärtsrolle, die damit endete, dass ich Lilou wieder zugewandt war, dabei jedoch kopfüber im Wasser hing.

Es war wie fliegen, schweben, sich frei und endlos fühlen. Als gäbe es nichts, was mich am Boden hielt.

»Vergiss, was ich gesagt … ähm, gedacht habe. Das ist alles genial!« Ich drehte mich noch einmal um mich selbst. *»Wie hältst du es aus, den ganzen Tag an Land zu sein? Wird das hier irgendwann langweilig?«*

»Nein, nie«, sagte sie. »Und dabei hast du noch nicht einmal viel gesehen!«

Sie schwamm los, tauchte tief ab und verschwand zwischen hochgewachsenem Seegras. Ich bahnte mir einen Weg hinter ihr her, begegnete Schwärmen von Fischen, die mich ein Stück weit begleiteten und dann eilig davonflitzten, sah Schildkröten und Krabben, halb vergraben unter dem lockeren Grund, und fand mich, als das Seegras lichter wurde, in einem Korallenriff wieder.

Bunter und schöner hätte es nicht sein können. Ich wusste gar nicht, wohin ich zuerst schauen sollte, bei so vielen Eindrücken, die auf mich einströmten. Unzählige Tiere bewohnten das Riff und keines davon zeigte Scheu. Riesige Muscheln, Schnecken mit kunstvoll geschwungenen Häusern, Seeigel, Krebse, sogar Haie, meterlange Aale und winzige Seepferdchen. Sie sahen mich als eine von ihnen, waren teils sogar neugierig und kamen näher. Ein paar winzige Fische umschwärmten mich und begannen, an meiner Haut zu knabbern.

»Das kitzelt«, beschwerte ich mich.

Die Fische hielten inne.

»Geht und spielt mit jemand anderem.« Ich machte eine scheuchende Bewegung mit der Hand, die Fische schwammen davon und ich schaute ihnen nach, bis mir Lilou die Sicht versperrte.

»Du kannst zwar keine Magie mit Gesang wirken, aber die Tiere hier hören trotzdem auf dich«, stellte sie fest.

»Ich denke, sie können meine Gedanken genauso verstehen wie du«, mutmaßte ich. *»Es funktioniert wahrscheinlich so ähnlich wie die Fähigkeit anderer Nixen, ihre Gefühle mit Tieren zu teilen.«*

»Lass uns zurück und in die Bibliothek. Wir sollten unbedingt mehr über deine Art herausfinden.«

Ich stimmte nickend zu und wir machten uns auf den Rückweg. Dabei hätte ich am liebsten noch mehr von der Welt hier draußen kennengelernt. Es war ein unbeschreibliches Hochgefühl, mich frei durch das Meer zu bewegen, zu spüren, wie das Wasser durch meine Kiemen strömte, meinen Körper umarmte und mich willkommen hieß. Es war wie zu Hause zu sein.

Ich wollte zurück zur offenen Grotte schwimmen, aber Lilou schnitt mir den Weg ab und deutete auf einen engen Höhleneingang.

»Lass uns durch die Tunnel schwimmen, so kommen wir schneller zur Bibliothek.« Sie schwamm voraus und schlüpfte durch den schmalen Eingang.

Viel Bewegungsfreiheit bot der Tunnel nicht. Wer unter Platzangst litt, hätte bestimmt Probleme gehabt.

Ich tastete mich mit den Händen vor, was jedoch nicht lange nötig war, denn schon nach wenigen Metern wurde der Tunnel von dem blauen Leuchten erfüllt, das ich bereits kannte. Dann öffnete er sich zu einer Seite und gab den Blick auf die Schulkorridore des Kellergewölbes frei.

Die wenigen Nixen, die dort unterwegs waren, schenkten uns keine Beachtung. Kein Wunder, ihnen spukte bestimmt die Bedrohung durch den Incubus im Kopf herum, vor dem sie sich hüten mussten. Ich sah ein paar von ihnen mit Gepäck. Offenbar wolten sie die Schule verlassen. Andere hatten sich mit Schutzamuletten ausgestattet. Als wir an einer Gruppe Nixen vorbeikamen, die von

Dalia angeführt wurde, bemerkte mich allerdings eine von ihnen. Sie zupfte an Dalias Ärmel und deutete auf mich.

DaliasBlick, als sie meine Wassergestalt sah, war unbezahlbar. Sie riss die Augen so weit auf, dass sie ihr glatt aus den Höhlen hätten kullern können, wenn sie nicht festgewachsen wären. Mit aufgeklappter Kinnlade starrte sie mir nach. Wahrscheinlich hatte sie nicht damit gerechnet, mich so schnell als Nixe zu sehen, und schon gar nicht damit, dass ich so anders aussah und doch eindeutig eine von ihnen war. Ich grinste sie breit an und beschleunigte, um Lilou einzuholen. Vielleicht hätte ich mir Sorgen machen müssen, dass mich Dalia als Tiefenschrecken erkannt haben könnte, aber für Sorgen war schlichtweg kein Platz in mir. Ich war zu erfüllt von dem Glücksgefühl, mich selbst gefunden zu haben.

Lilou nahm eine Abzweigung, die uns aus den offenen Tunneln hinaus senkrecht nach oben führte, wo ich weit über uns Tageslicht erkennen konnte. Ich schwamm darauf zu, und als ich die Wasseroberfläche durchbrach, hatte Lilou den Brunnen im Zentrum des Foyers bereits verlassen. Sie schüttelte sich wie ein nasser Hund und nahm ihre menschliche Form an.

Ich atmete ein, Luft strömte durch meinen Mund und brannte unangenehm hinter meinen Rippen. Am liebsten wäre ich sofort wieder abgetaucht. Wasser durch meine Kiemen strömen zu lassen fühlte sich weicher und natürlicher an als Luft zu atmen.

»Alles okay?«, fragte Lilou.

»Ja, es ist nur … mir war nie klar, wie hart Luft ist.«

»Du kannst ja sprechen, wenn du auftauchst«, stellte Lilou fest.

»Oh, stimmt.« Ich hatte gar nicht darüber nachgedacht, sondern einfach losgeplappert.

»Auf die Luft stellst du dich schnell wieder ein«, meinte sie. »Komm erst mal raus aus dem Wasser.«

Ich stemmte mich am Brunnenrand hoch, das Wasser perlte von mir ab und meine Silberhaut verschwand. »Hast du Dalias Blick gesehen?«

»Klar, sie war echt schockiert«, sagte Lilou höchstzufrieden.

Ich schaute zum Eingang, wo gerade ein Werwolfmädchen von ihren Vätern abgeholt wurde. Der eine schleppte die Koffer, während der andere seine Tochter tröstend an sich drückte.

»Denkst du, sie weiß, von welcher Nixenart ich abstamme?« Ich wartete, bis ich mich unbeobachtet fühlte, zog meine Beine über den Brunnenrand und setzte meine Füße auf den festen Boden. Obwohl ich vor nicht einmal einer Stunde nichts anderes gekannt hatte, fühlte es sich ein wenig befremdlich an, aufrecht zu stehen.

»Bestimmt nicht«, meinte Lilou. »Aber jetzt, wo sie dich gesehen hat, will sie es vielleicht herausfinden. Wir sollten ihr zuvorkommen.«

16

Ein Drache zum Knuddeln

»Es heißt, dass diese Bibliothek alle Bücher umfasst, die je geschrieben wurden«, erzählte Lilou mit ehrfürchtiger Stimme und schob die gigantische, zweiflüglige Tür vor uns auf, durch die locker ein Drache passen würde. »Und sie erweitert sich ständig selbst. Sie wächst also.«

»Sie wächst von allein?« Ich trat ein und schaute mich um. Wie Lilou vermutet hatte, war wirklich nicht viel los. Nur vereinzelt saßen Lernwillige über Bücher und Notizblöcke gebeugt an Tischen. Rechts von ihnen befanden sich halbhohe Regale, links türmten sich fünf oder sechs Meter hohe Regale aus dunklem Kirschbaumholz, die mit unzähligen Büchern vollgestopft waren – so viele, dass mir fast schwindelig wurde, als ich versuchte, ihre Anzahl zu erfassen. Ich konnte mir gut vorstellen, dass ein Leben nicht ausreichen würde, um sie alle zu lesen. Erst recht nicht, wenn sich die Bibliothek unentwegt selbst erweiterte.

Wir gingen ein paar Schritte weiter und ich stellte fest, dass der Lesesaal doch nicht so verlassen war, wie auf den ersten Blick vermutet. An einem der hinteren Tische, teils verdeckt von einem halbhohen Regal, saß eine Gruppe Vampire. Mein Blick fiel auf Jae, der seiner Lektüre reichlich wenig Aufmerksamkeit schenkte. Er hing eingesunken auf seinem Stuhl, als wäre die Lehne zu rutschig, um gerade zu sitzen, und ließ geschickt einen Stift durch seine Finger gleiten. Der Vampir neben ihm war wohl dabei, ihm etwas aus dem Buch zu erklären, was ihn allerdings nicht sonderlich zu interessieren schien. Er schaute hoch, fing meinen Blick auf und lächelte.

Es war gar nicht meine Absicht gewesen, dass er auf mich aufmerksam wurde. Er war mir nur aufgefallen, weil ich ihn heute schon zum zweiten Mal sah. Was mir wie im Auditorium jedoch nicht lange möglich war, denn die Vampire bemerkten mich und versperrten mir die Sicht.

Lilou packte mich am Arm und zog mich mit sich. »Es ist okay, wenn ein Immortal dich anspricht, aber du schaust niemals in seine Richtung«, warnte sie mich mit gesenkter Stimme.

»Ich war nur überrascht, ihn und die Vampire hier zu sehen«, sagte ich. »Wo zerrst du mich hin?«

»Wir müssen uns anmelden.«

Hinter den halbhohen Regalen rechts vom Eingang befand sich der Bibliothekstresen, ein regelrechter Koloss, hinter dem eine Frau in einem schwarzen Barockkleid stand. Sie wirkte darin wie aus der Zeit gefallen und erinnerte durch ihre steife Haltung und den reglosen Gesichtsausdruck an eine Schaufensterpuppe.

»Hier an der Schule wagt es niemand, einen Immortal direkt anzuschauen? Er ist doch auch nur ein Schüler«, meinte ich.

»Ein Schüler, der mit den anderen Immortals wahrscheinlich mal das Schicksal der gesamten Zwischenwelt lenken wird«, korrigierte Lilou. »Er wird noch da sein, wenn es uns alle nicht mehr gibt, und könnte deinen Enkeln und Urenkeln das Leben zur Hölle machen, wenn er wollte.«

Ich warf einen Blick zurück. »Müssen wir uns Sorgen machen, dass zwei Vampire aufgestanden sind und uns nachlaufen?«

»Was?«, stieß sie schrill aus.

»Sie wollen uns bestimmt nur im Auge behalten, sichergehen, dass wir ihren Heiligen Gral in Ruhe lassen«, meinte ich, zumindest benahmen sich die Vampire wie Jaes Leibwächter. Die beiden taten so, als würden sie sich nicht für uns interessieren. Sie beschäftigten sich mit den Büchern in den niedrigen Regalen, die den Weg zum Empfangstresen flankierten, rückten dabei immer näher und warfen heimliche Blicke in unsere Richtung.

Lilou beschleunigte ihre Schritte.

Als wir den Tresen erreicht hatten, verschwanden die Vampire zwischen zwei Regalen, als hätten sie nie die Absicht gehabt, uns einzuholen, bevor wir die Bibliothekarin erreichten.

»Lilou Lagier und Devin Blackwood«, meldete uns Lilou mit leicht zittriger Stimme an.

Ich hatte noch nach den Vampiren Ausschau gehalten, wandte mich nun aber nach vorn. Was ich dort sah, hätte ich nicht erwartet. Oder vielleicht doch?

Die Bibliothekarin war gar kein Mensch. Sie wirkte lebensecht, aber eben nicht lebendig. Mit Schaufensterpuppe hatte ich gar nicht so falsch gelegen. Mit einem künstlichen Lächeln auf den Lippen stand sie in steifer Haltung vor uns und blinzelte, nachdem Lilou unsere Namen genannt hatte, als hätte sie ein Erinnerungsfoto geschossen. Dann legte sie den Kopf leicht schräg.

»Welche Informationen suchen Sie?«, fragte sie. Ihre Stimme klang wie die Sprachwiedergabe auf meinem Handy.

»Alles über ausgestorbene Nixenarten und Tiefenschrecken in Verbindung mit Telep–«

»Was machst du da?«, zischte ich mit gesenkter Stimme.

»Keine Sorge, sie ist nur das Archivsystem der Bibliothek«, erklärte Lilou. »Sie speichert die Suchanfragen unter Privat ab. Niemand außer uns kann sie abrufen. Wir sagen ihr, was wir brauchen, und sie bringt uns die passenden Bücher. Das ist alles.«

Ich schaute mir die Puppe genauer an. Auf ihrem Namensschild stand Ms Poppins, was wahrscheinlich eine Anspielung auf das gleichnamige Kindermädchen war. Ihre Hochsteckfrisur saß perfekt, ihre blassweiße Haut war makellos, genau wie ihr dezentes Make-up. Ihre Pupillen glänzten sogar, als hätte sie echte Tränenflüssigkeit. Mit ihrer steifen Haltung und dem überzogenen Lächeln hatte sie allerdings auch etwas Unheimliches an sich.

Ich war noch nie ein Fan von Puppen gewesen. Schon in meiner Kindheit hatte ich lieber mit Bauklötzen gespielt, und wenn ich daran dachte, dass es diverse Horrorfilme mit Mörderpuppen gab, war ich wohl nicht die Einzige, die lebend wirkende Puppen gruselig fand.

»Und die ist ganz sicher kein Terminator, der uns umbringen will, wenn wir ausgeliehene Bücher nicht rechtzeitig zurückgeben?«

»Ihre Anfrage ist nicht vollständig«, sagte Ms Poppins und legte den Kopf auf die andere Seite. Ich konnte mich täuschen, aber ihr Lächeln wirkte ein wenig steifer als zuvor.

»O ja, Telepathie«, ergänzte Lilou. »Noch etwas?«

Mir fiel so einiges ein, worüber ich gern mehr erfahren hätte, aber das sprengte wahrscheinlich den Rahmen. »Ich denke, das reicht vorerst.«

Ms Poppins' Blick schweifte kurz ab. »Ich finde zweihundertdreiundachtzig Einträge zu den gewünschten Themen. Möchten Sie Ihre Suche spezifizieren?«

»Wir könnten …«, begann Lilou.

»Nein, schon gut. Können Sie die Bücher etappenweise bringen? Alle zehn Minuten weitere zehn?«

»Du willst fast dreihundert Bücher lesen?«, fragte Lilou.

»Zumindest überfliegen. Wir sortieren aus, was wir nicht brauchen.«

»Die Bibliothek schließt um zweiundzwanzig Uhr«, erinnerte uns Ms Poppins, was wohl ein dezenter Hinweis darauf sein sollte, dass ich das Arbeitspensum unterschätzte.

»Danke für die Aufklärung«, sagte ich.

Die Puppe machte eine ausladende Geste in Richtung der Tische. »Bitte, nehmen Sie Platz. Ihre Anfrage wird bearbeitet.«

Wir suchten uns einen Tisch möglichst weit weg von den Vampiren und saßen kaum, als uns Ms Poppins die ersten zehn Bücher brachte. Wie versprochen folgte alle zehn Minuten eine weitere Ladung zum Durchforsten. So vergingen schnell drei Stunden, die allerdings von wenig Erfolg gekrönt waren.

Die Bücher stapelten sich auf dem Tisch, in kaum einem war mehr als ein kurzer Abschnitt über Tiefenschrecken zu finden, der sich inhaltlich meistens nicht von dem unterschied, was wir bereits wussten.

Offenbar galten Tiefenschrecken seit mehr als eintausend Jahren als ausgestorben – eine viel zu lange Zeit, um etwas Handfestes über sie herauszufinden.

Als Ms Poppins den nächsten Stapel anschleppte – noch immer mit diesem überfreundlichen Lächeln auf den Lippen, das mir allmählich ziemlich ironisch vorkam –, seufzte ich schwer und ließ den Kopf auf die Tischplatte sinken.

Lilou gähnte ausgiebig. »Das Abendessen haben wir so was von verpasst. Vielleicht sollten wir morgen weitermachen?«

»Geh ruhig, ich bleibe noch«, murmelte ich, ohne den Kopf zu heben.

Der Bücherstapel plumpste schwer auf den Tisch. »Kann ich sonst noch etwas für Sie tun?«, fragte Ms Poppins.

»Kaffee, Scones und eine Kopfschmerztablette wären super«, sagte ich.

»Sehr gern«, antwortete sie mit ihrer trällernden Stimme.

Mein Kopf schnellte in die Höhe. Die Puppe schritt bereits wieder davon, ich schaute ihr nach und wandte mich dann an Lilou. »Die bringt uns jetzt wirklich Kaffee und Scones?«

»Oder ein paar Bücher über die britische Tea Time. Das kann man nie so genau wissen.« Sie schlug das Buch zu, über dem sie gebrütet hatte, und legte es zur Seite. »Hier steht nur Allgemeines über Telepathie, nichts, was uns weiterhilft.«

Das Gerede über Essen hatte mich hungrig gemacht. Vielleicht hätte ich mir bei unserem Meeresausflug ein paar Fische fangen sollen, auch wenn ich kein Fan von Sushi war.

Mittlerweile waren die Tische um unseren herum leer.

Auch die Reihen der Vampire hatten sich gelichtet. Ich konnte weder Jae entdecken noch die beiden, die uns bis zum Tresen gefolgt waren.

»Skylla!«, rief Lilou aus dem Nichts und stand auf.

»Diese Meereshexe?«

»Wenn sie ein Tiefenschrecken war, hilft uns ihre Geschichte bestimmt weiter«, meinte sie. »Ich erweitere unsere Suchanfrage, okay?«

»Gute Idee«, stimmte ich zu, auch wenn ich bezweifelte, dass wir zusätzlich zu den fehlenden knapp einhundert Büchern alles über Skylla lesen konnten, bevor die Bibliothek ihre Pforten schloss – oder eine von uns vor Erschöpfung vom Stuhl fiel.

Lilou machte sich auf den Weg zum Bibliothekstresen. Ich blieb allein zurück und nahm mir das nächste Buch vor. Weit kam ich allerdings nicht, denn ein Rumpeln hinter den Regalen lenkte mich ab. Ich blickte auf. Wie es aussah, war ich die Einzige, die sich von dem Geräusch stören ließ. Die Wenigen, die noch an den anderen Tischen saßen, blieben tief in ihre Lektüre versunken.

Ich schaute wieder zu meinem Buch, als erneut ein Rumpeln ertönte. Genervt seufzte ich. Wer auch immer diesen Krach veranstaltete, scherte sich offenbar nicht darum, dass in einer Bibliothek Ruhe geboten war.

Ich schlug mein Buch zu, stand auf und ging zu den Regalen. Als ich um die Ecke bog, fand ich mich in einem ziemlich langen, ziemlich düsteren Gang wieder. Die Bücherregale links und rechts von mir erschlugen mich regelrecht mit ihrer Höhe. Sie begruben mich unter ihren Schatten und schnitten alle Geräusche von außerhalb ab. Lediglich meine eigenen Schritte hallten durch die Dunkelheit, was ein mulmiges Gefühl in mir auslöste.

Doch davon wollte ich mich nicht abschrecken lassen. Auch wenn man mich mit Horrorfilmen jagen konnte und ich daher wenig begeistert davon war, mich wie in einem zu fühlen, hielt ich mich nicht für einen Angsthasen.

Das Rumpeln musste ziemlich laut gewesen sein, wenn ich es trotz der abschirmenden Wirkung der Regale bis zu unserem Tisch gehört hatte. Ich ging weiter zwischen den Regalen entlang und lauschte.

Die Bibliothek hätte wirklich besser ausgeleuchtet sein können. Etwas Licht hätte den Gruselfaktor bestimmt auf ein angenehmes Level gesenkt, selbst wenn man am späten Abend allein durch diese Gänge lief.

Ich schaute in die Richtung, aus der ich gekommen war, und mein Herz machte einen Satz. Der Gang sah dort genauso lang aus wie das Stück, das sich vor mir erstreckte. Dabei war ich erst wenige Schritte gelaufen.

Wenn es stimmte, dass sich diese Bibliothek ständig erweiterte, um wie viele Bücher wuchs sie dann pro Tag? Um wie viele Bücher pro Minute? Reichte die Menge aus, dass sich die Gänge plötzlich um mehrere Meter verlängerten? Ein erschreckender Gedanke.

Ich lief eilig zurück, bog um die Ecke und fand mich in einem weiteren Gang wieder. Gehetzt schaute ich mich um. Von Lilou und dem Lesesaal war nichts mehr zu sehen.

»Hallo?«, rief ich. Meine Stimme hallte genauso durch die Dunkelheit wie zuvor meine Schritte.

Super, schoss es mir durch den Kopf. *Ganz große Klasse*. So hatte ich mir mein Ende gewünscht. Verschollen in einer Bibliothek, die um mich herum zu einem endlosen Labyrinth herangewachsen war. Ich fragte mich, wie sie meinem Dad erklären wollten, dass ich in einer Schulbibliothek vermisst wurde. Vielleicht würde irgendjemand in ein paar Jahren über meine verhungerte Leiche stolpern. Oder, noch schlimmer, ich würde auf der Suche nach einem Ausweg selbst auf eine Leiche stoßen.

Wieder hörte ich ein Rumpeln, wirbelte herum und sah eine Gestalt davonhuschen.

»Hey!«, rief ich und rannte los.

Ich bog um die nächste Ecke, wo ein ganzer Haufen Bücher aus dem Regal gezogen worden war und achtlos auf dem Boden lag. Aus dem Augenwinkel nahm ich eine Bewegung wahr, fuhr herum, war aber nicht schnell genug, um jemanden zu erkennen.

»Das ist nicht lustig!«, beschwerte ich mich laut. Bestimmt hatte ich das Glück, dass es in diesem Irrgarten auch noch Geister gab – die Geister eben jener Schülerinnen und Schüler, die über die Jahre verloren gegangen waren.

Ich ging in die Richtung, aus der die Bewegung gekommen war, und fand mich in einem weiteren, endlos wirkenden Büchergang wieder. Als ich diesmal um die Ecke bog, erschrak ich, weil mich dort jemand erwartete. Ms Poppins.

Puppenhaft und breit lächelnd stand sie da und hielt mir ein Tablett mit Kaffee und Scones hin. Ich atmete erst einmal durch, um den Schreck zu verarbeiten.

»Danke, aber das ist der denkbar schlechteste Zeitpunkt für ein Kaffeekränzchen.« Ich ging auf sie zu und wollte sie fragen, ob sie die ganze Zeit Geist gespielt hatte, da bemerkte ich einen weiteren Bücherhaufen nicht weit von ihr entfernt.

»Einen Moment, okay?« Ich unterstrich meine Worte, indem ich einen Finger hob. Ms Poppins lächelte bloß künstlich, verzog keine Miene und jagte mir damit einen Schauer über den Rücken.

Ich ließ sie stehen und wollte vor den Büchern in die Hocke gehen, um sie mir genauer anzuschauen, als das Regal neben mir so heftig wackelte, dass sich weitere Bücher zu den übrigen am Boden gesellten. Schnelle Schritte und quietschende Schuhsohlen waren zu hören. Wenn auf der anderen Seite des Regals Geister waren, machten sie sehr untypische Geräusche. Kettenrasseln hätte meiner Meinung nach besser gepasst. Ms Poppins war für den Krach jedenfalls nicht verantwortlich. Sie stand weiter reglos da wie eine Aufziehpuppe, deren Faden sich aufgerollt hatte.

Ich stand auf, umrundete das Regal – und stolperte geradewegs in schwarzen Rauch.

»Du …!«, entfuhr es mir. Mein Herz schlug sofort heftiger.

Über einen reglosen Körper gebeugt kniete der Fremde, der mich in Skavik angegriffen hatte. Das schwarze, von weißen Strähnen durchzogene Haar hing ihm im Gesicht und zeichnete dunkle Schatten über seine Augen. Sein Atem ging schwer, als hätte er einen harten Kampf hinter sich, und sein Blick lag auf seinen zitternden Fingern, die er betrachtete, als wären es nicht seine. Sie wirkten durchscheinend und ihre Konturen schwankten zwischen den Klauen des rotäugigen Dämons und einer menschlichen Hand.

Ich warf einen flüchtigen Blick zurück zu der Ecke, um die ich gebogen war, aber sie war nicht mehr zu sehen.

In diesem Moment riss er den Kopf in meine Richtung, Feuer blitzte in seinem linken Auge auf und er erhob sich schwankend, wie von unsichtbaren Fäden in die Höhe gezogen. Die Schatten, die ihn umgaben, ließen nicht zu, dass ich mehr von ihm erkennen konnte als das dämonische Rot in seinem Auge und breite Lippen, die sich bei jedem Schritt in meine Richtung mehr und mehr zu einem gehässigen Grinsen verzogen.

Er war keine Illusion. Er war echt, kam auf mich zu und hatte etwas mit dem Vampir angestellt, der reglos am Boden lag – hatte sich von seiner Angst genährt, wie es Vampire in Horrorfilmen für gewöhnlich mit Menschenblut taten.

»Was hast du …?«, begann ich, als er in einer irrsinnigen Geschwindigkeit auf mich zuschoss und unmittelbar vor mir zum Stehen kam.

Ich war wie erstarrt.

Er hob das Kinn, die Schatten verschwanden und ließen zu, dass ich seine tiefschwarzen Augen sehen konnte, die zwischen den dunklen Haaren hervorblitzten und von einem roten Schimmer erfüllt waren, als würde der Dämon in ihm nur darauf warten, befreit zu werden. Der weiße Striemen, der sich über seine linke Gesichtshälfte zog, wirkte von Nahem noch mehr wie eine Narbe, die ihn tief zeichnete. Als ruhte der Dämon so nah unter seiner Oberfläche, dass ein zerfetzender Messerschnitt genügt hatte, um ihn darunter zum Vorschein zu bringen und diesen Fremden – wer auch immer er war – für immer zu zeichnen.

Ich wich unweigerlich einen Schritt nach hinten aus, doch schon hatte er mich an der Schulter gepackt und schleuderte mich gegen ein Regal. Ein heftiger Schmerz schoss mir durch den Rücken und ich hörte mich selbst aufschreien. Links und rechts neben meinem Kopf schlug er seine Hände gegen das Regal und nahm mir dadurch jede Fluchtmöglichkeit.

Auch wenn er wirkte, als wäre er nur ein Wesen aus Rauch, hatte er kein Problem damit, dieses massive Regal zum Erzittern zu bringen.

Ich starrte ihn an, fühlte mich wie gelähmt und spürte, wie mein Puls heftig hinter meinen Schläfen pochte.

Langsam schob er sich näher. Sein Haar streifte meine Haut, fühlte sich seidig und kalt zugleich an und löste einen Schauer aus, der meinen gesamten Körper durchfuhr.

»Das hier geht dich nichts an, Butterblümchen«, hauchte er mit bedrohlich dunkler Stimme in mein Ohr. Aus dem Augenwinkel konnte ich sein selbstherrliches Grinsen sehen.

Sein Atem war genauso kalt wie sein Haar – wie sein Blick, wie alles an ihm. Ich spürte, wie sich ein Zauber durch meine Glieder fraß, mich wehrlos machte, mir den Hals hinaufkroch und meine Stimme zu ersticken drohte.

Diesmal nicht! Ich sammelte meine Kräfte, zog die Arme vor die Brust und stieß ihn weg.

Er fuhr vor mir zurück. Sein Blick versank wieder in Schatten und seine Mundwinkel kräuselten sich, als wäre er von Stolz erfüllt oder zufrieden mit einem Ergebnis, das er sich genauso erhofft hatte. Aber welches Ergebnis und Stolz worauf? Wohl kaum auf mich, weil ich fähig war, mich gegen ihn zu wehren. Was hatte dieser Blick dann zu bedeuten?

Plötzlich wirbelte er zu dem am Boden liegenden Vampir herum, löste sich in Schattenrauch auf und nahm dabei die Gestalt des Incubus an. Mit weit aufgerissenem Maul gab er einen stummen Schrei von sich, riss schützend die Klauen in die Höhe und wurde im nächsten Moment von einem Feuerball durchpflügt, der nichts als aufgewirbelte Rauchfetzen von ihm übrig ließ.

Ich schaute dem Geschoss nach, das auf dem Boden aufschlug, polternd weiterrollte und dabei nach und nach erlosch, bis eine undefinierbare graublaue Kugel zum Vorschein kam. Erst wollte ich nach dem Vampir sehen, bemerkte dann aber, dass sich die Kugel regte, als wäre sie lebendig.

Zögernd näherte ich mich ihr und erkannte Schuppen, die wie Perlmutt glänzten, und einen Rückenkamm aus roten Dornen. Als ich bis auf wenige Schritte an sie herangekommen war, breiteten sich ledrige Flügel aus.

War das etwa ein … Drache? Ein zugegeben winziges Exemplar, aber ja, es war ein Drache, denn nun kam auch sein Kopf zum Vorschein. Er war etwas zu groß für den Körper, an dem er hing, mit kugelrunden, apfelgroßen Edelsteinaugen und niedlichen Stupsnüstern. Tapsig richtete er sich auf, schüttelte sich, was einen Funkenflug auslöste, und schaute mich dann durch seine Kulleraugen an.

Mein zwölfjähriges Ich hätte bei diesem niedlichen Anblick am liebsten losgequiekt und ihn ganz fest an sich gedrückt. Doch ich widerstand der Versuchung und fand meine siebzehnjährige Stimme wieder.

»Jae?«, fragte ich.

Der kleine Drache ging auf die Hinterbeine und wuchs in die Höhe, wobei aus seinem Schuppenkleid schwarze Kleidung wurde. Binnen Sekunden stand der gut aussehende Immortal vor mir.

»Das bleibt unter uns«, sagte er mit fester Stimme.

»Du bist verletzt«, stellte ich fest und trat auf ihn zu. Blut rann über seine Hand und tropfte von seinen Fingern zu Boden. Es sah ziemlich übel aus. Ich wollte nachschauen, ob ich ihm helfen konnte, aber er wandte sich ab und ging zu seinem Vampirfreund.

»Das ist nichts«, behauptete er.

»Es sieht aber nicht nach nichts aus.« Ich schloss zu ihm auf.

Er ging neben dem Vampir auf ein Knie und fühlte seinen Puls. Dass Vampire ein schlagendes Herz und somit auch einen Puls hatten, war mir bis zu dem Zeitpunkt nicht klar gewesen. Wie auch, mein Wissen stammte nur aus irgendwelchen Filmen und Serien.

»Ist er …?«, fragte ich stockend. Kurz zuvor hatte ich noch über Geister und Tote gescherzt. Nach Scherzen war mir jetzt nicht mehr zumute.

»Er lebt, muss aber schnell auf die Krankenstation, damit das so bleibt«, sagte Jae.

»Okay, aber wie kommen wir aus diesem Labyrinth raus?« Ich schaute mich um.

»Gar nicht, wir rufen Hilfe.« Er hob die verletzte Hand, spreizte die Finger und ließ eine Feuerfontäne in die Höhe schießen.

17

Ein kleiner Verstoss gegen die Schulregeln

»Du kannst doch nicht einfach zwischen die hohen Bücherregale laufen!«, warf mir Lilou vor. Sie war so aufgebracht, als wäre ich geradewegs in einen aktiven Vulkan gesprungen.

Nachdem ich bei ihrer Rückkehr nicht auffindbar gewesen war, hatte sie einen Suchtrupp bestehend aus Caleb und Professor Okai aufgestellt. Dank Jaes magischer Signalpistole hatten sie uns schnell gefunden und samt dem ohnmächtigen Vampir auf die Krankenstation verfrachtet, wo uns neben Mr Longo, dem Krankenpfleger der Schule, auch Direktor Bradford erwartet hatte.

Jae und ich saßen auf gegenüberliegenden Krankenbetten und er starrte mich schon die ganze Zeit an, als wartete er nur auf den richtigen Moment, um mich in einen Haufen Asche zu verwandeln. Offenbar war es ihm sehr wichtig, dass niemand erfuhr, wie er in seiner Drachengestalt aussah. Ich hätte ihm gern noch einmal hoch und heilig versprochen, dass ich sein Geheimnis bewahren würde. Doch in Gegenwart der anderen davon anzufangen, wäre der Sache nicht gerade zuträglich gewesen, also gab ich mir Mühe, seinen bohrenden Blick zu ignorieren, und wandte mich Lilou zu.

»Niemand hat mir gesagt, dass ich nicht zwischen die Regale gehen darf«, erinnerte ich sie.

»Die Bibliothek wächst ständig«, erklärte Caleb, der wieder diesen sorgenschweren Blick aufgesetzt hatte. Jedes Mal, wenn etwas schiefging – was seit meiner Ankunft an dieser Schule am laufenden Band vorkam –, schien er die ganze Verantwortung auf die eigenen Schultern laden zu wollen. Sicher machte er sich Vorwürfe, weil er nicht da gewesen war, um mich zu beschützen, dabei war mir gar nichts passiert.

»*Das* hat mir Lilou gesagt.« Ich strich mir die Haare hinters Ohr und schenkte ihm ein Lächeln, in der Hoffnung, ihn damit etwas aufzumuntern.

Stumm erwiderte er es, wirkte aber noch immer niedergeschlagen.

»Mir geht es gut«, betonte ich. »Ich habe keinen Kratzer abbekommen.«

»Ich weiß.« Er kam näher und legte seine Hand auf meine. Unter seiner riesigen Pranke verschwanden meine Finger fast vollständig, und obwohl es nur eine kleine Geste war und er kaum etwas gesagt hatte, mich nicht einmal direkt anschaute, fühlte ich mich so sicher und beschützt wie schon lange nicht mehr. Mein Lächeln wurde ein klein wenig breiter.

»Das stetige Wachsen der Bibliothek bedeutet auch, dass sie ständig ihre Form verändert«, erklärte Professor Okai. »Wer nicht aufpasst, verirrt sich schnell.«

»Und trifft auf einen Incubus«, fügte ich hinzu. Dass der Typ aus Skavik tatsächlich der Incubus war, hatte ich bereits geahnt. Zwischen einer Ahnung und dem unumstößlichen Wissen lagen allerdings Welten.

Mr Longo, ein kleiner, rigoroser Mann mittleren Alters mit schütterem Haar und dichten Augenbrauen, schob Caleb beiseite und fuchtelte mit einer Taschenlampe vor meinem Gesicht herum.

»Mir geht es wirklich gut!«, schwor ich blinzelnd.

»Wie gut es Ihnen geht, entscheide ich«, sagte er. »Tut das weh?« Er bohrte mir seine kleinen, überaus kräftigen Finger in den Rücken.

Ich stöhnte vor Schmerzen auf. »Ja, aber das würde jedem wehtun!«

»Sie haben eine Prellung im oberen Rückenbereich«, erklärte er.

»Und so etwas erkennen Sie, indem Sie mich blenden?« Vor meinen Augen tanzten noch immer rote Tupfer von dem grellen Taschenlampenlicht.

»Damit habe ich eine Gehirnerschütterung ausgeschlossen«, erklärte er und wandte sich Jae zu. »Und nun zu Ihnen.«

Mein Blick wanderte unterdessen zu dem Vampir, der von dem Incubus angegriffen worden war. Um *ihn* machte ich mir Sorgen, nicht um mich.

Auch die Hexe war noch nicht aufgewacht. Sie lag in dem Krankenbett neben dem Vampir und beide wirkten, als würden sie schlafen. Aber das taten sie nicht. Dieser Dämon war gnadenlos über sie hergefallen. Wäre ich ihm in der Bibliothek nicht in die Quere gekommen, hätte er den Vampir vielleicht sogar getötet.

»Es ist der Typ aus Skavik«, sagte ich.

»Von wem reden Sie?«, wollte Bradford wissen.

»Bist du dir sicher?«, fragte Caleb.

»Ganz sicher. Jae hat ihn auch gesehen.«

»Habe ich das?« Jae fixierte mich durch schmale Augen.

»Etwa nicht?«

»Ich konnte nur eine neblige Gestalt erkennen, mehr nicht«, erwiderte er. »Ein Feuerstoß und der Angreifer war verschwunden. Gut möglich, dass sich das Problem damit erledigt hat.«

»In Skavik hat Caleb mit einem Faustschlag dafür gesorgt, dass er sich aufgelöst hat«, erklärte ich. »Jetzt ist er hier. Ich glaube nicht, dass wir ihn auf diese Weise loswerden.«

»Sie sind dem Incubus also tatsächlich schon einmal begegnet?«, hakte Bradford nach.

»Ich bin nur nicht sicher, ob es wirklich ein Incubus ist. Es heißt doch, sie sollen tierähnliche Bestien sein. Aber er hatte eine menschliche Gestalt. Und er hat mit mir geredet.«

»Das täuscht«, meinte Bradford. »Wir wissen über diese Wesen, dass sie aus einer anderen Sphäre stammen – einer Welt der Dämonen. In unserer Welt können sie nur überleben, wenn sie sich von Ängsten ernähren. Sie greifen uns an, wenn wir wehrlos sind, oft im Schlaf, sie lähmen uns, nehmen uns unsere Stimme und lösen Todesängste aus. Sie, Ms Blackwood, hatten Glück, dass Ihnen das nicht passiert ist. Genau wie Mr Williams und Ms Larsen Glück hatten.« Er deutete zu den beiden Schlafenden. »Je mehr Kraft ein Incubus gewinnt, desto mehr manifestiert er sich in unserer Welt. Er nimmt die Form unserer Ängste an, imitiert unsere Sprache und unsere Bewegungen, aber er ist und bleibt ein seelenloser Dämon. Dass dieser hier fast menschlich wirkt, sagt uns, wie mächtig er bereits geworden ist. Weitaus mächtiger, als die meisten seiner Art, bevor ihnen Einhalt geboten wurde. Wir können davon ausgehen, dass schon Dutzende, wenn nicht Hunderte Opfer auf sein Konto gehen. Höchstwahrscheinlich treibt er bereits seit Jahrhunderten sein Unwesen in unserer Welt. Wenn wir nichts unternehmen, wird er sich bald ein neues Opfer in der Schule suchen.«

»Dazu werden wir es nicht kommen lassen«, sagte Okai.

Bradford nickte.

»Was können wir tun?«, fragte ich.

»Sie können uns alles erzählen, was Sie gesehen haben und wissen, Ms Blackwood«, erwiderte der Direktor.

Alles? Ich ballte die Fäuste. Wenn ich wirklich alle Puzzlestücke auf den Tisch legte, die ich seit dem Tag am Badesee gesammelt und längst noch nicht zusammengesetzt hatte, schloss das auch meine Abstammung ein. Sollte sie im Zusammenhang mit dem Incubus stehen, musste Bradford das wissen. Aber war ich bereit, dieses Geheimnis zu offenbaren, bevor ich es selbst verstand?

Ich hatte keine Wahl. Es ging um Leben und Tod. Den Incubus aufzuhalten hatte die höchste Priorität.

»Also gut«, sagte ich und begann zu erzählen. Alle lauschten gespannt, nur Mr Longo bevorzugte es, sich um seine Krankenstation zu kümmern. Er sortierte ein paar Sachen in ein Regal und verschwand schließlich in einem Nebenzimmer.

Nachdem ich kein Detail ausgelassen hatte, atmete ich tief durch. »Ich weiß nicht, was ich bin und warum es dieser Dämon auf mich abgesehen hat, aber wenn er den Schutzwall überwinden konnte, weil ich ihn eingeatmet habe, dann …«

»Dann nichts weiter«, unterbrach mich Bradford.

Verwundert schaute ich zu ihm auf.

»Höchstwahrscheinlich ist es Zufall, dass er sich Sie ausgesucht hat, um in die Schule zu gelangen«, meinte er. »Machen Sie sich deswegen keine Vorwürfe. Was Ihre Abstammung betrifft, können wir zum jetzigen Zeitpunkt nur mit Sicherheit sagen, dass Sie etwas Besonderes sind. Und da die School of Myth and Magic gegründet wurde, um besondere Fähigkeiten zu fördern, sind Sie hier genau richtig.«

»Es gilt allerdings herauszufinden, ob Sie tatsächlich Lebenskräfte in sich aufnehmen und dadurch zur Gefahr für andere werden könnten«, fügte Okai hinzu. »Eine weitere Gefahrenquelle können wir nicht gebrauchen.«

Er schaute auffordernd zu Bradford, als würde er von ihm erwarten, dass er seine Meinung änderte, mir Handschellen anlegte und mich wegsperrte, bis die offenen Fragen geklärt waren. Da trat Caleb neben mich.

»Vampire haben früher auch Menschen ausgesaugt«, sagte er mit fester Stimme an Okai gerichtet.

»Auf freiwilliger Basis tun sie das immer noch«, fügte Lilou hinzu.

»Und Drachen sind unter Normalsterblichen als Feuer spuckende Bestien bekannt«, meinte Jae und zog damit alle Blicke auf sich.

Dass er sich für mich einsetzen würde, hätte ich nicht gedacht. Vielleicht lag es daran, dass er nun auch mein Geheimnis kannte. Er schaute kurz in meine Richtung. In seinem Blick funkelte noch immer das Misstrauen, aber auch etwas Versöhnliches.

»Ich habe nicht vor, jemanden anzugreifen«, sagte ich.

»Nixen gelten als sehr friedliche Wesen«, erklärte Bradford. »Eine Nixenart mit eher kämpferischen, bedrohlichen Veranlagungen ist mir bisher noch nicht untergekommen. Professor Okai hat recht damit, dass wir in der Pflicht stehen, alles über die Tiefenschrecken in Erfahrung zu bringen. An Ihrem Platz an dieser Schule ändert das aber nichts. Sie sind hier sicher.«

»Okay«, sagte ich, weil mir nichts anderes dazu einfiel.

Auf der einen Seite war ich beruhigt, dass mir die Handschellen erspart blieben, auf der anderen Seite stellten mich seine Worte nicht wirklich zufrieden. Wenn es reiner Zufall gewesen war, dass der Incubus es ausgerechnet mit meiner Hilfe in die Schule geschafft hatte, wie konnte es dann sein, dass ich zumindest teilweise immun gegen seine betäubende Wirkung und den Zauber war, der einem die Stimme nahm? Mit der magieunterdrückenden Kette in meiner Hand hatte er Macht über mich ausüben können. Als sie mir durch die Finger geglitten war, konnte ich wieder reden und mich bewegen. Sie war bestimmt nicht zufällig verschwunden und in Skavik wieder aufgetaucht. Ich schloss nicht aus, dass der Incubus sie mir weggenommen und mich damit in die Gasse gelockt hatte. Wer sonst hätte das tun können und wer hatte mich schon am Badesee beobachtet? Aber wieso ausgerechnet ich? Er hätte sich leicht ein anderes Opfer suchen können, ohne sich die Umstände zu machen, mir schon in Birmingham nachzustellen und mich zu bestehlen. Ich glaubte nicht an einen Zufall. Irgendwie passte alles zusammen. Ich wusste nur noch nicht wie.

»Ruhen Sie sich aus«, riet mir Okai und wandte sich dann an Lilou, Caleb und Jae. »Sie alle. Und überlassen Sie den Incubus uns.«

Er und Bradford machten sich auf den Weg, die Krankenstation zu verlassen, während ich noch verwirrt und ganz in Gedanken war. Als sie die Tür erreicht hatten, sprang ich vom Bett.

»Die Sache mit meiner Abstammung …«, rief ich ihnen nach.

»Ich sehe keinen Grund, warum das, was hier besprochen wurde, diesen Raum verlassen muss«, sagte Bradford.

Ich nickte beruhigt. Er erwiderte die Geste und die beiden Professoren gingen.

»Die anderen werden dich sowieso für eine Moornixe halten«, sagte Lilou.

»Wenn du meinst.« Ich war mir da nicht ganz so sicher.

»Bestimmt!«, schwor sie.

»Deine Wassergestalt ändert nichts an dem, wer du bist«, sagte Caleb.

Bei den Worten schaute ich wieder zu Jae. Ob er das in Bezug auf seine Drachengestalt genauso sah? Alle an der Schule verehrten ihn geradezu, die Vampire umflatterten ihn wie ein Schwarm Fledermäuse, aber würden sie das auch tun, wenn sie wüssten, dass er kein gigantischer, Furcht einflößender Drache war, sondern putzig und klein?

Er wich meinem Blick aus und stand vom Krankenbett auf. »Ich bin weg«, murmelte er, bereits auf dem Weg zur Tür.

»Du solltest etwas schlafen«, riet mir Caleb.

»Ich bin nicht müde«, sagte ich. »Ganz im Gegenteil. Ich bin total aufgedreht und muss erst mal meine Gedanken sortieren. Glaubt ihr wirklich, dass das alles Zufall ist?«

»Schwer zu sagen«, meinte er.

Lilou gähnte ausgiebig und streckte sich. »Also ich bin todmüde! Es ist auch echt spät. Ich will nur noch ins Bett. Kommt ihr?« Sie taumelte auf die Tür zu und es hätte mich nicht gewundert, wenn sie im Stehen eingeschlafen und einfach umgekippt wäre.

»Wenn du so aufgewühlt bist, wüsste ich einen kleinen Verstoß gegen die Schulregeln, der dich ablenkt«, sagte Caleb mit gesenkter Stimme und hob vielsagend die Brauen.

Schmunzelnd sprang ich vom Bett. »Ich bin zu allen Schandtaten bereit.«

18

School of Chaos and Disaster

Unter einer Ablenkung am Rande der Legalität hatte ich mir alles Mögliche vorgestellt. Einen nächtlichen Einbruch in die Schulküche zum Beispiel oder einen Ausflug zum Strand nach der Sperrstunde. Aber nicht, mein Handy aufzuladen.

Im Kellergewölbe gab es verständlicherweise keine Steckdosen, die in dem feuchtkalten Klima nur Kurzschlüsse verursacht hätten. Ich hatte mein Handy also seit drei Tagen nicht mehr aufgeladen und war nur deswegen noch bei zwanzig Prozent Akkuleistung, weil ich es ohne Netz und W-Lan sowieso nicht nutzen konnte. Ich wollte gar nicht wissen, wie viele Anrufe ich dadurch verpasst hatte und wie sauer Isla auf mich war, weil sie sich von mir ignoriert fühlte. Dabei hätte ich ihr am liebsten eine ganze Wagenladung an Sprachnachrichten geschickt und über jedes Detail von dem berichtet, was mir widerfahren war. Nur blieb davon nicht viel übrig, wenn ich alles Übernatürliche ausließ.

In den oberen Stockwerken der Schule sah es mit Steckdosen schon anders aus. Sie waren nicht an jeder zweiten Wand zu sehen, selbst die Deckenlampen wurden mittels Magie betrieben, aber in versteckten Ecken, hinter Pflanzenkübeln oder in Abstellkammern verbarg sich die eine oder andere. In Calebs Zimmer war nicht nur eine zu finden, sondern gleich zwei. Purer Luxus für die School of

Myth and Magic, der Caleb wahrscheinlich deswegen zugutekam, weil er ein Halbgott war. Ein Umstand, dem er auch sein großzügiges Einzelzimmer verdankte.

Wie ich mittlerweile wusste, waren die Schlafräume in den oberen Stockwerken mindestens zu zweit bewohnt, meist sogar zu viert oder zu sechst. Etwas, das ich meiner Grotte ohne Tageslicht und verschließbarer Zimmertür vorgezogen hätte, auch wenn ich sie für mich allein hatte.

Ich hatte mein Handy eingestöpselt und auf den Empfangsverstärker gelegt. Es waren einige Nachrichten eingegangen, die ich nach und nach mit einer Hand beantwortete, während ich mit der anderen den Kater streichelte. Lancie hatte mir ziemlich überzeugend klargemacht, dass er noch nie so richtig ausgiebig hinter den Ohren gekrault worden war. Ihm das zu verwehren, hätte ich nicht mit meinem Gewissen vereinbaren können.

Um mit Dad zu telefonieren, war es schon zu spät, dabei hätte ich seine Stimme wirklich gern gehört. Wenigstens eine Postkarte wollte ich ihm bei nächstbester Gelegenheit schicken.

»Mit dem Verstoß gegen die Schulregeln meintest du den Verstärker?«, fragte ich.

»Nein, ich meinte die hier.« Caleb deutete auf die uralte Spielekonsole in seinem Rücken. Vor dem Fernseher luden bereits zwei Kissen zum gemütlichen Sitzen ein. »Lust auf eine Runde Mario Kart?« Er hielt mir einen Controller hin.

»Ja, unbedingt!« Ich schnappte mir den Controller und ließ mich auf eines der Kissen plumpsen. »Aber mach dich darauf gefasst, dass du meinen Staub schlucken wirst.«

Caleb setzte sich neben mich und schaltete die Konsole ein. »Du hast es hier mit einem Mario-Kart-Profi zu tun, glaub ja nicht, dass du mich so einfach abhängen kannst.«

»Gegen meinen Kampfgeist kommst du nicht an«, sagte ich siegessicher. »Ich zerbombe alles, was mir in den Weg kommt. Auch dich!« Ich gab ihm einen Stups gegen die Schulter, was sich anfühlte, wie gegen eine Wand zu prallen. Caleb war definitiv der Henry Cavill unter den Schülern dieser Schule. Ich hätte zu gern gesehen, was sich unter seinem Shirt verbarg.

Ich erstarrte. Hatte ich wirklich gerade daran gedacht, dass ich ihn oben ohne sehen wollte? Mir schoss die Hitze in die Ohren. Zum Glück hatte ich diesen Gedanken nicht versehentlich laut ausgesprochen. Was in meinem Kopf vor sich ging, konnte Caleb ja schlecht wissen. Zumindest nicht in meiner menschlichen Form. Oder etwa doch? Bei unserer ersten Begegnung war es mir vorgekommen, als würde er mich wie ein offenes Buch lesen können. Unsicher schaute ich zu ihm auf.

Er bemerkte meinen Blick und legte die Stirn in Falten. »Ist etwas?«

Okay, er hatte meine Gedanken nicht gelesen. Alles war gut. Jetzt durfte ich mir nur nichts anmerken lassen. Ich richtete mich ein Stück auf, sodass ich in sein Ohr flüstern konnte. »Ich mache dich platt«, drohte ich in gesenktem Tonfall. Anschließend drapierte ich meinen Hintern wieder auf dem Kissen und grinste diabolisch.

Caleb gab sich wenig beeindruckt, hob eine Braue und wandte sich der Konsole zu. »Erwarte nicht, dass ich dich gewinnen lasse, nur weil du ein Mädchen bist.«

Ich nahm meinen Controller in beide Hände und tat hoch konzentriert. »Und erwarte du nicht, dass ich dich gewinnen lasse, nur weil du ein Junge bist.«

Zu verkünden, dass ich ihn in Grund und Boden spielen würde, war vielleicht ein klein wenig hochgegriffen. Es lag Jahre zurück, dass ich mit einer Konsole gezockt hatte. Ich war elf oder zwölf Jahre alt gewesen und noch bis über beide Ohren in Tyler verschossen, als wir ganze Nachmittage zusammen vor seiner Playstation verbracht hatten. Die Erinnerung daran ließ meine Gefühle von damals wieder hochkommen. Ich hatte mir so große Hoffnungen gemacht, aber von ihm waren nie Signale ausgegangen. Wir waren älter geworden, unsere Interessen hatten sich in unterschiedliche Richtungen entwickelt und wahrscheinlich verstaubte seine Konsole mittlerweile in der hintersten Ecke seines Kleiderschranks, während sich meine Gamer-Leidenschaft auf Handyspiele beschränkte.

Wie es Tyler wohl ging? Isla hatte in ihren Nachrichten an mich behauptet, dass alles wieder gut und der Vorfall am Badesee längst vergessen sei, aber war das wirklich so? Oder versuchte sie nur, mich zu beruhigen?

Ich schüttelte diese Gedanken ab. Caleb gab sich solche Mühe, mich abzulenken, ich wollte wenigstens versuchen, meine Sorgen für diesen Abend zu vergessen.

Ich suchte mir Yoshi als Spielcharakter aus, Caleb wählte Mario und startete das erste Rennen. Es dauerte eine Weile, bis ich mich wieder an die Bedienung eines Controllers gewöhnt hatte und wild über die Rennstrecke rasen konnte. Caleb nach meinen Anfangsschwierigkeiten einzuholen, war allerdings ein Ding der Unmöglichkeit.

»*Wenn* ich deinen Staub fresse, dann nur, weil ich dich überrundet habe«, höhnte er.

»Jetzt spuckst du noch große Töne!«, gab ich zurück und warf mich halb über ihn, um ihm die Sicht zu versperren. Seinen warmen Körper unter mir zu spüren, ließ mich das Spiel beinahe vergessen. Auch Caleb schaute nicht mehr zum Fernseher und unsere Blicke verschmolzen miteinander. Wie sehr ich mir damals so einen Moment mit Tyler gewünscht hätte.

An ihn zu denken, rüttelte mich wach. Ich schaute wieder nach vorn und drängte Calebs Wagen von der Strecke.

»Hey, das ist unfair!«, beschwerte er sich.

»Ich habe nie gesagt, dass ich fair spiele.« Ich hob den Controller über den Kopf, um Calebs Sicht weiter einzuschränken.

»Wenn wir die Fairness über Bord werfen, habe ich auch noch ein paar Tricks auf Lager.« Er packte mich an der Hüfte, zog mich auf seinen Schoß und ließ eine heftige Kitzelattacke auf mich los. Ich lachte und strampelte und bekam Tränen in die Augen. An irgendetwas zu denken, das mich runterzog, war dabei unmöglich. Wie hätte ich mich auch mit Dämonen, gemeingefährlichen Tiefenschrecken oder meiner verflossenen Liebe beschäftigen können, wenn es galt, Calebs Hände abzuwehren?

Als ich beide zu fassen bekam, schaute Caleb flüchtig zum Spielstand und wieder zu mir. »Ich hoffe, du bist eine gute Verliererin.«

Mein Atem ging schnell, genau wie seiner, das Lachen lag uns beiden noch auf den Lippen und es war mir fast unmöglich, nicht in Calebs Blick zu versinken, der so warm und einnehmend auf mir lag.

Ich wusste nicht, wie er es anstellte, aber er brauchte mich nur auf diese Weise anzuschauen und ich fühlte mich sicher und beschützt. Alles um uns herum rückte in die Ferne. Trotzdem kam ich mir auch verloren vor, je länger dieser schweigsame Moment zwischen uns anhielt. Sogar ein wenig überfordert und verwirrt.

Caleb bewegte sich langsam auf mich zu und löste damit eine kribbelnde Unruhe in mir aus, die ich schnellstmöglich loswerden wollte. Kurz entschlossen setzte ich unseren Kampf fort, indem ich nach meinem Sitzkissen fischte und es Caleb ins Gesicht klatschte. Er war so überrascht, dass er nach hinten wegkippte und mich mit sich zog. Mit klopfendem Herzen landete ich auf ihm, und wenn mich sein Blick erneut eingefangen hätte, wäre alles möglich gewesen. Stattdessen vermied ich es, ihn anzuschauen, wir lachten und ich richtete mich auf.

Tief atmete ich durch und wischte mir die Tränen aus den Augenwinkeln. »Ich sollte jetzt wirklich gehen.«

Caleb lag neben mir flach auf dem Boden. Er zog die Beine an und kam wie bei unserer ersten Begegnung mit einem schwungvollen Satz auf die Füße. Anschließend streckte er mir die Hand entgegen. »Ich begleite dich bis zu deiner Grotte«, sagte er.

»Wenn du das machst, musst du allein zurückgehen«, erinnerte ich ihn. Bradford hatte uns geraten, immer zu zweit unterwegs zu sein, solange der Incubus sein Unwesen trieb. Und ich hatte diesen Dämon jetzt schon zweimal live erlebt. Ich wusste, wie gefährlich er war. Selbst für Caleb.

»Mach dir um mich keine Sorgen«, sagte er. »Wenn ein Incubus eine Gefahr für mich wäre, hätte ich längst einen Zimmernachbarn zugeteilt bekommen.« In seinem Blick lag eine Selbstsicherheit, die keinen Zweifel daran ließ, dass er wusste, wovon er sprach.

Ich lachte trocken und nahm seine Hand an. »Im Kellergewölbe haben wir weder Mehrbettzimmer noch Türen.«

Caleb zog mich mühelos und mit so viel Schwung hoch, dass ich nah an ihn heranstolperte und mich mit der freien Hand an seiner Brust abfangen musste. Dass ich dadurch spüren konnte, was sich unter seinem Shirt verbarg, war unvermeidbar. Eilig schob ich mir das Haar hinters Ohr, um meine Hand mit etwas anderem zu beschäftigen als dem Abtasten seines gestählten Oberkörpers.

Weil Caleb nichts sagte und nichts tat, schaute ich zu ihm auf. Ein versunkenes Lächeln lag auf seinen Lippen, sein Blick wanderte über mein Gesicht, blieb an meinen Lippen hängen, und in seinen Augen flackerte eine leichte Nervosität auf, die so gar nicht zu dem unerschütterlichen Caleb passte, den ich bisher kennengelernt hatte.

Er kam mir näher und ich wich unweigerlich zurück. Warum, konnte ich nicht sagen. Ich mochte ihn. Sogar sehr. Und ihm ging es nicht anders mit mir. Trotzdem war ich zu verwirrt und vielleicht auch zu müde, um meine Gefühle verstehen und sortieren zu können.

Der Anflug von Unsicherheit verschwand aus Calebs Blick. Genauso wie sein Lächeln. »Deshalb patrouillieren im Kellergewölbe Freiwillige«, erklärte er wie beiläufig. »Hauptsächlich Lehrkräfte und auch ein paar aus den oberen Klassenstufen, die für Dämonen wie Incubi wenig anfällig sind.«

»Dann …« Ich schaute zu unseren Händen. Caleb hielt meine Finger schon viel zu lange umschlossen. Ich löste mich von ihm, trat zurück und räusperte mich. »Dann gehörst du auch zu den Freiwilligen?«

»So ist es«, bestätigte er.

Ich wusste nicht, was ich sagen oder machen sollte. Es war, als hätte er mich mit seiner Nervosität angesteckt. Ich fühlte mich seltsam gefangen in dieser Situation.

»Wie du mit einem Satz aus dem Liegen auf die Beine kommst, musst du mir unbedingt beibringen«, meinte ich, um irgendetwas zu sagen und damit die drohende Stille zu vertreiben, die sich zwischen uns ausgebreitet hatte. Wieder wollte ich meine Haare hinters Ohr streichen, die sich längst dort befanden.

Caleb schaute zu seinen Fingern, die kurz zuvor noch um meiner Hand gelegen hatten. Er wirkte, als hätte er etwas verloren, vergrub seine Hände in den Hosentaschen und seine unausgesprochenen Gedanken hinter einem Lächeln.

»Jederzeit«, versprach er nickend.

Ich erwiderte sein Lächeln und ging zu meinem Handy.

Erleichtert atmete ich durch. Warum ich so unsicher geworden und zurückgewichen war, verstand ich noch immer nicht. Genau dieses Zögern und Abschotten kreidete Isla mir an. Wenn mich ein Junge zum Schulball einlud, lehnte ich ab, wenn jemand mit mir flirtete, ignorierte ich es oder bemerkte es gar nicht erst.

Bisher hatte ich immer meine Gefühle für Tyler vorgeschoben. Sie waren die perfekte Ausrede, um mich auf niemanden einzulassen. Ich hatte so oft darauf zurückgegriffen, dass es zur Normalität geworden war, auch lange nachdem ich nichts mehr für Tyler empfunden hatte.

Wenn es also keinen echten Grund gab, wieso ließ ich mich dann nicht auf Caleb ein, um herauszufinden, was da zwischen uns war?

Weil ich ihn kaum kannte oder weil er schon ein guter Freund für mich geworden war, den ich nicht verlieren wollte? Weil ich Angst hatte, verletzt zu werden? Weil ich nicht sagen konnte, ob meine Gefühle wirklich Caleb galten oder vielleicht doch nur eine Erinnerung an Tyler waren, mit dem ich so oft auf diese Weise Zeit verbracht hatte? War es das?

»Wollen wir?«, fragte Caleb.

»Ich …« Diese Unsicherheit, die mich ergriffen hatte, war erstickend. Ich hasste es, unsicher zu sein. So war ich nicht. Oder zumindest wollte ich mich nach außen hin nicht so geben. Ich schloss die Augen, schob all die zweifelnden Gedanken in die hinterste Ecke meines Verstandes, sperrte sie dort ein und schlug die Augen wieder auf.

»Ich bin so weit.«

Caleb deutete zur Tür.

Auf dem Weg zum Kellergewölbe hielt ich mich mit belanglosen

Gesprächen über Wasser. Wir redeten über den Unterricht und wie gruselig diese Ms Poppins war. Am Tunnel mit den Schlafgrotten der Nixen angekommen, blieb ich stehen.

»Von hier aus kann ich allein weitergehen«, sagte ich mit gesenkter Stimme.

»Ich habe versprochen, dich bis zu deiner Tür zu bringen, und daran halte ich mich auch.«

Ich legte die Stirn in Falten. »An ein Versprechen kann ich mich nicht erinnern.«

»Ich habe es *mir* versprochen«, sagte er mit fester Stimme.

»Das Problem ist, dass es hier gar keine Türen gibt«, erinnerte ich ihn. »Du willst nicht wirklich an den türenlosen Schlafgrotten der Nixen vorbeigehen, oder?«

Caleb schaute zu den Schlafgrotten und war wohl nicht sicher, was er tun sollte. »Bei der Patrouille wird dieser Gang auch nicht ausgelassen.«

»Ich kann meine Grotte von hier aus sehen, also geh ruhig«, forderte ich ihn auf.

»Na gut«, sagte er nach kurzem Zögern und trat einen Schritt zurück. »Wir wiederholen das, ja?«

»Denkst du allen Ernstes, dass ich die Niederlage von eben einfach auf mir sitzen lassen will? Natürlich wiederholen wir das. Ich will dich verlieren sehen!« Ein hämisches Schmunzeln huschte über meine Lippen.

»Darauf kannst du lange warten.« Er zwinkerte und wandte sich zum Gehen. Ohne sich noch einmal zu mir umzudrehen, hob er die Hand zum Abschied. »Man sieht sich.«

»Ja«, sagte ich seufzend und schaute ihm nach. Vielleicht tat ich das ein wenig zu lange, um mir einreden zu können, dass nur Freundschaft zwischen uns war – schwer zu sagen.

Unfähig, den Blick von Caleb zu lösen, machte ich ein paar Schritte rückwärts – und wurde aus den Schatten heraus von hinten gepackt. Eine Hand drückte sich auf meinen Mund, jemand umschlang meinen Oberkörper, presste meine Arme daran fest und machte es mir unmöglich, um mich zu schlagen.

Mein Herz raste. Ich versuchte vergeblich zu schreien, trat nach allen Seiten und konnte doch nicht verhindern, dass ich weggezerrt wurde.

Im fahlen Licht und in der Panik, die mich ergriffen hatte, konnte ich nur erkennen, dass es sich um mehrere Personen handelte. Sie schleppten mich eine Abzweigung weiter, wo ich gegen die Wand gedrängt und an den Armen festgehalten wurde.

Gehetzt riss ich den Kopf nach links und rechts.

Vampire. Zwei von ihnen hielten mich in Schach, eine dritte Person trat aus den Schatten heraus und baute sich vor mir auf. Jae.

»Herzlichen Glückwunsch!«, schimpfte ich. »Ihr habt es geschafft, zu dritt eine Schülerin zu überwältigen. Lasst mich raten, ihr habt euch freiwillig zur Patrouille gemeldet, um das hier durchzuziehen.«

So hatte ich Jae nicht eingeschätzt. Wirklich nicht. Klar, ich kannte sein Geheimnis, aber er wusste auch über mich Bescheid. Hätten wir es nicht darauf beruhen lassen können?

Ich wollte meine Arme befreien, doch die Vampire waren viel zu stark. Eine Chance gegen sie hatte ich nur, wenn es mir gelang, etwas Wasser unter meine Kontrolle zu bringen. Aber der Tunnel, in den sie mich geschleppt hatten, war bestimmt nicht zufällig von keiner Wasserader durchzogen. Eine befand sich vor der Abzweigung. Ich konnte sie nicht sehen, vielleicht aber spüren, wenn ich mich darauf konzentrierte. Zumindest versuchen musste ich es.

»Lasst mich los, verdammt!«, fluchte ich.

Jae nickte den Vampiren knapp zu und sie ließen tatsächlich von mir ab. Verwundert schaute ich zu ihnen, dann zu dem Drachen. »Was soll das?«

Ich konzentrierte mich weiter auf das Wasser, war aber auch neugierig zu erfahren, was Jae sich von diesem nächtlichen Überfall erhoffte. Wollte er mich einschüchtern? Mir klarmachen, dass er jederzeit zur Gefahr für mich werden konnte, wenn ich nicht den Mund hielt?

»Nur reden«, sagte er.

»Ach ja?«, fuhr ich ihn an. »Wir hätten auch im Speisesaal, draußen auf dem Campus oder nach dem Unterricht reden können. Egal wo.«

»Verschwindet«, befahl er seinen Leuten.

Die Vampire wandten sich in die Richtung, aus der wir gekommen waren, stockten aber, als sie dort vor einer Wasserwand standen.

Jae verengte den Blick. »Dein Werk?«

»Für mich sah das nun mal nicht nach Reden aus.« Ich gab mir die größte Mühe, mir nicht anmerken zu lassen, dass ich selbst überrascht über das Ergebnis meiner Anstrengung war und wie viel Kraft es mich kostete, diese Wasserwand aufrechtzuerhalten. So etwas hatte ich bisher noch nie zustande gebracht. Wahrscheinlich lag das nur am Adrenalin in meinen Adern. Ohne Jae aus den Augen zu lassen, richtete ich meine flach ausgestreckte Hand auf das Wasser, bewegte sie nach unten und die Wasserwand senkte sich.

Kaum waren die Vampire hindurchgetreten, ballte ich eine Faust, riss das Wasser mit einer Bewegung an uns heran und ließ es um uns herum in die Höhe schnellen, sodass wir komplett von einem Strudel umschlossen und abgeschottet waren.

Ich hätte mir selbst auf die Schulter klopfen und triumphierend jubeln können, so stolz war ich auf dieses Kunststück. Das wäre allerdings nicht so cool rübergekommen, wie ich mich vor Jae geben wollte, also verzog ich keine Miene.

»Rede«, forderte ich ihn auf.

Er nickte zustimmend. »Ich stamme aus einer alten, koreanischen Drachenlinie. Seit fünfhundert Jahren bin ich der erste Nachkomme meiner Art.«

»Das ist eine ziemlich lange Zeit«, gab ich zu.

Wieder nickte er. »Dass es so lange keinen Nachwuchs mehr gab, betrifft nicht nur uns. Viele alte Drachenlinien sind längst ausgestorben. In Tokio lebt heute nur noch ein einziger Drache, in China haben sich die Familien zerschlagen, in Venedig ist nur eine Linie bekannt.«

»Und weiter?« Ich drängte ihn nicht nur, weil ich wissen wollte, wohin das führte, sondern auch, weil ich nicht wusste, wie lange ich den Wasserstrudel um uns herum noch aufrechterhalten konnte.

»Ich bin seit fünfhundert Jahren der erste Drachennachkomme Koreas und seit zweihundert Jahren der erste weltweit. Du kannst dir vorstellen, wie wichtig ich für meine Art bin. Deswegen hat meine Familie die Vampire beauftragt, mich zu beschützen. Und weil es so weit zurückliegt, dass junge Drachen ein Teil der magischen Welt waren, weiß heute niemand mehr, wie ihre Gestalt aussieht. Das ist auch gut so, weil ich zur Zielscheibe für die Feinde der Drachen werden könnte. Sie sollen nicht wissen, wie schwach wir in den ersten Jahrhunderten unseres Lebens sind. Es muss ein Geheimnis bleiben, verstehst du?«

»Ich habe es dir versprochen und ich halte mich daran«, betonte ich. »Vielleicht ist dir aufgefallen, dass ich meine eigenen Probleme habe? Ich will mich wirklich nicht auch noch in deine einmischen.«

Er lächelte versöhnlich, trat einen Schritt zurück und senkte den Blick. »Du hast etwas gut bei mir.«

»Nach diesem Überfall kannst du das mal zwei nehmen.« Ich hob zwei Finger und ließ von dem Wasser um uns herum ab. Es klatschte zu Boden und spritzte uns nass, was nicht meine Absicht gewesen war. Doch es langsam zu senken, hätte ich schlichtweg nicht geschafft, weil meine ganze Kraft verbraucht war. Ich fühlte mich, als hätte mein Hirn Muskelkater.

Wenig begeistert betrachtete Jae seine nasse Kleidung. »Bleiben wir bei einer Sache, die du bei mir guthast.«

Verlegen verzog ich das Gesicht und senkte zustimmend einen der erhobenen Finger. »Geht klar«, sagte ich und unterdrückte ein Lachen. Einen pitschnassen Immortal bekam man bestimmt nicht alle Tage zu Gesicht.

Die Vampire, die hinter dem Wasser wieder zum Vorschein gekommen waren, schauten mich an, als hätte ich ihren Boss mit einem Kübel stinkender Fischsuppe übergossen.

»Lasst sie gehen«, befahl Jae.

Ich nickte zum Abschied und zwängte mich zwischen den Vampiren durch, die mir nur einen Spaltbreit Platz machten.

»Alles in Ordnung bei Ihnen, Sir?«, fragte einer der beiden. »Sollen wir diesen Vorfall melden?«

»Das ist nur Wasser, das habe ich schnell verdampft«, antwortete Jae und fuhr mit gesenkter Stimme fort: »Es ist nicht nötig, jede Kleinigkeit direkt meiner Familie zu melden, und dieses *Sir* kannst du dir auch sparen.«

»Ja, Sir«, antwortete der Vampir.

Schmunzelnd bog ich um die Ecke. Erst einmal musste ich aus den nassen Klamotten raus und dann ins Bett. Dieser Auftritt von Jae war der perfekte Ausklang für einen Chaostag, der sich nahtlos an die Katastrophen anknüpfte, die mir in dieser Schule am laufenden Band widerfuhren. Man hätte sie in School of Chaos and Disaster umbenennen sollen.

19

Von Killerwalen lasse ich mich ungern anknabbern

Die folgenden Tage verliefen überraschend ereignislos. Und das hatte schon etwas zu heißen, wo doch noch immer ein Incubus sein Unwesen in der Schule trieb. Ich merkte die Anspannung, die überall vorherrschte. Auf den Korridoren traf ich selten jemanden ohne Begleitung, auch im Speisesaal war die Stimmung bedrückt, und abends, wenn die Freiwilligen patrouillierten, war die Schule wie ausgestorben. Nur der Unterricht ging normal weiter, auch wenn sich die Reihen in den Klassenräumen gelichtet hatten.

Ich verbrachte meine Zeit größtenteils mit Lilou. Nach dem Unterricht übte ich mit ihr meine Verwandlung und stellte mich dabei selbst nach einem halben Dutzend Ausflügen ins Meer noch immer sehr ungeschickt an.

»Sag mal, kann es sein, dass du Caleb aus dem Weg gehst?«, wollte Lilou aus heiterem Himmel wissen.

Wir standen nebeneinander im kniehohen Wasser der offenen Grotte. Wie schon an den Tagen zuvor hatten wir uns freiwillig gemeldet, die Kelpies zu füttern. So waren wir ungestört, wenn ich mich verwandelte. Die Wasserpferde waren bereits versorgt und größtenteils ins Meer zurückgekehrt. Nur eines war geblieben und suchte den Grund nach etwas Essbarem ab.

»W-was?«, fragte ich verwirrt.

»Seit der Sache in der Bibliothek schaust du ihn kaum an«, erklärte sie. »Ich dachte, ihr … also … du magst ihn doch, oder?«

Wie kam Lilou darauf, dass ich ihn mied? Wir hatten in den letzten Tagen im Speisesaal immer zusammen an einem Tisch gesessen und uns locker unterhalten. Zumindest glaubte ich das. Dass ich ihn dabei selten anschaute, wurde mir erst bewusst, als ich genauer darüber nachdachte.

Ich öffnete den Mund, um zu antworten, brachte die Worte aber nicht über die Lippen. Eigentlich wollte ich leugnen, dass ich ihm aus dem Weg ging oder dass ich mehr für ihn empfand, aber das entsprach nicht der Wahrheit, und zum ersten Mal spürte ich, was es hieß, eine Sirene nicht belügen zu können.

»Ich weiß nicht, was ich fühle«, sprudelte es aus mir heraus. »Ich denke, er will mir näher sein, und das macht mir Angst. Es ist bescheuert, aber so ist es. Dabei mag ich ihn. Er bringt mich zum Lachen, sorgt dafür, dass ich mich sicher fühle, und sieht auch noch verdammt gut aus. Wenn ich mehr Zeit mit ihm verbringen würde, könnte ich herausfinden, was zwischen uns ist. Stattdessen gehe ich ihm aus dem Weg, weil es sich komisch anfühlt, nicht zu wissen, wohin das führt. Ich fühle mich dabei hilflos und überfordert. Aber ich will mich so nicht fühlen, also fühle ich lieber gar nichts.«

»Das tut mir leid«, sagte Lilou, als wäre das alles ihre Schuld.

»Du kannst nichts dafür«, versicherte ich ihr.

»Nein, ich meine, dass du …« Sie stockte und senkte schuldbewusst den Kopf. »Du wolltest mir das nicht sagen. Es war mein Sirenenblut, dass dich dazu gebracht hat.«

»Das ist schon okay, es hat gutgetan, es laut auszusprechen.«

»Sicher?«, fragte sie.

Ich nickte. »Ganz sicher.«

Sie kratzte sich verlegen am Hinterkopf. »Du kommst immer so selbstbewusst und schlagfertig rüber. Ich hätte nicht gedacht, dass du mit solchen Gefühlen zu kämpfen hast.«

»Da siehst du mal, dass der äußere Schein oft trügt. Ein bisschen verstecken wir uns doch alle voreinander, oder?«

»Ja, wahrscheinlich.« Sie lächelte. »Und jetzt ab ins Wasser und wir schwimmen los.«

»Einfach so?«

Es war bewölkt und nur wenig Tageslicht fand den Weg in die Grotte. Ab und zu blitzte ein Sonnenstrahl zwischen den Wolken hindurch und ließ die Wellen glitzern.

Den anderen Nixen gelang die Verwandlung binnen Sekunden. Ich brauchte dafür noch immer mehrere Minuten. Ob sich das je ändern würde?

»Einfach so«, bestätigte Lilou.

Eine gefühlte Ewigkeit starrte ich auf die Wasseroberfläche. »Denkst du, dass die Hexen den Incubus mit einem Ritual heraufbeschworen haben?«

»Wie kommst du jetzt *darauf*?«, fragte Lilou überrumpelt.

»Ich meine nur. Vielleicht ist es ja doch so, wie wir am Anfang geglaubt haben, und Dalia hat sie dazu angestiftet. Nur dass der Dämon keine Illusion ist, sondern echt. Es kann doch kein Zufall sein, dass –«

»Du versuchst abzulenken«, unterbrach sie mich. »Jetzt lass dich endlich fallen.«

Ich verdrehte die Augen. »Na gut.«

Sie hatte recht. Jedes Mal zögerte ich es hinaus, meine Wassergestalt anzunehmen. Ich wusste einfach noch zu wenig über mich und meine Fähigkeiten. Unsere Recherche hatte nichts gebracht und von Bradford hatten wir auch noch nichts Neues erfahren. Die Zweifel hemmten mich und es war immer wieder ein Kampf, sie zu überwinden. Ein Kampf, den ich zwar gewann, aber zu gern endlich hinter mir gelassen hätte.

Im Grunde war es vergleichbar mit der Sache zwischen Caleb und mir. Statt mich einfach fallen zu lassen, dachte ich zu viel darüber nach und trat dadurch auf der Stelle. Also kreuzte ich die Arme vor der Brust, drehte mich mit dem Rücken der offenen Grottenseite zu und ließ mich steif wie ein Brett nach hinten fallen.

Und genau so landete ich im flachen Wasser, wie ein Vampir in seinem Sarg. Verwandelt hatte ich mich natürlich nicht. Ich hielt die Luft an, schaute nach oben und sah Lilous verschwommene Gestalt über mir.

Sie stemmte ihre Hände in die Hüfte. »Willst du aufstehen und es noch mal versuchen oder bleibst du jetzt einfach stur dort liegen?«

Ich wollte weder das eine noch das andere. Mich einfach so auf Anhieb zu verwandeln, wie es die anderen Nixen tagein, tagaus taten, war offenbar noch zu viel für mich. Es zumindest zu schaffen, bevor mir die Luft ausging, hielt ich für herausfordernd genug. Ich schloss die Augen und ließ mich auf das Gefühl ein, mit dem Wasser eins zu werden. Als ich den Drang verspürte einzuatmen, hatten meine Flossen bereits ihre Form angenommen. Das Wasser strömte kühl und weich durch meine Kiemen und ich schoss mit nur einem Schlag meiner Schwanzflosse bis zum Höhleneingang hinauf.

»Geht doch!«, hörte ich Lilou mir hinterherrufen.

Ich lächelte zufrieden. Ja, es ging. Ein wenig holprig, aber jeden Tag ein bisschen besser. Als ich die Grotte verließ, tauchte neben mir nicht etwa Lilou auf, wie ich erwartet hatte, sondern das Kelpie.

Es war das erste Mal, dass ich eines dieser Wesen unter Wasser beobachten konnte. Es wirkte gläsern und bestand nur aus Wirbeln und Luftblasen. Immer wieder gab es seine Form auf, strömte um mich herum und nahm sie wieder an. Es war, als würde es mich herausfordern wollen, worauf ich mich gern einließ. Ich beschleunigte und schwamm mit dem Kelpie an meiner Seite weit aufs Meer hinaus.

Im hohen Seegras wurde es wieder zu einem Wasserstrudel, sauste durch das Grün und ließ es auseinanderstieben. Ein gutes Stück weiter nahm es auf einer Anhöhe wieder seine Pferdeform an. Hinter ihm brach die Sonne durch die Wasseroberfläche, nachdem sich ein paar Wolken verzogen hatten. Die Strahlen malten weiß glitzernde Lichtschwerter ins Meer.

Ich hielt inne und bewunderte den Anblick. Stattlich und voller Anmut hielt das Kelpie den Kopf erhoben und scharrte mit einem Vorderhuf, als wollte es mir sagen, dass ich zu langsam war.

Noch vor knapp einer Woche hatte ich geglaubt, dass die Aussicht über den Fjord das perfekte Postkartenmotiv abgab, nun wurde ich eines Besseren belehrt. Unter Wasser war die Welt viel aufregender, schöner und bunter. Ich liebte es. Auch wenn es mir Angst machte, noch immer nichts über meine Abstammung zu wissen, und mich das hemmte, meine Wassergestalt anzunehmen – ich liebte es, ein Teil dieser Welt zu sein.

»Du bist echt schnell«, keuchte Lilou neben mir.

»*Nicht so schnell wie ein Kelpie*«, erwiderte ich in Gedanken.

Sie lachte. »Wer ist das schon?«

Das Kelpie stieß sich vom Boden ab, löste sich in einen Strudel auf und verschwand in der Weite des Meeres.

»*Was machen wir heute?*«, fragte ich. »*Höhlen erforschen?*«

»Ich habe eine bessere Idee. Erinnerst du dich an den Wal, den du in der Fentra-Höhle gesehen hast? Willst du mal mit Walen schwimmen?«

»Nichts lieber als das!« Allein der Gedanke daran ließ mein Herz Saltos schlagen.

»Dann ruf welche«, forderte sie mich auf.

Ich war mir nicht sicher, ob das funktionieren würde, aber einen Versuch war es wert, also schloss ich die Augen, konzentrierte mich und schickte meine Botschaft hinaus in die Unterwasserwelt.

Anschließend schauten Lilou und ich uns um.

»Siehst du etwas?«, fragte ich.

»Dort hinten!«

Ich wandte mich in die Richtung, in die sie deutete. Weit entfernt waren Schatten zu sehen. Erst erkannte ich nur dunkle Punkte im leuchtenden Blau, dann aber kamen sie näher, wuchsen schnell heran und ihre Formen wurden deutlicher.

»Sie kommen wirklich!« Ich hatte nicht dran geglaubt, aber es waren Wale. Echte, riesige Wale. Eine Gruppe von mindestens zwanzig Tieren. Sie begrüßten uns mit ihrem Gesang und klangen dabei ganz anders als der Wal, den ich in einem der Portale gesehen hatte. Ihre Stimmen waren heller und erinnerten ein wenig an Delfine.

»Das sind Orcas«, sagte Lilou.

»Du meinst … Killerwale?«

»Keine Sorge«, versuchte sie mich zu beruhigen und schwamm auf die Wale zu. Solange die Orcas nicht genauso an mir knabbern wollten, wie es die kleinen Fische bei meinem ersten Unterwasserausflug getan hatten, machte ich mir auch keine Sorgen.

Die Wale waren mindestens genauso neugierig auf mich wie ich auf sie. Wir umkreisten einander, es war unglaublich, ihre Haut zu berühren, in ihre riesigen Augen zu schauen, zu beobachten, wie sie sich vor mir drehten, meine Bewegungen nachahmten und mich von allen Seiten betrachten wollten.

»Bin ich die erste Nixe, die sie zu Gesicht bekommen?«, fragte ich.

»Das vielleicht nicht, aber bestimmt die erste, die sie ganz ohne Gesang zu sich gerufen hat«, meinte Lilou.

Ich hatte keine Ahnung, wie ich diese Fähigkeit den anderen Nixen verkaufen sollte. Mit meinem Aussehen ging ich vielleicht noch als Moornixe durch, aber das auch nur, wenn es keine von ihnen je mit einer echten Moornixe zu tun gehabt hatte.

Etwas schubste mich von hinten, ein Babyorca, der mich noch einmal sanft mit seiner Schnauze anstupste. Sein Anblick zauberte mir ein Lächeln auf die Lippen.

Die Gruppe setzte sich in Bewegung und wir schwammen ein Stück mit, bis Lilou mich am Arm aufhielt.

»Weiter können wir nicht«, sagte sie. »Der Schutzwall endet hier.«

Verwundert schaute sie auf ihre Hand und ich folgte ihrem Blick. Dort, wo ihre Finger meinen Arm umschlossen, hatte die dunkle Zeichnung auf meiner Haut blau zu leuchten begonnen.

Erschrocken riss ich die Augen auf. Etwas Ähnliches hatte ich schon einmal an einem der Steintore zum Meer in der Schule gesehen. Bei meiner Berührung war von den Symbolen auf dem Stein dasselbe Leuchten ausgegangen.

Lilou zog ihre Hand weg und das Leuchten ebbte ab.

»Alles okay?«, fragte ich.

Es war das erste Mal, dass sie mich in meiner Wassergestalt angefasst hatte. Ob das schon ausreichen würde, um meine Fähigkeit zu wecken, ihr die Lebenskraft zu entziehen? Schließlich hatte mich Tyler auch angefasst.

Lilou drehte ihre Hand, schloss und öffnete die Finger. »Ich weiß nicht«, gab sie zu. »Ich … fühle mich nicht anders, denke ich.«

»Sicher? Ich habe dir keine Lebenskraft entzogen?« Auf ihrer Haut waren keine Spuren wie damals bei Tyler zu erkennen. Das war schon mal ein gutes Zeichen.

Lilou lächelte. »Ganz sicher, mir geht es gut. Dass du leuchten kannst, ist ziemlich cool. Das kann sonst keine Nixe.«

Eigentlich brauchte ich nicht noch mehr Dinge, die mich von den anderen Nixen unterschieden. Als Unterwasserlampe zu fungieren, konnte aber bestimmt praktisch sein.

»Vorsicht!«, stieß Lilou plötzlich aus und griff nach meinem Handgelenk.

Instinktiv entzog ich mich ihr, was dafür sorgte, dass sie mich überrascht anschaute.

»*Sorry, ich ...*« Mich anzufassen, war keine gute Idee. Zumindest nicht, solange wir nicht mehr über meine Fähigkeiten wussten.

»Da hinten«, sagte sie und deutete in Richtung Schule.

Ein paar Schatten bewegten sich dort durch die Korallen. Anhand ihrer Silhouetten und Bewegungen erkannte ich sie schnell als Nixen.

»*Dalia?*«

»Mit dem gesamten Schwarm, wie es aussieht. Wir sollten uns verstecken.« Lilou schaute sich nach einem geeigneten Unterschlupf um.

»*Wieso sollten wir?*«, fragte ich. »*Ich habe keine Angst vor Dalia.*«

»Und wenn sie dich anfasst?«

Das war ein gutes Argument. »*Ins Seegras*«, schlug ich vor und verschwand zwischen den hohen Halmen.

Lilou gesellte sich neben mich und hielt nach den Nixen Ausschau, während sie ganz aufgedreht wirkte. »Wir führen sie ganz schön an der Nase rum, was?«, sagte sie und grinste.

Offenbar gefiel ihr dieses Katz-und-Maus-Spiel. Ich hingegen fühlte mich in der Rolle der Maus gar nicht gut. Die Nixen kamen näher. Ich konnte sie lachen und kichern hören, sah ihre Flossen ganz nah an uns vorbeiziehen und ärgerte mich, dass ich gezwungen war, mich feige zu verstecken.

Eine von ihnen summte ein Lied in melodischen, erfüllenden Tönen, die mich in den Bann zogen, alles um mich herum vergessen ließen und dazu bewegten, zu den Nixen schwimmen zu wollen.

»Habt ihr das eben gehört?«, fragte eine von ihnen, was mich zurück in die Wirklichkeit katapultierte.

Auch Lilou wirkte wie aufgewacht und weitete erschrocken die Augen. »Weg hier!«

Sie schwamm los, ich setzte ihr nach und warf einen Blick zurück. Die Nixen schauten uns hinterher, machten aber keine Anstalten uns zu folgen. Jetzt hatte ich mich nicht nur vor Dalia versteckt, ich floh auch noch vor ihr. Mit Sicherheit würde sie mir das noch unter die Nase reiben.

Wir verließen die Wasserwege der Schule durch den Brunnen. Lilou stand bereits trocken daneben. Ich beobachtete noch das Funkeln meiner Haut, die dabei war, sich in ihre menschliche Form zurückzuverwandeln.

»Das war aufregend, was?«, fragte Lilou.

»Ja, ein bisschen«, gestand ich.

Sie legte die Stirn in Falten. »Bist du wütend auf mich?«

»Nein, wie kommst du darauf?« Ich zog meine Beine aus dem Brunnen und stand auf.

Lilou hob die Schultern. »Du wirkst grummelig.«

»Ich fühle mich nicht gut dabei, mich vor den anderen Nixen zu verstecken«, erklärte ich. »Eigentlich sollte ich von ihnen lernen und alles über mein Volk erfahren. Deswegen bin ich an diese Schule gekommen.«

»Warte ab, du wirst noch superviel lernen!«, versprach sie. »Und wenn die Abschlussprüfungen kommen, wirst du dich ärgern, dass wir nicht den ganzen Tag in der Bibliothek gebüffelt haben.«

Ich lächelte schief. »Sondern stattdessen mit Walen und Kelpies schwimmen waren?«

»Genau.«

Ein paar Leute aus der Schule rannten an uns vorbei. Aus einem der abgehenden Korridore waren aufgeregte Stimmen zu hören.

»Was ist da los?«, fragte Lilou beunruhigt.

»Keine Ahnung«, sagte ich. »Lass uns nachschauen.«

Im Korridor hatte sich eine kleine Ansammlung gebildet. Ich konnte nicht erkennen, was es dort zu sehen gab, also schob ich mich weiter vor und stellte erschrocken fest, dass ein besinnungsloser Schüler zusammengesackt an der Wand lehnte.

Das war Thomas, der Magier, der an meinem ersten Unterrichtstag meinen Stundenplan durcheinandergebracht hatte. Seinen Zauberstab hielt er noch in der Hand. Offenbar war er gezwungen gewesen, sich zu verteidigen.

»Besser wir fassen ihn nicht an«, konnte ich aus dem Getuschel um ihn herum heraushören. »Nicht, dass der Incubus ihn vergiftet hat.«

»Vergiftet?« Fragend schaute ich mich unter den Anwesenden um. Ich war zwar erst seit gut einer Woche hier, wusste aber schon, dass Incubi nicht mit Gift angriffen. »Hat schon jemand einen Professor gerufen?«

Verunsicherte Blicke wurden gewechselt.

»Ich mach das!«, rief Lilou von hinten und streckte den Arm in die Luft, damit ich sie sehen konnte.

Weil sich sonst niemand traute, ging ich auf ein Knie und ertastete Thomas' Puls. Zu meiner Erleichterung war er zu spüren, wenn auch nur schwach.

Eine Woche und schon der dritte Fall für die Krankenstation. Wenn das so weiterging, würden die Betten knapp werden. Irgendjemand musste etwas gegen diesen Incubus unternehmen.

20

Eine Royal sollte man sich nicht zum Feind machen

Tierkommunikation, mein Unterrichtsfach des Grauens. Es war Montag und damit wieder an der Zeit, mich den Blicken der Hexen und Nixen zu stellen.

Schon beim Betreten der Grotte wurde mir klar, dass sie ganz erpicht darauf waren, mich bei der Verwandlung zu sehen. Es stand ihnen deutlich auf der Stirn geschrieben.

Neben dem Kurs von Professorin Kumar gab es auch andere Fächer, die eine Wassergestalt voraussetzten. Sie waren allerdings für Fortgeschrittene, zu denen ich nun wirklich nicht zählte. Tierkommunikation bot also die einzige Gelegenheit für Dalia, meine Wassergestalt aus der Nähe zu begutachten – und nicht nur von hinten, während ich feige vor ihr floh. Was ich hoffentlich nie wieder machen musste.

Ich ging zielsicher zu den Nixen und stellte mich neben Dalia. Natürlich passte ich so gar nicht in das Bild. Wie üblich trug ich Leggings und Hoodie, bei den Nixen war das Motto des Tages Aquarelloptik. Dalias bodenlanger Rock in weich ineinanderfließenden Blautönen sah wie eine aufgewühlte Wasseroberfläche aus. Ihre Hüftkette aus Muscheln rundete diesen Eindruck ab.

»Ich hätte gedacht, du rennst sofort weg, wenn du mich auch nur von Weitem siehst«, spielte sie auf unsere letzte Begegnung an.

Ich hob eine Braue. »Rennen die Leute denn öfter vor dir weg?«

»Du! Ich ...!«, stotterte sie.

Ich war zufrieden. Dalia aus dem Konzept zu bringen, erfüllte mich mit Genugtuung, auch wenn es mir viel lieber gewesen wäre, mich mit ihr gutzustellen. Aber dazu war sie augenscheinlich nicht bereit. Und da ich nicht bereit war, auf mir herumhacken zu lassen, musste sie mit dem einen oder anderen Konter leben.

Kumar betrat die Grotte. Wie immer trug sie einen wunderschönen Sari, diesmal in Grün mit goldenen Mustern. Ihr dunkles Haar war zu einem Zopf zusammengebunden, sodass man ihre schicken Ohrringe sehen konnte.

»Ich bitte um Ruhe«, sagte sie. »Da es uns in der letzten Stunde nicht gelungen ist, einen Rochen anzulocken, und wir uns stattdessen mit Seeigeln begnügen mussten, versuchen wir es heute erneut. Darf ich unsere Nixen bitten?« Sie deutete auf das Wasserloch.

Dalia warf mir einen geringschätzigen Blick zu. »Wir sehen uns dort draußen.«

Sie trat vor, sprang ab und verwandelte sich noch im Sprung in ihre Nixengestalt – glitzernd, atemberaubend schön und so elegant, dass jeder Schwan neidisch geworden wäre. Würde es doch nur einen Zauber geben, um wenigstens zehn Prozent ihrer äußeren Schönheit in ihr Inneres zu verlagern. Sie wäre gleich ein viel besserer Mensch.

»Ms Blackwood, möchten Sie das Füttern der Kelpies übernehmen?«, fragte Kumar.

»Ich glaube, die haben allmählich die Schnauze voll von mir«, lehnte ich ab.

»Nun dann.« Wieder deutete sie auf das Wasser.

Ich gab mich selbstbewusst, auch wenn es in meinem Kopf anders aussah. Mich unter Lilous Blick zu verwandeln, fiel mir schon nicht leicht, es vor allen in diesem Kurs zu tun, war eine ganz andere Liga.

»Trau dich!«, rief mir Dalia zu und klatschte aufs Wasser, als wäre ich ein scheues Hündchen, das sie zu sich locken wollte. »Wir versprechen auch, nicht zu lachen.«

»Ja klar«, höhnte ich, trat an den Beckenrand, kratzte meinen ganzen Mut zusammen und sprang kopfüber ab.

Ich wusste, dass ich noch längst nicht so weit war, mich wie Dalia im Flug zu verwandeln, also versuchte ich es gar nicht erst. In meiner menschlichen Form, mit Beinen und Kleidung, tauchte ich immer weiter hinab. Das Becken war mehrere Meter tief und so düster, dass ich zuversichtlich war, von Dalia und den anderen nicht gesehen zu werden. Zumindest nicht, solange ich nicht zu leuchten begann.

Als ich um eine Biegung getaucht war und ein gutes Stück vor mir Licht erkennen konnte, brannte meine Lunge bereits. Ein Zurück gab es für mich aber nicht. Falls mir die Verwandlung nicht gelang, würde ich auftauchen, an Land schwimmen und unter falschem Namen ein neues Leben in der norwegischen Einöde beginnen. Hauptsache, mir blieb Dalias Hohn erspart.

Ich strampelte weiter, schwamm auf das Licht zu und ließ mich auf das Gefühl ein, mit dem Wasser zu verschmelzen. Meine Kleidung löste sich auf, der Druck auf meiner Lunge verschwand, und als ich die Höhle hinter mir ließ und aufs offene Meer hinausschwamm, hatte ich Flossen, Schwimmhäute zwischen den Krallenfingern und das Gefühl, bei jedem Atemzug von seidenweichem Wasser durchströmt zu werden.

Ich wandte mich der Insel zu. Ein bisschen erinnerte sie mich an einen Schweizer Käse, weil sie von den Höhlen regelrecht durchlöchert war. Am Ausgang, den ich genommen hatte, tauchten nun die anderen Nixen auf, jede von ihnen farbenfroh, mit schimmernden Schuppen und schleiergleichen Flossen. Sie umkreisten mich, begutachteten mich von allen Seiten und kicherten hinter vorgehaltener Hand.

»Wir haben versprochen, nicht zu lachen«, ermahnte Dalia sie. »Was bist du? Eine Moornixe?«

»Ich habe schon Moornixen gesehen, die sind nicht so groß«, sagte die Nixe links von ihr.

»Und nicht so … anmutig«, meinte eine andere so leise, dass man sie unter dem verhaltenen Kichern kaum verstehen konnte. Trotzdem blieb ihr Kommentar nicht ungehört, sodass sie schnell nachsetzte: »Vielleicht irgendeine mutierte Unterart.«

»Ja genau«, stieß eine Nixe lachend aus. »Wie diese verstrahlten Monsterfische mit drei Augen, ihr wisst schon.«

Dalia bedachte sie mit einem strafenden Blick. »Was hatte ich über das Lachen gesagt?«

Sofort verstummte sie und senkte beschämt den Kopf.

Es war offensichtlich, dass Dalia mich nicht wirklich in Schutz nehmen wollte. Sie wollte eher demonstrieren, wie sie den Schwarm unter Kontrolle hatte. Die anderen taten alles, was sie von ihnen verlangte. Immerhin war sie die Royal.

»Aber jetzt im Ernst.« Dalia umkreiste mich noch einmal. »Was bist du? Sieht aus, als hätte sich ein Delfin mit einer Qualle vergnügt. Was ist? Hat es dir die Sprache verschlagen?«

»*Ganz und gar nicht*«, gab ich telepathisch zurück.

Dalias Augen weiteten sich. »Was zum …?«

Ich konnte nichts erwidern, denn aus der Höhle schwamm ein weiteres Wesen aufs Meer hinaus. Obwohl schwimmen nicht das richtige Wort war, denn es quetschte seine riesige Gestalt vielmehr durch den engen Spalt. Auf den ersten Blick erinnerte es stark an einen Drachen, allerdings ohne Flügel, dafür mit langen Flossen am Schwanz, einem mächtigen Rückenkamm und Schwimmhäuten zwischen den Pranken. Die Schnauze war zudem länger, wodurch die Ähnlichkeit mit einem Krokodil nicht von der Hand zu weisen war.

Das war also ein Makara. Die Wassergestalt von Professorin Kumar. Ich war mehr als beeindruckt und es machte mir Mut, dass nicht jede weibliche Wassergestalt in der magischen Welt zart, bunt und graziös sein musste, um Eindruck zu schinden. Kumar war eine zierliche Frau in ihrer Menschengestalt, aber ein imposantes Wesen unter Wasser. Auch meine Wassergestalt war nicht schillernd. Das hieß noch lange nicht, dass sie weniger weiblich war als die der anderen Nixen.

Kumar stieß sich mit den Hinterpranken vom Gestein ab, schoss auf uns zu und geradewegs an uns vorbei. Bei ihrer opulenten Größe, den muskelbepackten Schenkeln und der kräftigen Brust hätte ich im Leben nicht für möglich gehalten, dass sie sich so schnell und stromlinienförmig durchs Wasser bewegen konnte.

»Folgt mir«, forderte sie uns mit einer dunklen, grollenden Stimme auf, die nur noch entfernt an die der zierlichen Frau im Sari erinnerte.

»Das ist noch nicht vorbei«, zischte mir Dalia zu und schwamm voraus.

Kumar führte uns zu einer Unterwasserschlucht, durch die wir tauchten, bis wir einen Felsen erreicht hatten, der genug Platz für ein Versteck bot. Auf der anderen Seite tummelte sich ein Schwarm Rochen.

Wie eine Echse an Land kroch Kumar über den Felsen. »Denkt daran, dass es sich hier um Stachelrochen handelt. Ein Stich mit ihrem Schwanz bringt euch auf die Krankenstation.«

»Mahina bekommt das schon hin«, sagte Dalia und wandte sich ihr zu. »Nicht wahr?«

»Ich … ich dachte, *du* würdest …«, stotterte Mahina.

Dalia lächelte falsch. »Du bist die beste Sängerin von uns. Ich vertraue dir.«

»Okay«, murmelte sie, schwamm an Kumar vorbei und begann mit einem zaghaften Singsang.

Die Rochen wurden neugierig, einer kam auf sie zu, doch Mahina war zu unsicher und wich zurück. Fragend schaute sie zu Dalia.

»Weiter. Du kannst das«, ermutigte Dalia sie.

Noch einmal sang Mahina. Sie streckte die Hand nach dem Rochen aus und das Tier näherte sich wieder.

»Es klappt«, stieß sie aus, was den Rochen offenbar reizte, denn plötzlich schoss er auf sie zu.

Mahina schrie, wich gerade noch rechtzeitig aus und entkam dem Stachel nur knapp. Der Rochen setzte sofort zu einem zweiten Angriff an.

»Ich übernehme das.« Dalia schwamm vor und streckte dem Tier beide Arme entgegen. Ein Wasserstrudel entstand, der den Rochen zurück zu den anderen katapultierte.

Dalias Verteidigung war zwar beeindruckend, sorgte aber dafür, dass sich noch mehr Rochen bedroht fühlten. Zudem hatte der Strudel den Sand vom Grund aufgewirbelt, sodass wir nur schemenhaft erkennen konnten, wo die Rochen waren, die uns nun umkreisten.

»Sie bleiben alle in meiner Nähe«, forderte Kumar uns auf.

Ängstlich scharten sich die Nixen um die Makara, während Dalia die Hände angriffsbereit erhoben hielt.

»Wir haben das doch geübt«, warf sie Mahina hysterisch vor.

»Ich habe dir gesagt, dass mir die Viecher eine Scheißangst machen«, gab Mahina schrill zurück.

Mit Panik und Hysterie kamen wir nicht weiter. Ich hatte keine große Lust, auf der Krankenstation zu landen, wollte aber genauso wenig untätig dabei zusehen, wie die Rochen ihren Kreis um uns enger zogen. Also konzentrierte ich meine Gedanken auf die Tiere und hoffte, zu ihnen durchzudringen.

»*Folgt mir!*«, forderte ich sie auf und schwamm los, geradewegs in die Sandwolke hinein.

Entgegen meiner Befürchtung, gleich als Rochennadelkissen zu enden, gehorchten sie mir wie selbstverständlich. Sie ließen von den anderen ab, begleiteten mich aus der Sandwolke hinaus, umschwärmten mich neugierig und kamen mir dabei so nah, dass ich sie berühren konnte. Von ihrer Aggression war nichts mehr zu spüren.

Es war unglaublich, mich als Teil ihres Schwarms von der Meeresströmung mittreiben zu lassen. Ich vergaß, dass mich die anderen beobachteten, streckte meine Hand nach den Rochen aus und ließ meine Finger über ihre glatte Haut wandern. Sofort begannen die Zeichnungen auf meiner Hand zu schimmern. Das Leuchten zog sich meinen Arm hinauf, breitete sich über das Liniengeflecht auf meinem gesamten Körper aus und wurde von den Rochen reflektiert, sodass es aussah, als wäre ich von geflügelten Lampions umgeben. Ich hätte stundenlang mit ihnen schwimmen können.

Erst als wir so weit nach oben gestiegen waren, dass ich über mir die Wasseroberfläche und unter mir die anderen Nixen sehen konnte, fiel mir unsere Unterrichtsaufgabe wieder ein. Ich hielt inne und mein Leuchten ebbte ab.

»*Ich danke euch*«, gab ich den Rochen zu verstehen. »*Würde mich einer von euch noch ein Stück begleiten?*«

Die Rochen schwammen davon, nur einer blieb bei mir und folgte mir. Um mich den Fragen der anderen nicht stellen zu müssen, glitt ich geradewegs über sie hinweg in Richtung Schule.

Der Rochen folgte mir wie ein treuer Hund bis in die Höhle und zum Becken in der Grotte, wo ich auftauchte und von ihm umkreist wurde.

Der Rest der Klasse, der in der Grotte geblieben war, kam sofort angerannt und bewunderte das Tier. Ich stieg aus dem Becken und verwandelte mich zurück, noch bevor der Nixenschwarm und Kumar auftauchten.

Dalia war die Erste, die sich blicken ließ. Sie suchte nach mir und warf mir einen hasserfüllten Blick zu. »Geht mir aus dem Weg!«, blaffte sie und hievte sich aus dem Becken.

Kumar tauchte gleich nach ihr auf und verhinderte damit, dass sich Dalia direkt auf mich stürzte.

»Gut gemacht, Ms Blackwood«, lobte mich die Professorin.

Auch die anderen Nixen ließen nicht lange auf sich warten. Nachdem sie aus dem Becken gestiegen waren, kamen sie aufgeregt zu mir.

»Wie hast du das gemacht?«, fragte eine von ihnen.

»Kannst du wirklich leuchten oder hast du einen Zaubertrank getrunken?«, wollte eine andere wissen.

»Deine Wassergestalt sieht so cool aus!«

Dass sie mich ausgelacht und als Mutant bezeichnet hatten, war völlig vergessen. Aber ich wollte auch nicht nachtragend sein. Viel wichtiger war mir, dass ich zum ersten Mal das Gefühl hatte, von ihnen akzeptiert zu werden. Ich hätte gern ihre Fragen beantwortet, kam aber nicht dazu.

»Irgendetwas stimmt nicht mit dir«, warf mir Dalia vor. »Ich habe es von Anfang an gesagt. Sie ist keine von uns.«

»Sie sieht aber wie eine Nixe aus«, meinte Mahina.

»Pah!«, spuckte Dalia aus. »Das schafft ein Wechselbalg auch, wenn er will.«

»Ganz so einfach ist das nicht«, meinte eine der Hexen. »Wechselbälger können nur die Gestalt von realen, lebenden Personen annehmen. Wäre Devin ein Wechselbalg, müsste es irgendwo die echte Devin mit derselben Wassergestalt geben.«

»Was mischst du dich da ein?«, schnauzte Dalia sie an.

Kumar klatschte in die Hände. »Wir haben immer noch Unterricht. Verlegen Sie Ihre Privatgespräche auf Ihre Freizeit.«

Dalia sagte mir mit einem giftigen Blick auch ohne Worte, was sie dachte. Die anderen mochten neugierig auf mich sein, aber sie hatte nicht vor, mich Teil ihres Schwarms werden zu lassen.

Alle versammelten sich rund um das Becken. Ich ignorierte Dalia und schloss mich ihnen an.

»Die nächste Aufgabe lautet, den Rochen zu Bewegungen zu animieren«, erklärte Kumar.

»Nichts leichter als das«, verkündete Merel, die Hexe mit den pinken Haaren. Sie richtete ihre Hand auf das Becken, murmelte einen Zauberspruch und zu meinem Entsetzen schoss ein lilafarbener Blitz auf den Rochen zu. Das Tier wurde an der Brustflosse getroffen und änderte fluchtartig die Schwimmrichtung.

»Wohin soll ich ihn schwimmen lassen?«, fragte Merel selbstzufrieden. Sie richtete ihre Hand erneut auf den Rochen. Lila Blitze zuckten zwischen ihren Fingern.

Ich reagierte sofort und packte sie am Handgelenk. »Dafür habe ich den Rochen nicht hergebracht. Du tust ihm weh!«

»Lass mich sofort los«, giftete mich Merel an.

Ich hatte nicht vor, locker zu lassen, bevor sie nicht versprach, keine weiteren Blitze abzufeuern. Stattdessen schraubte ich meine Finger fester um ihr Handgelenk, sah dann aber, wie die Zeichnungen, die sonst nur in meiner Wassergestalt auf meiner Haut zu sehen waren, leuchtend sichtbar wurden.

Erschrocken ließ ich von Merel ab und das Leuchten verschwand. Merel verlor das Gleichgewicht, ruderte mit den Armen und stürzte in das Becken. Die anderen stöhnten überrascht auf.

Ich stand noch wie unter Schock. Mein Herz pochte heftig. Hatte ich in meiner Wut auf Merel meine Kräfte heraufbeschworen? Hieß das, es konnte jederzeit passieren? Was, wenn ich auch in meiner menschlichen Gestalt jemandem das Leben aussaugen könnte?

»Bleiben Sie ganz ruhig«, hörte ich Professorin Kumar sagen.

Unweigerlich schaute ich zu meinen Händen und wich einen Schritt zurück, bevor ich begriff, dass ihre Worte nicht mir galten. Das Leuchten war längst verschwunden, wahrscheinlich hatte es nicht einmal jemand gesehen. Dafür war es viel zu schwach gewesen und zudem nur auf meiner Hand aufgetreten.

Kumar sprach mit Merel. Der Rochen zog Kreise um sie, während sie sich panisch nach ihm umdrehte. Nach dem Blitzschlag wollte er sich bestimmt nicht mit der Hexe anfreunden.

»Nimm meine Hand!«, forderte eine ihrer Freundinnen sie auf. Ein Mädchen mit lockigem, schwarzem Haar und hellbrauner Haut. Sie hockte am Beckenrand und streckte sich Merel entgegen, musste aber nach hinten ausweichen, als das Wasser plötzlich samt Merel und dem Rochen in die Höhe schoss.

Dalia vollzog dieses Kunststück. Sie lenkte das Wasser im hohen Bogen über alle Köpfe hinweg und ließ es in unserem Rücken auf den Boden klatschen.

Als es abfloss, kam die japsende Merel zum Vorschein. Triefend nass rollte sie sich auf den Bauch, stemmte sich hoch und spuckte mindestens einen halben Liter Meerwasser aus. Ihre Freundinnen waren sofort bei ihr, um ihr aufzuhelfen.

Der Rochen lag nicht weit von ihr zappelnd auf dem Rücken. Ich lief schnell zu ihm und ging auf ein Knie. Schuldgefühle brannten in mir. Das arme Tier war mir gutgläubig gefolgt und musste nun leiden. Das tat mir unheimlich leid.

Jemand ging auf der anderen Seite des Rochens in die Hocke. Es war Mahina.

»Er muss schnell zurück ins Meer«, sagte sie. »Wenn wir das Wasser unter ihm gemeinsam anheben, sollte es klappen.«

»Einverstanden.« Ich richtete meine Handflächen nach oben und konzentrierte mich, genau wie Mahina. Gemeinsam hoben wir den Rochen an, standen auf und lenkten ihn Schritt für Schritt zurück zum Becken, wo wir ihn freiließen. Er tauchte sofort ab und blieb verschwunden.

»In der nächsten Stunde üben wir mit einem Goldfisch«, verkündete Kumar sichtlich genervt. »Der Unterricht ist hiermit beendet. Ms de Vries, begeben Sie sich auf die Krankenstation. Sie haben viel Wasser geschluckt.«

Die Nixen hatten sich um Dalia versammelt und überschütteten sie mit Lob und Bewunderung für ihr beherztes Eingreifen, was sie sichtlich genoss.

Mahina schenkte mir noch ein flüchtiges Lächeln, dann schloss sie sich ihnen an.

Da ich in Tierkommunikation mal wieder unter Beweis gestellt hatte, wie unheimlich gut ich darin war, mir Feinde zu schaffen, machte ich mich allein auf den Weg zu meinem nächsten Kurs. Wesenskunde fand in einem der Türme im Westflügel statt, also am anderen Ende der Schule. Apropos Flügel. Wer auch immer meinen Stundenplan zusammengestellt hatte, musste aller Wahrscheinlichkeit nach welche besitzen, denn ohne Flügel war es unmöglich, rechtzeitig von einem Kurs in den nächsten zu gelangen. Ich vermutete, dass Bradford oder seine Sekretärin Mrs Amber für meinen Stundenplan verantwortlich war, also dürfte ich mit meiner Theorie gar nicht mal so falsch liegen.

Ich machte mich auf den Weg zur Treppe, kam aber nicht weit, weil mir Mahina den Weg versperrte. Sie wirkte ein wenig nervös und niedergeschlagen.

»Willst du mir wieder eine Lehrstunde erteilen, wie ich mich Dalia gegenüber verhalten soll?«, fragte ich.

»Nein, das …«, druckste sie herum. »Kommst du mal mit?«

Ich warf einen Blick auf meine nicht vorhandene Uhr. »Mein nächster Kurs fängt in zehn Minuten an.«

»Es geht auch ganz schnell.« Sie schaute sich um.

Es kam mir seltsam vor, wie sie sich benahm. »Alles in Ordnung mit dir?«

»Klar, alles gut«, beteuerte sie. »Kommst du?«

»Wieso nicht.« Ich hob die Schultern. Dann kam ich eben zu spät zum Unterricht. Wenn mir eine Nixe etwas zu sagen hatte, war es wahrscheinlich wichtig. Und offenbar wollte sie nicht, dass jemand etwas davon mitbekam. Jemand wie Dalia vielleicht? Meine Neugier war geweckt.

Ich folgte Mahina, die mich geradewegs in die Fentra-Höhle des Kellergewölbes führte. Wie jedes Mal übten die acht Tore, die kreisrund in der Mitte der Höhle aufgestellt waren, eine starke Faszination auf mich aus. Es wirkte ein wenig, als hätte jemand acht Pools senkrecht aufgestellt und dabei die Naturgesetze ausgehebelt, weil sich das Wasser nicht über den Boden ergoss.

Die Bezeichnung Pools passte nicht wirklich zu den antik wirkenden Steinbögen mit den fremdartigen Symbolen darauf. Ich hätte sie eher mit einem intakten Stonehenge verglichen, denn der berühmt-berüchtigte Steinkreis musste zu seinen besten Zeiten ähnlich ausgesehen haben.

Wir traten durch das achte Tor – das einzige, das nicht mit Wasser gefüllt war – in den Kreis ein und ich ließ meinen Blick über die Steinbauten schweifen.

»Wenn du mir Rotfeuerfische zeigen willst, muss ich dich enttäuschen. Den Ausflug in den Indischen Ozean habe ich schon Lilou versprochen.«

»Es tut mir wirklich leid«, sagte Mahina mit gesenkter Stimme.

Verwundert wandte ich mich ihr zu, sah dann aber aus dem Augenwinkel, wie eine Gruppe Schülerinnen hinter einem der Tore zum Vorschein kam. Da sie von Dalia angeführt wurde, erübrigte sich jede Frage. Mahina hatte mich in eine Falle gelockt. Hätte ich mir auch denken können.

»Dalia.« Ich trat einen Schritt auf sie zu.

Wie mir sofort auffiel, hatte sie sich extra für ihren Auftritt umgezogen. Sie trug ein perlenbesetztes rosa Prinzessinnenkleid mit seerosenbestickten Mesh-Lagen. In Anbetracht der Tatsache, dass wir vor ein paar Minuten noch zusammen Unterricht gehabt hatten, bewunderte ich sie fast schon für ihren rekordverdächtigen Outfitwechsel. Wahrscheinlich wollte sie damit unterstreichen, dass sie die Royal des Schwarms dieser Schule war. Es fehlte nur noch das Krönchen, dann wäre sie glatt als Disneyprinzessin durchgegangen. Das selbstherrliche Lächeln ließ sie jedoch wie die böse Fee wirken.

»Ich habe dich gewarnt«, begann sie, als hätte sie eine Rede vor dem Spiegel eingeübt.

»Echt jetzt?«, gab ich mich überrascht. »Ich erinnere mich gar nicht. Wovor hast du mich gewarnt?«

Sie schnappte nach Luft. »Du weißt genau, wovon ich rede!«

»Lass mich nachdenken.« Ich rieb mir das Kinn.

»Ich habe –«

»Nein, warte!«, unterbrach ich sie und hob den Zeigefinger. »Ich komme gleich darauf.«

»Okay, schnappt sie euch«, befahl Dalia genervt.

Die Mädchen wechselten kurze Blicke.

»Schnappt sie euch!«, geiferte Dalia mit Nachdruck.

Die Nixen reagierten und packten mich an den Armen.

»Das passiert mir an dieser Schule echt zu oft«, knurrte ich und wand mich unter ihrem Griff. Sie waren zwar nicht ansatzweise so stark wie die Vampire, ließen sich aber trotzdem nicht so leicht abschütteln. Ich schaute zu Dalia. »Was hast du jetzt vor? Willst du mir eine verpassen, um mich einzuschüchtern? Hast du keine Angst, dir dabei deine kostbaren Fingernägel abzubrechen?«

Sollte sie mich doch schlagen, mich bespucken oder beschimpfen. Damit kam ich klar. Was mich frustrierte, war, dass jeder Schritt nach vorn zwei Schritte zurück bedeutete. Ich hatte wirklich darauf gehofft, mich den Nixen langsam anzunähern, ein paar von ihnen vielleicht sogar für mich zu gewinnen. Aber dazu hatte Dalia sie zu sehr im Griff.

»Du hast heute bewiesen, dass du keine von uns bist«, sagte sie. »Allein deine Fähigkeiten, dein Aussehen. Ich habe es sofort gewusst. Keine Ahnung, was du für eine seltsame Mutantin bist, aber du bist keine Nixe wie wir und das wirst du auch nie sein.«

»Das will ich auch gar nicht«, knurrte ich und schaute mich zwischen den Nixen um. »Glaubt ihr wirklich, dass ich so sein will wie ihr? Von Anfang an habt ihr mich angefeindet, obwohl ich euch nichts getan habe. Waren die Nixen nicht auch mal die Außenseiterinnen in dieser Welt? Hexen, Magier und Vampire haben eure Großmütter wie Tiere behandelt. Jetzt habt auch ihr eine Stimme und behandelt alle, die anders sind, genauso schlecht. Ihr solltet es besser wissen!«

»Dalia, vielleicht …«, setzte Mahina vorsichtig an.

»Wag es ja nicht!«, schrie Dalia schrill. »Es stimmt, wir Nixen waren lange die Außenseiter. Bewundert für unsere Schönheit, aber als niedere Wesen abgestempelt. Weißt du, was uns geholfen hat, trotzdem unsere Kultur aufrechtzuerhalten? Unsere Traditionen! Und dazu gehört es, dass der Schwarm entscheidet, wem er folgt. Dort draußen im Meer kann nicht alles ausdiskutiert werden, wenn Gefahr droht, muss schnell gehandelt werden. Also setzt der Schwarm sein ganzes Vertrauen in eine führende Nixe – die Royal. Und bei allen Strömungen, ich bin die Royal an dieser Schule. Ich erkenne die Gefahr, die von dir ausgeht und ich entscheide.«

»Und was entscheidest du?«, wollte ich wissen.

»Dass ich dich hier nicht haben will«, sagte sie mit fester Stimme. »Ich habe dir Zeit gelassen, von selbst zu der Einsicht zu kommen, dass du hier nichts zu suchen hast, aber du bist stur und unbelehrbar. Jetzt nehmen wir es in die Hand.« Ihr Blick ging zu einem der Tore.

Panik stieg in mir auf. »Was hast du vor?«

»Das sagte ich doch gerade. Dieses Portal führt in die Nordsee. Um genau zu sein, liegt der Ausgang in einer Unterwasserschlucht, die Devils Hole genannt wird, knapp zweihundert Kilometer von der Küste Englands entfernt. Ein Katzensprung für eine Nixe.«

Die beiden Mädchen, die mich hielten, zerrten mich zu dem Tor. Ich wehrte mich, ging in die Knie, in der Hoffnung, sie aufhalten zu können, bekam dafür aber nur ihre Fingernägel zu spüren, die sich fest in meine Haut bohrten. Als es mir dann doch gelang, einen Arm loszureißen, kippte ich vornüber. Weil ich nicht schnell genug war, um mich abzufangen, schlug ich mit dem Kinn auf dem Steinboden auf. Mir wurde schwarz vor Augen, in meinen Ohren rauschte es und mein Herz pochte heftig.

»Du kannst nicht …«, ächzte ich gequält und spuckte Blut. Offenbar hatte ich mir auf die Zunge gebissen.

Die Nixe, die ich abgeschüttelt hatte, packte mich wieder, und zu zweit zerrten sie mich weiter auf das Tor zu.

»O doch, das kann ich«, sagte Dalia triumphierend. »Dass du in der Lage bist, deine Wassergestalt anzunehmen, hast du bereits bewiesen. Also schwimm nach Hause, hier gibt es nichts für dich zu holen.«

»Lasst mich sofort los!«, verlangte ich.

Ich wehrte mich mit aller Kraft und die Zeichnungen auf meiner Haut begannen aufzuleuchten. Diesmal sahen die anderen es, doch das war noch nicht alles. Auch die Symbole auf den Toren leuchteten auf.

Die Nixen, die mich festhielten, lockerten ihren Griff, sodass ich mich aufrappeln konnte. Freiwillig taten sie es aber nicht. Sie wirkten mit einem Mal geschwächt, begannen zu schwanken und ließen mich los. Eine der beiden fiel auf die Knie, die andere stolperte von mir weg und starrte mich voller Entsetzen an.

Sie hatten mich bereits bis kurz vor das Tor in die Nordsee bugsiert. Es hätte nicht viel gefehlt und Dalias Plan wäre aufgegangen. Ich drehte mich zu den Nixen um, sodass die Wasserwand in meinem Rücken lag. Mein Blick hing an meinen Händen, an dem Leuchten, das von ihnen ausging, und wanderte schließlich zu den Toren.

»Was …?«, hauchte Mahina fassungslos. Auch sie und die anderen schauten sich um, bevor ihre Blicke voller Fragen auf mir landeten – Fragen, die ich nicht beantworten konnte.

»Nein!«, schrie Dalia. »So nicht!«

Mit gespreizten Fingern streckte sie mir ihre Hand entgegen. Ich spürte einen heftigen Druck auf meiner Brust, wurde zurückgeschleudert und durchstieß die Wasseroberfläche. Sofort erfasste mich eisige Kälte, lähmte meinen Körper und füllte meine Lunge.

21

Rauch und Wasser vertragen sich nicht

Die Strömung trieb mich unaufhaltsam vom Portal in die Schule weg – eine schwebende, schimmernde Oberfläche im tiefdunklen Wasser, die sich immer weiter von mir entfernte. Verzweifelt strampelte ich mit den Beinen, hielt meine Hand ausgestreckt und kam doch nicht näher.

Ich musste mich verwandeln. Sofort. Aber wie, wenn mein Körper so sehr nach Luft gierte, dass ich kaum zu einem klaren Gedanken fähig war und mich die Kälte und die Panik fest im Griff hielten?

Ich kniff die Augen zusammen, konzentrierte mich auf das Gefühl, mit dem Wasser zu verschmelzen, spürte aber nur den Schmerz hinter meinen Rippen.

Bald schon fehlte mir die Kraft, gegen die Strömung anzukämpfen. Ich konnte nicht einmal mehr die Augen geschlossen halten. Das Portal wurde immer kleiner und verschwand schließlich hinter dem Blutnebel, den meine aufgebissene Zunge hinterließ. Alles um mich herum wurde dunkler.

In Gedanken rief ich nach Hilfe. Ich wusste nicht, ob mich wenigstens diese Kraft nicht im Stich ließ, aber das war alles, was ich tun konnte, bevor mein Blick in die völlige Finsternis eintauchte.

Es kam mir vor, als würde ich in schwarzem Nebel versinken, der um mich herumwirbelte und sich verdichtete, eine feste Form annahm – bis ich im Wasser schwebendes, weißes Haar, leuchtend rote Augen und krallenähnliche Hände erkennen konnte.

Der Incubus in seiner Dämonenform! Panisch riss ich die Augen auf. Er war hier, direkt vor mir, umfasste mich mit seinen Armen, hielt mich fest und zog mich mit sich. Ich war zu geschwächt, um mich zu wehren. Schon im nächsten Moment durchquerten wir das Portal, brachen durch das Tor und landeten auf dem harten Boden. Meine Lunge brannte wie Feuer, ich spuckte Unmengen Wasser aus und hatte alle Mühe, mich mit den Armen hochzustemmen.

Die Nixen waren fort. Offenbar hatten sie nach der Tat sofort das Weite gesucht.

Ich schaute nach rechts, wo sich die neblige Gestalt des Incubus verlor und seine menschliche Form zum Vorschein kam. Er kauerte auf allen vieren am Boden und atmete schwer. Wasser tropfte ihm von den Strähnen und von der Nasenspitze. Er spuckte, genau wie ich, zitterte und hielt die Fäuste geballt. Und obwohl der Dämon verschwunden war, wirkte er immer noch neblig, als könnte ich mühelos durch ihn hindurchfassen. Immer wieder spannte er seinen Körper bis in die letzte Faser an, raffte seine feste Form zusammen und presste dabei einen unterdrückten Aufschrei durch die Zähne, bevor er sich wieder in dunklem Rauch und rasselndem Atmen verlor.

Es sah aus, als hätte er Schmerzen. Als würde er kämpfen müssen, um seinen festen Körper nicht zu verlieren. Allmählich begriff ich auch, woran das lag. Sein flüchtiges Ich war von Wasser durchtränkt. Es tropfte ihm nicht nur vom Körper, wie ich anfänglich geglaubt hatte, es tropfte aus ihm heraus. So sehr er auch versuchte, sich zusammenzuhalten, es gelang ihm nicht. Er verlor so viel Kraft, dass er sich kaum noch aufrecht halten konnte. Mehr und mehr sackte er in sich zusammen.

Aber warum hatte er dann alles für mich riskiert?

Auch wenn er ein Dämon war, ertrug ich es nicht, ihn so leiden zu sehen. Der Anblick tat mir fast körperlich weh, also streckte ich die Hand nach ihm aus, konzentrierte mich auf das Wasser und löste es von ihm. In Perlen kroch es von ihm weg und bildete eine Pfütze zwischen den Toren.

Tief atmete er ein, gewann damit seine feste Form zurück und stemmte sich bebend mit den Armen hoch. Sein Blick haftete am Boden.

»Warum?«, fragte ich.

Er schwieg eine ganze Weile, sammelte wohl noch seine Kräfte. Dann sah er flüchtig zu mir. Kälte ruhte in seinen Augen. »Warum *was*, Butterblümchen?«

»Du hast mich gerettet«, erinnerte ich ihn an seine selbstlose Tat. »Warum hast du das getan?«

Allmählich gewann auch ich meine Kräfte zurück und setzte mich auf. Der Sauerstoffmangel und der verzweifelte Versuch, das Portal zu erreichen, hatte mich weit über meine körperlichen Grenzen gebracht.

»Ich habe nicht dich gerettet, sondern mich«, widersprach der Dämon. Schwankend kam er auf die Beine, baute sich vor mir auf und schaute auf mich herab. »Alles, was ich tue, dient einzig und allein meinem eigenen Überleben. Darauf beruht meine gesamte Existenz. Wurde dir das nicht beigebracht an dieser Schule?«

Ich wäre zu gern aufgestanden, um ihm Auge in Auge gegenüberzutreten, doch dazu war ich noch zu geschwächt. Es war aber auch nicht nötig, denn er fiel schwer vor mir auf die Knie. Zuerst wollte ich zurückweichen, begriff dann aber, dass er das nur getan hatte, weil er genauso entkräftet war wie ich.

Er schaute mich an, mit seinen schwarzen, unergründlichen Augen und einem Funkeln, das hinter der stechenden Kälte hervorblitzte. Die Narbe, die ihn zeichnete und zu einem Teil in seiner Dämonengestalt gefangen hielt, wirkte nach den Strapazen noch tiefer, noch grausamer. Ich fragte mich, wer sie ihm zugefügt hatte und was es bedeutete, wenn ein Dämon wie er eine solche Wunde trug.

»Frag schon, was du fragen willst«, verlangte er.

»Du hast gerade …« Ich deutete auf das Tor.

Ein hämisches Grinsen flog über seine Lippen. »Das Blümchen zurückgeholt, in dessen Wurzeln ich mich festgesetzt habe«, beendete er meinen Satz, bevor er mit dem Gesicht näher an mich heranrückte, um mit gesenkter Stimme fortzufahren: »Nur mit deiner Hilfe bin ich in diese Schule gelangt und dadurch an dich gebunden. Verschwindest du, muss auch ich verschwinden. Wenn du also das nächste Mal vorhast, dein kleines, lächerliches Leben zu riskieren, ruf mich früher, damit ich dir aus der Patsche helfen kann. Ein Wort genügt und ich komme.«

Ich hatte ihn gerufen? Nein, er war bloß der Einzige, der meinen Hilferuf gehört hatte.

»Hast du einen Namen?«, fragte ich.

Er verengte den Blick, schaute zur Seite und wirkte verwundert, fast schon verstört. »Hast du mir nicht zugehört?«

»Doch, und ich habe dir gerade das Leben gerettet«, gab ich zurück und versuchte, seinen Blick aufzufangen. »Du könntest mir zum Dank wenigstens deinen Namen nennen.«

Sein Grinsen kehrte zurück. »Wer hat hier wem das Leben gerettet?« Er streckte die Hand nach mir aus und griff nach einer meiner Strähnen. Ich wich ihm aus, strich das Haar hinter mein Ohr und brachte etwas Abstand zwischen uns.

»Du hast gesagt, dass du mich nur zurückgeholt hast, um deine eigene Haut zu retten. *Ich* hätte dir dagegen nicht helfen müssen, als du wassergetränkt am Boden gekauert hast.«

»Denk ja nicht, dass ich deswegen in deiner Schuld stehe«, warnte er mich.

Ich ignorierte seine Worte. »Warum bist du in dieser Schule und treibst dein Unwesen nicht irgendwo anders?«

»Frag dich lieber, wieso diese Schule so unbedingt vor meinesgleichen geschützt werden muss.«

»Dein Name«, verlangte ich noch einmal zu erfahren.

Er lächelte überheblich und löste sich im nächsten Moment in Nebelfetzen auf. Ich wollte ihm einen Fluch hinterherrufen, als ich einen kalten Hauch in meinem Nacken spürte.

»Kassian«, flüsterte er mir ins Ohr und löste dabei einen Schauer aus, der mir durch den ganzen Körper fuhr.

Ich wirbelte herum, doch da war er bereits verschwunden. »Und ich heiße nicht Butterblümchen, du … du …« Mir fiel nichts ein. Nur, dass ich nicht glauben konnte, es bei ihm mit einer reinen Verkörperung von Ängsten zu tun zu haben. Mir hatte er jedenfalls keine Angst gemacht, auch wenn er alles andere als liebenswürdig gewesen war.

Kassian lebte, fühlte, litt. Er war mehr als nur ein instinktgesteuertes Ungetüm. Ich wusste nicht, was er war, aber er hatte ganz sicher ein eigenes Bewusstsein – was den Incubi vielleicht nur deswegen nicht zugesprochen wurde, weil die meisten in ihrer Gegenwart gelähmt und stumm waren. Mir war eine Unterhaltung nur gelungen, weil ich meine magieunterdrückende Kette nicht bei mir trug. Warum seine Kräfte kaum Wirkung auf mich hatten, wusste ich nicht.

Wieder schaute ich zu meinen Händen. Das Leuchten war in dem Moment verschwunden, als mich Dalia durch das Portal gestoßen hatte, doch während die Nixen mich festgehalten hatten … Ich hatte sie angegriffen. Nicht absichtlich, denn ich hatte mich nur verteidigen wollen, aber dabei hatte ich ihnen Lebenskräfte entzogen und sie geschwächt, genau wie damals Tyler. So etwas durfte nie wieder passieren.

Ich stand noch etwas wacklig auf und verließ die Fentra-Höhle. Erst nach ein paar Metern hatte ich nicht mehr das Bedürfnis, mich an der Wand abzustützen. Mein Kopf dröhnte und mein Sichtfeld war leicht verschwommen, wahrscheinlich eine Folge des Sauerstoffmangels. Zudem brannte meine Lunge, als hätte ich Säure statt Salzwasser eingeatmet, und ich schmeckte noch immer Blut.

Der Unterricht war mir egal. Ich wollte nur zu meiner Grotte und je näher ich meinem Ziel kam, desto schneller wurde ich. Als ich in den nächsten Gang einbog, kam mir Mahina entgegen. Erschrocken riss sie die Augen auf. Ich ignorierte sie, zog mein Tempo an und ballte die Hände zu Fäusten. Sie war die einzige Nixe gewesen, die mir halbwegs freundlich vorgekommen war. Ihr Verrat hatte mich verletzt und ließ Wut in mir hochkochen.

»Devin, was …? Wieso bist du nicht …?«, stammelte sie.

»Ich packe nur meine Sachen, dann bin ich weg«, sagte ich und zog an ihr vorbei.

»Wirklich?«, fragte sie.

Abrupt blieb ich stehen. »Nein, nicht wirklich.« Ich wollte mich nicht zu ihr umdrehen, konnte mich aber nicht zurückhalten und wirbelte doch zu ihr herum. »Nein, ich verschwinde nicht von hier, nur weil Dalia es will. Ich lasse mich auch nicht von ihr einschüchtern. Du hast gesehen, was in der Fentra-Höhle passiert ist. Du kannst dir bestimmt denken, dass ich verstehen will, was das zu bedeuten hat. Ich will *mich* verstehen, kapiert? Diese Schule ist der einzige Ort, an dem ich Antworten finden kann. Also akzeptiert, dass ihr mich nicht loswerdet, egal wie viele Mordanschläge ihr noch auf mich plant.«

»Das war doch kein Mordanschlag«, verteidigte sie sich.

»Ach ja?«, warf ich ihr entgegen. »Mal darüber nachgedacht, dass eine Nixe, die ihre Kräfte erst seit ein paar Wochen hat, ihre Wassergestalt nicht mit einem Fingerschnipsen annehmen kann? Was glaubst du, was passiert ist, als ich in dieses eiskalte Wasser geschleudert wurde?«

»Ich …« Ihr blieb die Sprache weg.

»Vergiss es einfach, okay? Geh zu den anderen und sag ihnen, dass sie sich von mir fernhalten sollen. Ich will nichts mehr mit euch zu tun haben. Dalia hat recht, ich bin keine von euch, also macht ihr euer Ding und ich mache meines.«

Ich wandte mich zum Gehen und fühlte mich erleichtert und aufgewühlt zugleich. Als ich endlich in meiner Grotte war, nahm ich als Erstes meine Kette aus der Schatulle. Wenn ich nicht wollte, dass ich meine Kräfte ein weiteres Mal aus Versehen einsetzte, sollte ich sie lieber tragen. Ich schloss meine Hand um den Anhänger und sofort durchfuhr mich ein Schauer. Alles um mich herum wirkte dunkler, ich spürte die nasse Kleidung an meiner Haut und fühlte die Kälte bis auf die Knochen. Hatte ich mich schon so sehr verändert? Wenn ich darüber nachdachte, hatte ich die letzten Nächte gut geschlafen, mich im Kellergewölbe längst nicht mehr so unwohl gefühlt und meine Grotte sogar als Zufluchtsort und nicht mehr als Gefängnis empfunden. Die Veränderungen waren schleichend gekommen, sodass sie mir erst jetzt bewusst wurden, nachdem sie von einer Sekunde auf die andere außer Kraft gesetzt worden waren.

»Klopf, klopf«, hörte ich eine vertraute Stimme sagen.

Eilig legte ich die Kette zurück und schob die Schatulle zwischen den anderen Kram im Regal.

»Ja?« Ich schaute zum Eingang.

Caleb streckte den Kopf herein. Er lächelte mich freundlich und so warm an, dass ein Teil der Kälte verflog, die mich zittern ließ.

»Klopf, klopf?«, wiederholte ich amüsiert.

»Es gibt hier keine Tür, also …«

Ich erwiderte sein Lächeln, auch wenn es mir schwerfiel und die Leere in mir nicht vertrieb.

»Geht es dir gut?« Er kam näher, sein eindringlicher Blick wirkte ernsthaft besorgt. »Du warst nicht im Unterricht.«

»Ja, ich … die Nixen mal wieder.« Ich winkte ab, verdrehte die Augen und tat genervt, als wäre es nichts Weltbewegendes gewesen.

Caleb hob die Hand und strich mit dem Daumen über meine Unterlippe. Blut klebte daran.

»Was ist passiert?«, fragte er einfühlsam.

Ich schüttelte nur den Kopf.

»Also gut, du musst es mir nicht sagen.« Er schaute sich in meiner Grotte um. »Wenn du willst, kannst du mein Zimmer haben.«

»Was?«, stieß ich überrumpelt aus.

»Hier ist es kalt und feucht. Und du zitterst, das sehe ich doch.« Er zog meine Decke vom Bett, warf sie mir über und wickelte mich darin ein wie einen Burrito. Sofort wurde mir wärmer. Ich spürte, wie erschöpft ich noch immer war, und sank auf mein Bett.

Caleb ging vor mir in die Hocke. »Ich komme mit und schlafe später auf dem Boden oder ich bleibe hier«, schlug er vor.

»Das kann ich nicht annehmen«, lehnte ich ab.

»Ich würde bestimmt auch bei Alvar unterkommen. Hauptsache, du hast wieder etwas mehr Tageslicht.« Sein Lächeln kehrte zurück und wieder steckte es mich an. Es war einfach unmöglich, nicht zu lächeln, wenn er es tat, egal wie schlecht es mir ging.

Er suchte unter dem Deckenwirrwarr nach meiner Hand, fand sie und drückte sie fest. »Devin, ich …«

In diesem Moment betrat noch jemand meine Grotte. Caleb brach ab und stand hastig auf.

Es war Lilou, die geradezu hereinstürmte, gefolgt von Mahina. Mir war gar nicht bewusst, dass ich einen Tag der offenen Tür ausgerufen hatte.

»War ich eben nicht deutlich genug gewesen?«, sagte ich zu Mahina. »Was willst du hier?«

»Sie hat mich gerufen«, erklärte Lilou. »Stimmt es, dass dich Dalia durch eines der Portale gestoßen hat?«

»Sie hat was getan?« Wut schwang in Calebs Worten mit.

»Ich dachte, du brauchst eine Freundin«, sagte Mahina kleinlaut und schaute unsicher zu Caleb, der aussah, als würde er sich jeden Moment auf sie stürzen wollen. »Ich kann auch wieder gehen.«

»Nein, das musst du nicht«, sagte ich leise. Das schlechte Gewissen meldete sich, weil sie zur Zielscheibe meiner Wut auf Dalia geworden war. Ich wandte mich Lilou zu. »Ja, Dalia hat mich gestoßen. Aber es ging zum Glück gut aus und ich denke nicht, dass sie sich so etwas noch einmal trauen wird.«

»Bestimmt nicht, nachdem … Du weißt schon«, murmelte Mahina.

»Nachdem *was*?«, fragte Lilou.

»Ich glaube, ich habe zwei Nixen ein bisschen Lebenskraft abgezapft«, gab ich zu. »Nicht absichtlich. Wie geht es den beiden?«

»Alles gut, sie sind nur etwas geschwächt«, sagte Mahina. »Du kannst das also wirklich? Lebenskräfte entziehen?«

»Sieht so aus. Bradford versucht herauszufinden, was es damit auf sich hat. Und ich verspreche, es kommt nicht wieder vor.«

»Dass sie dich durch eines der Tore gestoßen hat, hätte echt schlimm enden können«, sagte Lilou.

»Das kannst du laut sagen«, knurrte Caleb.

»Ein Glück hast du dich rechtzeitig verwandeln können«, meinte Mahina. »Wenn ich gewusst hätte –«

»Das habe ich gar nicht«, fiel ich ihr ins Wort. »Ich hatte unerwartet Hilfe.«

»Von wem?«, fragte Lilou und setzte sich neben mich.

Unwillkürlich legte sich ein flüchtiges Lächeln auf meine Lippen. »Kassian.«

»Noch nie gehört«, sagte sie.

»Das ist der Name des Incubus«, erklärte ich.

»Incubi haben Namen?« Mahina kam näher. »Das wusste ich nicht.«

»Mir ist das auch neu«, sagte Caleb ernst. Er hatte die Arme vor der Brust verschränkt und wirkte nachdenklich. »Incubi sind keine fühlenden Wesen wie wir. Meines Wissens tragen sie genauso wenig Namen wie Kakerlaken.«

Das klang sehr hart und abfällig. Kassian war ganz bestimmt nicht der nette Typ von nebenan, aber eine Kakerlake?

»Du musst uns alles erzählen«, drängte Lilou.

Ich schüttelte die Gedanken an Calebs Worte ab, nickte und versuchte, meine Unterhaltung mit Kassian möglichst wortgetreu wiederzugeben und ihn, so gut es ging, zu beschreiben, wobei ich merkte, dass mir der Gedanke an ihn mehr als einmal ein Lächeln entlockte.

Am Ende hockte Mahina ebenfalls auf meinem Bett und hatte ihre Unsicherheit mir gegenüber überwunden. Wir lachten sogar miteinander über den einen oder anderen kleinen Scherz, den ich in meine Erzählung einflocht, um die Stimmung aufzulockern.

Caleb saß auf meinem Stuhl am Schreibtisch. Er hatte mir schweigend zugehört und dabei keine Miene verzogen.

»Also, lass mich zusammenfassen«, begann Lilou. »Dieser unheimlich heiße …«

»Ich habe nicht gesagt, dass er heiß ist«, unterbrach ich sie. Jedenfalls erinnerte ich mich nicht, ihn auch nur mit einem Wort so beschrieben zu haben. Die Schuld an Lilous Unterstellung trug wahrscheinlich das unwillkürliche Lächeln, dass sich mehrmals auf meine Lippen geschlichen hatte.

»Dieser unheimlich …« Auf der Suche nach den passenden Wörtern gestikulierte Mahina mit den Fingern in der Luft. »Gut aussehende?«

Ich hob die Brauen. »Das habe ich auch nicht gesagt.«

Vielleicht hätte ich schluchzend und unter Tränen von meinem Zusammentreffen mit Kassian erzählen sollen, damit es nicht zu Missverständnissen kam.

»Wie nah war er, als er dir seinen Namen ins Ohr gehaucht hat?« Lilou grinste verstohlen.

»Das würde mich auch interessieren, *Butterblümchen*«, zog Mahina mich auf.

»Jetzt fang du nicht auch noch mit diesem lächerlichen Spitznamen an«, beschwerte ich mich und verpasste ihr einen spielerischen Stoß.

»Ihr solltet das nicht auf die leichte Schulter nehmen«, mischte sich Caleb ein. »Incubi sind gefährlich. Tödlich, wenn es zum Äußersten kommt.«

»Aber vielleicht sind sie nicht die instinktgesteuerten Monster, wie alle behaupten«, merkte ich an. »Wir Nixen wurden bis vor ein paar Jahrzehnten auch für niedere Wesen gehalten und wie Tiere behandelt. Und was ist mit den Vampiren? Ernähren die sich nicht bevorzugt von Menschenblut? Was ist der Unterschied zu den Incubi, die sich von Angst ernähren? Oder was ist mit mir? Ich kann Lebenskräfte entziehen. Wie könnte ich jemanden wie Kassian verurteilen, wenn ich genauso gefährlich werden kann?«

»Der Unterschied ist, dass Incubi Dämonen sind«, gab Caleb zurück. »Sie gehören nicht in unsere Welt, sie werden beschworen und sie haben nur eines im Sinn: zu töten. Mit so einer Bestie solltest du dich nicht auf eine Stufe stellen.«

»Er hatte Schmerzen«, hielt ich dagegen. Meine Gedanken drifteten zurück zu dem Moment, als Kassian entkräftet und zitternd am Boden gekauert hatte. Ich sah ihn genau vor mir und spürte das starke Verlangen, ihm zu helfen, obwohl ich das längst getan hatte und er nicht hier war. »Und er schien verwirrt, als ich nach seinem Namen gefragt habe. Ich glaube, es hat bisher noch niemanden interessiert, wie er heißt, und das hat ihn aus dem Konzept gebracht.« Wieder spürte ich das unwillkürliche Lächeln auf den Lippen, als ich an unsere Begegnung dachte.

Caleb wirkte nicht überzeugt. »Vielleicht hätte jemand nach dem Namen gefragt, wenn Incubi ihre Opfer nicht lähmen und ihre Angst bis zum Herzversagen schüren würden, um sich daran zu laben.«

»Ich denke nicht, dass –«

»Ich werde Bradford Bericht erstatten«, unterbrach er mich schroff. »Er sollte erfahren, dass dieser Dämon einen Namen trägt. Vielleicht hilft das dabei, ihn zu vertreiben. Inzwischen liegen sechs Schüler auf der Krankenstation und es ist nur eine Frage der Zeit, bis dieses Ding ein erstes Todesopfer fordern wird.«

»Sechs Schüler? Waren es nicht nur drei?«, hakte ich nach.

»Offenbar hat dein Kassian einen gesunden Appetit«, meinte er abfällig. »Mein Angebot steht. Sag mir Bescheid, wenn du darüber nachgedacht hast. Und erhol dich vor allem.«

Ein Anflug von Wut lag in seinem Blick, der aber schnell verflog und die Wärme zurückließ, die ich von ihm kannte. Nur sein Lächeln erreichte diesmal nicht seine Augen, bevor er sich mit einem Nicken verabschiedete.

Hatte ich etwas Falsches gesagt? Nach allem, was ich über Kassian erfahren hatte, fand ich es richtig, den Umgang mit den Incubi zu hinterfragen. Caleb sah das offenbar anders. Aber er war auch nicht in der Fentra-Höhle dabei gewesen, er hatte Kassian nicht so erlebt wie ich. Aber selbst wenn, hätte er dann mehr in ihm gesehen als das Monster, für das er ihn hielt? Für das ihn alle hielten?

»Okay, wenn Caleb eine zehn von zehn ist«, begann Mahina und unterbrach damit die Stille, die sich klammheimlich über uns gelegt hatte. »Wie sieht es dann mit Kassian aus?«

Ich schnappte mir wortlos eines meiner Kissen und warf es nach ihr.

22

Die Strafarbeit nehme ich gern in Kauf

Ich hetzte durch die Korridore, vorbei an Schülergruppen, die mir verdutzt nachstarrten, an Professoren, die mich aufhalten wollten, und an nervigen Statuen und Vasen, bei denen ich mir fast sicher war, dass sie nur in den endlos langen Schulfluren platziert worden waren, um im Weg zu stehen.

Mein Herz pochte wild, mein Atem überschlug sich beinahe und auf den letzten Metern bekam ich Seitenstechen. An einer Abbiegung lehnte ich mich erschöpft an die Wand.

Ich konnte es immer noch nicht fassen. Als ich die Nachricht über Caleb zufällig aufgeschnappt hatte, war ich gerade auf dem Weg zum Unterricht gewesen. Wesenskunde hatte ich schon verpasst, als Nächstes stand Alternativgeschichte auf meinen Stundenplan. Kein Wunder, dass mich die Professoren aufhalten wollten. Immerhin schwänzte ich bereits den halben Schultag meine Kurse.

Nachdem ich tief durchgeatmet hatte, stieß ich mich von der Wand ab und wollte weitergehen, stockte aber, als Stimmen zu mir vordrangen. Gleich um die Ecke war Direktor Bradford zu hören, der mir als pathologische Schulschwänzerin gerade noch gefehlt hatte.

»Das ist keine Option«, sagte er in scharfem Tonfall.

»Es ist keine Option, die Wächter *nicht* zu rufen«, widersprach

Professor Ardelean – ein Vampir, der ausgerechnet Wesenskunde unterrichtete. Ihm wollte ich erst recht nicht in die Arme laufen. »Wir bringen die gesamte Schülerschaft in Lebensgefahr.«

»Das tun wir auch, wenn wir bei jedem Incubus, der hier sein Unwesen treibt, die Wächter rufen«, sagte Bradford. »Sollte bekannt werden, dass sich die Vorfälle häufen, wird die Schule geschlossen. Und was bedeutet das dann für die Schülerschaft? Dies ist die einzige School of Myth and Magic, die auch Nixen unterrichtet, und du weißt, wie stark ihr Lebensraum bedroht ist. Einige von ihnen haben kein Zuhause, in das sie zurückkehren können.«

»Was ist mit dem Tor?«, fragte Ardelean. »Wenn wir es zerstören, hat sich das Problem mit den Incubi ein für alle Mal erledigt.«

Sprach er von einem der Tore in der Fentra-Höhle? Was hatte der Torkreis mit den Incubi zu tun? Wie es aussah, konnten diese Dämonen im Wasser nicht überleben, und genau dorthin führten die Portale. Alle bis auf eines, das nirgendwo hinführte. Oder etwa doch? War es das achte Tor, auf das Ardelean anspielte?

»Wenn das so einfach wäre …«, sagte Bradford. Ich hörte ihn auf und ab laufen. »Was ich herausgefunden habe, ist erschreckend. Es gibt Dinge, die ich von niemandem verlangen kann. Schon gar nicht von einer Schülerin, die sich gerade erst ihrer Abstammung und ihrer Kräfte bewusst wird. Wir müssen Ms Blackwood Zeit lassen.«

Mir wurde heiß und kalt zugleich. Seit einer Woche wartete ich darauf, dass Bradford mehr über meine Vorfahren und Fähigkeiten herausfand, dabei wusste er längst etwas, verschwieg es mir aber. Und was konnte so erschreckend sein, dass es rechtfertigte, die gesamte Schule in Gefahr zu bringen? Hatten meine Vorfahren etwas mit den Incubi zu tun?

»Es ist Ihre Entscheidung«, meinte Ardelean. Ich hörte Schritte und huschte in einen Türrahmen, um nicht gesehen zu werden.

Ardelean lief zügig an mir vorbei. Er war ein hochgewachsener Mann mit der für Vampire typischen silbrig blassen Haut. Sein braunes Haar trug er kurz und durch seinen Schnurrbart und die Koteletten wirkte er älter, als sein Gesicht vermuten ließ.

Kaum hatte er mein Versteck passiert, hielt er inne und legte die Stirn in Falten.

»Ms Blackwood?« Er wandte sich zu mir um. »Wie lange stehen Sie schon dort?«

»Ich bin … Ihnen nur ausgewichen«, behauptete ich und deutete mit dem Daumen den Korridor entlang. »Ich wollte auf die Krankenstation.«

Er musterte mich skeptisch, hinterfragte meine Aussage aber nicht. »Fühlen Sie sich krank?«

»Nein, ich …«, hob ich an, obwohl mir schon etwas schummrig war, nach dem, was ich gerade gehört hatte.

»Das würde zumindest erklären, warum Sie heute meinem Unterricht ferngeblieben sind.«

»Es tut mir leid«, entschuldigte ich mich. Mir war klar gewesen, dass ich dafür noch Ärger bekommen würde. Trotzdem besser, als zugeben zu müssen, dass ich Bradford und ihn belauscht hatte.

»Dass es Ihnen leidtut, macht die verpasste Unterrichtsstunde nicht ungeschehen«, sagte er.

»Ich weiß.«

»Bis zur nächsten Stunde legen Sie mir einen fünfseitigen Aufsatz über alle im Tribunal der Zwischenwelt vertretenen Wesensarten vor«, verlangte er.

»Mach ich.«

Er nickte versöhnlich. »Sie sollten nicht allein unterwegs sein. Auf den Schulfluren ist es derzeit zu gefährlich. Und jetzt gehen Sie mir aus den Augen.« Er zeigte in Richtung des Korridors, wo gleich um die Ecke die Krankenstation lag, aber ich zögerte, weil ich nicht wusste, ob ich dort auf Bradford stoßen würde.

»Gibt es noch etwas, das Sie mir sagen möchten?«, fragte Ardelean.

»Nein, alles gut«, murmelte ich und ging.

Bradford stand zu meiner Erleichterung nicht mehr vor der Krankenstation. Bei ihm wäre es mir bestimmt nicht gelungen, so zu tun, als hätte ich nichts mitbekommen. Die Fragen wären nur so aus mir herausgesprudelt. Dabei war etwas anderes viel wichtiger: Caleb.

Auf der Krankenstation war so viel los, dass ich mir erst einmal einen Überblick verschaffen musste. Um das Bett von Lia Larsen hatten sich ihre Freundinnen versammelt. Sie saß aufrecht und unterhielt sich mit ihnen. Offenbar ging es ihr wieder gut. Auch der Vampir war wach. Er saß in seinem Bett und las ein Buch. Bei Thomas und den drei letzten Opfern sah das anders aus. Sie hatten ihr Bewusstsein noch nicht wiedererlangt, wirkten blass und kränklich. Auch sie hatten Besuch, sodass ich auf die Zehenspitzen gehen musste, um über die vielen Köpfe hinwegschauen zu können. Weiter hinten im Raum entdeckte ich Alvar.

Ich schlängelte mich durch die Anwesenden, wurde nervöser, je weiter ich kam, und stellte mich immer wieder auf die Zehenspitzen. Als ich endlich bei Alvar ankam, sah ich Caleb auf dem hintersten Bett sitzen.

Er lächelte mir trübe entgegen und wirkte dabei unheimlich müde. Mein Inneres verkrampfte sich. Calebs Arm lag in einer Schlaufe, seine bandagierte Hand sah schrecklich aus. An den Knöcheln war sie blau, aufgeschürft und angeschwollen. Auch sein Gesicht war nicht verschont geblieben. Seine Unterlippe war aufgeplatzt, seine Nase blutete, genau wie eine Wunde an seiner Stirn.

Zu gern hätte ich sein Lächeln erwidert, aber diesmal gelang es mir nicht.

»Lass mich raten: Die Gerüchteküche brodelt schon«, meinte Alvar neben mir.

»Was ist passiert?«, wollte ich wissen. Ich trat einen Schritt auf Caleb zu, doch Alvar hielt mich am Arm zurück.

»Wie wäre es, wenn wir die Untersuchung abwarten, bevor wir ihn mit Fragen löchern?«, schlug er vor.

Erst jetzt fiel mir auf, dass Mr Longo neben dem Krankenbett Nadel und Faden vorbereitete.

»Das ist schon okay«, meinte Caleb.

»Heben Sie den Kopf leicht an«, forderte Mr Longo ihn auf.

Mir lief ein Schauer über den Rücken, als er die Nadel an der Stirnwunde ansetzte.

Caleb sog scharf die Luft ein, seine Hand verkrampfte sich. Instinktiv griff ich danach, um ihm beizustehen.

»Es war dieses Aas von einem Incubus«, zischte er.

»Aber er hat dich nicht …«

»Er hat es versucht«, sagte Caleb.

Mr Longo knipste den Faden ab. Er hatte die Platzwunde mit fünf Stichen genäht. Ich löste meine Hand von Caleb und machte Mr Longo Platz.

»Ein Dämon kommt nun mal nicht gegen einen Gott an.« Alvar stemmte die Arme in die Seiten und reckte stolz die Brust, als wäre Calebs Triumpf allein sein Verdienst gewesen.

»Ich wette darauf, dass er uns belauscht hat«, fuhr Caleb fort. »Er wusste von meinem Vorhaben, Bradford zu informieren, und wollte mich ausschalten. Sind wir hier fertig?«

»Noch lange nicht«, sagte Longo. »Sie wurden von einem Incubus angegriffen, Mr Harley. Auch wenn Sie ihn abwehren konnten, bleiben Sie drei Tage zur Beobachtung hier. Ich werde kein Risiko eingehen.«

»Das ist wirklich nicht nötig.« Caleb stand auf, geriet ins Schwanken und griff sich an die Schläfe.

Ich legte ihm eine Hand auf die Brust und schob ihn zurück zum Bett. »Du hast ihn gehört.«

»Wirklich, mir geht es gut«, versicherte er mir wenig überzeugend.

»Aber auch nur, weil du der beste Faustkämpfer der Schule bist.« Alvar begann wie ein Boxer zu hüpfen und schlug ein paarmal in die Luft.

»Hast du ihn getroffen?«, fragte ich.

»Machst du dir jetzt ernsthaft Sorgen um diesen Dämon?« Caleb versuchte seine Worte mit einem Schmunzeln abzumildern, was ihm nicht wirklich gelang.

»Nein, bestimmt nicht«, wiegelte ich ab. »Ich frage nur, weil er so flüchtig ist wie Rauch.«

»Deswegen hat meine Faust auch wieder Bekanntschaft mit einer Mauer gemacht«, sagte er. »Wie in der Gasse, nur diesmal leider ungebremst.« Er schaute zu seiner bandagierten Hand, bewegte die Finger, verzog dabei jedoch vor Schmerzen das Gesicht.

»Das sollten Sie lassen, Mr Harley«, riet Longo ihm. »Ich habe die Knochenbrüche gerade erst geheilt. Es wird etwas dauern, bis der Zauber seine volle Wirkung entfaltet und die Beweglichkeit wiederhergestellt ist.«

»Du konntest aber inzwischen mit Bradford reden, oder?«, fragte ich. »Kassian hat keinen Grund mehr, dich anzugreifen.«

»Hat er nicht«, sagte er leise und mit gesenktem Blick. Auch wenn er so tat, als wäre alles in Ordnung, wirkte er erschöpft. Was ihm passiert war, tat mir schrecklich leid. Ich hätte ihn nicht gehen lassen dürfen, hätte mir denken müssen, dass er zur Zielscheibe werden könnte. Schließlich wusste ich, dass Kassian mich belauschte. Wie hätte er sonst auf den Spitznamen Butterblümchen kommen sollen, wenn nicht durch das Gespräch zwischen Lilou und mir, als wir allein in meiner Grotte gewesen waren? Eine dritte Person wäre mir mit Sicherheit aufgefallen – insbesondere wenn es sich dabei um einen angstfressenden Dämon gehandelt hätte.

»Am besten, du legst dich hin«, schlug ich Caleb vor.

Wieder erschien dieses trübe Lächeln auf seinen Lippen. »Gute Idee, sonst kippe ich gleich vornüber.«

Als wären seine Worte eine Prophezeiung, sackte er nach vorn, bis sich seine Stirn an meine Schulter legte. Ihn so nah bei mir zu haben, die Hitze seines Körpers zu spüren, seinen Duft einzuatmen, ließ mein Herz schneller schlagen. Zeitgleich kam wieder diese Unsicherheit in mir auf, die ich so gar nicht mochte.

»Okay, du bist etwas schwer«, sagte ich und half ihm, sich hinzulegen. Zum Glück packte Mr Longo mit an.

»Brauchst du etwas?«, fragte ich. »Wasser vielleicht?«

»Das wäre super«, wisperte er schwach, hielt allerdings meine Hand fest, sodass ich ihm kein Getränk holen konnte.

»Ich kümmere mich drum«, sagte Alvar und zog los.

Ich setzte mich auf den Stuhl neben Calebs Bett.

»Drei Tage sind eine verflucht lange Zeit, um nichts zu tun«, murmelte er.

»Sie sollten sich ausruhen«, riet ihm Mr Longo. Er legte ihm eine Decke über und ließ uns allein.

»Ich wüsste da etwas, das dich ablenken könnte«, sagte ich.

»Etwas Verbotenes?« Calebs Lächeln wurde lebhafter.

»Nein«, wehrte ich ab. »Kennst du dich mit Wesensarten aus, die im Tribunal der Zwischenwelt vertreten sind?«

»Du willst mich dazu bringen, deine Hausaufgaben zu machen?«

Damit lag er gar nicht mal so falsch.

»Strafarbeit«, korrigierte ich ihn.

»Einverstanden«, sagte er, löste seine Hand von meiner und tippte mir auf die Nasenspitze. »Aber erst morgen, okay?«

»Okay.« Ich presste die Lippen zu einer schmalen Linie zusammen.

Meine Hand, die er bis eben noch gehalten hatte, fühlte sich nun etwas verloren an. Ich wusste nichts mit ihr anzufangen, legte sie in meinen Schoß und spielte mit den Fingern. Wenn ich ehrlich war, wusste ich nichts mit *mir* anzufangen – mit dieser ganzen Situation. Ich hatte Caleb in den letzten Tagen nicht grundlos gemieden. Es machte mich nervös, in seiner Nähe zu sein, es überforderte mich, weil ich meine Gefühle für ihn nach wie vor nicht einordnen konnte.

»Caleb, ich …« Die Worte in meinem Kopf spielten mir einen Streich. Sie weigerten sich, sinnvolle Sätze zu bilden. Ich schaute zu Caleb auf, der allerdings die Augen geschlossen hatte. »Caleb?«

Schlief er oder …?

»Mr Longo!«

Er kam zurück und prüfte Calebs Pupillen.

»Ist alles in Ordnung mit ihm?«, fragte ich besorgt.

»Er hat das Bewusstsein verloren«, erklärte Longo. »Das kann an der Gehirnerschütterung liegen. Möglich wäre aber auch, dass sich der Dämon doch an seinen Ängsten genährt hat.«

»Und wieso wissen Sie das nicht genau?«, fragte ich. »Gibt es keine Magie, mit der Sie ihn heilen können?«

Mr Longo schüttelte den Kopf. »So einfach ist das nicht. Nicht alles lässt sich mit einem Zauber regeln. Nicht alles *sollte* mit einem Zauber geregelt werden. Ganz besonders nicht die Dinge, die nur Zeit brauchen, um von selbst zu heilen. Mr Harleys Körper strebt nach dieser Selbstheilung. Er braucht Ruhe, mehr nicht. Lassen wir sie ihm. Das gilt für alle hier.« Er wandte sich den vollen Betten auf der Krankenstation zu. »Die Besuchszeit ist zu Ende, Sie können morgen wiederkommen.«

Ich schaute zu Caleb. Es gefiel mir nicht, ihn allein zu lassen. Zögernd legte ich meine Hand auf seine. Am liebsten wäre ich die ganze Nacht an seiner Seite geblieben. Nicht nur für den Fall, dass Kassian zurückkehren würde, ich wollte bei ihm sein, wenn er aufwachte. Ich wollte ihm sagen, dass es mir leidtat, dass ich ihn allein zu Bradford hatte gehen lassen. Ich wollte ihm von dem Gespräch erzählen, das ich belauscht hatte. Aber das musste warten, bis es ihm besser ging, denn das hatte im Moment höchste Priorität.

»Ms Blackwood?«, drängte Longo.

»Ja, ich bin schon weg.« Widerwillig verließ ich die Krankenstation.

Ich fühlte mich so schlecht wie schon lange nicht mehr. Wie war ich bloß auf die Idee gekommen, einen Dämon verteidigen zu wollen? Selbst wenn er etwas fühlen konnte, bedeutete das noch lange nicht, dass er zu Mitgefühl oder Gnade fähig war. Es war eine Sache, wenn er seinen Hunger nach Angst nicht einfach abstellen konnte, aber eine ganz andere, wenn er gezielt jemanden angriff, um ihn zu töten und damit die eigene Haut zu retten. Es machte mich wütend, wenn ich nur daran dachte, und mit dieser Wut im Bauch marschierte ich ziellos durch die Schule, bis ich mich im Speisesaal wiederfand. Es wunderte mich nicht, dass mein Unterbewusstsein mich genau an diesen Ort geführt hatte, denn mein Magen grummelte. Allerdings war ich für das Abendessen zu spät dran. Es war bereits weit nach achtzehn Uhr, meine Schritte hallten durch den riesigen Saal, der wie leergefegt und abgedunkelt war. Erst nachdem ich ihn betreten hatte, flammten die Lampen an den Wänden nacheinander auf.

Durch das gläserne Kuppeldach war der klare Sternenhimmel zu sehen. Keine einzige Wolke versperrte mir die Sicht darauf.

»Bist du da?«, rief ich. »Kassian?«

Ich drehte mich im Kreis. Der Dämon zeigte sich nicht. Was hatte ich auch erwartet? Dass er auftauchen würde, nur weil er behauptet hatte, ein Wort von mir würde genügen? Wahrscheinlich war er gerade mit seinem nächsten Opfer beschäftigt oder hatte sich an Caleb vollgefressen, sodass er einen Verdauungsschlaf brauchte.

Ich wollte gehen, sah dann aber den Rauch, den meine Füße mit jedem Schritt vertrieben, und wandte mich wieder dem Saal zu, der jetzt wie die Festhalle eines Schulballs wirkte, auf dem nicht an Nebelmaschinen gespart worden war.

»Du stehst auf große Auftritte, was?«, rief ich in die Leere hinein.

»Ja«, raunte Kassian hinter mir und so nah an meinem Ohr, dass sich die feinen Härchen in meinem Nacken aufstellten. Mein Herz schlug schneller, Kälte umfasste mich.

23

Mit Dämonen spielt man nicht

Ich wirbelte zu dem Dämon herum und brachte gleichzeitig Abstand zwischen uns. Er stand in seiner menschlichen Gestalt vor mir und wie schon bei unserem Zusammentreffen in der Bibliothek hielt er den Kopf gesenkt, sodass Schatten seine Augen verhüllten.

»Ihr habt gerufen, Mylady.« Er deutete eine Verbeugung an, die allerdings nicht mehr als ein leichtes Nicken war.

»Lass die Spielchen«, sagte ich.

»Wer spielt denn hier?«, warf er mir vor und zog einen Kreis um mich. »Du siehst nicht aus, als wärst du in Lebensgefahr. Wieso hast du mich gerufen?«

Nach der Hälfte des Kreises blieb er stehen, nah an einer der Wandlampen, deren flackerndes Licht die Schatten von seinem Gesicht vertrieb. Allerdings wirkte er dadurch nicht vertrauenerweckender. Es war schwer zu sagen, ob seine Augen durchgehend schwarz oder nur unglaublich dunkel waren. Auf jeden Fall wirkten sie leer, unergründlich und kalt. Das rote Funkeln seiner linken Pupille machte es nicht besser.

»Sag mir, warum du ihn angegriffen hast«, forderte ich ihn auf.

»Angegriffen?« Herablassung lag in seiner Stimme. »Wen?«

»Caleb!«

»Du musst schon genauer werden. Oder lass es bleiben. Ich schaue sie mir nicht an.«

Ich legte die Stirn in Falten. »Wovon redest du?«

Er kam näher – so nah, dass ich nicht anders konnte, als ihm ins Gesicht zu blicken. Sofort sprang mir wieder die Narbe auf seiner linken Gesichtshälfte ins Auge. Was auch immer mit ihm geschehen war, musste unglaublich schmerzhaft gewesen sein. Das war es vielleicht immer noch, denn die Verletzung sah noch frisch aus. An den Rändern war sie von magischen Restspuren durchzuckt, die mich an den Blitzschlag erinnerten, den Merel auf den Rochen abgefeuert hatte.

Unbewusst hob ich die Hand, verspürte den Drang, die Narbe zu berühren, zu ertasten, ob ich die Magie unter meinen Fingerkuppen spüren konnte und ob es wehtun würde, wenn ich damit in Berührung kam.

»Die Opfer«, sagte Kassian leise und bedrohlich.

Seine Stimme drang tief in mein Inneres ein und ließ mich erschaudern. Ich stockte in der Bewegung, riss mich zusammen und senkte die Hand.

»*Deine* Opfer, meinst du. Du jagst ihnen Todesangst ein und nährst dich von dieser Angst, ohne sie überhaupt anzusehen?«

Seine Augen weiteten sich kaum merklich, und wenn mich nicht alles täuschte, funkelte für den Bruchteil eines Augenblicks mehr in ihrer tiefschwarzen Leere auf als nur das Feuer des Dämons. Bevor ich jedoch ergründen konnte, was es war, riss er den Blick von mir los.

»Wenn du mich das nächste Mal rufst, hoffe ich für dich, dass du es aus einem guten Grund tust.« Er wurde durchscheinend, wollte sich offenbar in Rauch auflösen, aber das konnte ich nicht zulassen. Ich hatte noch zu viele Fragen.

»Warte!« Ich griff nach seinem Arm und bekam ihn tatsächlich zu fassen.

Eigentlich hatte ich erwartet, durch ihn hindurchzugreifen, doch stattdessen nahm er wieder seine feste Form an. Seine Haut war kalt, als wäre kein Leben in ihr. Sein Blick klebte an meiner Hand, die ihn fest umklammert hielt. Er wirkte mit einem Mal zittrig und überrascht, schien verwirrt zu sein, genau wie in der Fentra-Höhle, als ich nach seinem Namen gefragt hatte. Doch dieser Eindruck verlor sich schnell wieder. Seine Augen versanken erneut in Dunkelheit und Leere, was mir unzweifelhaft klarmachte, dass ich nichts darauf geben konnte, was mir Kassian nach außen hin zeigte. Ich wusste nicht, wer er wirklich war und was tatsächlich in ihm vor sich ging, weil er sich meisterhaft darauf verstand, alles in sich zu vergraben. Vielleicht hatte er nicht einmal selbst Zugriff darauf.

»Was?«, knurrte er abfällig und bedachte mich mit einem schneidenden Blick.

»Wieso bist du in dieser Schule?«, fragte ich. »Wieso kommt ihr alle hierher?«

»Alle?«

Seine Einsilbigkeit hielt mich nicht davon ab, die Fragen zu stellen, die in mir brannten. »Die Incubi. Du hast gesagt, dass der Schutzwall um die Schule nur errichtet wurde, um euch fernzuhalten. Doch immer wieder wird er von Dämonen wie dir durchbrochen. Wieso? Wieso bist du hier?«

»Ich muss dir nicht Rede und Antwort stehen«, sagte er.

»Du kannst mir aber auch nichts tun, also …«

»Kann ich nicht?« Sein Arm, den ich noch immer hielt, löste sich in Rauch auf. Kassian ging auf Abstand, bevor er wieder seine feste Form annahm. »Ich kann dich nicht töten, dich aber sehr wohl auf die Krankenstation verfrachten, wenn mir danach ist.«

Die Erwähnung der Krankenstation ließ Wut in mir hochkochen. »So wie du es mit Caleb getan hast?« Meine Hände ballten sich zu Fäusten.

»Muss ich mich wiederholen?« Kassian wirkte gelangweilt und genervt. »Ich kann mit diesem Namen nichts anfangen.«

Wahrscheinlich brachte es wirklich nichts. Selbst wenn ich ihm erklären würde, wer Caleb war, wusste ich nicht, ob ich ihn dazu bringen konnte, mir die Wahrheit über den Grund seines Angriffs auf ihn zu verraten. Entschuldigen würde er sich ganz bestimmt nicht und auch sonst nichts tun, was mir helfen würde, mit meiner Wut zurechtzukommen. Also beließ ich es dabei.

»Beantworte mir nur meine Fragen«, bat ich. »Dann lasse ich dich gehen.«

Er stieß ein hohles Lachen aus. »Du kannst mich nicht aufhalten.«

»Ach ja?« Ich hob die Hände und spreizte die Finger. »Hast du eine Ahnung, wie hoch die Luftfeuchtigkeit in diesem Raum ist? Was wird wohl passieren, wenn ich diese Feuchtigkeit zusammenraffe?«

Um ihn herum entstanden schwebende Wasserperlen. Er schaute sich um, machte aber nicht den Eindruck, als würde ihm meine Magie imponieren, und erst recht nicht, als könnte ich ihn damit einschüchtern. Als er wieder zu mir schaute, verzog er den Mund zu einem geradezu diabolischen Grinsen. »Netter Trick.«

»Danke«, sagte ich gefasst.

»Ich bin hier, um Antworten zu finden«, erklärte er. »Etwas, das wir gemeinsam haben.«

»Wir haben nichts, aber auch gar nichts gemeinsam«, widersprach ich. »Du suchst Antworten? Worauf? Warum hast du mich bereits in Birmingham beobachtet? Warum meine Kette gestohlen?«

»Du hast mich gerufen«, behauptete er.

»Das wüsste ich.«

So ein kleines Dämonenbeschwörungsritual im Keller mit Pentagramm, Tierschädel und brennenden Kerzen, wie ich es aus Filmen kannte, hatte ich bestimmt nicht abgehalten und dann wieder vergessen. Und wie sollte ich ihn sonst in diese Welt gerufen haben? Ich trug vielleicht eine Mitschuld daran, dass er in die Schule gelangt war, mehr aber auch nicht.

»Von mir aus, dann hast du eben *irgendjemanden* gerufen«, gestand er. »Wenn die Kräfte einer Nixe erwachen, hallt ihr Ruf in die Welt hinaus. Und ich habe dich gehört, warum auch immer. Nenn es Schicksal, wenn du willst. Zufall, sollte dir das lieber sein. Ich wusste sofort, dass du hier landen würdest. Die einzige Schule der magischen Welt, die auch Nixen unterrichtet. Ich musste dir nur die magieunterdrückende Kette wegnehmen, damit ich dich mit ihrer Hilfe in diesem Fischerdorf von den anderen weglocken konnte. So war es mir möglich, dich als Transportmittel in diese Schule zu benutzen. Als meinen persönlichen, kleinen Packesel, wenn du so willst.«

»Das bringt mich zu meiner ursprünglichen Frage zurück«, sagte ich, ohne darauf einzugehen, dass beinahe jeder zweite Satz, den er von sich gab, eine Beleidigung beinhaltete. Hatte er das vorher eingeübt? Oder war das ein Wesenszug von ihm?

»Es sind die Tore«, antwortete er. »Auch sie rufen nach mir. Sie rufen nach uns allen. Ich weiß nur nicht wieso, also habe ich nach Antworten gesucht.«

»In der Bibliothek«, sagte ich. »Du hast die Bücher nicht aus den Regalen gezogen, um Chaos zu verursachen.«

Er hob das Kinn. »Ich bin kein Freund von Chaos.«

»Dafür veranstaltest du aber ziemlich viel davon«, entgegnete ich.

»Ich bin auch kein Freund von … mir.« Es lag so viel Ablehnung in seinen Worten, dass sie auch von mir hätten sein können – oder von jedem seiner Opfer. Aber sie kamen von ihm und riefen weitere Fragen in mir wach. Er konnte sich selbst nicht ausstehen? Vielleicht würde es helfen, wenn er kein gnadenloser Dämon wäre. Aber vermutlich konnte er nichts daran ändern, was er war.

»Damit bist du nicht allein«, sagte ich. »Und hast du herausgefunden, was es mit den Toren auf sich hat?«

Er funkelte mich vielsagend an. »Wenn es so wäre, denkst du, dass ich es dir verraten würde?«

»Würdest du?«

Er wirkte nachdenklich, als müsste er sich zweimal überlegen, ob er mir meine Frage wirklich beantworten wollte. »Glaubst du mir, wenn ich dir sage, dass das achte Tor in das verlorene Reich der Nixen führt?«

»Nein«, antwortete ich knapp.

»In einen Süßwarenladen voller Crunchies?«, fügte er neckend hinzu.

Ich hatte nicht vor, mich weiter von ihm an der Nase herumführen zu lassen. »Hältst du das für einen Scherz?«

»Es ist in jedem Fall unterhaltsam.« Er musterte mich ausgiebig. »Und wenn ich dir sage, dass der Direktor dieser Schule nicht der ist, für den er sich ausgibt?«, fuhr er fort. »Kannst du dir vorstellen, dass er weiß, wohin das Tor führt, es aber für sich behält?«

Ich schüttelte den Kopf. Zwar wusste ich, dass Bradford Dinge verschwieg, aber bestimmt nicht das. Er setzte sich für uns Nixen ein, wieso sollte er so etwas Wichtiges unter Verschluss halten?

»Das habe ich mir fast gedacht.« Kassians Blick flog flüchtig über die Wassertropfen, die ich noch immer festhielt. »Aber du musst mir nicht glauben, du kannst dich auch selbst davon überzeugen. Öffne einfach das Tor.«

Ich lachte auf. »Und wie soll ich das anstellen?«

»Wenn du das nicht weißt, finde ich es heraus und melde mich wieder.« Trotz der Wassertropfen löste er sich in Rauch auf, bis er durchscheinend wie eine Geistergestalt vor mir stand. Offenbar war das Wasser tatsächlich kein Hindernis für ihn gewesen.

»Heißt das, wir arbeiten jetzt zusammen?«, fragte ich ungläubig.

Sein linkes Auge funkelte dämonisch auf. »Sieht so aus, Butterblümchen.«

Mit diesen Worten verschwand er.

»Das wird nicht passieren!«, rief ich in den leeren Saal.

An diesem Abend ging ich hungrig zu Bett und verputzte am nächsten Morgen das halbe Frühstücksbüfett. Als ich Caleb gleich nach dem Unterricht mit meinem Rucksack über der Schulter besuchte, ging es ihm schon viel besser. Er saß im lockeren Krankenhemd mit der Decke über den Beinen aufrecht in seinem Bett. Sein dichtes Haar stand zu allen Seiten weg und unter seinen Augen zeichneten sich dunkle Ringe ab, aber er hatte an Farbe gewonnen. Wir redeten eine Weile über Belanglosigkeiten, obwohl es mir eigentlich auf der Seele brannte, ihm alles zu erzählen, was ich herausgefunden hatte. Doch dazu war auf der Krankenstation zu viel los. Ich hatte auch mit dem Gedanken gespielt, Bradford direkt anzusprechen, fragte mich aber, was passieren würde, wenn an Kassians Version auch nur ein Funken Wahrheit war. Bradford wäre dann wohl kaum ehrlich zu mir.

»Du wirkst abgelenkt«, meinte Caleb.

»Ist das so?«, fragte ich gedankenversunken.

Er fing meinen Blick auf. »Du schaust mich nicht mal an, wenn ich mit dir rede, also ja, du bist abwesend.«

»Sorry.« Ich presste die Lippen zu einem schmalen Lächeln zusammen.

»Du kannst mir alles sagen«, versprach er.

Mein Lächeln wurde breiter. »Ich weiß. Es ist nur …« Es war nicht der richtige Ort. Statt ihm zu erzählen, was mir durch den Kopf ging, holte ich einen Stift und meine Notizen aus der Schultasche. »Ich komme mit meiner Strafarbeit nicht weiter.«

»Über das Tribunal?« Er warf einen Blick auf meinen Block.

»Genau«, bestätigte ich. »Also, die im Tribunal vertretenen Immortals sind Drachen, Faune, Titanen, Vampire und Harpyien. Aber Harpyien sind ausgestorben, habe ich gehört.«

»Sie gelten zumindest als ausgestorben«, meinte er. »Die Normalsterblichen jagten sie. Zu ihrem eigenen Schutz nahmen die Harpyien dauerhaft ihre geflügelte Gestalt an und verloren über die Zeit ihre Magie. Ein Sitz im Tribunal wird ihnen trotzdem freigehalten. Auf deiner Liste fehlt nur noch ein Immortal.«

»Ah, deswegen komme ich nur auf zwölf Wesensarten.« Ich schaute auf meine Liste, auf der ein Platz leer geblieben war. »Ich verstehe auch nicht, warum Vampire zu den Immortals zählen. Hier an der Schule werden sie nicht anders behandelt als alle anderen. Im Gegensatz zu Jae, dem Direktor und dir.«

»Das liegt daran, dass Vampir nicht gleich Vampir ist«, sagte er. »Es gibt reinblütige unter ihnen und welche …«

Ich hob die Brauen. »Die dazu gemacht wurden?«

»Und deren Nachkommen.«

Also gehörten die Vampire an der Schule nicht zu den Immortals. Das erklärte auch, warum ihr Clan den Drachen diente. »Und der letzte Immortal …?«

»Der Trickster«, sagte Caleb. »Er wird oft vergessen, weil es derzeit keinen gibt. Zumindest hat seit ein paar Jahrhunderten niemand mehr einen zu Gesicht bekommen. Genau wie der Sitz der Harpyien im Tribunal ist auch der des Tricksters leer.«

»Weiter geht es dann mit Hexen, Magiern, Feen, Obake, Werwölfen, Nekromanten …« Ich stockte. »Sind das nicht Totenbeschwörer? Gehören die nicht zu den Magiern?«

»Sie beherrschen eine andere Art von Magie und werden nicht gern mit Magiern in einen Topf geworfen«, erklärte Caleb. »Jetzt fehlt nur noch eine Wesensart in deiner Aufzählung.«

»Die Nixen.« Wenigstens etwas, das ich auf Anhieb wusste.

»Die ihren Platz im Rat erst seit ungefähr drei Jahrzehnten haben und andere Wasserwesen wie Sirenen und Selkies vertreten, genau wie Faune andere naturverwurzelte Wesen wie Nymphen und Waldschrate vertreten«, ergänzte Caleb.

»Cool, dann habe ich alles.« Ich notierte mir den Trickster und vervollständigte damit die Liste. »Jetzt muss ich das Ganze nur noch auf fünf Seiten ausformulieren.« Nachdenklich tippte ich mit dem Stift an mein Kinn und entlockte Caleb damit ein Schmunzeln. »Was ist?«, fragte ich.

»Nichts, nur manchmal bist du so …« Er sprach nicht weiter.

Ich verengte den Blick. »Manchmal bin ich *was*?«

Sein Schmunzeln wurde breiter. »Niedlich.«

»Hey!«, beschwerte ich mich und verpasste ihm einen Schlag gegen die Schulter.

Er rieb sich die Stelle. »Vorsicht, ich bin schwer verletzt!«

»Du bist ein Simulant, mehr nicht«, zog ich ihn auf und pikte ihm mit dem Stift in die Seite.

Caleb zuckte zusammen. »Mach so weiter und ich kitzle dich, bis du um Gnade winselst!«, warnte er mich, wurde dann aber von etwas abgelenkt. »Da kommt jemand für dich.«

Ich schaute zur Tür, wo Lilou gerade die Krankenstation betrat.

Mir war gar nicht aufgefallen, dass an den anderen Betten gar kein Besuch mehr war. Auch von Mr Longo war nichts zu sehen. Lilou lief unsicher an den anderen vorbei und blieb mit etwas Abstand zu uns stehen, um Caleb nicht zu nah zu kommen. Obwohl sie in letzter Zeit wahrscheinlich mehr Worte mit ihm gewechselt hatte als in ihrer ganzen Schulzeit davor, wagte sie es noch immer nicht, ihn direkt anzuschauen. »Schlafen die alle nur oder ist das eine Art Koma, in das sie der Incubus versetzt hat?«

»Es ist ein Schlaf, aus dem sie nicht geweckt werden können«, erklärte Caleb.

Erschrocken blickte Lilou auf. »Aber sie wachen von allein wieder auf, oder?«

»Das hoffen wir«, meinte er. »Die ersten zwei Opfer hatten Glück. Die beiden durften die Krankenstation schon wieder verlassen. Mich behält Longo wahrscheinlich noch ewig hier.« Er stöhnte genervt und lehnte sich zurück.

»Ich wollte dich zum Abendessen abholen«, sagte Lilou an mich gerichtet. »Die Küche bringt Caleb bestimmt auch gleich etwas.«

»Okay …« Ich griff nach meinem Rucksack, hielt dann aber inne. Da wir gerade unter uns waren, war das die Gelegenheit, von Bradfords Geheimnis zu berichten. »Ich muss euch etwas erzählen«, begann ich.

Nachdem ich sein Gespräch mit Ardelean zusammengefasst hatte, hätte ich beinahe mit Kassians Version weitergemacht, konnte mich aber gerade noch zurückhalten. Und das wahrscheinlich nur, weil Lilou mit ihrer Fähigkeit, jedem die Wahrheit zu entlocken, nicht nachbohrte. Caleb würde es hassen, dass ich den Dämon zu mir gerufen hatte. Es war besser, ihm nichts davon zu verraten.

»Du musst mit Bradford reden«, sagte Lilou. »Wenn er etwas weiß, darf er es dir nicht vorenthalten.«

»Und wenn er mir nicht die Wahrheit sagt?« Ich hob die Schultern.

»Wieso sollte er dich belügen?«, fragte Caleb.

»Weil er etwas über die Tore und mich herausgefunden hat, das so furchtbar ist, dass er es mir nicht sagen will«, erklärte ich. »Was aber, wenn uns diese Sache dabei helfen könnte, nicht nur Kassian loszuwerden, sondern alle Incubi? So hat es sich für mich jedenfalls angehört. Egal wie erschreckend es ist, ich will es wissen.«

»Du kannst ihm sein Wissen aber schlecht aus der Nase ziehen«, meinte Caleb. »Und mach dir keine Sorgen. So schlimm kann es nicht sein. Niemals. Nicht, wenn es dich betrifft.«

»Lilou könnte er nicht belügen«, überlegte ich laut.

»Kann er schon«, sagte sie kleinlaut und rieb sich dabei den Unterarm. »Meine Fähigkeit ist noch nicht ganz ausgereift und deshalb unzuverlässig. Außerdem weiß Bradford damit umzugehen. Es heißt, dass er in den letzten Tagen viel Zeit in der Bibliothek verbracht hat. Denkt ihr, dass er dort etwas über die Tiefenschrecken und die Tore herausgefunden hat?«

Das schloss ich nicht aus. Lilou und ich hatten zwar auch unzählige Bücher durchforstet, aber ohne die passenden Suchbegriffe waren wir nicht weit gekommen.

»Wir müssen uns einfach dieselben Bücher ausleihen wie er«, schlug ich vor.

»Nur wird Ms Poppins nicht damit herausrücken, welche das sind«, sagte Lilou und nahm mir damit den Wind aus den Segeln.

Ich dachte angestrengt nach. »Sie ist doch eine Art Computer, oder? Worauf reagiert sie? Auf Stimmen?«

Lilou riss die Augen auf. »Das ist es! Was wir brauchen, ist ein passender Trank, damit einer von uns Bradfords Stimme annehmen kann.«

Caleb zog seine Decke beiseite. »Das ist eine verrückte Idee, aber gut, gehen wir zu den Hexen und besorgen uns diesen Trank.«

»Du nicht«, ermahnte ich ihn.

»Ich werde nicht hier liegen und Däumchen drehen, während ihr dem Schuldirektor nachspioniert«, sagte er entschieden. »Wenn man euch erwischt –«

»Dann rettet uns deine Beihilfe auch nicht«, fiel ich ihm ins Wort. »Wir leihen uns Bücher aus. Wie gefährlich kann das schon sein?«

Dass mein erster Besuch in der Schulbibliothek auf der Krankenstation geendet hatte, erwähnte ich lieber nicht. Ich hatte nicht vor, ein weiteres Mal ohne Rettungsseil und Leuchtpistole zwischen die Regale zu laufen. Und Bradford würde sich wegen ein paar geliehener Bücher auch nicht gleich in einen Drachen verwandeln und uns mit Haut und Haaren verspeisen.

»Von mir aus«, stimmte Caleb grummelnd zu und sank zurück auf sein Kissen. »Aber keine Heldentaten, okay?«

»Ich kann nichts versprechen.« Ich richtete seine Decke und beugte mich dafür über ihn. »Vielleicht überkommt mich plötzlich der Wunsch, mich auf ein weißes Pferd zu schwingen und einen Prinzen in Not vor einem bösen Drachen zu retten.«

Ich schaute Caleb lächelnd an und er erwiderte meinen Blick. Es war unglaublich, wie viel unerschütterliche Stärke er ausstrahlte, obwohl er mit aufgeplatzter Lippe und genähter Wunde an der Stirn im Krankenbett lag. Wahrscheinlich gab es rein gar nichts, was ihn so schnell aus der Ruhe brachte. Kein Dämon und auch nicht der Tiefenschrecken, der in mir schlummerte. Nicht einmal Bradfords Aussage über eine gefährliche Verbindung von mir zu den Toren ließ ihn daran zweifeln, dass ich die Heldin einer Geschichte war, die noch erzählt werden musste.

Er hob die unverletzte Hand und legte sie an meine Wange. Die

Hitze seiner Haut durchströmte meinen Körper und ließ mein Herz höherschlagen.

»Dann widersteh diesem Wunsch«, bat er leise und kam mir so nah, dass sich sein Atem auf meine Lippen legte.

Für einen Moment überkam mich ein ganz anderer Wunsch. Ich wollte mich vorbeugen und ihn küssen, wollte herausfinden, was es in mir auslösen würde und wohin das, was zwischen uns entstanden war, führte.

Der Moment zerbrach, als sich die Tür zur Krankenstation knarzend öffnete. Ich fand zurück ins Hier und Jetzt und löste Calebs Hand von meiner Wange.

»Wir … wir müssen los«, sagte ich und versuchte, meine Nervosität zu überspielen, indem ich meine Schulsachen in den Rucksack stopfte. Ich brachte es nicht über mich, Caleb noch einmal direkt anzuschauen.

»Passt auf euch auf«, bat er.

Ich nickte. »Das machen wir«, versprach ich, nahm Lilou an der Hand und zog sie mit mir, vorbei an der Küchenhilfe mit Calebs Abendessen und raus auf den Flur.

24

Singt sie gerade einen Disneysong?

Erst nachdem ich ein ganzes Stück gelaufen war und Abstand zwischen mich und die Krankenstation gebracht hatte, konnte ich wieder frei atmen.

Normalerweise brachte mich nichts so schnell aus der Fassung. Bei Caleb war das anders. In seiner Gegenwart, wenn er mich dann auch noch so durchdringend anschaute, mich berührte und mir näher kam, fühlte ich mich hilflos und verloren.

»Alles okay?«, fragte Lilou, die hinter mir herstolperte.

Ich war so aufgewühlt, dass ich gar nicht realisiert hatte, wie weit ich bereits mit ihr im Schlepptau gelaufen war. Und da meine Gedanken immer noch Karussell fuhren, blieb ich auch nicht stehen.

»Ganz und gar nicht«, sagte ich.

Lilou stoppte mich, indem sie mir den Weg verstellte. »Du magst ihn, oder?«

»Ja, ich … denke schon«, gab ich zu.

»Und er mag dich!«, sagte sie voller Begeisterung. »Caleb ist ein Immortal – und dazu noch ein irrsinnig gut aussehender. Ich glaube, fast jedes Mädchen hier und auch ein paar Jungs würden ausrasten, wenn er sie auch nur einmal so ansehen würde, wie er dich ansieht.«

»Ich raste auch gleich aus.« Mit beiden Händen fuhr ich über mein Gesicht. Die Unruhe in mir ließ einfach nicht nach. »Lilou, ich habe noch nie …«, begann ich ein Geständnis, das mir nicht über die Lippen kommen wollte. Nervös ging ich auf und ab.

»Was hast du noch nie?« Sie schaute sich um, aber es war niemand in der Nähe, der uns hören konnte. »Also … ihr müsst doch nicht gleich … du weißt schon.«

»Geküsst«, zischte ich mit gesenkter Stimme, um ihrer ausufernden Fantasie Einhalt zu gebieten. »Ich habe noch nie einen Jungen geküsst. Und ja, ich weiß, ich bin damit verdammt spät dran. Isla, meine beste Freundin aus meiner alten Schule, hat gefühlt jeden Monat einen anderen Typen. Das einzige Mal, als die Lippen eines Jungen auf *meinen* lagen, habe ich ihm das Leben ausgesaugt.« Ich lachte flüchtig auf. »Vielleicht ist es auch ganz gut, dass ich in dieser Hinsicht eine Spätzünderin bin. Sonst würden vielleicht ein paar mehr Opfer auf meiner Liste stehen. Ich will jedenfalls nicht, dass Caleb dazugehört.«

»Das passiert ganz bestimmt nicht«, meinte Lilou.

»Wie kannst du dir da sicher sein?«

»Hast du mir nicht zugehört? Er ist ein Immortal! Nicht mal dieser Incubus konnte ihm ernsthaft etwas anhaben. Und Caleb gefällt dir?« Auffordernd schaute sie mich an.

Ich lächelte. »Ich denke schon.«

»Na dann!« Sie hob die Hände. »Küss ihn doch!«, trällerte sie und drehte sich im Kreis.

Verdutzt sah ich zu, wie sie durch den Korridor tänzelte. »Singst du da gerade einen Disneysong?«

So ahnungslos von der Welt der Normalsterblichen war Lilou wohl doch nicht, wenn sie Filmmusik wiedergeben konnte.

»Tralala!«, machte sie weiter.

Ich wollte sie stoppen, bevor sie noch tanzend durch die Eingangshalle wirbelte und ein paar Kleintiere anlockte, die zirpend und fiepend mit einstimmen würden. Allerdings wirbelte sie zu mir herum, bevor ich dazu kam, und beugte sich zu mir vor. »Ich verrate dir ein Geheimnis: Ich habe auch noch nie einen Jungen geküsst, aber das wird sich bestimmt bald ändern.«

»Hast du jemanden im Auge?«, fragte ich.

Wir setzten unseren Weg zum Speisesaal fort. Lilous Gang war federnd und sie hob vielsagend die Brauen. »Da gibt es noch etwas, das du über uns Sirenen wissen solltest. Es ist nicht nur fast unmöglich, uns zu belügen, es ist auch fast unmöglich, sich nicht in uns zu verlieben.«

»Was meinst du damit?«, fragte ich. Bisher hatte ich nicht das Gefühl gehabt, dass ihr die Jungs reihenweise zu Füßen lagen. Und das, obwohl sie hübsch, lustig und liebenswert war. Den anderen Sirenen hingegen, die ich ab und an sah, wenn sie sich in kleinen Gruppen durch die Schule bewegten, warfen viele Schüler anhimmelnde Blicke nach.

»Ich bin noch ein bisschen jung, aber in ein paar Monaten oder vielleicht einem Jahr, nachdem ich sechzehn geworden bin, verändert sich mein Geruch«, erklärte sie. »Dann produziert mein Körper Pheromone, die unwiderstehlich wirken. Noch gehen mir alle aus dem Weg, weil sie nicht versehentlich irgendwelche Geheimnisse ausplaudern wollen, aber wenn es so weit ist, werden sie mir hinterherlaufen. Und dann nehmen mich die anderen Sirenen auch in ihren Kreis auf.« Sie grinste mich breit an, wirkte aber nicht so glücklich, wie sie tat.

»Und willst du das?«, hakte ich nach.

Ihr Grinsen verschwand. »Darauf, dass mich die anderen Sirenen anerkennen, freue ich mich schon. Aber es wäre besser, wenn ich jemanden finde, bevor mein Körper die anziehenden Pheromone produziert. Weil ich dann weiß, dass die Gefühle echt sind, verstehst du?«

»Ja, das verstehe ich absolut.«

Wir hatten den Speisesaal erreicht und ich schaute mich nach den Hexen um. Ich war mir noch nicht sicher, wie ich sie nach dem Trank fragen sollte, ohne Gefahr zu laufen, von ihnen an Bradford oder die Nixen verraten zu werden. Freunde hatte ich mir unter ihnen nicht gerade gemacht. Aber mir würde schon etwas einfallen.

»Noch nicht«, sagte Lilou, die mein Zögern bemerkt hatte.

Fragend schaute ich sie an.

»Wir gehen nach dem Essen zu ihnen, wenn sie auf ihren Zimmern sind«, erklärte sie. »Hier im Speisesaal erregt das zu viel Aufmerksamkeit.«

»Wenn ich dich nicht hätte.«

Ein Arm legte sich über meine Schultern und zwischen Lilou und mir tauchte Alvar auf. »Wie geht es meinen beiden Waldrebchen? Alles fit?«

»Waldrebchen?«, höhnte Lilou.

Alvar wirkte wie vor den Kopf gestoßen. »Ich habe lange an dem Kompliment gebastelt. Waldreben sind echt schöne Blumen!«

»Du bist ziemlich einsam, wenn Caleb nicht da ist, was?«, zog ich ihn auf.

Alvar seufzte schwer. »Ich sterbe vor Langeweile«, bestätigte er und führte uns zu einem freien Tisch. »Habt ihr eine Ahnung, was es bedeutet, als der coole Typ bekannt zu sein, der immer mit einem Immortal abhängt, an den sich sonst niemand herantraut, und dann ist dieser Immortal plötzlich weg? Diese Sache kostet mich meine ganze Identität!« Er seufzte überzogen theatralisch.

»Du bist doch wohl mehr als nur Calebs Freund«, meinte Lilou. Sie setzte sich.

»Klar, aber das weiß halt niemand und als Sidekick lebt es sich echt gut. Außerdem habe ich wirklich hart daran gearbeitet, Calebs Bestbuddy zu werden. Er war wie ein Eisklotz, als wir uns kennengelernt haben. Hat niemanden an sich rangelassen.« Er schob mir den Stuhl gegenüber von Lilou zurecht. »Was darf ich den Damen kredenzen? Frischen Kaviar an rohem Tintenfisch vielleicht?«

»Oh, das klingt super!« Lilou klatschte aufgeregt in die Hände.

»Ist heute nicht Spaghettitag?« Ich wollte zur Essenausgabe mitgehen, aber Alvar legte mir die Hände auf beide Schultern und drückte mich auf den Stuhl.

»Einmal Spaghetti, kommt sofort!«, verkündete er. »Und du bleibst schön hier sitzen. Ich habe Caleb versprochen, mich um dich zu kümmern, und das mache ich auch.«

»Um mich kümmern?« Ich lachte. Was hatte sich Caleb dabei gedacht? Wollte er mir einen Aufpasser an die Seite stellen? »Ich bin doch kein Küken.«

»Du meinst, du bist kein Kätzchen«, verbesserte er mich. »Um das Vieh kümmere ich mich nämlich auch und ich kann euch sagen, der Kater ist um einiges kratzbürstiger als ihr.«

Die Nixen hatten den Speisesaal betreten und kamen auf unseren Tisch zu.

»Hier gibt es nichts zu sehen, brav weiterlaufen!«, verscheuchte er sie.

Die Nixen lachten, tuschelten über ihn und setzten ihren Weg zu einem freien Tisch fort. Alvar stemmte zufrieden die Fäuste in die Seiten. Dass sie sich über ihn lustig gemacht hatten, schien ihn nicht zu stören.

Mir gefiel es zwar nicht, dass Caleb offenbar glaubte, auch dann auf mich aufpassen zu müssen, wenn er selbst nicht in der Lage dazu war, aber Alvar erfüllte seinen Auftrag mit Stolz und das wollte ich ihm nicht nehmen.

Nachdem er uns das Essen gebracht hatte und ich mit meinen Spaghetti fast fertig war, wurde ich wieder auf die Nixen aufmerksam, die sich an ihrem Tisch zu streiten schienen. Schließlich stand Mahina auf, nahm ihr Tablett und kam zu uns.

»Darf ich?«, fragte sie.

»Klar.« Ich schenkte ihr ein Lächeln.

Zu meiner Überraschung folgten ihr ein paar weitere Nixen und nahmen bei uns Platz. Ich fragte nicht, was vorgefallen war, und sie erzählten auch nichts. Wir unterhielten uns über die Hausaufgaben und Alvar spielte mal wieder herum und ließ Kresse wachsen, die eine der Nixen mit aus der Luft gesammeltem Wasser begoss. Wir lachten viel, während es an Dalias Tisch bei den übrigen Nixen stockernst blieb.

Vielleicht war das ihr Problem. Sie nahm ihre Rolle als Royal zu ernst und behandelte die Mitglieder ihres Schwarms wie Leibeigene. Die School of Myth and Magic war keine Militärschule, was Dalia offenbar noch begreifen musste.

Als die Hexen den Speisesaal verließen, warf ich Lilou einen unauffälligen Blick zu. »Wollen wir?«, flüsterte ich.

Da sich Alvar schnell zum Star des Abends gemausert hatte und mit seiner offenen und lauten Art die volle Aufmerksamkeit hatte, schenkten uns die anderen nur wenig Beachtung, als wir gingen.

Nur Mahina lief mir nach und hielt mich am Arm auf. Fragend schaute ich sie an.

»Ich wollte nur sagen …«, begann sie und suchte nach Worten. »Danke.«

»Nichts zu danken«, erwiderte ich leicht verwirrt. Ich hatte nichts getan, nur dagesessen und mein Okay gegeben, als sie sich zu uns setzen wollte. Es gab aus meiner Sicht keinen Grund, sich bei mir zu bedanken. Sie wirkte aber zufrieden, nickte und ging zurück zum Tisch.

Ich hatte den Teil der Schule, den die Hexen bewohnten, bisher noch nicht betreten. Wir mussten dafür am Gewächshaus vorbei und kamen in einen Korridor, der aussah, als hätte die Zeit ihn vergessen. Einige Pflanzen waren aus dem Gewächshaus hinausgewuchert und in den Gang gewachsen. Sie überzogen die Wände, hingen von der Decke und verdunkelten die Fenster. Zusätzlich standen an jeder Ecke Blumenkübel.

Die Türen zu den Zimmern sahen alle unterschiedlich aus. Sie waren bunt lackiert, in Regenbogenfarben bemalt, mit Mustern verziert oder auch tiefschwarz. Eine Gemeinsamkeit waren die aufgezeichneten Runen und Pentagramme. Außerdem hingen Ketten, kleine Figuren oder mit Kräutern gefüllte Beutel daran. Ich entdeckte sogar ein paar Tierknochen.

Vor einer Tür in düsterem Lila blieb Lilou stehen. »Hier sind wir richtig«, sagte sie und klopfte an.

»Wer …«, begann ich zu fragen, als schon geöffnet wurde.

Vor uns stand Merel. »Habt ihr euch verlaufen?«

»Wer ist das?«, rief jemand hinter ihr.

»Die Nixe, die mich ins Wasser geschubst hat, und eine Sirene«, antwortete Merel.

»Ich habe dich nicht geschubst, du hast das Gleichgewicht verloren«, verbesserte ich sie.

Merel lehnte sich gegen den Türrahmen und verschränkte die Arme vor der Brust. »Fast hätte ich geglaubt, dass du gekommen bist, um dich zu entschuldigen.«

»So kann man sich irren«, raunte ich und bereute es gleich darauf. Diesen Trank bekamen wir bestimmt nicht, wenn ich Merel verärgerte.

»Wir brauchen eure Hilfe«, sagte Lilou eilig, bevor mir die Hexe eine passende Antwort geben konnte. »Einen Trank.«

»Für Tränke seid ihr hier genau richtig«, sagte sie. »Bleibt nur die Frage, ob wir euch helfen wollen.«

Zu meiner Überraschung trat sie beiseite und ließ uns herein.

»Das wird schon«, flüsterte mir Lilou zu. »Aber überlass das Reden besser mir. Sag einfach nichts.«

Das war eine hervorragende Idee. Wenn ich den Mund aufmachte, standen die Chancen fünfzig-fünfzig, jemanden zu verärgern. Also sollte ich lieber die Klappe halten.

Der Schlafraum der Hexen war eines der Sechserzimmer, von denen ich schon gehört hatte. In der Mitte befand sich eine Art Wohnzimmer, von dem die Schlafnischen abgingen. Genau wie auf dem Flur wucherten auch hier Pflanzen bis zur Decke. Dazwischen standen kreuz und quer bunte Sessel und Sofas, die mit unzähligen Decken und Kissen ausstaffiert waren. Es gab so viele Teppiche, dass sie teils übereinander lagen, Schreibtische, auf denen sich Zauberutensilien stapelten, und es hingen verschiedene Gerüche in der Luft. Von herben Kräutern bis hin zu blumigen Düften war alles dabei. Die Hexe mit den schwarzen Locken, die ich aus dem Unterricht von Professorin Kumar kannte, war damit beschäftigt, etwas in einem Kessel zusammenzubrauen, aus dem es grün dampfte. Zwei weitere standen an einem Lesepult über ein ledergebundenes Buch gebeugt, die anderen beiden saßen auf einem Sofa und tranken Tee aus antiken Tassen mit Blumenmustern und Goldrand. Neben ihnen lag ein zusammengerolltes Tier, das schnarchte und entweder ein wirklich hässlicher Hund oder eine Ratte war.

Alles in allem wirkte es gemütlich und urig, wie das Zuhause einer Omi, sodass es mich ein wenig an das Zimmer meiner Granny erinnerte.

»Also, raus mit der Sprache«, forderte uns Merel auf.

»Das wird nicht leicht«, begann Lilou. »Ich bin mir auch nicht sicher, ob ihr uns wirklich helfen könnt. Vielleicht sollten wir …«

»Zu wem gehen?«, fragte eine der Hexen am Lesepult abwertend. »Zu den Magiern?«

Die Mädchen auf dem Sofa kicherten und weckten damit das Tier neben sich. Doch auch nachdem es den Kopf gehoben hatte, konnte ich es keiner Art zuordnen.

»Ja klar, als würden die etwas anderes hinbekommen, als stundenlang Pläne zu schmieden, die sie dann doch nicht umsetzen«, meinte die Hexe am Kessel. Was auch immer sie zusammenrührte, verpuffte in einer grünen Wolke, die zur Zimmerdecke flog und sich dort verteilte. Zu dem Mischmasch seltsamer Gerüche gesellte sich ein weiterer.

»Nun sagt schon«, forderte Merel uns auf. »Ob wir euch wirklich helfen wollen, entscheiden wir dann. Dass wir euch helfen *können*, steht außer Frage.«

»Es geht um einen Trank, mit dem sich eine Stimme imitieren lässt«, erklärte ich.

Lilou warf mir einen mahnenden Blick zu. Dass ich nichts sagen sollte, hatte ich wieder vergessen.

»Aber das ist zu schwierig, oder?«, fügte sie hinzu.

»Die Frage ist nicht, ob es zu schwierig ist, sondern ob wir bei Null anfangen müssen oder auf einen schon bestehenden Zauber zurückgreifen können«, meinte Merel.

»Wir brauchen in jedem Fall Disteln«, sagte die Hexe am Kessel.

»Disteln? Du meinst wohl Mistelzweige«, meinte eine der beiden am Lesepult.

»Ich habe da mal was gelesen!« Eines der Mädchen sprang vom Sofa auf und lief zu einem Regal. Sie zog ein Buch hervor, blätterte es durch und legte es aufgeschlagen auf einen Tisch. Die anderen fünf versammelten sich um sie.

»Okay, aber wie kommen wir an Ghulspeichel?«, wollte Merel wissen.

Die Hexe mit den schwarzen Locken ließ ihren Finger über die Seite wandern. »Heißt das, wir müssen einen Friedhof aufsuchen?«

»Bei Mitternacht, wie es aussieht.«

»So einen Kessel haben wir nicht«, sagte Merel. »Ich weiß aber, wo wir einen herbekommen.« Sie kam zu uns zurück und baute sich vor uns auf. »Den Trank bekommen wir hin, aber wie sieht es mit der Bezahlung aus?«

»Oh ... ich ...«, stammelte Lilou und tastete ihre Taschen ab.

»Was willst du haben?«, fragte ich.

»Lass mich überlegen.« Sie verengte nachdenklich die Augen. »Wie wäre es mit einer Drachenschuppe?«

»Aber das –«, stieß Lilou aus.

»Ist kein Problem«, fiel ich ihr ins Wort.

Lilou starrte mich fassungslos an.

»Kommt in drei Tagen wieder«, sagte Merel.

»Drei Tage? Lässt sich das nicht irgendwie beschleunigen?«, fragte ich.

Sie musterte mich abfällig. »Noch etwas? Soll der Trank Erdbeergeschmack haben und im Dunkeln leuchten?«

»Drei Tage klingt super«, sagte Lilou und schob mich aus der Tür, die Merel wortlos hinter uns zuknallte.

»Wie willst du an eine Drachenschuppe kommen?«, zischte Lilou.

»Ich kenne da jemanden, den ich fragen kann«, erwiderte ich. »Du wusstest, dass wir den Hexen nur eine angeblich unlösbare Aufgabe stellen müssen, damit sie ganz Feuer und Flamme sind, oder?«

Sie schmunzelte. »Sie sind leicht zu durchschauen. Wenn du sagst, dass es zu schwierig ist oder du zu den Magiern gehst, machen sie fast alles. Normalerweise wollen sie aber nichts dafür haben. Sie erinnern dich dann nur immer mal wieder daran, dass du ihnen etwas schuldest. Ich glaube, ich schulde ihnen schon so viel, dass ich ein ganzes Buch damit füllen könnte.«

»Hätte ich Merel nicht ins Wasser fallen lassen, wäre das vielleicht auch der Fall gewesen«, sagte ich.

»Erzähl mir alles«, bat Lilou mich neugierig, denn ich hatte ganz vergessen, ihr von dem Vorfall mit den Stachelrochen zu berichten.

25

Eine kleine Dämonenheimsuchung ist doch kein Grund, den Schulball abzusagen

»Das kannst du nicht machen«, sagte Lilou und versperrte mir die Sicht auf Jae und die Vampire.

Sie saß mir gegenüber an einem Tisch, den wir uns mit ein paar Nixen teilten. Zum Frühstück hatte sie sich eine Art Meeresfrüchtemüsli gegönnt. Die Teller auf den Tabletts der Nixen sahen nicht anders aus. Wie sie so früh am Morgen schon rohen Fisch, Muscheln und Tintenfisch essen konnten, war mir ein Rätsel.

Der Tisch der Vampire sah allerdings auch nicht unbedingt einladend aus. Abgesehen von ihrer Aura der Ablehnung, die sie wie immer ausstrahlten, sodass alle einen großen Bogen um sie machten, bevorzugten sie schon zum Frühstück blutiges Fleisch. Dass Vampire nur Blut tranken, war wohl ein Gerücht.

»Was würdest du denn vorschlagen?«, fragte ich. »Hätte ich einen Kurs mit Jae, würde ich ihn da ansprechen, aber er ist eine Klasse über mir, also begegnen wir uns nur im Speisesaal.«

»Ich meine nicht, dass du ihn *hier* nicht ansprechen kannst. Du solltest ihn *gar nicht* nach einer …«, sie schaute sich um, beugte sich über den Tisch und sprach mit gesenkter Stimme weiter, »… Drachenschuppe fragen. Die Vampire zerfetzen dich in der Luft, wenn du dich ihm auch nur näherst.«

»Das werden wir sehen«, sagte ich und stand auf. Bei meiner letzten Begegnung mit Jae und seinen Leibwächtern war ich auch unbeschadet davongekommen und die hatte nicht im gut besuchten Speisesaal stattgefunden.

Die Hexen waren noch nicht aufgetaucht. Wahrscheinlich hatten sie eine lange Nacht auf dem Friedhof hinter sich und schliefen aus. Sie würden also nicht mitbekommen, wie ich meinen Gefallen bei Jae einforderte, um ihnen die Drachenschuppe zu organisieren. Auch Alvar hatte sich noch nicht blicken lassen und würde mich daher nicht aufhalten können, um sein Versprechen einzulösen, mich zu beschützen.

»Wir sehen uns auf deiner Beerdigung«, rief mir Lilou hinterher, als ich mich auf den Weg machte.

»Was hat sie denn vor?«, hörte ich Mahina fragen.

Nicht nur die Vampire verstummten, als ich mich ihnen näherte. Auch an den Tischen um sie herum wurde es still. Wenn ich darüber nachdachte, wäre es wohl doch besser gewesen, Jae an einem unauffälligeren Ort anzusprechen. Nur hätte das bedeutet, noch mehr Zeit verstreichen zu lassen wegen völlig übertriebener Benimmregeln. Dass jemand wie ich keinen Immortal wie Jae öffentlich ansprechen durfte, war genauso absurd wie die Regel, sich als Nixe einer Royal zu unterwerfen und damit den freien Willen aufzugeben.

»Dreh dich wieder um Nixe und verschwinde!«, grollte einer der Vampire und verstellte mir den Weg. Er war ein breitschultriger Kerl, der um einiges älter wirkte als alle anderen.

»Ich denke nicht dran«, entgegnete ich.

Ein paar Leute in der Nähe sogen schockiert die Luft ein. Sie taten gerade so, als würden sie beobachten, wie sich David gegen Goliath stellte. Dabei drohte mir keine Gefahr, da auf der Galerie einige Professoren saßen und frühstückten. Sie würden kaum zulassen, dass mich die Vampire vor den Augen aller Anwesenden in der Luft zerfetzten, wie Lilou es ausgedrückt hatte. Zur Sicherheit warf ich einen unauffälligen Blick hinauf zur Galerie, wo sich das Lehrpersonal abgewandt hatte und einige sogar aufgestanden waren und gingen. Nun wurde mir doch etwas mulmig, denn das hätte ich nicht erwartet. Bradford war nicht zu sehen und der Einzige, der uns interessiert beobachtete, war Professor Ardelean. Da er ein Vampir war, bezweifelte ich, dass er eingreifen würde, falls es hart auf hart käme.

»Okay, du wolltest es nicht anders«, sagte ein Vampirmädchen mit rosa Spangen im schwarzen Haar. Sie stellte sich neben den Vampir mit den breiten Schultern und schlug ihre Faust in die offene Handfläche. »Zeigen wir es ihr, Miron.«

Ich schaute an den beiden vorbei zu Jae. »Wir müssen reden.«

Tiefenentspannt saß er auf seinem Stuhl, wippte leicht vor und zurück und ließ eine Flamme zwischen seinen Fingern hin und her wandern.

»Und du glaubst, das hier ist der passende Ort dafür?«, fragte er, ohne mich eines Blickes zu würdigen.

»Er ist genauso gut wie jeder andere«, meinte ich.

Er lächelte.

»Also?«, hakte ich nach.

»Du bist mutig, das muss ich dir lassen.« Die Flamme schwebte für einen Moment auf seiner Handinnenfläche, dann schloss er die Faust, aus der anschließend Rauch aufstieg. Erst jetzt sah er mich an. »An dieser Schule traut sich sonst niemand, einen Immortal anzusprechen. Aber du bandelst gleich an deinem ersten Tag mit Caleb Harley an und stehst jetzt hier vor mir, während uns alle beobachten.«

Ich hob die Schultern. »Ich bin kein Fan von Klassenunterschieden.«

»Diese Einstellung finde ich gut.« Er erhob sich, gab den Vampiren mit einem Kopfnicken zu verstehen, ihm aus dem Weg zu gehen, und baute sich vor mir auf. »Wie kann ich dir behilflich sein?«

»Ich möchte gern den Gefallen einlösen, den du mir schuldest. Dann wären wir quitt und ich störe dich nie wieder.« Ganz so cool, wie ich mich gab, fühlte ich mich in Gegenwart von Jaes Leibwächtern nicht. Ich knetete unwillkürlich meine Finger und bemerkte das erst, als es auch dem breitschultrigen Vampir namens Miron aufgefallen war. Er verschränkte die Arme vor der Brust und grinste überheblich. Ich versuchte, das zu ignorieren, und senkte meine Hände schnell wieder.

»Dir ist klar, dass ich es nur als Redewendung meinte, als ich sagte, ich schulde dir was, oder?«

Ich verzog das Gesicht. »Ich denke schon, dass du mir etwas schuldig bist. Aber wenn du darauf bestehst, erfüll mir eine Bitte und danach sind wir nicht quitt. Dann schulde ich *dir* etwas. Einverstanden?«

Er lehnte sich zurück und betrachtete mich von oben bis unten. »Ich wüsste nicht, welchen Vorteil ich hätte, wenn eine Nixe mir etwas schuldet.«

»Das ist auch nicht wichtig. Ist nur so eine Redewendung«, bemerkte ich.

Er grinste. »Also gut, raus mit der Sprache.«

»Ich brauche …«, begann ich, hielt dann aber inne. Ob es so gut war, wenn alle um uns herum mithören konnten? Zur Sicherheit trat ich näher an ihn heran und flüsterte ihm meine Bitte ins Ohr.

»Nein«, lehnte Jae lachend ab. »Jeden anderen Gefallen hätte ich dir erwiesen, aber nicht das.«

»Es ist wirklich wichtig«, beteuerte ich.

»Nein«, wiederholte er mit Nachdruck und drehte sich von mir weg.

»Bitte«, flehte ich und wollte ihn aufhalten, wurde jedoch von den beiden Vampiren daran gehindert.

Jae wirbelte elegant auf dem Absatz herum und ließ sich auf seinen Stuhl fallen. »Ich habe dir einen Gefallen getan, indem ich vor aller Augen mit dir geredet habe. Wir sind jetzt quitt.«

»Lasst mich los«, knurrte ich und befreite mich von den Vampiren. So hatte ich mir das nicht vorgestellt. Es war doch bloß eine einzige Schuppe. Ich hätte gedacht, dass er froh gewesen wäre, mir durch diesen kleinen Gefallen nichts mehr schuldig zu sein. Offenbar hatte ich mich geirrt.

Ich richtete meinen Hoodie, den mir die Vampire zerknautscht hatten, und ging frustriert zurück zu meinem Tisch, wo ich umgehend von Alvar in Empfang genommen wurde.

»Machst du es mir absichtlich schwer? Wenn Caleb erfährt, dass ich nicht da war, um dich von dieser Dummheit abzuhalten, wird er –«

»Was tun? Dich in der Luft zerfetzen? Scheint ein weit verbreitetes Hobby an dieser Schule zu sein.«

Ein paar Nixen umringten mich und überhäuften mich mit Fragen. Sie waren ganz aufgeregt und wollten unbedingt wissen, was ich mit Jae zu schaffen hatte und wie ich den Vampiren ohne einen Kratzer entkommen war. Ich beantwortete ihnen ein paar ihrer unverfänglicheren Fragen und verbarg dabei meine Enttäuschung, dass mein Plan nicht aufgegangen war.

»Wir müssen irgendwie anders an die Drachenschuppe kommen«, flüsterte ich Lilou bei nächstbester Gelegenheit zu. »Zum Direktor können wir schlecht gehen.«

»Ja, das wäre ganz schön dreist«, sagte sie. »Ich überlege mir was.«

Auch ich zerbrach mir den ganzen Tag den Kopf darüber, sodass ich kaum etwas vom Unterricht mitbekam. Als ich am Abend in meine Grotte zurückkehrte, war ich keinen Schritt weiter.

Müde schleppte ich mich in den Raum, ließ meinen Rucksack sinken und hätte mich am liebsten gleich danebengelegt, weil ich völlig ausgelaugt war. Da fiel mein Blick auf eine Schachtel, die auf meinem Bett lag. Neugierig ging ich hin, öffnete sie und fand einen Zettel, unter dem ein Ring aus perlmuttglänzendem Metall lag. Ich faltete den Zettel auf und las:

Ich kann dir keine meiner Schuppen überlassen. Die Gefahr, dass daraus Rückschlüsse auf meine Drachengestalt gezogen werden könnten, ist zu groß. Nimm stattdessen den Ring. Er ist aus einem Schuppensplitter meines Urgroßvaters gefertigt und überaus mächtig. Er war immer ein wichtiges Erinnerungsstück für mich. Du schuldest mir was.

Ich nahm den Ring in die Hand. Er wirkte unheimlich wertvoll auf mich und meine Finger kribbelten vor pulsierender Magie, während ich ihn drehte. Offensichtlich hing Jae daran, weit über die in dem Schmuckstück eingebundene Macht hinaus. Und er gab es mir, ohne zu wissen, was ich damit vorhatte. Ich fühlte mich nicht gut dabei. Wie sollte ich etwas so Bedeutsames den Hexen überlassen?

Als ich meine Grotte am nächsten Morgen verließ, wartete Caleb auf mich. Sofort schlich sich ein Lächeln auf meine Lippen. Ich war erleichtert, dass es ihm besser ging.

»Na? Hat Longo dich wegen guter Führung entlassen?«, zog ich ihn auf. »Was machst du hier?«

»Was wohl?«, raunte er mit dunkler Stimme. »Ich hole dich ab.« Er deutete den Gang hinunter und wir machten uns auf den Weg zum Speisesaal.

»Du musst das nicht tun, das weißt du, oder? Kassian kann mir nicht gefährlich werden«, erinnerte ich ihn.

Ich strich mir eine Strähne hinters Ohr und schaute zu Caleb auf. Ein kaum merkliches Schmunzeln umspielte seine Mundwinkel. Die Hände hatte er in den Hosentaschen vergraben, und als er meinen Blick erwiderte, stupste er mich von der Seite an. »Ja, ich weiß. Trotzdem hast du ein Talent dafür, dich immer wieder in Schwierigkeiten zu bringen.«

»Irgendein Talent hat jeder.« Ich zuckte mit den Schultern.

Er lachte auf. »Klar. Zeichnen, Schreiben, Mathe, Ritualmagie oder von mir aus Totenbeschwörung. Gefahren anzuziehen wie ein Magnet gehört nicht unbedingt zu den Talenten, die du fördern solltest. Hast du dich gestern wirklich im vollen Speisesaal mit den Vampiren angelegt?«

»Hast du wirklich Alvar darauf angesetzt, meinen Leibwächter zu spielen?«, gab ich zurück.

»Was wohl auch nötig war.« Sein Blick wurde ernst.

»Nein, war es nicht«, erwiderte ich. »Ich brauche niemanden, der auf mich aufpasst.«

»Aber du verstehst, warum ich mir Sorgen mache?« Sein Blick ruhte auf mir, drängte nach einer Antwort. Aber ich war noch nicht bereit, sie ihm zu geben. Da war etwas zwischen uns, das konnte ich nicht abstreiten. Also ja, ich wusste, warum er sich um mich sorgte. Nur wusste ich nicht, ob ich das auch wollte. Also hob ich zum wiederholten Male bloß die Schultern.

Caleb blieb stehen, legte seine Hand an meinen Oberarm und beugte sich zu mir vor. »Devin, ich …«, begann er leise. Er war mir so nah, dass ich seine Worte beinahe schmecken konnte. Eine Unsicherheit schwang darin mit, die ich Caleb niemals zugetraut hätte und die mir einen Blick in sein ungeschütztes Inneres gewährte. Zwischen uns baute sich eine Nähe, eine Vertrautheit auf, die ich bisher nicht gekannt hatte. Und das fühlte sich unheimlich gut an.

Alles, was er mir noch hatte sagen wollen, versank in den Sekunden, die sich zu einer Ewigkeit ausdehnten. Seine Worte blieben unausgesprochen und doch hingen sie zwischen uns, füllten den Moment, den Raum und meine Gedanken. Als seine Lippen beinahe meine berührten, überschlug sich mein Herz. Es trommelte wild und unbarmherzig, jedoch nicht nur vor Aufregung, sondern vor allem aus Angst. Unwillkürlich lehnte ich mich zurück.

»Ich habe etwas vergessen«, stolperte es aus mir heraus, bevor ich mich von Caleb löste und in meine Grotte zurückrannte. Gehetzt durchwühlte ich mein Regal, fand das Kästchen mit Grannys Kette und legte sie mir um. Sofort kroch mir die klamme Kälte des Kellergewölbes bis in die Knochen.

Es war kein gutes Gefühl, von meiner Wassergestalt abgeschnitten zu sein, aber es war der einzige Weg, um sicherzugehen, dass ich niemandem etwas antat – dass ich Caleb nichts antat, so wie es bei Tyler passiert war. Dann wäre nicht länger Kassian das gefährlichste Monster an dieser Schule, sondern ich.

Ich atmete tief durch, versuchte, mir nichts anmerken zu lassen, und schloss wieder zu Caleb auf.

Dort anknüpfen, wo wir aufgehört hatten, konnten wir nicht. Wie auch? Er hatte sich mir geöffnet und ich war feige davongelaufen – was ich für meinen Geschmack in letzter Zeit viel zu häufig tat.

Auch er ließ sich nichts anmerken, aber ich fragte mich, ob ich ihn verletzt hatte. Als wir den Speisesaal erreichten, legte er eine Hand auf meine Schulter und beugte sich nah an mein Ohr. »Geh nicht gleich wieder auf die Vampire los, sonst muss ich dir noch einen Maulkorb anlegen.«

»Ich kann für nichts garantieren«, konterte ich, hob den Kopf und fing sein Lächeln auf.

Im nächsten Moment küsste er mich auf die Schläfe und mein Herz machte einen Satz. Doch er löste nicht nur in *mir* Unruhe aus. Auch im Speisesaal wurde es sofort lauter.

Wir liefen durch die Reihen zu dem Tisch, an dem bereits Lilou, ein halbes Dutzend Nixen und Alvar auf uns warteten, und zogen dabei alle Blicke auf uns.

»Entschuldigt mich«, bat Caleb, kaum am Tisch angekommen, und ging zur Essenausgabe.

Ich schaute ihm nach und fühlte mich wie benebelt – als würde ich neben mir stehen –, aber auch gut und … beschwingt. Ich konnte seine Lippen auf meiner Haut noch spüren und berührte die Stelle an meiner Schläfe. Er war also nicht sauer, weil ich die Flucht ergriffen hatte.

Als ich mich wieder dem Tisch zuwandte, grinste mich Lilou erwartungsvoll an. Offenbar hoffte sie, Details von mir zu erfahren.

»Wegen der Drachenschuppe«, sagte ich, um das Thema zu wechseln.

»Oh, da habe ich eine Idee«, verkündete sie. »Also, wir könnten einen Ausflug nach Skavik beantragen, stattdessen aber nach New York reisen.«

Ich nahm neben ihr Platz. »New York? Das liegt am anderen Ende der Welt.«

»In der Zwischenwelt ist das nur ein Katzensprung«, sagte sie. »Jedenfalls gibt es dort eine Einkaufsmeile, wo fast alles zu bekommen ist. Vielleicht keine ganze Schuppe, aber wusstest du, dass aus Drachenschuppen Schmuck mit magischen Kräften angefertigt wird? Sie lassen sich ähnlich einschmelzen und verarbeiten wie Metall. In New York werden wir bestimmt fündig. Es wird nur teuer.«

Alvar lachte auf. »Ihr glaubt doch nicht wirklich, dass ihr euch nach New York schleichen könnt, ohne dass Bradford Wind davon bekommt?«

»Hast du eine bessere Idee?«, fragte Lilou.

Ich dachte an Jaes Ring. Wenn ich Lilou davon erzählte, würde sie mich bestimmt überreden, ihn den Hexen zu geben. Vielleicht blieb mir am Ende auch keine andere Wahl, aber zuerst wollte ich es anders versuchen.

»Wir lassen das mit New York und erklären den Hexen, dass wir keine Schuppe auftreiben konnten«, schlug ich vor. »Vielleicht geben sie uns den Trank trotzdem.«

»Ich glaube nicht, dass –« Lilou brach ab, als es einen lauten Knall gab.

Erschrocken sprang ich auf. Von der Decke segelten Papierschnipsel in Grün und Lila. Sie landeten auf Köpfen und Schultern und natürlich auch im Essen.

»Was soll das?«, fragte ich, den Blick nach oben gerichtet. Ich konnte nicht sehen, woher die Schnipsel kamen. Es sah aus, als würden sie aus den Wolken fallen und geradewegs durch das Glasdach rieseln.

»Die Farben des Mabonballs sind in diesem Jahr Grün und Lila«, erklärte Caleb und stellte mir einen Kaffee hin.

»Danke.« Ich setzte mich wieder. »Was ist der Mabonball?«

»Mabon ist die Tag- und Nachtgleiche«, erklärte Lilou. »Jedes Jahr findet an dem Tag ein Schulball statt und die Bekanntgabe der Farben markiert den Startschuss der Vorbereitungen. Wir brauchen also Kleider in Grün oder Lila oder in beiden Farben.«

Ich wollte einen Schluck Kaffee trinken, musste aber zuerst einen

Papierschnipsel herausfischen. Als ich ihn zur Seite legen wollte, entdeckte ich das Wort *Ball* mit Fragezeichen darauf.

Verwundert schaute ich zu Caleb. »Nur wenn du willst«, sagte er. Sein Mundwinkel hob sich zu einem schiefen Lächeln.

Ich hatte wirklich andere Sorgen. Die hatten wir alle an dieser Schule, solange die Flure nicht sicher waren. Aber das interessierte im Moment niemanden. Die Vorfreude war fast schon greifbar. An allen Tischen gab es kein anderes Thema mehr, was sicher besser war, als in Angst vor dem nächsten Angriff des Incubus zu leben.

»Okay«, sagte ich – und fühlte mich glücklich und zufrieden und losgelöst von allem, was mich herunterziehen wollte.

26

Vielleicht hatte Granny doch recht und ein Monster schlummert in mir

Nach Ablauf der drei Tage stand ich allein vor dem Zimmer der Hexen. Ich hatte weder Lilou noch Caleb etwas davon gesagt, denn in meiner Hosentasche befand sich Jaes Ring, von dem sie nichts wussten. Und ich wusste noch immer nicht, ob ich mich überwinden konnte, ihn einzutauschen.

Eine der Hexen öffnete mir, nachdem ich geklopft hatte, und wandte sich um. »Die Nixe ist da!«

Merel zog die Tür weiter auf. »Diesmal ganz ohne Sirenenanhang?«

»Lass uns gleich zur Sache kommen, okay?«, bat ich.

»Wie du willst«, sagte sie und hielt mir eine kleine Phiole vor die Nase. »Hier ist das Wundermittel. Trinken, an die Stimme der Person denken, die du imitieren willst, und losplappern. Die Wirkung hält ungefähr zehn Minuten an.«

»Zehn Minuten nur?« Das war ziemlich knapp.

»Ihr habt keine Zeitvorgaben gemacht«, meinte sie schulterzuckend. »Wie sieht es mit der Bezahlung aus?«

»Damit gibt es ein Problem«, sagte ich.

»Keine Drachenschuppe, kein Trank«, machte sie unmissverständlich klar und ließ die Phiole in ihrer Tasche verschwinden.

»Ich habe es versucht«, betonte ich.

Sie lachte. »Ja, wir haben alle davon gehört, dass du dich mit den Vampiren angelegt hast. Stimmt es, dass Jae sich tatsächlich dazu herabgelassen hat, mit dir zu reden? Was hat er zu dir gesagt? Wahrscheinlich, dass du größenwahnsinnig bist, so etwas von ihm zu verlangen. Weißt du überhaupt, was eine Drachenschuppe wert ist? Mit einer einzigen Schuppe könntest du die ganze Schule kaufen.«

Meine Hand wanderte unwillkürlich zu dem Ring in meiner Tasche. Dass er wertvoll war, hatte ich ihm angesehen, aber so wertvoll? Das übertraf meine Vorstellungen.

»Was hast du da?«, fragte Merel.

Erschrocken zog ich meine Hand weg. »Nichts.«

»Lüg nicht!« Sie machte eine Handbewegung und der Ring flog wie von allein aus meiner Tasche zu ihr, wo er über ihrer Hand schwebte und sich dabei um sich selbst drehte.

»Das ist …«, hauchte sie ungläubig.

Die anderen Hexen kamen angelaufen und umringten sie.

»Wow!«, stieß eine aus.

»Ist der wirklich echt?«, wollte eine andere wissen.

»Gib ihn zurück!«, verlangte ich und wollte auf meine Magie zurückgreifen, wurde aber von der Kette um meinen Hals blockiert, die ich beinahe vergessen hatte.

»Wieso sollte ich?«, fragte Merel herausfordernd. »So war doch der Deal. Und dabei kommst du noch gut weg, weil das hier keine ganze Schuppe ist.«

»Bitte«, presste ich zwischen den Zähnen hervor. »Der Ring bedeutet einem Freund sehr viel. Er hat ihn mir überlassen, aber das ist es nicht wert. Ich verzichte auf den Trank.«

Merel wechselte kurze Blicke mit ihren Freundinnen. »So weit würdest du für einen Freund gehen? Er hat dir den Ring freiwillig gegeben, aber du setzt ihn nicht ein?«

»Gib ihn mir einfach zurück und wir vergessen die Sache.« Ich streckte meine Hand aus.

Merel trat einen Schritt auf mich zu und legte nicht nur den Ring, sondern auch die Phiole in meine Hand. Verwundert zog ich die Stirn in Falten.

»Wir wollten dir nur eine Lektion erteilen«, erklärte sie.

»Weil du Caleb Harley auf uns gehetzt hast«, sagte eine der anderen Hexen.

»Und ich deintewegen im Wasser gelandet bin«, fügte Merel hinzu.

»Uns diesen Trank brauen zu lassen, war schon Bezahlung genug. Es war ein riesiges Abenteuer. Du hättest uns erleben sollen, wie wir uns durch die Gruft mit den Ghulen geschlagen haben.«

»Einer von denen wollte mir die Finger abbeißen«, sagte eine Hexe und klang dabei unpassend begeistert.

»Ich habe ihn mit einem Baseballschläger plattgemacht«, sagte eine andere.

»Das Beste war das Ritual«, meinte eine dritte.

»Ich merke schon, ihr hattet Spaß«, sagte ich und schloss meine Hand um die Phiole und den Ring.

»Du bist nicht die Einzige an dieser Schule, die sich darauf versteht«, sagte Merel. »Obwohl wir nie auf die Idee kämen, uns mit den Vampiren anzulegen.«

Ich wusste nicht, ob ich die letzten Wochen als Spaß bezeichnet hätte, aber ich verstand, worauf sie hinauswollte.

»Scheint so«, sagte ich lächelnd. »Und danke noch mal.«

Keine halbe Stunde später betrat ich gemeinsam mit Lilou und Caleb die Bibliothek.

»Der Trank wirkt nur zehn Minuten«, erinnerte ich die beiden.

»Wer von uns nimmt ihn?«, fragte Lilou.

Ich betrachtete die Phiole in meiner Hand. »Ich schätze, dass ich es machen sollte. Immerhin geht es um meine Vorfahren.«

Caleb schnappte sich das Fläschchen. »Überlass das mir. Falls dir die Hexen eins auswischen wollen, passiert dir nichts.«

»Und was soll besser daran sein, wenn es stattdessen dich trifft? Falls sie überhaupt etwas mit dem Trank angestellt haben«, hielt ich dagegen.

»Immortals sind gegen viele einfache Flüche immun«, erklärte Lilou.

»Ich glaube zwar kaum, dass mit dem Trank etwas nicht stimmt, nachdem die Hexen ihre Rache bereits hatten, aber gut, wenn du darauf bestehst.«

»Welche Rache?«, fragte er zornig. Sein ausgeprägter Beschützerinstinkt schlug wieder an. Ob das daran lag, dass er ein Halbfaun war? Immerhin waren Faune die Beschützer der Wälder.

Ich schüttelte den Kopf. »Es war nichts und es hat sich erledigt.«

Es dauerte einen Moment, bis sich Calebs Wut verflüchtigt hatte, dann deutete er in den Lesesaal. »Also gut, wollen wir?«

Ich nickte.

Wir liefen zum Bibliothekstresen, Lilou stellte sicher, dass niemand in der Nähe war, und Caleb schluckte den Trank.

»Nach wie vielen Büchern soll ich fragen?«, wollte er wissen.

Ich starrte ihn mit weit aufgerissenen Augen an. Bradfords Stimme aus seinem Mund zu hören war, milde ausgedrückt, gruselig.

»Ich … äh … fünf?« Wir hatten nur zehn Minuten. Wenn wir nicht fündig wurden, gab es keinen zweiten Versuch. »Oder besser zehn?«

Caleb trat an den Tresen, wo ihn Ms Poppins mit ihrem künstlichen Lächeln empfing, und meldete sich als Bradford an.

»Wie kann ich Ihnen helfen?«, fragte sie.

»Bringen Sie mir die letzten zehn Bücher, die ich mir geliehen habe«, forderte er sie auf.

»Sehr gern, Direktor Bradford.«

Ich atmete erleichtert auf.

Ms Poppins trat hinter dem Tresen hervor und zog an uns vorbei zu den Regalen. »Ms Blackwood«, grüßte sie mich mit einem Nicken, als sie auf meiner Höhe angekommen war. Ich schaute ihr nach.

»Wie kann es sein, dass sie dich für Bradford hält, mich aber an meinem Aussehen erkennt?«, fragte ich verwundert.

»Die Hauptsache ist doch, dass es funktioniert«, meinte Caleb immer noch mit Bradfords Stimme.

Mich schauderte. »Am besten, du sagst nichts mehr«, schlug ich vor. »Nur für die nächsten neun Minuten.«

Er schmunzelte und legte sich einen Finger auf die Lippen.

»Dort hinten sind wir ungestört.« Lilou deutete auf einen abgelegenen Tisch, an den wir uns setzen konnten.

Es dauerte nicht lange, bis uns Ms Poppins die Bücher brachte. Zum Glück tat sie das noch vor Ablauf der zehn Minuten, denn für einen Moment verharrte sie irritiert, legte den Kopf schief und sah aus, als stünde sie kurz vor einem Systemabsturz.

Caleb trat zu ihr. »Ich nehme die Bücher, danke«, sagte er mit Bradfords Stimme.

»Nichts zu danken, Herr Direktor.« Sie lächelte steif und lief zurück zum Tresen.

»Das ging …« Caleb räusperte sich. Es waren bestimmt immer noch keine zehn Minuten vergangen, aber seine Stimme klang bereits wieder fast nach ihm.

»… gerade noch mal gut?«, fragte ich.

»So knapp war das.« Lilou hielt uns Daumen und Zeigefinger mit einem winzigen Abstand hin.

Wir schauten uns die Bücher genauer an. Die meisten waren uninteressant. Nur eines zog meine Aufmerksamkeit auf sich. Ein steinalter Wälzer, der aussah, als könnte er jeden Moment zu Staub zerfallen. Der Titel auf dem Einband war kaum noch zu lesen. Zumindest für mich. Caleb kniff die Augen zusammen und versuchte, ihn zu entziffern.

Ich schlug das Buch auf, blätterte es durch und stieß schnell auf Zeichnungen von Tiefenschrecken. Es gab ein ganzes Kapitel über sie.

Mir wurde mulmig. So bedrohlich dargestellt hatte ich meine Vorfahren bisher noch nicht gesehen. Sie wurden als regelrechte Monster gezeigt, mit weit aufgerissenen Mäulern, spitzen Haizähnen und gefährlichen Klauen. Menschliche Züge waren kaum zu erkennen und mit der fremdartigen Schrift neben den Abbildungen konnte ich nichts anfangen.

Caleb beugte sich über mich und ließ seine Finger über die Zeichen wandern. »Okay, hier steht, dass die Tiefenschrecken als ausgestorben gelten, im Gegensatz zu den heutigen Nixen eher feindselig waren und ihre Kräfte aus der Lebensenergie anderer bezogen.«

Meine Vorfahren waren also feindselig gewesen. Ich war zwar auch nicht gerade eine Friedensstifterin und neigte dazu, mir schnell Feinde zu machen, aber das tat ich nicht aus bösem Willen. Böse sahen die Tiefenschrecken in diesem Buch aber sehr wohl aus.

Ich blätterte weiter, bis ich auf eine Zeichnung der Steintore stieß. »Hier! Hier muss es stehen.«

Caleb las vor. »Um ihr Territorium zu erweitern, erschufen die

Tiefenschrecken Tore, die es ihnen erlaubten, Portale in neue Gebiete zu öffnen.«

»Meine Vorfahren haben sie gebaut?« Sie waren also mehr als nur wilde Bestien gewesen. Das beruhigte mich ein wenig. Wilde Tiere waren kaum dazu fähig, etwas so Komplexes wie diese Tore zu erschaffen.

»Sieht so aus«, bestätigte Caleb.

»Was steht da noch?«, fragte Lilou.

»Hier heißt es weiter, dass die Portale von einer übermächtigen Magie gespeist werden, die es heute nicht mehr gibt. Nur ein Tiefenschrecken mit voll entfalteten Kräften ist fähig, die Portale zu öffnen, zu schließen oder die Steintore zu zerstören.«

»Wie lange ist das her, was meint ihr?« Ich schaute von Lilou zu Caleb. »Wann haben die Tiefenschrecken die Tore erschaffen?«

»Wann das stattfand, steht hier nicht. Der Schrift nach zu urteilen muss das Buch aber mindestens zweitausend Jahre alt sein«, sagte Caleb. »Ich kann sie nur lesen, weil meine Blutlinie in diese Zeit zurückreicht.«

»Immortal halt«, meinte Lilou. »Aber bei Ms Poppins können wir uns Brillen ausleihen, durch die wir jede Schrift und Sprache lesen können.«

»Jede, die in dieser Bibliothek erfasst ist«, ergänzte Caleb.

»Soll ich uns welche holen?«

»Mach das«, stimmte ich zu.

Caleb blätterte weiter. »Schau dir das an.« Er deutete auf eine Zeichnung, die Tiefenschrecken auf der Flucht vor Schatten zeigten, die aus einem hell erleuchteten Tor strömten.

»Was steht da?«, fragte ich.

»Den Tiefenschrecken war ihre Welt nicht genug, also erschufen sie ein Portal, das ihnen den Zugang in eine neue Welt eröffnen sollte, die sie erobern und sich untertan machen konnten. Nur …«

»Nur was?«, hakte ich nach.

Er blätterte weiter und musste gar nicht vorlesen, denn ich bekam meine Antwort auch so. Auf der nächsten Seite war ein Dämon abgebildet, der Kassian zum Verwechseln ähnlich sah – blasse Haut, rot leuchtende Augen und eine neblige Gestalt.

»Die Incubi …«, hörte ich mich selbst sagen. Mein Kopf war mit einem Mal wie leer gefegt. »Das achte Tor führt in ihre Sphäre.«

Also hatte Kassian gelogen. Natürlich hatte er das. Er war ein Dämon, was hätte ich sonst von ihm erwarten sollen?

»Sie strömten in unsere Welt und löschten die Tiefenschrecken aus«, las Caleb vor. »Das Portal in ihre Sphäre wurde während der Schlacht der beiden Mächte geschlossen, sodass keine weiteren Incubi in unsere Welt eindringen konnten. Damit war aber auch den Dämonen, die das Portal bereits durchquert hatten, die Rückkehr verwehrt.«

»Und da niemand das Tor zerstören kann, zieht es die Incubi dorthin. Also hierhin, in die Schule«, fügte ich gedankenverloren hinzu.

»Sie fühlen sich von ihrer Sphäre angezogen«, bestätigte Caleb.

»Was, wenn es ihnen gelingt, das Portal zu öffnen?« Ich wollte mir das gar nicht vorstellen. Wie auf der Abbildung würden Unzählige von ihnen in unsere Welt strömen und Tod und Zerstörung mit sich bringen. Bei dem Gedanken wurde mir heiß und kalt zugleich.

»Das können sie nicht ohne die Hilfe eines Tiefenschreckens«, erinnerte mich Caleb.

Aber genau diese Hilfe hätte Kassian beinahe bekommen. Beinahe hätte ich ihm geglaubt.

»Wie haben meine Vorfahren überlebt?«, fragte ich mehr an mich selbst gerichtet als an Caleb. »Wieso haben sie sich versteckt, anstatt ihren Fehler wiedergutzumachen und das Tor zu zerstören?«

Hatten sie verhindern wollen, von den Incubi dazu benutzt zu werden, das Portal in ihre Sphäre erneut zu öffnen? Wie gern hätte ich meine Granny danach gefragt. Oder meine Mum.

»Die Antworten darauf werden wir nicht in diesem Buch finden«, meinte Caleb.

»Aber vielleicht die Antwort darauf, was ein Tiefenschrecken anstellen muss, um seine Kräfte voll zu entfalten und dieses Tor zu zerstören.« Ich blätterte die Seiten noch einmal durch. Es musste irgendwo stehen, schließlich hatte Bradford etwas darüber herausgefunden und verschwieg es mir.

»Hier«, sagte Caleb und stoppte mich. Er deutete auf die Abbildung eines dieser Monster, das einen ertrinkenden Seemann in die Tiefe zog.

Das Bild war schrecklich anzusehen und rief in mir all die grausamen Geschichten wach, die mir Granny wieder und wieder erzählt hatte. Eine gefährliche Bestie, ein unschuldiges Opfer und der Tod in den eisigen Fluten.

Sie hatte nicht gewollt, dass ich so werde, und alles dafür getan, um es zu verhindern – alles, außer mir die Wahrheit zu sagen. Meine Brust fühlte sich wie zugeschnürt an.

»Für dich!« Lilou war zurück und hielt mir eine klobige Hornbrille hin. Ich setzte sie auf, blinzelte, weil ich zuerst alles verschwommen sah, bis sich die fremden Schriftzeichen vor meinen Augen zu lesbaren Worten zusammensetzten. *Der Kuss der Nixe* stand dort geschrieben.

Ein Kuss? In meinen Ohren begann es zu rauschen und mich erfasste eine Benommenheit, aus der ich mich nicht befreien konnte. Ich schüttelte mich, schaute mir das Bild noch einmal an und konnte es nicht glauben. Der Tiefenschrecken zog sein Opfer in die Dunkelheit hinunter, hielt das Gesicht des Seemanns mit beiden Händen umfasst und war mit seinen Lippen nah an seinem Mund. Mit dem magischen Nixenkuss, von dem mir Seth bei meiner Ankunft erzählt hatte, hatte diese Szene rein gar nichts gemeinsam.

Vor meinem inneren Auge spielte sich die Szene im Badesee ab. War ich kurz davor gewesen, Tyler das Leben zu nehmen? Wie hatte ich das unbewusst tun können? Der Gedanke fühlte sich wie ein erstickender Kloß in meinem Hals an. War das der Grund, aus dem sich meinesgleichen versteckt hielt, anstatt sich der Verantwortung zu stellen und das Tor zu zerstören? Weil ihre Macht allein auf der Lebenskraft anderer beruhte? Sie mussten zu Mördern werden, um ihre wahren Kräfte zu wecken. Wie viel besser waren sie dann noch als die Incubi?

Ich lehnte mich zurück und zog mir die Brille von der Nase, während Lilou sich über die Seiten beugte.

»Die Kräfte der Tiefenschrecken galten als ungezügelt und schwer kontrollierbar, bis sie sich ihr erstes Opfer auswählten. Sie lockten es mit dem Versprechen der großen Liebe ins Meer, stahlen ihm einen Kuss und damit auch die Lebenskraft. Erst dadurch wurden ihre Kräfte vollends freigesetzt und für sie lenkbar. Je mehr Opfer sie fanden, desto mächtiger wurden sie. Bevor die Incubi sie auslöschten, beherrschten sie die Meere und waren der Ursprung vieler Horrorgeschichten über Meeresmonster, die sich unter den Normalsterblichen erzählt wurden.« Sie schwieg einen Moment. »Okay, das hört sich jetzt schlimm an, aber –«

»Aber nichts«, unterbrach ich sie. »Es ist schlimm.«

Caleb legte seine Hand auf meine. »Devin, das –«

»Nein.« Ich entzog ihm meine Hand, stand auf und wich vor dem Buch zurück. »Ich brauche Zeit, um darüber nachzudenken.«

Aufgewühlt, wie ich war, wirbelte ich herum und verließ mit schnellen Schritten die Bibliothek. Das alles war einfach zu viel für mich. Es fühlte sich an, als würde die Decke über mir einstürzen, mich unter sich begraben und mir die Luft zum Atmen nehmen. Ich ertrug jetzt keine tröstenden Worte, die mir einzureden versuchten, dass alles nicht so schlimm war. Wenn es sich doch schlimm anfühlte, wenn es mich zu zerquetschen drohte, wie hätte es mir helfen sollen, zu hören, dass es gar nicht so war?

Nun konnte ich verstehen, wieso mich Bradford vor der Wahrheit schützen wollte. Sie war kaum zu ertragen. Aber hatte ich deshalb kein Recht darauf? Es war *meine* Wahrheit, *mein* Erbe. Ich musste lernen, damit klarzukommen. Er hätte mir das nicht verschweigen dürfen.

Mittlerweile war ich im Kellergewölbe angekommen. Die Kälte fuhr mir in die Glieder, mein Atem ging schnell, weil ich getrieben von meinen Gefühlen durch die Flure gehetzt war, und noch immer konnte ich nicht langsamer werden.

Ich griff mir an den Hals und umfasste den Anhänger meiner Kette. Sie hatte eine lange Zeit zwischen mir und meinem wahren Ich gestanden und das aus gutem Grund. Meine Vorfahren waren Monster und ich würde auch zu einem werden, wenn ich die Kette wieder ablegte. Aber was hatte ich denn für eine Wahl? Wenn ich wirklich die Letzte oder eine der Letzten meiner Art war, hatte ich dann nicht die Pflicht, das Portal in die Sphäre der Dämonen zu zerstören? Doch dafür musste ich durch einen tödlichen Kuss ein Leben nehmen und das kam nicht infrage.

Jemand rempelte mich an und ich stolperte zur Seite.

»Kannst du nicht …«, begann Dalia zu schimpfen, bevor sie erkannte, mit wem sie es zu tun hatte. »Du!«

Ich hob abwehrend die Hände. »Jetzt nicht, okay?«

Ohne ihre Reaktion abzuwarten, setzte ich den Weg zu meiner Grotte fort.

»Du hättest nach Hause schwimmen sollen, als ich dich durch das Tor gestoßen habe«, rief sie mir nach. »Du gehörst nicht hierher, verstanden? Du bist keine von uns!«

»Ich weiß, du wiederholst dich«, warf ich ihr über die Schulter zu und ging weiter.

Als ich endlich meine Grotte betrat, war mein Verlangen, eine Tür zuzuschlagen, so groß, dass ich stattdessen mit voller Wucht gegen die Wand schlug.

»Autsch!«, knurrte ich und schüttelte meine Hand. Das hatte mehr wehgetan als gedacht, dafür aber auch für einen etwas klaren Kopf gesorgt.

Vielleicht hätte ich auf Dalia hören sollen. Wahrscheinlich gehörte ich wirklich nicht an diese Schule. Doch ich konnte nicht einfach verschwinden, bevor ich das angerichtete Chaos nicht beseitigt hatte, was in erster Linie bedeutete, dass Kassian verschwinden musste.

Ich ging zu meinem Schreibtisch, durchwühlte die Schublade und zog die schwarze Visitenkarte hervor, die mir Seth für den Notfall gegeben hatte. Wenn ein Incubus außer Kontrolle und ein Schuldirektor, der keine Hilfe holen wollte, nicht Notfall genug waren, wusste ich es auch nicht.

Ich setzte mich im Schneidersitz auf mein Bett, schloss die Augen, dachte fest an die Botschaft, die ich Seth schicken wollte, und zerriss die Karte.

Nichts geschah.

Hatte ich etwas falsch gemacht? Oder gab es gar keinen spürbaren Effekt, wenn der Zauber freigesetzt wurde?

»Ja?«, hörte ich Seth drängend fragen. Es klang, als stünde er direkt vor meinem Bett.

Ich schlug die Augen auf und erschrak, weil sich vor mir eine Art Fenster aufgetan hatte. Es schwebte wolkenähnlich in der Luft, hatte zerfledderte Ränder und war leicht durchscheinend. Seth schaute in seiner Wächteruniform vor einer Ruinenkulisse daraus hervor. Er wirkte gehetzt und blickte sich immer wieder um.

»Du wolltest nicht nur ausprobieren, ob der Zauber funktioniert, oder?«, fragte er.

»Nein, ich …« Ein Steinmonster mit Klauen und großen Glubschaugen sprang von der Seite ins Bild und riss Seth zu Boden, sodass ich ihn nicht mehr sehen konnte. Erschrocken sprang ich auf die Knie. »Seth?«

Er tauchte wieder auf, richtete seine Hände nach unten, sprach einen Zauber und feuerte eine Druckwelle ab. Steinbrocken flogen zu allen Seiten weg.

»Wo bist du?«, fragte ich besorgt.

»Angkor in Kambodscha. Jemand kam auf die irrwitzige Idee …« Er brach ab, weil ein weiteres Steinungetüm auf ihn losging. Es sah dem ersten ähnlich, war allerdings größer und geflügelt. Seth tauchte unter einem Schlag weg, wurde von dem Ungetüm aber mit der zweiten Klaue am Kopf gepackt. Ich war drauf und dran, mir die Kette vom Hals zu reißen und durch das Fenster zu springen, um ihm zu helfen, was jedoch nicht nötig war. Er sprach erneut diesen Zauber aus, richtete die Hand auf die Brust des Monsters und die Druckwelle ließ es in unzähligen Steinbrocken explodieren. Seth kam frei, wurde aber weggeschleudert.

Kaum eine Sekunde später taumelte er wieder ins Bild. »… die Gargoyle zum Leben zu erwecken«, setzte er dort an, wo er zuvor unterbrochen wurde. »Und ich sage dir, hier gibt es unzählige davon. Also, was ist los?«

»Du kommst klar?«, fragte ich.

Er schmunzelte amüsiert. »Aber sicher. Das ist mein Job.«

»Weil du da …« Ich deutete auf meinen Mundwinkel.

Seth wischte sich Blut von seinen Lippen. »Nun erzähl schon. Du siehst mitgenommen aus.«

»Das sagt der Richtige«, murmelte ich. »Mit einer Horde wild gewordener Gargoyles habe ich es jedenfalls nicht zu tun.«

»Sondern?«

»Mit einem Incubus. Er treibt hier in der Schule sein Unwesen.«

»Gibt es schon Todesopfer?«, fragte er ernst.

Ich schüttelte den Kopf. »Bisher zum Glück nicht.«

»Bradford hätte uns Wächter rufen sollen«, meinte Seth, wirbelte nach links und feuerte einen weiteren Zauber auf etwas außerhalb meines Sichtfelds ab.

»Er befürchtet, dass die Schule dann geschlossen wird«, sagte ich. »Aber er wird den Incubus nicht los und es ist nur eine Frage der Zeit, bis –«

»Es Tote gibt«, beendete er meinen Satz. »Ich erledige hier noch meinen Job, dann komme ich und bringe Hilfe mit. Ich kenne jemanden, der Incubi mit einem Fingerschnipsen beseitigt.«

»Was heißt beseitigt?« Auch wenn mich Kassian belogen hatte und seine Absicht alles andere als rechtschaffen war, fühlte ich mich nicht gut dabei, ihm im Gegenzug einen Kammerjäger auf den Hals zu hetzen, der sonst was mit ihm anstellte.

Seth entspannte seine Haltung. Offenbar drohte ihm gerade keine unmittelbare Gefahr. »Sie können nicht wirklich getötet werden, da sie kein Teil unserer Welt sind. Es gibt aber Leute, die die passende Magie beherrschen, um sie zurück in ihre Sphäre zu schicken und sie damit endgültig loszuwerden.«

»Das hört sich gut an.« Ich bemerkte eine Bewegung in Seths

Rücken und riss erschrocken die Augen auf. »Vorsicht, hinter dir!«, rief ich.

In dem Moment schoss der Gargoyle auch schon auf ihn zu, durchpflügte das Fenster mit einer Klaue und ließ es in Wolkenfetzen auseinanderstieben.

Instinktiv riss ich den Arm vor mein Gesicht. Als ich ihn senkte, war meine Verbindung zu Seth abgerissen. Da er nicht beunruhigt gewesen war und mit solchen Gefahren wohl öfter zu tun hatte, brauchte ich mir wahrscheinlich keine Sorgen zu machen. Zumindest hoffte ich das.

27

Die Badetuch-Affäre

Keine Stunde, nachdem ich Seth um Hilfe gebeten hatte, stand ich mit gepacktem Koffer vor Calebs Zimmer. Ich musste mir über vieles klar werden – vor allem wie ich meinen Frieden damit schließen sollte, von todbringenden Bestien abzustammen, die für eine Dämonenflut in unsere Welt verantwortlich waren. Aber das alles hatte Zeit, bis wir Kassian losgeworden waren, und solange tat meine Kette ihren Dienst.

Angeklopft hatte ich bereits, wartete jedoch vergebens auf eine Reaktion. Es war zwar spät, aber nicht so spät, dass ich geglaubt hätte, ihn aus dem Tiefschlaf wecken zu müssen. Nachdem ich ein weiteres Mal angeklopft hatte, legte ich mein Ohr an die Tür.

Und natürlich räusperte sich genau in diesem Moment jemand in meinem Rücken. Ich erschrak, machte einen Satz von der Tür weg und fand mich Caleb gegenüber – mit nassem Haar und einem Badetuch um die Hüfte. Wasser perlte über seine gestählte Brust und ein Sixpack, das viel zu perfekt aussah, um echt zu sein. Ich hätte am liebsten hineingekniffen, um mich selbst davon zu überzeugen, konnte mich aber gerade noch zurückhalten.

»Meine Augen sind hier oben.« Caleb deutete mit zwei Fingern auf sein Gesicht und schmunzelte dabei amüsiert.

Ich suchte noch nach Worten und bläute mir dabei ein, dass ich keinesfalls stammeln durfte, damit er nicht auf den Gedanken kam, dass es mir bei seinem Anblick die Sprache verschlug.

»Warst du –«

»Nackt im Regen tanzen?«, scherzte er und wackelte dabei mit den Augenbrauen.

»… duschen«, beendete ich meinen Satz.

»Wonach sieht es denn aus?« Er lief dicht an mir vorbei, sodass mich sein einnehmender Duft umhüllte, der mich an Orange, Zedernholz und Kaminfeuer erinnerte. Wahrscheinlich Calebs Deo oder Shampoo mit einem besonders coolen Namen wie *Dark Passion* oder *Wild Spirit* und dem Werbeversprechen, jeden verführen zu können. Und das stimmte sogar. Ich war verflucht nah dran, an Caleb zu schnuppern. Er öffnete die Tür, und bevor er sich wieder zu mir wandte, um mir den Vortritt zu lassen, wich ich zurück, damit er nicht merkte, dass ich an ihm hing wie ein aufdringlicher Hund bei der Begrüßung.

»Jedenfalls wäre ein Regentanz nicht meine erste Annahme gewesen«, meinte ich ausweichend und strich mir das Haar hinters Ohr.

Ich hatte keine Ahnung, wo ich hinschauen sollte. Auf sein Sixpack? Bestimmt nicht. Auf das Badetuch? Erst recht nicht! In sein Gesicht? Da hätte ich mir auch gleich in Großdruckbuchstaben *Nervenbündel* auf die Stirn tätowieren können. Caleb sah so verdammt gut aus. Atemberaubend gut. Er hätte sich eingerahmt ausgezeichnet als Wanddeko gemacht.

»Wir haben hier nur Gemeinschaftsbäder«, sagte er, vermutlich als Entschuldigung dafür, dass er halb nackt vor mir stand. Er lehnte sich an den Türrahmen und schaute zu meinem Koffer.

»Die haben wir auch«, erwiderte ich.

Allerdings lief *ich* nach dem Duschen nicht nur mit Badetuch bekleidet durch die Gänge. Wahrscheinlich hatte Caleb nicht damit gerechnet, so spät am Abend noch jemandem zu begegnen. Ich konnte mir gut vorstellen, dass diese Aufmachung tagsüber für eine Reihe von Ohnmachtsanfällen sorgen würde. Okay, das war vielleicht übertrieben, aber Aufsehen würde er auf jeden Fall erregen. Vermutlich war das der Grund für sein nächtliches Duschen. Ein Bademantel hätte es natürlich auch getan.

»Sag mir jetzt nicht, dass du gekommen bist, um dich zu verabschieden.« Der humorvolle Unterton war verschwunden.

Ich schaute zu Caleb auf. »Und wenn es so wäre?«

Er stieß sich vom Türrahmen ab und trat so nah an mich heran, dass ich den Kopf in den Nacken legen musste, um ihn anschauen zu können. Sein Duft wärmte mich von innen und ließ mich alles um uns herum vergessen.

»Dann würde ich mir etwas einfallen lassen, um dich zum Bleiben zu überreden«, raunte er.

Dadurch, dass er bloß mit einem Badetuch bedeckt vor mir stand, wirkten seine Worte noch einmal ganz anders. Das wusste er sicher auch und ich konnte es mir nicht verkneifen, ihn mit den eigenen Waffen zu schlagen. Ich ließ meine Finger seine Brust hinaufwandern, bis ich sein Schlüsselbein erreicht hatte. »Weißt du, was wirklich helfen würde?«, fragte ich mit gesenkter Stimme.

»Nur raus damit«, forderte er mich auf.

Ich bedeutete ihm, sich zu mir zu beugen, und flüsterte in sein Ohr: »Schokolade.«

»Du willst also etwas vernaschen?«, konterte er.

Jetzt musste ich lachen. Hätte es irgendeine Chance gegeben, dass aus dieser Badetuch-Affäre ein heißer Flirt geworden wäre, dann nur ohne meine Beteiligung. Flirten war so gar nicht mein Ding.

Caleb trat beiseite. »Komm erst mal rein. Und dann sag mir, was dir lieber ist: Crunchie-Riegel oder Schokoladenpudding.«

Ich rollte meinen Koffer in sein Zimmer. »Eigentlich reicht mir ein Plätzchen zum Übernachten. Tut mir leid, dass ich dich so plötzlich überfalle, aber ich würde gern auf dein Angebot zurückkommen.«

Lancie sprang vom Bett und kam zu mir gelaufen. Ich hockte mich hin, kraulte ihn hinter den Ohren und er krabbelte auf meinen Schoß.

»Dafür musst du dich nicht entschuldigen«, versicherte mir Caleb. »Ich habe es dir ja angeboten.«

Während ich mit dem Kater beschäftigt war, zog er sich an. Dass ich ihn dabei beobachten konnte, störte ihn nicht. Natürlich schaute ich nicht hin, sondern blickte erst auf, als er mir einen Crunchie-Riegel vor die Nase hielt.

»Willst du darüber reden, was wir in der Bibliothek herausgefunden haben?«, fragte er.

Ich schüttelte den Kopf. »Ich denke nicht.«

Noch hatte ich das Ganze nicht wirklich verarbeitet und auch keine Idee, was ich mit meinem neu gewonnenen Wissen anfangen sollte. Ich brauchte Zeit.

»Das ist okay.« Er setzte sich auf sein Bett, lehnte sich vor und stützte sich mit den Unterarmen auf den Knien ab. »Wir können auch eine Runde zocken, wenn dir das lieber ist.«

Ein Lächeln schlich sich in mein Gesicht. Caleb war unheimlich verständnisvoll. Ich hatte noch nie einen wie ihn getroffen. Allein in seiner Nähe zu sein, sorgte schon dafür, dass ich mich besser fühlte.

Ich stand auf und setzte mich neben ihn. »Gib's zu, du willst ausnutzen, dass ich nur eine Hand frei habe.« Ich hielt den Crunchie-Riegel hoch.

»Du hast mich durchschaut.«

»Tja, da unterschätzt du mich.« Ich befreite den Riegel aus der Verpackung und stopfte ihn in den Mund. »Tadaaa!«, nuschelte ich.

Caleb lachte. »Und wie willst du den jetzt kauen?«

Ich hielt mir die Hand vors Gesicht, damit ich Caleb beim Antworten nicht mit Keksstücken bespuckte. »Kauen ist was für Anfänger.«

Hauptsächlich war es mit dem Mund voll Schokolade ein Ding der Unmöglichkeit. Während ich es dennoch versuchte, schaute ich mich um und entdeckte ein Foto auf Calebs Nachttisch – so ziemlich das mieseste Selfie, das mir je untergekommen war, wodurch es besonders niedlich wirkte. Geschossen hatte es ein kleiner Junge, höchstens acht oder neun Jahre alt. Ein Teil des Bildes war von seinem Daumen verdeckt und der Rest so verschwommen, dass ich ihn zuerst für Caleb hielt. Auf den zweiten Blick fielen mir ein paar Unterschiede auf. Der Junge hatte gedrehte Hörner und flattrige Hängeohren.

Ich nahm das Foto in die Hand.

»Baelfire, mein kleiner Bruder«, klärte mich Caleb auf.

»Er ist echt süß«, sagte ich mit noch halb vollem Mund. Ich kaute noch einmal und schluckte die Reste des Riegels hinter vorgehaltener Hand hinunter. »Ist er ein Halbfaun wie du?«

»Nein, er war …« Caleb stockte. Ich sah, wie sich seine Hände zu Fäusten ballten. Sein Blick verlor den Halt und glitt ins Zimmer. »Wir hatten nicht dieselbe Mutter«, fuhr er schließlich gefasst fort und schwieg dann einen Moment lang. Er nahm mir das Foto aus der Hand, betrachtete es und ich konnte beobachten, wie das Licht in seinen Augen erlosch.

»Er *war* …?«, wiederholte ich seine Worte mit Vorsicht. Meine Zunge fühlte sich schwer an, meine Brust wurde eng.

Ein müdes Lächeln legte sich auf Calebs Lippen. »Er hat mir das Leben gerettet, ohne es zu wissen. Ich konnte ihm nie dafür danken.«

Die Traurigkeit, die Calebs Schultern beugte, nahm mir die Luft zum Atmen. Hätte ich das Bild doch bloß nicht angesprochen. Mir war nicht klar gewesen, was ich damit auslösen würde.

»Caleb, ich …«, begann ich, aber alles, was ich hätte sagen können, fühlte sich falsch an.

»Nein, schon okay.« Er rieb sich den Nasenrücken, schloss die Augen und atmete tief durch.

Als er sich mir zuwandte, schien es, als hätte er all das, was durch das Foto wachgerüttelt worden war, einfach weggewischt. Doch mir konnte er nichts vormachen. Die Dunkelheit in seinem Blick war geblieben.

»Lass uns zocken«, schlug er noch einmal vor und lächelte aufgesetzt.

Wenn Caleb nicht darüber reden wollte, war das in Ordnung für mich. Ich war die Meisterin des Todschweigens. Ich wusste, dass es manchmal guttat, sich erst selbst mit gewissen Dingen auseinanderzusetzen, bevor man sie laut aussprach.

Wenn ich nur nicht das Gefühl gehabt hätte, dass es in diesem Fall anders war. In Caleb schlummerte etwas, das schon viel zu lange darauf wartete, ausgesprochen zu werden. Vielleicht war ich nicht diejenige, der er sich anvertrauen wollte, aber ich musste ihm zumindest zeigen, dass ich bereit war, ihm zuzuhören. Ich legte meine Hand auf seine und damit auf das Bild.

»Wie alt ist das Foto?«, fragte ich ganz unverfänglich, um ihm die Möglichkeit zum Ausweichen zu geben, falls ihm das lieber wäre.

Caleb schwieg wieder eine Weile, dann schmolz das falsche Lächeln auf seinen Lippen und sein Blick verlor sich erneut in der

Weite des Zimmers. »Ich war damals vierzehn, schätze ich, also war er acht Jahre alt«, begann er mit rauer Stimme. »Du musst wissen, dass Halbfaune sehr selten vorkommen. Es ist nicht ungewöhnlich, dass sich Faune mit Normalsterblichen einlassen, aber es bleibt meistens beim Spaß. Weil mein Vater aber dringend einen Nachfolger brauchte, überredete er meine Mutter, mit mir zu ihm in seinen Wald zu ziehen.«

»Dort hast du deine Kindheit verbracht?«, fragte ich weiter.

»Ganz ohne die Vorzüge des modernen Lebens in einer einsamen Hütte im Nirgendwo«, bestätigte er. »Mehr oder weniger einsam, weil es Nymphen, Schrate und andere Waldbewohner gab. Ich hasste es.«

»Und deine Mutter?«, hakte ich nach.

»Oh, sie hasste es ebenfalls. Ich glaube, ich habe sie nie glücklich erlebt. Selbst wenn sie gelacht hat, wirkte es nicht echt. Als ich klein war, machte mir mein Vater Angst, und ich denke, dass es ihr nicht anders ging.«

»Das hört sich nach einer schrecklichen Kindheit an«, sagte ich leise. Seine Mum tat mir leid, auch wenn ich nicht verstand, warum sie diesen Mann nicht verlassen hatte.

»Ich habe das Beste daraus gemacht«, meinte er. »Bei jeder sich bietenden Gelegenheit habe ich mich weggeschlichen, meine Hörner versteckt und die nächstgelegene Stadt unsicher gemacht. Dort habe ich auch Freunde gewonnen. Das Handy, mit dem das Foto gemacht wurde, habe ich von einem von ihnen. Ich hatte es an einem sicheren Ort versteckt, aber Baelfire hat es trotzdem gefunden und so kam das Selfie zustande.«

Ich schaute mir das Bild noch einmal an und nahm es dafür in beide Hände. »Also hat er auch in diesem Wald gelebt? Zusammen mit dir und deiner Mum, die aber nicht seine Mutter war?«

»Wie gesagt, mein Vater brauchte einen Nachfolger.« Caleb stützte sich wieder mit den Unterarmen auf den Knien ab und schaute zu Boden. Schatten verbargen seine Augen vor mir. »Faune sind so etwas wie die Förster der magischen Welt. Sie schützen die Wälder, die Natur und ihre Bewohner. Oft leben sie allein und zurückgezogen. Mein Vater wollte, dass ich irgendwann die Aufsicht über seinen Wald übernehme. Er hatte unheimlich hohe Erwartungen an mich, die ich aber nicht erfüllen konnte, weil ich nur ein halber Faun bin. Immer wieder bin ich daran gescheitert, ihm zu beweisen, dass ich gut genug war. Als er eines Tages mit Baelfire im Arm heimkehrte, stellte meine Mum keine Fragen. Sie zog ihn auf, als wäre er ihr eigener Sohn. Ich weiß nicht, ob er wirklich der Sohn meines Vaters war, aber von da an ignorierte er mich. Er hatte jetzt einen vollwertigen Faun als Erben. Jemanden, der besser war als ich.«

»Er ließ dich einfach fallen?« Der Gedanke versetzte mir einen Stich.

»Baelfire sah Dinge voraus, von denen ich nicht einmal etwas ahnte«, fuhr Caleb fort. »Er gewann das Vertrauen der Waldbewohner, noch bevor er richtig sprechen konnte, und vollbrachte mit Leichtigkeit Kunststücke mit seiner Magie, die meine Fähigkeiten weit übertrafen. Also ja, mein Vater ließ mich fallen. Ich hatte keinen Wert mehr für ihn.«

Benommen schüttelte ich den Kopf. Wie konnte sich jemand Vater nennen, der solche Unterschiede zwischen seinen Söhnen machte? Es war mir unbegreiflich.

»Das Schlimmste ist, dass ich eifersüchtig wurde. Eifersüchtig auf einen kleinen Jungen, dem nichts wichtiger war als die Liebe seines großen Bruders. Er hat mich vergöttert, aber ich stieß ihn von mir. Ich wollte nur die Anerkennung meines Vaters gewinnen.«

Die Enttäuschung über sich selbst, die seine Worte färbte, hing beinahe greifbar zwischen uns.

»Du warst noch ein halbes Kind«, sagte ich eindringlich. »Du konntest es nicht besser wissen.«

»Das war nicht einmal mein größter Fehler.« Caleb atmete tief durch. »Irgendwann beschloss ich, meinem Vater zu beweisen, was in mir steckt. Ich zog ohne Proviant und Hilfsmittel los, so wie er es oft tat. Er durchstreifte seine Wälder manchmal wochenlang, ernährte sich von dem, was er fand, schlief unter freiem Himmel und trotzte der Kälte und den Stürmen. Ich dachte, wenn mir das ebenfalls gelingt, könnte ich ihm zeigen, dass ich seiner würdig bin. Zumindest glaubte ich das zu dem Zeitpunkt. Tatsache ist, dass ich schon die erste Nacht nicht überlebt hätte, was mir im Grunde auch klar war. Es herrschte tiefer Winter, der Wald lag unter einer dichten Schneedecke. Es war viel zu kalt. Jedenfalls für einen Halbfaun wie mich.«

»Hat deine Mutter nicht versucht, dich aufzuhalten?« Ich setzte mich aufrechter hin. Mir wurde ganz anders bei dem Gedanken, dass sich Caleb mit vierzehn ganz allein durch eine eisige Winternacht geschlagen hatte. Und das nur, weil ihm sein herzloser Vater das Gefühl gegeben hatte, nicht gut genug zu sein.

»Meine Mutter wusste nichts von meinen Plänen. Baelfire wusste ebenfalls nichts. Ihm machte die Kälte auch nichts aus. Er spielte oft stundenlang im Schnee und war an diesem Abend nur zum Spaß meinen Spuren gefolgt. Als er mich fand, war ich schon halb erfroren, aber ich sagte nichts. Ich umarmte ihn bloß und wir kehrten gemeinsam zurück. Ohne ihn wäre ich in dieser Nacht gestorben.«

»Und du hast ihm nie erzählt, was du dort draußen in den Wäldern gemacht hast?«, fragte ich.

»Nein, nie.« Er sprach leise, aber seine Worte trafen mich hart. Der Schmerz, der darin lag, war kaum zu ertragen.

»Von dem Tag an gab ich es auf, meinem Vater etwas beweisen zu wollen«, fuhr er fort. »Ich wollte nur noch weg von ihm. Als sich mir die Gelegenheit bot, diese Schule zu besuchen, ergriff ich sie. Hier behandeln mich alle wie einen Gott, dabei bin ich nur ein Feigling, der von zu Hause weggelaufen ist.« Er stieß ein spöttisches Lachen aus, das so voller Selbsthass war, dass es mir fast körperlich wehtat.

»Du bist alles andere als ein Feigling«, widersprach ich.

»Ich bin geflüchtet. Ist es nicht das, was Feiglinge tun?«

»Du hast dich für deinen eigenen Weg entschieden«, sagte ich. »Das ist keine Flucht.«

»Ich habe mich dazu entschieden, meinen Bruder zurückzulassen, obwohl er mich angefleht hat zu bleiben. Ich habe ihm nie gesagt, was er mir bedeutet und was er für mich getan hat. Und ich werde nie wieder die Chance dazu haben.«

»Was ist passiert?«, fragte ich, auch wenn ich Angst vor der Antwort hatte. Ich konnte und wollte mir nicht vorstellen, dass es diesen süßen kleinen Jungen auf dem Foto nicht mehr gab.

»Er wurde krank«, sagte Caleb tonlos. »Wenn ein Faun krank wird, sucht er die Heilung in den Wäldern. Mein Vater würde ausrasten, wenn er wüsste, dass ich die letzten Tage auf der Krankenstation verbracht habe. Als Baelfire Fieber bekam, schickte er ihn fort – und er kehrte nie mehr zurück.«

»Er ist …?« Mein Inneres war wie zugeschnürt.

Dunkelheit legte sich über Calebs Augen. »Er war noch ein Kind«, sagte er mit erstickter Stimme. »Er war allein dort draußen, genau wie ich damals. Ich hätte für ihn da sein müssen.«

»Du weißt, dass es nicht deine Schuld ist.« Ich legte meine Hand auf seinen Arm.

Caleb senkte bloß den Blick.

»Es ist nicht deine Schuld«, wiederholte ich.

»Ich weiß«, sagte er wenig überzeugend. Er schüttelte den Kopf, als könnte er damit all seine schweren Gedanken loswerden, stand auf und stellte das Foto zurück. Eine Weile betrachtete er es schweigend.

»Was ist mit deiner Mum?«, fragte ich.

»Von ihr weiß ich, was passiert ist.« Er wirkte wieder etwas gefasster. »Sie ist nach dem Vorfall zu ihrer Familie zurückgekehrt und hat mir geschrieben. Sie hätte viel früher gehen sollen. Ich bin nur froh, dass sie es endlich getan hat.«

»Es ist besser so«, stimmte ich zu.

Er lächelte trübe. »Du bist die Erste, der ich von Baelfire erzählt habe.«

»Dann bin ich wahrscheinlich auch die Erste, die dir sagt, wie dankbar ich deinem Bruder bin, dass er dich gefunden hat.« Ich hakte meinen Finger in Calebs Hosentasche ein und zog ihn zu mir. Er trat zwischen meine Beine, schaute zu mir herunter und ließ seine Finger über meine Stirn bis zu meinem Haar wandern, das er sanft beiseitestrich.

»Es hat gutgetan, darüber zu sprechen«, sagte er und sank auf die Knie. »Unheimlich gut.«

Ich legte meine Hände an seine Wangen und schob mich so nah an ihn heran, dass sich sein Atem auf meine Haut legte. Stille umfing uns und ich schloss die Augen. Unsere Lippen berührten sich, mein Herz explodierte geradezu in meiner Brust und ich öffnete den Mund. Ich wollte Caleb ganz nah bei mir spüren, ihn all seinen Schmerz vergessen lassen – wenn auch nur für diesen einen Moment.

Ein lauter Knall ließ mich zurückfahren. Erschrocken stellte ich fest, dass die Zeichnungen auf meiner Haut aufgeflammt waren, kurz leuchteten und dann wieder verschwanden.

Der Knall war von meiner Kette gekommen. Der Stein hatte einen Sprung.

Gehetzt schaute ich zu Caleb auf. »Geht es dir gut?«

Er nickte und war die Ruhe selbst. »Ist das ein schwarzer Turmalin? Sollte er deine Magie unterdrücken?«

Wie konnte er bloß so gelassen bleiben, nachdem ich den Stein gerade mit einem Beinahekuss gesprengt hatte? Ich rutschte von ihm weg weiter aufs Bett.

»Du weißt doch, was passiert, wenn ich jemanden küsse«, erinnerte ich ihn. »Was hätte ich denn sonst machen sollen?«

Er griff nach dem Stein und drehte ihn in der Hand. »Du könntest darauf vertrauen, dass ich als Halbgott mit einem Nixenkuss klarkomme.«

»Das ist kein Scherz.« Ich nahm ihm den Stein aus der Hand.

Caleb sah das offensichtlich anders. Er lächelte, stieg ebenfalls aufs Bett und näherte sich mir auf allen vieren. »Vielleicht lässt sich deine Magie besiegen, indem ich sie aus dir herauskitzle.«

»Wag es ja nicht!«, warnte ich ihn, doch er stürzte sich bereits auf mich, kniff mir in die Seite und brachte mich zum Lachen, bis mir Tränen in die Augen stiegen.

Ich versuchte ihn wegzudrücken, lachte und schrie und verstummte erst, als er über mir saß, mich an den Handgelenken festhielt und mir näher kam.

Mein Brustkorb hob und senkte sich in gehetzten Atemzügen, Hitze wallte durch meinen ganzen Körper. Ich wollte ihn so gern küssen und noch viel mehr – wollte ihn ganz nah bei mir spüren, die Wärme seines Körpers zu meiner werden lassen, aber ich wusste, dass wir das nicht durften.

»Das ist nicht mehr lustig«, sagte ich ernst.

»Vertrau mir«, bat er.

Es war nicht das Problem, dass ich ihm nicht vertraute. Ich vertraute mir selbst nicht oder vielmehr dem Wesen, das in mir schlummerte.

Caleb drehte den Kopf leicht zur Seite und küsste meinen Hals. »Siehst du, alles ist gut«, flüsterte er.

»Lass mich jetzt bitte los«, forderte ich ihn auf.

»Natürlich.« Er richtete sich auf, reichte mir die Hand und ich ließ mir von ihm hochhelfen. »Wir finden einen Weg, das in den Griff zu kriegen. Einen besseren als diesen hier.« Er nahm noch einmal meine Kette in die Hand.

»Der Anhänger hat meine Magie immerhin zehn Jahre lang unterdrückt«, sagte ich.

»Hörst du das?« Caleb lauschte alarmiert.

»Nein«, gab ich zu.

»Das kommt von draußen.« Er stand auf, ging zur Tür und öffnete sie.

Jetzt hörte ich es auch.

Trotz der späten Stunde war auf dem Flur unheimlich viel los. Eine Schülerschar zog an Calebs Zimmer vorbei und alle unterhielten sich aufgeregt.

Ich sprang ebenfalls aus dem Bett und trat zu Caleb, der sich einen der Schüler herauspickte. »Du«, sagte er und zeigte auf ihn.

Der untersetzte Junge im Pyjama erstarrte und riss die Augen weit auf. »Ich?«

»Was ist hier los?«, wollte Caleb wissen.

»E-es soll das erste …«

»Ja?«, drängte Caleb.

»Das erste Todesopfer«, brach es aus dem Jungen raus, dann

rannte er davon. Wahrscheinlich würde er noch eine ganze Weile nicht glauben können, mit einem Immortal gesprochen zu haben.

Ich konnte es nicht fassen. War eines der früheren Opfer auf der Krankenstation gestorben oder hatte sich Kassian jemand Neues gesucht? Ich wollte es mir gar nicht erst ausmalen.

»Lass uns nachsehen, ob da was dran ist«, schlug Caleb vor.

Ich nickte und folgte ihm auf den Flur.

28

Der berühmteste Nekromant der Zwischenwelt

Wie schnell sich Neuigkeiten in der School of Myth and Magic verbreiteten, hatte ich bereits am eigenen Leib erfahren dürfen, als ich kurzerhand zur nächtlichen Attentäterin abgestempelt worden war. Nicht anders verhielt es sich an diesem Abend. Trotz der späten Stunde strömte die halbe Schule auf die große Eingangshalle zu. Warum es alle dorthin zog – teils in Schlafanzügen –, wusste ich nicht. Wahrscheinlich wussten es die Wenigsten. Sie waren bloß der breiten Masse gefolgt.

Die Gerüchteküche brodelte. Es wurde getuschelt und spekuliert. Offenbar gingen zwar viele davon aus, dass es zu einem Todesfall gekommen war, aber niemand konnte sagen, um wen es sich handelte.

Als wir die Galerie im ersten Stock erreicht hatten, ging es nicht mehr voran und ich sah nichts weiter als die Rücken meiner Mitschüler vor mir.

Ich wandte mich Caleb zu. »Siehst du etwas?«

Er überragte die meisten Umstehenden, schüttelte auf meine Frage hin aber den Kopf. Ich überlegte kurz, ob es komisch wäre, auf seine Schultern zu klettern, entschied mich aber dagegen. Es wäre komisch gewesen.

»Einen Moment«, bat ich und schlüpfte durch die Menge weiter vor. »Darf ich mal?« Ich verbog mich, als wäre ich aus Knete, wich dem einen oder anderen Ellbogen aus und erreichte schließlich das Geländer der Galerie, von wo aus ich die Empfangshalle sehen konnte.

Unzählige Gesichter drängten sich rund um die Geländer der jeweiligen Stockwerke und in den Türen des Erdgeschosses. Am Haupteingang waren drei Personen zu sehen, von denen ich zwei erkannte. Direktor Bradford und Seth Cardeles.

Ich hatte ihn nicht so schnell erwartet, war aber erleichtert, dass er den Kampf gegen die Gargoyle gut überstanden hatte. Genauso erleichtert war ich, dort unten keinen von einem Leichentuch abgedeckten Körper entdecken zu müssen.

Den dritten Mann hatte ich noch nie gesehen. Er war ein hochgewachsener, schlanker Typ Anfang zwanzig mit blondem, zurückgegeltem Haar, einem maßgeschneiderten Designeranzug, polierten Lederslippern und einem so fetten Wappenring am Finger, dass ich ihn problemlos von meiner erhöhten Position aus erkennen konnte. Wie ein Wächter wirkte er nicht. Ebenso wenig wie ein Professor.

»Das ist er, oder?«, hörte ich jemanden neben mir fragen.

»Das ist *wer*?«, hakte ich nach.

»Cedric Seymour«, antwortete ein Mädchen zu meiner Linken. »Der berühmteste Nekromant der Zwischenwelt!«

Ich schaute mir den Typen noch einmal an. Er wechselte gerade ein paar Worte mit Seth, legte dabei eine Hand auf dessen Schulter und wirkte sehr vertraut mit ihm.

»Nekromant, das heißt doch Totenbeschwörer, oder?«, fragte ich. Das erklärte bestimmt seinen kreideweißen Teint. Zumindest stellte ich mir vor, dass man Totenbeschwörer hauptsächlich nachts auf Friedhöfen antraf.

»Genau«, bestätigte das Mädchen mit gesenkter Stimme, als würde sie mir ein Geheimnis anvertrauen. »Die können mit Geistern reden und Zombies beschwören. Voll gruselig.«

Mein Bedarf an gruseligen Gestalten war allein schon durch unsere Bibliothekarin gedeckt. Geister und Zombies hätte ich nicht auch noch gebraucht.

Wozu brachte Seth einen Totenbeschwörer mit? Hatte es wirklich das erste Opfer gegeben und dieser Cedric Seymour war gekommen, um mit dem Geist des Verstorbenen in Kontakt zu treten? Sollte Kassian wirklich jemanden aus der Schule auf dem Gewissen haben, wusste Seth das nicht von Bradford. Der Direktor wirkte nämlich weder begeistert von dem nächtlichen Besuch noch schien er darauf vorbereitet gewesen zu sein, was ich aus seiner Aufmachung schloss, denn er trug ein Schlafgewand – ein weißes, bodenlanges Leinenhemd, dazu eine altertümliche Zipfelmütze und lachsfarbene Plüschhausschuhe. Die Tatsache, dass niemand darüber lachte, verdankte er wahrscheinlich dem Gerücht über ein Todesopfer. Niemand lachte, wenn jemand ums Leben gekommen war. Auch nicht über einen Drachen im Nachthemd.

»Ms Blackwood«, donnerte Bradfords Stimme durch die Vorhalle.

Ich erstarrte. Er hatte sich nicht einmal nach mir umgeschaut, wusste aber, dass ich mich unter den Neugierigen befand.

»Auf ein Wort«, forderte er mich auf.

Ein Raunen ging durch die Menge.

»Das gibt Ärger«, flüsterte das Mädchen neben mir.

»Jaja, sehr witzig.« Ich trat vom Geländer zurück und wandte mich der Treppe zu. Caleb fing mich auf halbem Weg dorthin ab.

»Was ich dir noch erzählen wollte …«, begann ich, während wir nach unten gingen.

»Du hast die Wächter alarmiert?«, mutmaßte er.

»Keine gute Idee?« Ich setzte ein unschuldiges Lächeln auf.

Caleb gab sich nachdenklich. »Das wird sich gleich zeigen.«

Als wir in der Empfangshalle ankamen, baute sich Bradford vor uns auf. Trotz seines wenig schmeichelhaften Outfits hatte er eine derart autoritäre Ausstrahlung, dass mir mein höfliches Lächeln schnell verging.

»Sie haben mir etwas zu erklären, Ms Blackwood«, forderte er mich auf, doch ich ließ mich von ihm nicht einschüchtern.

»Ich denke wohl eher, dass Sie mir etwas erklären müssen«, gab ich zurück und dachte dabei an die Dinge, die er mir über meine Vorfahren verschwiegen hatte.

Seth trat zu mir. »Darf ich vorschlagen, dass wir uns für diese Unterredung an einen weniger belebten Ort zurückziehen?«

»Sie dürfen hier gar nichts vorschlagen«, knurrte Bradford. »Reisen Sie ab, Mr Cardeles, nehmen Sie Ihren Nekromantenfreund mit und wagen Sie es nie wieder, meine Schule ohne ausdrückliche Einladung zu betreten.«

»Er wurde eingeladen, und zwar von mir«, erinnerte ich ihn. »Irgendjemand muss doch etwas gegen den Incubus tun, der alle hier bedroht.«

Bradford schaute mich verwundert an. »Was habe ich getan, dass Sie so wenig Vertrauen in mich setzen, Ms Blackwood?«

»Sie sollten sich eher fragen, was Sie nicht getan haben«, mischte sich Caleb ein. »Ihr die Wahrheit über ihre Vorfahren zu erzählen, steht ganz oben auf der Liste.«

»Die Wahrheit über Nixen?«, hakte der Nekromant nach. Alle Blicke richteten sich auf ihn, woraufhin er unschuldsbeteuernd die Hände hob. »Verzeihung. Wenn es nicht erwünscht ist, dass Unbeteiligte zuhören, sollte dieses Gespräch wirklich nicht so öffentlich stattfinden. Ich bin schon fast versucht, dem Publikum Popcorn anzubieten.« Er ließ seinen Blick umherschweifen, fegte sich imaginären Staub von der Schulter und richtete seinen Kragen. »Sitzt meine Frisur?«

Bradford schnaubte verächtlich. »Also gut, folgen Sie mir. Und alle anderen gehen zu Bett!«

Die letzten Worte hätte er gar nicht so laut sagen müssen. Alle wollten wissen, was vor sich ging, also hingen sie dem Direktor förmlich an den Lippen.

Nach seiner Aufforderung ging zwar ein missmutiges Raunen durch die Menge, aber niemand wagte es zu widersprechen, also leerten sich die Flure allmählich.

Wir Übrigen fanden uns in Bradfords Büro ein. Der Weg dorthin war von erdrückendem Schweigen und einer regelrechten Anspannung zwischen den Parteien überschattet gewesen, die auch dann noch vorherrschte, nachdem Bradfords Sekretärin die Tür laut donnernd hinter uns geschlossen hatte.

Bradford machte sich auf den Weg zu seinem Schreibtisch und Seth nutzte die Gelegenheit, mich mit einem freundlichen Nicken zu begrüßen. Dankbar erwiderte ich die Geste. Seine aufgeplatzte Lippe zeugte noch von dem Kampf, den er hinter sich hatte, und so übermüdet, wie er wirkte, hatte er sich nicht einmal die Zeit genommen, richtig durchzuatmen.

Sein Begleiter, Cedric Seymour, schlenderte durch das Büro, als wäre er in einem Museum gelandet.

»Kennst du den?«, flüsterte ich Caleb zu, der neben mir stand und seine Hand in meinen Rücken gelegt hatte.

»Nur vom Namen«, antwortete er.

Fasziniert schaute sich der Nekromant die Sammlerstücke des Direktors an, die überall im Raum in Vitrinen und auf Sockeln ausgestellt waren, und nahm alles in die Hand, was nicht angeschraubt war. Ob er das in einem echten Museum auch getan hätte? In jedem Fall hätte er dort das Wachpersonal am Hals gehabt. In Bradfords Büro musste er nur mit den abschätzigen Blicken des Direktors zurechtkommen.

»Sehr spannend«, sagte Mr Seymour, drehte eine Vase in der Hand und hob sie ins Licht, um die Bemalung besser erkennen zu können. »Die Datierung dieser Stücke würde mich sehr interessieren. Mir sind solche Antiquitäten noch nie untergekommen. Wo liegt der Fundort?« Fragend schaute er zu Bradford, der an seinem Schreibtisch stand.

»In naher Zukunft in Ihrem Grab, Mr Seymour, wenn Sie die Vase nicht umgehend zurückstellen«, drohte er.

»Verzeihen Sie meine Neugier.« Er stellte das Stück mit überzogener Vorsicht ab, verschränkte demonstrativ die Arme hinter dem Rücken und schaute sich weiter um.

Bradford sah zu Seth. »Ms Blackwood hat Sie also gebeten, uns dabei behilflich zu sein, den Incubus loszuwerden, der seit ein paar Tagen die Schule heimsucht«, begann er. »Erklären Sie mir, wie Sie gedenken, das Problem mit Nekromantie zu lösen?«

»Gar nicht«, mischte sich Cedric Seymour ein, ohne sich dem Direktor zuzuwenden. Er hatte schon wieder ein Sammlerstück in die Hand genommen, das durch die Form und die vielen goldenen Zahnräder an eine Standuhr erinnerte, allerdings keine Zeiger besaß. Er spielte an einem der Zahnräder und stellte das Teil erst wieder auf den Sockel zurück, als sich Bradford räusperte.

»Meine Neugier wieder«, entschuldigte er sich.

Seth warf seinem Begleiter einen mahnenden Blick zu und schaute anschließend zum Direktor. »Mr Seymour ist ein Meister der Ritualkunde. Ich habe ihn hinzugezogen, weil er schon mehrmals damit beauftragt wurde, Incubi zu verbannen.«

»Sie werden gern mit Geistern verwechselt und die fallen in mein Aufgabengebiet«, ergänzte Mr Seymour. »Wir beginnen mit der Suche nach dem Beschwörungsort. Sobald wir ihn ausfindig gemacht haben, sind Sie den Incubus schneller los, als Sie mir Ihre ewige Dankbarkeit ausdrücken können.«

Bradford verschränkte die Arme vor der Brust. Er war wütend und sichtlich genervt vom Auftreten des Nekromanten.

»Dieser Incubus wurde nicht beschworen«, entgegnete er.

»Jetzt wird es interessant«, sagte Mr Seymour. »Wie und aus welchem Grund kommt ein Incubus an diese Schule, wenn er von niemandem heraufbeschworen wurde? Incubi sind bekanntermaßen Dämonen aus einer anderen Sphäre. Sie müssen beschworen werden, um sich in unserer Welt manifestieren zu können.«

»Vielleicht sollten Sie ganz von vorn beginnen, Herr Direktor«, schlug ich vor. Mein Tonfall war schärfer, als ich es vorgehabt hatte, aber was hätte ich tun sollen? Auch ich war wütend.

»Beginnend womit?«, fragte Bradford.

»Damit, dass Sie mir die Wahrheit verschwiegen haben«, erklärte ich. »Damit, dass meine Vorfahren die Tore im Kellergewölbe erschaffen haben und wohin eines dieser Portale führt.«

Bradfords Augen weiteten sich. »Das sollten Sie keinesfalls wissen.«

»Sie hätten es ihr sagen müssen«, warf ihm Caleb vor. »Sie hat ein Anrecht auf die Wahrheit.«

»Okay, welche Tore?«, wollte Seth wissen und schaute zwischen mir und Bradford hin und her.

Mein Blick ruhte unverwandt auf dem Direktor. »Ja, welche Tore?«

»Haben Sie mir nachspioniert?«, fragte er. »Wissen Sie deswegen etwas über den Ursprung der Tore?«

Wollte er den Spieß jetzt umdrehen und mir einen Vorwurf machen, anstatt sich dafür zu entschuldigen, dass er mir die Wahrheit vorenthalten hatte? Das wollte ich nicht auf mir sitzen lassen.

»Ich habe zufällig mitbekommen, was Sie zu Professor Ardelean gesagt haben«, klärte ich ihn auf.

»Und daraufhin sind Sie nicht zu mir gekommen, Ms Blackwood?« Er wirkte enttäuscht, aber auch versöhnlich. »Habe ich Sie nicht gebeten, mir zu vertrauen? Sie hätten mich jederzeit ansprechen können.«

»Wie hätte ich sicher sein können, dass Sie mir die Wahrheit sagen?«

»Nun, ich gebe zu, ich hätte Sie nicht im Unklaren lassen sollen«, gestand er. »Aber Ihre Nachforschungen auf eigene Faust kann ich nicht gutheißen. Wenn Sie mein Gespräch mit Ardelean mit angehört haben, müssten Sie wissen, warum ich die Wächter nicht benachrichtigt habe. Dank Ihnen bin ich nun gezwungen, einen von ihnen einzuweihen. Das bringt die gesamte Schule in Gefahr.«

»Ich bin nicht in offizieller Sache hier«, versicherte Seth.

Bradford musterte ihn einen Moment lang skeptisch. »Also gut«, sagte er und gab wieder, was auch ich aus dem Buch in der Bibliothek erfahren hatte.

Er ging dabei auf und ab und erzählte, dass es sich um verloren geglaubtes Wissen aus uralter Zeit handelte, lange vor der Entstehung der Zwischenwelt, des Tribunals und der Hochkultur der Menschen. Als die Berge noch von den Drachen beherrscht wurden, die Wälder von den Faunen, der Himmel von den Harpyien und das Meer von den Nixen. Die Art und Weise, wie er das alles wiedergab, erweckte fast den Anschein, dass er selbst dabei gewesen war.

Als er berichtete, wie Tiefenschrecken zu ihren Kräften kommen, spürte ich einen Kloß im Hals. Ich wusste, dass damals alles anders gewesen war. Für Drachen waren die Menschen nur Störenfriede. Sie verbrannten ihre Felder und vertrieben sie aus ihren Bergen. Vampire sahen in ihnen Nahrungsquellen und Faune machten sich einen Spaß daraus, sie in die Irre zu führen und um den Verstand zu bringen. Vor diesem Hintergrund wirkte das Aussaugen der Lebenskraft unschuldiger Opfer nur noch halb so dramatisch. Aber wir lebten nicht mehr in einer Zeit, in der Menschen mit Fell bekleidet umherzogen, das Rad als die größte Erfindung der Weltgeschichte feierten und es noch eineinhalb Jahrtausende dauern sollte, bis jemand beim Anblick eines fallenden Apfels auf die Idee kam, es müsste so etwas wie Schwerkraft geben. Im Hier und Jetzt kam es nicht gut an, wahllos Unschuldige auszusaugen.

Mein Blick wanderte zu dem Nekromanten. Wenn er neben dem Heraufbeschwören von Geistern und Untoten auch Rituale beherrschte, mit denen er Incubi vertreiben konnte, gingen seine Fähigkeiten womöglich auch darüber hinaus. Vielleicht konnte er Tote zurück in die Welt der Lebenden holen! Wenn ich die Macht zum Zerstören des Portals nur mit einem tödlichen Kuss erlangte, der Tod aber nicht von Dauer sein musste, wäre das dann nicht die Lösung, nach der wir suchten?

Mr Seymour bemerkte meinen Blick, trat zu mir und flüsterte mir unauffällig ins Ohr: »Schlag dir das aus dem Kopf, Kleine.«

»Ich habe doch gar nichts –«

»Es steht dir ins Gesicht geschrieben«, fiel er mir mit einem süffisanten Schmunzeln ins Wort.

»Dann sollte ich unbedingt an meinem Pokerface arbeiten.« Ich richtete meine Aufmerksamkeit wieder auf Bradford, der sich in nebensächliche Details verstrickt hatte.

Mr Seymour ging an mir vorbei auf den Direktor zu und unterbrach auch ihn mitten im Satz, indem er voller Tatendrang in die Hände klatschte.

»Beginnen wir doch damit, uns diese Tore anzuschauen«, schlug er vor. »Sicher findet sich ein Weg, das Portal in die Sphäre der Dämonen zu zerstören, ohne die junge Nixe einspannen zu müssen.« Er zwinkerte mir zu.

Bradford starrte ihn mit geweiteten Augen an. Dass er alles andere als begeistert davon war, von seinem ungebetenen Gast derart unhöflich behandelt zu werden, war nicht zu übersehen.

»Wie können Sie es wagen!«, entfuhr es ihm in einem so bedrohlichen Tonfall, dass sein peinliches Nachthemd sofort vergessen war.

Mr Seymour hob verteidigend die Hände. »Es ist nur ein gut gemeintes Angebot meinerseits.«

»Gut gemeint?«, wiederholte Bradford abfällig. Wut funkelte in seinen Augen. Er trat einen Schritt auf den Nekromanten zu und es kam mir vor, als würde sich der Raum verdunkeln. Etwas flirrte in der Luft. Etwas Ehrfurcht einflößendes, das mir bis tief ins Mark fuhr. »Gut gemeint ist nicht gut genug, Mr Seymour!«, geiferte er. Es war mehr als nur Wut, die in seinen Augen loderte. Es war pure, ungezügelte Magie – eine Macht, die weit über alles hinausging, was ich bisher gesehen hatte, und mir die Luft zum Atmen nahm.

»Ich habe schon hundert Leben gelebt, als Ihre Großeltern noch in den Windeln steckten«, sagte Bradford, und während er sprach, veränderte sich sein Aussehen. Seine Haut nahm einen grünlichen Schimmer an, seine Augen wirkten wie Diamanten und tiefschwarze Schatten wuchsen aus seinem Rücken. »Ich bin ein Drache, ein Immortal«, spie er. »Ich greife auf Wissen zurück, das Ihren Verstand weit übersteigt. Ich habe in Kriegen gekämpft, von denen Sie nie etwas gehört haben, und ich weiß mehr über die urmächtige Magie, die durch die Tore in *meinem* Kellergewölbe *meines* Familienanwesens fließt, als Sie je in Ihrem erbärmlichen, viel zu kurzen Leben in Erfahrung bringen können!« Er schrie vor aufgestautem Zorn, riss die Arme weit auseinander und mit der Bewegung wurden die Schatten in seinem Rücken zu mächtigen, ledrigen Schwingen. Teils rissig und mit Narben überzogen, zeugten sie vom Alter des Drachen, in den er sich direkt vor unseren Augen verwandelte. Seine Flügel fegten durch den Raum, ließen uns zurückstolpern und holten gleich mehrere Artefakte von den Sockeln. Unter anderem die Vase, die Mr Seymour kurz zuvor noch in der Hand gehabt hatte. Bevor sie auf dem Boden zerschellen konnte, machte der Nekromant einen Hechtsprung auf sie zu und fing sie in der Luft.

Bradford war so außer sich, dass er von alldem nichts mitbekam. »Und Sie wagen es, hier derart großspurig aufzutreten?«, fuhr er nahtlos fort. »Sie wagen es zu behaupten, dass Sie mit Leichtigkeit ein Problem lösen können, mit dem ich mich bereits seit Urgedenken beschäftige?« Noch einmal schrie er, krümmte sich und ein Rückenkamm mit Stacheln, größer als der Oberschenkel eines ausgewachsenen Mannes, brach aus seiner Wirbelsäule. Der Boden unter meinen Füßen zitterte, weitere Sammlerstücke wackelten bedrohlich und waren kurz davor umzustürzen.

Plötzlich schlug mir jemand so kräftig gegen die Rippen, dass es mir die Luft aus der Lunge trieb. Ich stolperte zurück und landete in Seths Armen.

Es war Caleb, der mich weggestoßen hatte. Er machte einen gewagten Schritt auf den Direktor zu und rammte ihm eine Hand gegen die Brust.

In dem Moment, als er ihn berührte, verschwand die Dunkelheit aus dem Raum, der Boden hörte auf zu zittern und Bradford atmete tief durch.

»Sie wollten es vermeiden, sich zu verwandeln«, erinnerte Caleb ihn mit ruhiger, eindringlicher Stimme. Von der Hand, die er ihm auf die Brust gelegt hatte, ging ein Licht aus, das sich warm auf meine Haut legte. Es strömte einen Frieden aus, der die aufgewühlten Wogen glättete – sowohl in Bradfords Gedanken als auch in mir.

Die Verwandlung des Drachen ging allmählich zurück. Bradford wirkte wie wachgerüttelt und die lodernde Magie in seinem Blick verschwand.

Seth half mir, mich aufzurichten.

»Alles gut?«, fragte er mit gesenkter Stimme.

Ich nickte und schaute wieder zu Caleb und dem Direktor.

»Zwei Immortals in Aktion«, sagte Mr Seymour bewundernd. Er stellte die Vase zurück und drehte sie in ihre ursprüngliche Position, bevor er zufrieden über seine Heldentat lächelte. »Perfekt.«

Das, was wir gerade erlebt hatten, musste die Magie sein, die Ordnung ins Chaos brachte. Die wahre Magie eines Fauns. Ich war mehr als beeindruckt, ich war völlig fasziniert. Die Verwandlung eines Drachen zu sehen, war schon unbeschreiblich, aber Calebs Fähigkeit, diese unaufhaltsame Naturgewalt mit nur einer Berührung zu bändigen, raubte mir den Verstand.

Noch einmal atmete Bradford tief durch. »Verzeihen Sie«, presste er widerwillig hervor. »Meine Emotionen sind mit mir durchgegangen.«

Caleb löste seine Hand von ihm und trat zurück. Bradford nickte ihm dankend zu.

»Wir haben uns zu entschuldigen«, entgegnete Seth und schaute auffordernd zu seinem Begleiter.

»Ich wollte Ihre Erfahrung und Autorität nicht infrage stellen«, beteuerte Mr Seymour. »Aber manchmal sehen zwei Augenpaare mehr als nur eines.«

»Wohl wahr«, gab Bradford zu, würdigte den Nekromanten jedoch trotz seiner versöhnlichen Worte keines Blickes. »Die Nacht ist weit fortgeschritten. Mrs Amber wird Ihnen ein Schlafquartier zuweisen. Morgen früh führe ich Sie zu den Toren.«

29

Mit einem Bulldozer kommen wir nicht weiter

Auf dem Weg zurück zu Calebs Zimmer hallten unsere Schritte in den leeren Korridoren wider. Mondlicht fiel durch die zahllosen Fenster und zeichnete in regelmäßigen Abständen blassblaue Vierecke auf den Boden.

Caleb lief schweigend neben mir, die Hände in den Hosentaschen vergraben, während ich gedankenverloren über meine schmerzhaft pochenden Rippen strich.

»Passiert das öfter?«, fragte ich.

Caleb legte die Stirn in Falten. »Was meinst du?«

»Dass der Direktor die Kontrolle verliert.« So hatte ich Bradford noch nie erlebt. Er war mir bisher wie ein freundlicher Mann vorgekommen, den nichts so schnell aus der Ruhe brachte. Ich hatte zwar gewusst, dass ein jahrtausendealtes, übermächtiges Wesen in ihm schlummerte, aber keine Vorstellung davon gehabt, was das bedeutete.

Ein bisschen schade war es schon, dass ich ihn nicht gänzlich in seiner Drachenform gesehen hatte. Sich in einem Raum mit einem gigantischen, geflügelten Immortal zu befinden, sollte aber wohl besser nicht ganz oben auf der Liste der Dinge stehen, die man unbedingt mal gemacht haben sollte. Ein Nieser von ihm hätte wahrscheinlich genügt, um alle Anwesenden in Flammen aufgehen zu lassen.

»Nicht wirklich«, meinte Caleb. »Dieser Nekromant hat es aber auch darauf angelegt, oder?«

»Stimmt.« Ich lachte flüchtig. Entweder war Mr Seymour ein übertrieben leichtsinniger Typ oder er hielt sich selbst für so mächtig, dass er keine Bedenken hatte, einen Drachen zur Weißglut zu bringen.

»Alles okay bei dir?«, fragte Caleb besorgt.

Verwundert schaute ich zu ihm auf. Ich wusste nicht, worauf er anspielte, bis mir klar wurde, dass ich mir noch immer die Rippen rieb.

»Ja, alles gut!«, beteuerte ich. »Es ist nichts. Höchstens ein blauer Fleck. Wahrscheinlich nicht mal das.«

Ich wollte nicht, dass er sich Vorwürfe machte. Er hatte im Affekt gehandelt und dabei nur an meine Sicherheit gedacht. Was war schon eine kleine Prellung im Vergleich zur Gefahr, sich in ein Aschehäufchen zu verwandeln? Als Aschehäufchen konnte ich nicht seelenruhig durch die Schulkorridore schlendern, mit angeschlagenen Rippen schon. Natürlich nur unter der Voraussetzung, dass nicht jemand nach meinem Hoodie griff und mich festhielt, wie Caleb es plötzlich tat. Überrumpelt stolperte ich einen Schritt zurück und gegen ihn.

»Sicher?«, fragte er nah an meinem Ohr. Etwas Schelmisches lag in seinem Tonfall. »Lass mich nachschauen.« Er legte seine Arme über meine Schultern und wollte meinen Hoodie hochkrempeln.

»Hey!«, beschwerte ich mich mit ungewohnt schriller Stimme. Ich befreite mich von ihm und landete beim Zurückweichen mit dem Rücken an der Wand.

»Lass mich nur sichergehen, dass ich dich nicht doch zur Krankenstation bringen muss.« Er kam näher und seine Finger fanden ihren Weg unter mein Oberteil. Sie strichen sanft über meine Haut und lösten einen Schauer aus, der mir durch den ganzen Körper fuhr und mir ein Lachen entlockte.

Caleb beugte sich über mich. Er küsste meinen Hals und ließ seine Hände weiter nach oben wandern. Hitze wallte in mir auf. Er näherte sich meinen Lippen, sein warmer Atem liebkoste meine Haut und sorgte dafür, dass sich die feinen Härchen in meinem Nacken aufstellten.

»Aber mein Kuss –«, hauchte ich leise.

»Mir passiert nichts«, versicherte er mir.

Nachdem ich miterlebt hatte, dass seine Magie einen Drachen bändigen konnte, war ich verführt, ihm zu glauben. Vielleicht würde mein Kuss ihm tatsächlich nichts anhaben können. Er war nicht irgendjemand, er war ein verdammter Halbgott! Aber das Risiko war viel zu groß.

Abrupt ließ ich mich in die Hocke fallen, sodass Calebs Versuch, meine Lippen mit seinen zu berühren, ins Leere ging. Beinahe hätte er sogar die Wand geküsst, fing sich jedoch mit dem Arm ab und schaute zu mir herunter. Ich schaute hoch, grinste unschuldig und entlockte ihm ein warmes Lächeln.

»Deine Abstammung aus dem Meer lässt sich nicht leugnen«, sagte er. »Du bist manchmal schlüpfrig wie ein Fisch. Schwer dich zu fangen.«

Ich hob eine Braue. »Schon mal daran gedacht, dass ich nicht gefangen werden will?«

Plötzlich ertönte ein dumpfer Aufprall von draußen und ließ mich aufhorchen. Ich hatte dieses Geräusch schon einmal gehört, wusste also sofort, worum es sich handelte.

»Noch einer?«, fragte ich mit Blick zum Fenster neben Caleb.

Er nickte.

Ich stand auf und schaute hinaus. Der Himmel war stark bewölkt.

Nur hier und dort glitzerten Sterne zwischen den dichten Wolken, die den vollen Mond fast verdeckten. Der Schutzwall war aufgelodert und noch einen Moment sichtbar, bevor er sich beruhigte und wieder verschwand.

»Sterben sie bei dem Versuch, hier einzudringen?«, fragte ich. Solange das achte Tor im Kellergewölbe in die Sphäre der Incubi führte, würde es sie anziehen, doch der Schutzwall ließ sie nicht in die Schule.

Calebs Blick hing genauso am Himmel wie meiner. »Ich weiß nicht, darüber habe ich mir noch nie Gedanken gemacht. Vielleicht wäre es das Beste so, meinst du nicht?«

Ungläubig schaute ich ihn an. »Wie sollte Sterben das Beste sein?«

»Überleg doch mal, wie lange es her ist, seit das Portal in ihre Sphäre geöffnet wurde.« Er lehnte sich gegen die Fensterbank und hakte seine Daumen in den Hosentaschen ein. »Seitdem irren diese Dämonen durch unsere Welt. Sie können keinen festen Körper annehmen, es sei denn, sie ernähren sich von unseren Ängsten und werden dadurch selbst zu ihnen. Wir können das Portal nicht öffnen, um sie zurückzulassen, weil sonst noch mehr Dämonen zu uns übertreten. Ist der Tod nicht gnädiger als diese körperlose Existenz in einer fremden Welt?«

Körperlos war Kassian nicht, wenn auch flüchtig wie Rauch. Ich fragte mich, ob es ihn verändert hatte, zu einer Angst zu werden und heimatlos umherzustreifen, oder ob er schon immer so kalt und gnadenlos gewesen war. Wovon ernährten sich die Incubi in ihrer Sphäre? Ich hatte keine Ahnung und es kam mir vor, als wäre ich damit nicht die Einzige. Wie viel wussten wir wirklich über sie? Wie viel wusste das Tribunal der Zwischenwelt, wie viel stand in den unzähligen Büchern der Bibliothek?

Mein Blick glitt wieder in die Nacht hinaus. Vielleicht war es wirklich gnädiger, sie sterben zu lassen. Vielleicht war der Schutzwall eine Erlösung für sie. Gut fühlte sich dieser Gedanke aber nicht an. Ich hätte mir eine bessere Lösung gewünscht und vielleicht gab es auch eine, sobald das Tor erst einmal zerstört war und die Dämonen nicht länger anlockte. Dann könnten die übrigen Incubi aufgestöbert und mit einem passenden Ritual zurück in ihre Sphäre geschickt werden – so wie es auch mit Kassian geplant war, wenn ich Seth und den Nekromanten richtig verstanden hatte.

Caleb griff erneut nach meinem Hoodie, zog mich zwischen seine Beine und legte die Arme um meine Taille. »Alles gut?«, raunte er leise in mein Ohr. Sein warmer Atem legte sich über meine Haut und ließ eine Hitze in mir aufwallen, durch die alles um uns herum in die Ferne rückte.

Von ihm gehalten zu werden, brachte Ruhe in das Chaos meiner Gedanken. Es ließ die Fragen, die mich beschäftigten, nur noch halb so dringlich wirken und alles in den Hintergrund rücken, was im Moment unlösbar schien.

»Alles gut«, versicherte ich ihm.

»Du hättest wirklich nicht auf dem Boden schlafen müssen«, sagte ich am nächsten Morgen auf dem Weg zum Speisesaal.

Da es zu spät gewesen war, um Alvar zu wecken, hatte mir Caleb das Bett überlassen und sich mit dem harten Fußboden begnügt. Zwar hatte er behauptet, dass ihm das nichts ausmachen würde, weil er es aus seiner Kindheit gewohnt war, kein Bett zu haben, ganz überzeugt war ich aber nicht. Er verzog das Gesicht, stöhnte und ließ seine Schultern nun schon zum wiederholten Male kreisen.

Er hob die Mundwinkel zu einem neckischen Schmunzeln. »Ich wäre ja zu dir ins Bett gekrochen, aber du hast dich ganz schön breit gemacht.«

»Tja, ich bin eben sehr raumfordernd«, entgegnete ich schulterzuckend.

»Das ist mir aufgefallen.« Beiläufig legte er den Arm um meine Schultern, was nicht lange unbemerkt blieb. Wir hatten den Speisesaal kaum betreten, als uns schon die ersten Blicke nachgeworfen wurden.

»Sind die jetzt wirklich zusammen?«, hörte ich jemanden flüstern.

»Was macht ein Immortal mit einer Nixe?«, fragte ein anderer mit gesenkter Stimme.

Entsprechend der allgemein vorherrschenden Meinung war ich als Nixe nicht gut genug für einen Faun. Schließlich galten Nixen nicht gerade als Überflieger, was Intelligenz und Magiebegabung anging. Und Caleb, nun ja, er war Caleb. Er brachte einen Drachen mit nur einer Berührung unter Kontrolle.

Als wir an unseren Tisch kamen, wurden wir auch schon von Lilou, Alvar, den Dyraden-Zwillingen und einem Dutzend Nixen belagert. Die halbe Schule hatte das Spektakel mit dem Direktor und den beiden Besuchern gestern Nacht mitbekommen und natürlich wollten sie alles darüber erfahren. Sie hatten mir sogar einen Kaffee besorgt, um meine Zunge zu lockern. Ich nahm ihn nur zu gern an, auch wenn es keine Bestechung gebraucht hätte, um mich zum Reden zu bringen. Ich sah keinen Grund, länger ein Geheimnis aus meiner Abstammung zu machen. Und dass die Tore von Nixen erschaffen worden waren, sollte der Schwarm auch wissen, also erzählte ich ihnen alles – fast alles.

Dass meine Vorfahren ihre Kräfte durch einen todbringenden

Kuss erlangten, brachte ich nicht so leicht über die Lippen. Zumindest nicht in Gegenwart der anderen Nixen, in deren bunte, glitzernde Welt voller Gesang und Schönheit etwas so Grausames einfach nicht passte. Mir wurde ganz anders, wenn ich nur daran dachte.

»Ich wusste es«, donnerte mir Dalias Stimme entgegen. Als ich aufschaute, sah ich sie am anderen Ende des Tisches stehen. Sie hielt ein Tablett mit Lachstatar und Miesmuscheln in den Händen und fixierte mich mit einem Blick, der einer Kriegserklärung gleichkam. Begleitet wurde sie von den letzten drei Nixen des Schwarms, die sich noch nicht von ihr losgesagt hatten.

»Du bist anders«, warf sie mir vor. »Ein Tiefenschrecken. Eine kriegerische Nixenart, die eigentlich längst ausgestorben sein sollte.«

»Offensichtlich bin ich nicht ausgestorben«, sagte ich.

»Sieht so aus.«

Auch wenn ihr Auftreten nicht gerade einem Friedensangebot gleichkam, stand sie ein wenig verloren und hilflos an unserem Tisch. Ich hatte nicht das Gefühl, dass sie gekommen war, um weiteren Ärger anzufangen.

»Willst du dich setzen?«, bot ich ihr an.

Sie gab etwas von sich, das entfernt an ein Knurren erinnerte, und setzte sich dann tatsächlich. Die anderen drei taten es ihr nach, sodass der Schwarm endlich wieder vereint war.

Lilou starrte mich mit weit aufgerissenen Augen an. Ich warf ihr einen fragenden Blick zu, was sie dazu brachte, aufgeregt von mir zu Dalia und wieder zurückzuschauen, was mich aber kein Stückchen schlauer machte. Nachdem sie eingesehen hatte, dass ich ihr nicht an der Nasenspitze ablesen konnte, was sie mir sagen wollte, beugte sie sich zu mir vor.

»Du bist die neue Royal«, flüsterte sie.

»Ach Quatsch«, wehrte ich ab und nippte an meinem Kaffee.

Ich hoffte sehr, dass sie sich irrte. Wenn jetzt alle von mir erwarteten, dass ich Entscheidungen für sie traf, waren sie an die Falsche geraten. Ich wollte diese Verantwortung nicht und hatte nie darum gebeten.

»Devin, da oben bewegt sich etwas«, sagte Caleb.

Ich folgte seinem Blick hinauf zur Galerie. Seth und Mr Seymour hatten dort zusammen mit den Lehrkräften gefrühstückt, waren mittlerweile aufgestanden und machten sich gemeinsam mit Bradford auf den Weg zum Ausgang.

»Die gehen ins Kellergewölbe.« Davon war ich fest überzeugt. Ich hatte nicht vor, mich wieder an den Rand drängen zu lassen und unwissend zu bleiben, also stand ich ebenfalls auf.

Alvar, Lilou und Caleb schlossen sich mir an. Die Nixen hatten längst das Thema gewechselt und waren mit den Dyraden-Zwillingen in ein Gespräch über den anstehenden Schulball vertieft, sodass sie nicht mitbekamen, wie wir den Tisch verließen. Das war bestimmt auch besser so. Es gab mir Zeit, darüber nachzudenken, wie ich ihnen im Fall der Fälle klarmachen konnte, dass ich keine Royal sein wollte.

Auf dem Weg zur Fentra-Höhle schaute sich Alvar skeptisch um. »Ich hasse es hier unten«, sagte er und schauderte. »Ich habe immer das Gefühl, Moos anzusetzen, wenn ich durch die Tunnel laufe.«

»Das trifft es ganz gut«, sagte ich, auch wenn mir das feuchte Klima nichts mehr ausmachte, seit meine Kette ihre Arbeit eingestellt hatte.

»Nur setzt *du* wahrscheinlich nicht wirklich Moos an«, gab er zurück.

»Vielleicht würde dir ein bisschen Moos ja gut stehen«, mutmaßte ich.

»Darüber werden keine Scherze gemacht«, beschwerte er sich.

»Wenn wir Waldschrate nicht pingelig genau auf ein gepflegtes Äußeres achten, wuchern wir aus. Es gibt Vertreter meiner Art, die wie Sumpfmonster aussehen und auch so riechen.«

»Ich dachte, Waldschrate *sind* Sumpfmonster«, meinte Lilou.

Alvar fuhr sich durch das grasgrüne Haar. »Sehe ich für dich nach einem Monster aus?«

»Nein, überhaupt nicht.« Sie lächelte verlegen.

Wir hatten die Tore beinahe erreicht und ich konnte schon die Stimmen hören, die von dort zu uns drangen.

»Beeindruckend«, sagte Mr Seymour. »Und wie lange genau halten Sie diese Tore und das historische Wissen darüber schon vor dem Rest der Zwischenwelt geheim?«

»Es ist eine Unterstellung zu behaupten, dass ich irgendetwas geheim halte«, konterte Bradford. »Die Tore befinden sich seit Urgedenken im Kellergewölbe des Anwesens. Ich habe es lediglich nicht für nötig gehalten, damit hausieren zu gehen.«

»Auch nicht, als Sie dem Tribunal den Wunsch vorgetragen haben, eine School of Myth and Magic zu gründen, die vor allem auf die Bedürfnisse von Wasserwesen ausgelegt ist?«, fragte Seth.

»Auch dann nicht«, bestätigte er in scharfem Ton. »Die Gründung hätte sich nur hinausgezögert, wäre womöglich sogar verhindert worden. All unser Bemühen, die Nixen in die Zwischenwelt zu integrieren, wäre zunichtegemacht worden, wenn ein paar Dutzend Vertreter des Tribunals hier eingefallen wären, um jeden Millimeter der Tore zu inspizieren und zu analysieren.«

»Was jedoch nötig gewesen wäre, um die Situation zu verhindern, in der sich die Schule jetzt befindet«, sagte Mr Seymour.

Bradford schnaubte verächtlich.

Wir betraten die Fentra-Höhle und ich sah, dass die drei zwischen den Toren standen.

Mr Seymour rieb sich nachdenklich das Kinn. »Ich frage mich, welches Interesse ein Drache an der Integration der Nixen hat.«

Bradford trat mit erhobenem Zeigefinger auf den Nekromanten zu, hielt aber inne, als er uns bemerkte. Ich konnte nur vermuten, dass wir gerade noch rechtzeitig gekommen waren, um zu verhindern, dass er die Fassung verlor, sich erneut in einen Drachen verwandelte und Mr Seymour mit einem Happs verschlang.

»Ms Blackwood, haben Sie keinen Unterricht?«, fragte Bradford.

»Ist das jetzt wichtig?«, erwiderte ich.

Er senkte den Kopf und rieb sich den Nasenrücken. »Das hier ist nichts für Sie.«

»Aber es geht uns doch alle etwas an«, meinte Lilou.

»Ms Lagier …«, begann er, brach aber ab, als ein Grollen durch die Höhle ging und der Boden zitterte. Staub rieselte von der Decke.

Ich machte einen Ausfallschritt, um den festen Stand nicht zu verlieren. Die Symbole auf den Toren flammten in unstetem Licht auf und die Luft flirrte vor Magie. Der Grund für das Beben war schnell gefunden. Seth stand vor einem der Portale, hatte die Arme erhoben und offenbar einen Zauber gewirkt.

»Verzeihung«, entschuldigte er sich und senkte die Arme.

»Ist Ihnen klar, dass Sie mit einer solchen Aktion die ganze Schule zum Einsturz bringen könnten? Was hatten Sie denn da zu schaffen?«, schimpfte Bradford.

Ich trat in die Mitte der Tore und schaute mich zwischen den Steinbögen um. Ob noch jemand lebte, der die alten Symbole darauf lesen konnte? Unter den Aufzeichnungen meiner Granny hatte sich nichts in der Art befunden und das alte Buch aus der Bibliothek war in einer anderen Sprache verfasst.

»So weit wäre es nicht gekommen«, versuchte Seth den Direktor zu beruhigen. »Ich habe die Magie der Tore erspüren wollen und Sie haben recht, es handelt sich um mächtige Ursprungsmagie aus alten Zeiten.«

»Was bedeutet das?«, fragte ich.

»Es bedeutet, dass die Tore mit der heutigen Magie nicht zerstört werden können«, erklärte er.

»Und mit … einem Bulldozer?«, schlug ich vor, auch wenn ich mir die Antwort ehrlicherweise denken konnte. Wobei ich nicht ganz ausschloss, dass Leute, die ihre Alltagsprobleme hauptsächlich mit Magie lösten, gar nicht erst auf den Gedanken kamen, auf herkömmliche Mittel und Wege zurückzugreifen.

Mr Seymour lachte. »Wenn du vorhast, ein Loch in Raum und Zeit zu reißen, dann bitte, fahr die Tore mit einem Bulldozer platt, aber rechne damit, dass du dich dann auch von halb Norwegen verabschieden kannst.«

So viel zu meinem Wunschtraum, einmal einen sechzig Tonnen schweren Bulldozer zu fahren. Ich seufzte.

»Die Ursprungsmagie, also die Magie, auf die wir alle zurückgreifen, war früher mächtiger«, erklärte Caleb. »Dann wurde die Zwischenwelt erschaffen und hat einen Großteil dieser Magie verschlungen. Es gibt noch ein paar Artefakte aus der damaligen Zeit und wie es aussieht, gehören diese Tore dazu.«

»Also kann niemand einen Zauber schreiben oder ein Ritual erfinden, das mächtig genug wäre, um die Tore zu zerstören«, schlussfolgerte ich.

»Genau«, bestätigte Seth.

Bradford machte einen Schritt auf mich zu. Eine Bestimmtheit lag in seinem Blick, die ich noch nicht bei ihm erlebt hatte. »Es braucht jemanden, der die Magie der Tore beherrscht.«

»Also mich.« Ich fühlte mich unsäglich verloren mit diesem Gedanken. Es konnte doch nicht sein, dass ich jemanden töten musste, um zu verhindern, dass die Incubi weitere Leben nahmen. Ein Leben für wie viele andere? Ein Leben, das für mich viel mehr wog als eine nicht greifbare Anzahl.

Mr Seymour zuckte mit den Schultern. »Oder wir finden ein passendes Artefakt«, sagte er beiläufig und gestikulierte in der Luft, als wäre das Aufstöbern eines solchen Artefakts eine Kleinigkeit. »Zur Not holen wir die Tieferschrecken von den Toten zurück. Es wird einen Weg geben, also mach dir keine Sorgen, Kleine.«

»Leichter gesagt als getan«, murmelte ich. Im Sorgen machen war ich meisterhaft gut.

»Und jetzt lasst uns diesen Incubus verbannen.« Er klatschte wieder voller Tatendrang in die Hände und schaute sich zwischen den Anwesenden um. »Ich hatte nicht mit so viel Unterstützung gerechnet, aber je mehr, desto besser. Hier also eine kleine Unterrichtsstunde in Dämonenverbannung: Im Idealfall wurde ein Incubus durch einen Ritualkreis beschworen, der lediglich zerstört werden muss, um ihn loszuwerden. Alternativ kann die Beschwörung mithilfe der Person, die ihn beschworen hat, umgekehrt werden. In unserem Fall ist beides nicht möglich, doch glücklicherweise beherrsche ich ein Ritual, das einen Dämon dennoch verbannen kann. Einziger Nachteil: Der Dämon muss angelockt werden. Und hier kommen die Tore ins Spiel. Sie werden nicht nur von Ursprungsmagie durchströmt, die sich in ihrer Mitte bündelt und mein Ritual verstärken wird, sie sind auch das Ziel des Incubus. Früher oder später wird er hier auftauchen. Am besten, wenn wir den Ritualkreis vollendet haben. Einwände?«

Bradford wirkte wenig überzeugt. »Sie wollen also vorschlagen, dass wir in der zentralen Höhle des Kellergewölbes ein gefährliches Ritual vorbereiten, nur um darauf zu warten und zu hoffen, dass der Incubus von ganz allein in diese Falle tappt? Damit würden wir den Schulbetrieb auf nicht absehbare Zeit blockieren.«

»Haben Sie schon mit dem Gedanken gespielt, dass es Schlimmeres gibt als ein paar ausgefallene Schultage?«, konterte Mr Seymour. »Eine Krankenstation voller komatöser Schüler zum Beispiel.«

Ich ahnte, dass es ganz schnell wieder zu einem Streit kommen könnte, also ergriff ich das Wort. »Ich kann ihn rufen.«

Augenblicklich waren alle Augen auf mich gerichtet.

»Wie meinst du das?«, fragte Caleb.

»Ich weiß nicht wieso, aber er kann mich hören, wenn ich ihn rufe«, erklärte ich. »Und er kommt dann auch. Zumindest hat er das beim letzten Mal getan.«

Caleb wirkte gleichermaßen besorgt wie entsetzt. »Du hast ihn schon einmal gerufen?«

»Ich …« Ich hatte niemandem von meiner Begegnung mit Kassian im Speisesaal erzählt und eigentlich auch nicht vorgehabt, das zu ändern.

»Du kennst also seinen Namen«, setzte Seth nachdenklich an. Er ging ein paar Schritte auf und ab. »Eventuell erhält man durch den Namen eines Incubus Macht über ihn.«

Lilou lachte zaghaft. »Wie in dem Märchen von Rumpelstilzchen?«

»Viele Märchen haben einen wahren Kern«, sagte Seth ernst. »Wieso nicht auch dieses hier? Aber es ist nur eine Theorie. Es kann auch ganz anders sein.«

Ich bezweifelte, dass mir Kassian seinen Namen verraten hätte, wenn damit so viel Macht verbunden war. Eines bestätigte mir dieses Gespräch jedoch: Über die Incubi war nicht sehr viel bekannt. Und das, obwohl sie schon so lange in unserer Welt umherirrten.

»Wenn es nur darum geht, seinen Namen zu nennen, kann das auch jemand anderes übernehmen«, schlug Caleb vor.

Ich wusste, dass er mich bloß beschützen wollte, aber das war nicht nötig.

»Wir wissen, dass er kommt, wenn *ich* rufe, also übernehme ich das auch«, sagte ich.

Caleb schaute mich bestürzt an.

»Mir kann nichts passieren. Nicht hier, zwischen den Toren, wo ich von Unmengen an Wasser umgeben bin, mit dem ich mich verteidigen kann.«

»Aber auch nur, wenn er dich nicht lähmt«, sagte Caleb.

»Das wird er nicht«, versicherte ich ihm. »Es fiel mir bei jeder Begegnung mit ihm leichter, mich zu bewegen.«

»Ich bin kein Freund davon, Minderjährige in ein Ritual dieser Komplexität mit einzubeziehen«, sagte Mr Seymour.

Ihm blieb wohl nichts anderes übrig, als sich mit dem Gedanken anzufreunden, denn ich hatte nicht vor, von meinem Vorschlag abzurücken. Schließlich war Kassian dank mir in die Schule gelangt und meine Vorfahren hatten das Portal in seine Sphäre geöffnet. Sein und mein Schicksal waren miteinander verbunden. Ich würde alles daransetzen, die Fehler der Vergangenheit wiedergutzumachen.

»Wir warten bestimmt nicht bis nach meinem achtzehnten Geburtstag. Also, machen wir es so?«, fragte ich.

»Ich habe keine Einwände«, sagte der Direktor.

Mr Seymour nickte. »Dann legen wir los.«

30

So ein Ritual macht irre viel Arbeit

Im Unterricht hatte ich schon das eine oder andere über magische Rituale gelernt. Ich wusste, dass es Zeichen und Runen gab, die Magie aufnahmen, verstärkten oder in eine bestimmte Richtung lenkten, dass ein Zauber durch verschiedene Kombinationen aus Zeichen und Symbolen beeinflusst werden konnte und dass die richtige Wahl und Aussprache der Worte entscheidend waren.

Mir hatte nur niemand gesagt, dass ich mir wunde Knie und einen steifen Nacken holen würde, weil ich stundenlang mit Kreide bewaffnet über den Boden robben musste.

Inzwischen wunderte es mich nicht mehr, dass Mr Seymour seine Einwände gegen unsere Beteiligung schnell in den Wind geschossen hatte. Er sah nämlich nicht wie jemand aus, der sich gern die Hände schmutzig machte. Während Lilou, Caleb, Alvar und ich nach seinen Anweisungen Kreise, Linien und Runen zeichneten, unterhielt er sich mit Professorin Kumar, die zu uns gestoßen war.

»Die Rune muss größer werden«, rief er Lilou zu.

Sie seufzte und wischte sich mit dem Arm über die Stirn, wodurch ein Kreidestreifen zurückblieb. Es war schon das zweite Mal, dass Mr Seymour unzufrieden war und sie anwies, die Rune neu zu zeichnen.

»Lass mich das machen«, bot ich an. Ich streckte meine Hand

nach einem der Portale aus, ergriff mit meiner Magie das Wasser und ließ eine kleine Menge davon als Kugel zu Lilou fliegen. Mit dem Wasser konnte Lilou die Rune viel schneller und sauberer entfernen als mit ihrem Ärmel wie bei ihrem ersten Fehlversuch.

Sie setzte sich auf. »Danke.«

»Ich hoffe, die ganze Arbeit lohnt sich.«

»Bestimmt«, meinte Caleb. »Mr Seymour versteht sich sehr gut auf Verbannungen.«

»Aber was, wenn Kassian längst über alles Bescheid weiß?«, gab ich zu bedenken. »Er hat mich schon einmal belauscht. Vielleicht hat er es wieder getan.«

Caleb zuckte mit den Schultern. »Dann kommt er nicht, wenn du ihn rufst. Was ich gar nicht so schlecht finden würde.«

»Dann wäre das alles völlig umsonst«, beschwerte sich Alvar.

»Immer noch besser, als Devin in Gefahr zu bringen.«

»Hier wird niemand in Gefahr gebracht«, mischte sich Mr Seymour ein. »Ms Lagier, das sieht diesmal sehr gut aus.«

Lilou grinste breit und zufrieden.

»Nun verlasst bitte alle den Ritualkreis, ich beende die Arbeit«, gab Mr Seymour bekannt.

Wir standen auf und versammelten uns bei Seth, dem Direktor und Professorin Kumar. Von dort aus hatten wir eine gute Sicht auf das Gesamtwerk, das in den letzten zwei Stunden entstanden war. Runen in Kreisen und mit Linien verbunden, die an einen Stern erinnerten, der in seiner Mitte ein Pentagon bildete. Da uns Mr Seymour gefühlt jeden einzelnen Kreidestrich zweimal hatte ausführen lassen, war es kein Wunder, dass das Ergebnis absolut akkurat und wie mit dem Zirkel gezogen aussah.

Der Nekromant trat in die Mitte, breitete die Arme aus und begann Worte zu murmeln, in denen so viel mächtige Magie mitschwang, dass mich das Gefühl überkam, innerlich zusammenzuschrumpfen. Von ihm ausgehend zog sich ein Leuchten durch die Kreide, erfasste jeden einzelnen Strich, bis es den äußeren Kreis in der Nähe unserer Füße erreicht hatte. Mit einem letzten, laut in die Höhle geschmetterten Wort erstrahlte das gesamte Gebilde so hell, dass es uns blendete. Ich schützte meine Augen mit dem Arm und als ich ihn wieder senkte, war der Ritualkreis verschwunden.

Ungläubig schaute ich mich um. Sollte das ein Scherz sein? Wir hatten uns abgerackert, um ein perfektes Kunstwerk zu erschaffen, und Mr Seymour ließ es einfach verpuffen? Ich wollte ihn zur Rede stellen, kam aber nicht dazu, weil Seth mich festhielt.

»Wenn du nicht sehr genau weißt, wo sich die Kreidelinien befinden, betrittst du den Ritualkreis besser nicht. Du könntest etwas verwischen.«

»War das eben so etwas wie ein Unsichtbarkeitszauber?«, fragte ich.

»Genau das«, bestätigte Seth.

Mr Seymour kam in unregelmäßigen Schritten zu uns zurück, woraus ich schloss, dass er sich gemerkt hatte, wohin er gefahrlos treten konnte.

»Was denken Sie, wie lange diese Sache hier noch dauern wird?«, fragte ihn Kumar. »Soll ich meine Klasse anweisen zu warten oder fällt der heutige Unterricht aus?«

»Das liegt ab jetzt nicht mehr in meiner Hand«, antwortete er.

Kumar wandte sich dem Direktor zu.

»Schicken Sie die Schüler auf ihre Zimmer«, forderte er sie auf. »Das gilt für alle. Bis die Sache beendet ist, sind sie dort am sichersten.«

»Sie haben den Direktor gehört«, sagte Kumar an uns gerichtet.

»Ich werde noch gebraucht«, warf ich ein.

Sie deutete zum Ausgang. »Aber ihr anderen nicht.«

»Ich lasse Devin nicht allein«, beharrte Caleb.

»Das müssen Sie wohl, Mr Harley«, sagte Kumar in scharfem Tonfall.

»Wir sehen uns zum Mittagessen«, versprach ich ihm.

Er war alles andere als begeistert, schaute flüchtig zum Ausgang, schob sich dann aber an Kumar vorbei zu mir, statt ihrer Aufforderung nachzukommen. Er ergriff meine Schultern und fing meinen Blick auf.

»Du stellst nichts Dummes an«, bat er mich.

»Das hatte ich nicht vor«, beteuerte ich mit einem flüchtigen Lächeln.

»Wirklich, ich …« Er legte seine Hand an meine Wange. In seinem Blick lag ein Flehen, das mein Herz weich wie Butter werden ließ. »Ich würde es nicht ertragen, wenn dir etwas passiert.«

»Mir passiert nichts«, sagte ich leise.

Er schwieg, schaute mich bloß an, als würde er alles von mir in sich aufnehmen wollen, und rückte so nah an mich heran, dass ich aufschauen musste, um seinen Blick nicht zu verlieren – so nah, dass die Hitze seiner Haut zu meiner wurde.

»Hast du eine Ahnung, wie gern ich dich jetzt küssen würde?« flüsterte er, strich mit dem Daumen über meine Lippen und neigte mir seine Schultern entgegen.

Ob er ahnte, wie sehr auch ich mich nach diesem Kuss sehnte? Wie gern ich ihm liebevoll am Daumen geknabbert hätte, mit meinen Lippen über seine Handfläche wandern und seinen Geruch tief in mich aufnehmen wollte? Ich konnte kaum in Worte fassen, wie sehr ich mich danach sehnte, ihn überall an mir zu spüren, mit ihm zu verschmelzen und alles um uns herum in Vergessenheit geraten zu lassen.

Aber das konnte ich nicht. Das durfte ich nicht. Zu groß war die Gefahr, dass die Nixe in mir die Kontrolle übernahm.

Ich nahm Calebs Hand, reichte sie ihm zurück und fühlte mich unfähig, ihn länger anzuschauen. »Du weißt, dass wir hier nicht allein sind?« Ich versuchte, möglichst gelassen und scherzhaft zu klingen.

»Wenn Sie einen Moment für sich brauchen«, bot Bradford zu meiner Überraschung an. Mir war neu, dass Schuldirektoren Beziehungen zwischen ihren Schutzbefohlenen guthießen und sogar bereit waren, ihnen Privatsphäre einzuräumen.

»Nein, schon gut«, versicherte ich und zog mich von Caleb zurück. »Zum Mittagessen?«

Er nickte, wirkte verschlossen und in sich gekehrt und ließ es zu, dass Kumar ihn und die anderen aus der Fentra-Höhle komplimentierte.

»Viel Spaß!«, rief mir Lilou noch zu und winkte, bevor sie um die Ecke verschwanden.

Ich wusste nicht, wie sie sich so eine Dämonenverbannung vorstellte, bezweifelte aber, dass es mit Spaß einherging. Trotzdem hatte sie mir mit ihren Worten ein flüchtiges Lächeln entlockt. Vielleicht war genau das ihre Absicht gewesen.

»Und wir verbannen jetzt einen Dämon?«, fragte ich.

»Nicht ganz«, widersprach Mr Seymour. »Kannst du die Mitte des Ritualkreises betreten, ohne die Kreide zu verwischen?«

Ich ließ meinen Blick über den kahlen Steinboden schweifen. »Können Sie mir beibringen zu schweben?«, stellte ich als Gegenfrage.

»Das nicht, aber ich kann dir zeigen, wo du hintreten darfst«, erwiderte er. »Der Dämon kann den Ritualkreis nicht verwischen, alle anderen schon. Wenn du ihn rufst, musst du innerhalb des Kreises stehen und ihn dann verlassen, ohne dass der Incubus Verdacht schöpft. Erst wenn du dich außerhalb befindest und er sich weiterhin innerhalb, wirkt die Magie und befördert ihn zurück in seine Sphäre.«

»Also gut, dann üben wir«, stimmte ich zu.

Und das taten wir – gefühlt den halben Tag lang. Immer wieder durchquerte ich den Ritualkreis, zählte meine Schritte, hatte das Bild der Zeichnungen genau vor Augen und kam doch ständig mit der Kreide in Berührung. Jedes Mal, wenn das passierte, leuchtete das Gesamtbild auf.

»Und wieder von vorn«, sagte Mr Seymour. Es hätte nur noch eine Tröte gefehlt, um meinen Misserfolg zu untermalen.

Eine Dämonenverbannung hatte ich mir anders vorgestellt. Heroischer, mit spektakulärer Magie, einem nervenaufreibenden Kampf und theatralisch geschwungenen Reden. Nervenaufreibend waren die Vorbereitungen zwar schon, aber nicht, weil sie so aufregend waren, sondern weil sie mir den letzten Nerv raubten.

»Geschafft«, verkündete Seth zu meiner Überraschung.

»Wirklich?« Ich schaute zur Sicherheit zu Mr Seymour.

Er nickte. »Du hast den Ritualkreis erfolgreich betreten und durchquert, ohne die Kreide zu berühren. Lass uns das noch zwei- oder dreimal wiederholen, dann sind wir so weit.«

»Oder ich gehe jetzt einfach zurück zur Mitte und bringe das Ganze zu Ende«, schlug ich vor.

»Je mehr Zeit wir verstreichen lassen, desto größer ist die Gefahr, dass der Incubus uns durchschaut«, warf Bradford ein und stellte sich damit auf meine Seite.

»Also gut«, stimmte Mr Seymour zu. »Aber denk daran, dass du auf dich gestellt bist. Wir verlassen die Höhle, damit der Incubus keinen Verdacht schöpft. Du rufst ihn, trittst aus dem Kreis und bist ab dem Moment in Sicherheit.«

»Das kriege ich hin«, versicherte ich ihm, auch wenn ich zugeben musste, dass ich nervös war. Ich hatte mir noch keine Gedanken darüber gemacht, was ich Kassian sagen würde.

Ich musste mir einen Grund einfallen lassen, aus dem ich ihn rief, und der musste besser sein als *Ich wollte mich von dir verabschieden, bevor du deine Heimreise antrittst.*

»Wir können das immer noch abbrechen«, schlug Seth vor.

»Was? Nein«, wiegelte ich ab. »In fünf Minuten sind wir den Incubus los, also ziehen wir das jetzt durch.«

Ich betrat den Ritualkreis, ohne die Kreidelinien zu berühren, lief bis zur Mitte und achtete sehr genau darauf, wo ich meine Füße hinsetzte. An meinem Ziel angekommen atmete ich tief durch. Ich hätte das Ganze viel gelassener angehen können, wenn mein Herz nicht so schnell geschlagen hätte. Andererseits schlug es wahrscheinlich deswegen so schnell, weil ich eben nicht gelassen war.

»Ich bin so weit«, erklärte ich. »Ihr könnt gehen.«

Bradford und Mr Seymour wandten sich dem Ausgang zu, nur Seth zögerte noch einen Moment. »Du bist die mutigste Nixe, der ich je begegnet bin.«

»Nixen sind nicht für ihren Mut bekannt, was?« Ich stieß ein verhaltenes Lachen aus, das nicht wirklich über meine Nervosität hinwegtäuschen konnte.

»Sie werden für andere Eigenschaften bewundert«, erwiderte er.

Nur nicht für ihre Intelligenz, ihre Magie oder ihren Mut. Dabei waren die Nixen, die ich kennengelernt hatte, weder dumm noch übermäßig feige. Wenn ich darüber nachdachte, hatten sie bei den vielen Vorurteilen ein ziemlich schweres Los in der Zwischenwelt.

»Ich schaffe das«, sagte ich zum Teil auch zu mir selbst.

»Ich weiß.« Er nickte, als würde er meine Worte absegnen wollen, dann schloss er zu den anderen auf.

Es fühlte sich seltsam an, als Einzige zurückzubleiben. Auch wenn ich nicht das erste Mal mit Kassian allein sein würde, war es diesmal etwas anderes. Es stand viel mehr auf dem Spiel.

Eine Weile wartete ich noch, bis ich ganz sicher war, niemanden mehr zu hören. Anschließend schloss ich meine Augen.

»Kassian«, sagte ich leise, aber bestimmt, um das leichte Zittern meiner Stimme zu überspielen.

Es blieb ruhig, also wiederholte ich seinen Namen in Gedanken. Als auch daraufhin nichts geschah, schlug ich die Augen wieder auf.

Mein Herz machte einen Satz.

Er stand in seiner menschlichen Gestalt vor mir, trug ein kaltes, herablassendes Lächeln auf den Lippen und das feuerrote Leuchten huschte über seine Pupille.

»Du hast gerufen, Butterblümchen«, raunte er leise und so eindringlich, dass die Worte tief in mein Inneres drangen.

Es war offensichtlich, dass er nicht ahnte, in welche Falle ich ihn gelockt hatte. Nach unserem letzten Gespräch dachte er wahrscheinlich, dass wir eine Art Team bildeten. Vielleicht nahm er sogar an, dass ich ihn gerufen hatte, um das Portal in seine Sphäre zu öffnen. Jetzt durfte ich mich nur nicht durch meine Nervosität verraten.

»Du wolltest herausfinden, wie ich das Portal öffnen kann«, sagte ich, drehte mich zum Tor und ging darauf zu.

Fünf Schritte entfernt lag eine Rune vor mir, die zu groß war, um sie unauffällig zu überwinden. Weil Kassian bestimmt misstrauisch geworden wäre, wenn ich aus dem Nichts einen Kängurusprung hingelegt hätte, umging ich die Rune, indem ich zu ihm herumwirbelte, meinen Kurs dabei um gut fünfundvierzig Grad änderte und die Linien rückwärts umschiffte.

Für ihn sah es mit etwas Glück nach Schlendern aus, für mich war es eine präzise Berechnung. Wenn mich mein alter Matheprofessor bei dieser Aktion beobachtet hätte, wäre er bestimmt nicht abgeneigt gewesen, meine Abschlussnote zu meinen Gunsten zu korrigieren.

»Also?«, forderte ich Kassian auf. »Verrate mir den Trick.«

»Ich hatte auch gesagt, dass ich dich aufsuchen werde, wenn ich es herausgefunden habe«, erinnerte er mich und löste sich im selben Moment in Rauch auf.

Panisch schaute ich mich um. Er sollte den Ritualkreis nicht verlassen können, aber er war verschwunden. Erst nach mehreren Sekunden tauchte er plötzlich wieder vor mir auf und ich strauchelte nach hinten.

Mein Herz schlug gegen meine Rippen, als wollte es mich dafür bestrafen, dass ich einen falschen Schritt gemacht hatte. Mein Blick flog über den Boden, aber die Kreide blieb unsichtbar. Ich hatte verdammt viel Glück gehabt und sie nicht berührt.

»Was ist?«, warf mir Kassian entgegen. Argwohn lag in seiner Stimme. »Angst?«

»Nein, ich … «, stolperte es aus mir heraus. »Es ist unhöflich, sich mitten im Gespräch in Luft aufzulösen. Hat dir das niemand beigebracht?«

Er schmunzelte amüsiert und ließ den Blick über mein Gesicht, meine Hände und meinen ganzen Körper wandern, als würde er alles bis ins letzte Detail analysieren wollen. Kaum hatte er das getan, löste er sich erneut auf, wogte kalt und dunkel als nicht greifbare Rauchschwade um mich herum und nahm in meinem Rücken wieder seine feste Form an.

»Normalerweise lasse ich nicht zu, dass sie in meiner Gegenwart sprechen«, hauchte er leise. Sein Atem legte sich kühl auf meine Haut und ließ mich erschauern.

Sie … seine Opfer. Nicht zum ersten Mal weigerte er sich, sie beim Namen zu nennen, und diesmal ging er so weit, mich zu ihnen zu zählen.

Ich fühlte mich wie am Boden festgefroren. Ob das an seinen Kräften lag oder an meiner eigenen, lähmenden Angst, wusste ich nicht. Der Rand des Ritualkreises lag etwa zwei Meter von mir entfernt, nur war ich unsicher, wo genau ich mich befand und wo ich hintreten musste, um die Kreide nicht zu berühren.

Ich schloss die Augen und versuchte, die Fassung zurückzugewinnen. »Du hast mir meine Frage nicht beantwortet.«

»Welche Frage?« Er umrundete mich und blieb vor mir stehen.

»W-wie ich das Portal öffnen kann«, blaffte ich ihn ungewohnt erregt an. Wie schaffte er es bloß, mich so zu verunsichern?

Er war mir nicht überlegen. Nicht hier, nicht umgeben von Wasser, nicht inmitten eines Ritualkreises, der ihn gefangen hielt. Und trotzdem war ich so nervös und verwirrt wie schon lange nicht mehr. Ich konnte kaum einen klaren Gedanken fassen.

»Hatte ich das nicht?«, fragte er. »Vielleicht habe ich mich undeutlich ausgedrückt. Tut mir leid, mir hat niemand beigebracht, wie ein *höfliches* Gespräch geführt wird. Ich versuche es noch einmal: Ich. Weiß. Es. Nicht.«

Seine Worte trieften vor Geringschätzung. Ihm hatte vielleicht niemand beigebracht, sich höflich zu benehmen, aber so herablassend zu sein, bedurfte bestimmt einiger Übung.

Mittlerweile hatte ich eine Ahnung, wo ich mich befand und wie ich den Ritualkreis verlassen konnte. Jetzt musste mir nur noch etwas einfallen, womit ich Kassian ablenken konnte.

»Haben Incubi keine Eltern, die ihnen etwas beibringen?«, fragte ich, trat zur Seite und ließ ihn dabei nicht aus den Augen.

»Du interessierst dich also für meinesgleichen?«

Ich schmunzelte unwillkürlich. »Nicht wirklich«, gab ich zurück. »Die Frage habe ich aus reiner Höflichkeit gestellt.«

Noch zwei große Schritte seitwärts, dann hätte ich es geschafft. Ich wusste nur noch nicht, wie ich das hinbekommen sollte, ohne dass er Verdacht schöpfte.

Er kam auf mich zu, ohne sich aufzulösen und wieder zu manifestieren. Es kam mir beinahe so vor, als hätte er sich meine Worte zu Herzen genommen.

»Also ist es höflich, Interesse zu heucheln, auch wenn einem das Gegenüber völlig egal ist«, stellte er fest.

Er blieb unmittelbar vor mir stehen und verstellte mir dadurch den Weg aus dem Ritualkreis. Sein Blick war so stechend, dass ich ihm ausweichen musste. Ich hatte das Gefühl, er würde mich durchschauen, wenn er nur tief genug in meine Augen vordrang.

»Nichts und niemand ist einem völlig egal«, sagte ich, ging in Gedanken den Weg durch, den ich nehmen musste, um an ihm vorbeizukommen, und wagte einen ersten Schritt.

»Was wird das?!«, schrie er und riss den Arm in meine Richtung hoch.

Eine unsichtbare Macht packte mich, hielt mich mitten in der Bewegung auf und schleuderte mich zurück zwischen die Tore.

Ich stürzte, schlitterte über den Boden und blieb im hell erleuchteten Ritualkreis liegen.

31

Ein Dämon in der Falle

Mein Atem ging schnell, meine Gedanken rasten. Wie hatte er das gemacht? Seit wann beherrschte er solche Kräfte? Gehetzt schaute ich mich um, suchte nach Lücken in den Kreidezeichnungen, die ich verwischt hatte, konnte aber keine finden.

Kassian schaute sich genauso um. Er löste sich in Rauch auf, raste in gerader Linie auf den äußeren Kreis zu und prallte gegen eine unsichtbare Mauer. Aufgeben schien für ihn nicht infrage zu kommen. Als körperlose Rauchgestalt durchpflügte er die Luft, versuchte mit aller Macht, den Ritualkreis zu durchbrechen und schoss dabei mehrmals dicht an mir vorbei.

Ich hörte schnelle Schritte und stand vorsichtig auf, um nicht noch mehr Kreide zu verwischen.

Seth, der Direktor und Mr Seymour kehrten zurück. Und nicht nur sie. Auch Caleb hatte die Verbannung des Dämons offenbar nicht in seinem Zimmer ausgesessen.

»Devin, komm schnell raus!«, rief er mir zu und streckte mir die Hand entgegen.

Ich schaute zu Boden. Wenn ich die Kreidelinien berührte, die ohnehin schon verwischt und nur noch vage zu erkennen waren, wäre der Ritualkreis endgültig zerstört und Kassian wieder frei. Das durfte nicht passieren.

Eine zweite Chance, ihn auf diese Weise zu verbannen, gab es bestimmt nicht.

Wieder schoss er unmittelbar an mir vorbei, zwang mich zurückzuweichen und mein Fuß landete auf einer Rune. Ich wagte es nicht, auch nur tief einzuatmen.

»Ich kann hier nicht weg, sonst verwische ich die verdammte Kreide und er ist frei«, rief ich aufgebracht. »Das nächste Mal zeichnen wir das Ritual mit einem Permanentmarker.« War denn noch nie jemand auf diese Idee gekommen? Wie mittelalterlich war es bitte, Kreide zu benutzen?

»Gar keine so schlechte Idee«, meinte Mr Seymour. Er beobachtete interessiert den Dämonenrauch, der um mich herumsauste wie eine verirrte Feuerwerksrakete. »Wenn du eine Methode entwickelst, wie man Graberde in einen Permanentmarker einbindet, stelle ich dich als meine Assistentin ein.«

»In der Kreide ist Grab–« Ich stockte, weil Kassian unmittelbar vor mir seine körperliche Form annahm. Wut funkelte in seinem Blick. Rasende, unverhohlene Wut. »Erde«, murmelte ich benommen. Mir schnürte sich die Kehle zu.

»Eine Falle?«, zischte er.

»Was hattest du erwartet?«, presste ich mit erstickter Stimme hervor.

»Faszinierend«, hörte ich Mr Seymour sagen. »Einem Incubus mit so ausgeprägten menschlichen Zügen bin ich noch nicht begegnet.«

»Aber es ist eindeutig ein Incubus«, sagte Bradford.

Ich schaute an Kassian vorbei. »Könnten Sie aufhören, über ihn zu reden wie über ein Tier im Laborkäfig?«

Ein diabolisches Grinsen legte sich auf Kassians Lippen. Er senkte den Blick und schaute mich durch schmale Augen an. »Wie lieb, das Butterblümchen verteidigt den Dämon.«

»Bilde dir bloß nichts darauf ein«, gab ich zurück. Tatsächlich hatte ich das nur getan, weil ich nicht wollte, dass die Lage endgültig eskalierte.

Er löste sich in Rauch auf, fuhr durch mich hindurch und raunte mir plötzlich über die Schulter hinweg ins Ohr: »Bilde *du* dir bloß nichts darauf ein, dass du mich hinters Licht führen konntest.«

Ich wollte kontern, öffnete den Mund, bekam aber keinen Ton mehr heraus. Es war ihm gelungen, meine Stimme und auch meinen Körper unter seine Kontrolle zu bringen. Wehrlos musste ich es über mich ergehen lassen, dass er meinen Arm packte, mich fest an sich zog und seine scharfen Krallen um meinen Hals legte.

»Diese Show ist jetzt vorbei!«, rief er den anderen zu.

Dass auch sie Schwierigkeiten hatten, sich in seiner Gegenwart zu bewegen, war ihnen deutlich anzumerken. Wie es aussah, waren sie aber weit genug von ihm entfernt, um nicht vollkommen gelähmt zu sein. Seth warf Mr Seymour einen Blick zu, der Bände sprach. Die wortlose Antwort des Nekromanten war genauso beunruhigend. Offenbar hatte keiner von ihnen eine Ahnung, was sie tun sollten. Wie hätten sie auch gegen Kassian vorgehen können, solange er mich als menschlichen Schutzschild benutzte? Wenn er jetzt noch begriff, dass er mich nur ein Stück über die Kreide zerren musste, um die Ketten zu sprengen, die wir ihm angelegt hatten, war er frei.

Ich musste einen Weg finden, die Kontrolle zurückzugewinnen. Irgendwie. Mit aller Macht kämpfte ich gegen die Stille an, die sich wie Schotter auf meine Lunge gelegt hatte.

»Willst …«, presste ich hervor und hatte dabei das Gefühl, so viel Kraft aufzuwenden, dass ich fast ohnmächtig wurde. Ich atmete tief durch und setzte erneut an. »Willst du … nicht nach Hause?«

»Nach Hause?«, blaffte er abfällig. »Haben sie dir das erzählt?«

»Das Tor …«, krächzte ich.

»Das Tor ist die Antwort«, sagte er. »Die Antwort auf alle Fragen. Aber du stellst die falschen. Du vertraust den Falschen. Du frisst ihre Lügen und wirst daran ersticken. Am Ende bist du das Tier, gefangen in ihrem Käfig. Mich einzusperren, ist noch niemandem gelungen, du lässt dir die Ketten freiwillig anlegen. Und jetzt sag brav auf Wiedersehen zu dem Einzigen, der bereit war, die Wahrheit aufzudecken.« Er zerrte mich nach hinten und ich riss den Blick zu Caleb herum.

»Ihn habe ich nicht gemeint«, sagte Kassian.

Wegen seiner theatralischen Rede über Lügen und Wahrheit hatte ich mich auch nicht Hilfe suchend an Caleb gewandt. Kassians Zerren an mir würde unweigerlich zur Folge haben, dass die Kreide verwischte. Wenn es Seth und Mr Seymour gelang, ganz ohne Telepathie mit Blicken zu kommunizieren, gelang mir das hoffentlich auch.

Ich schaute zu Boden, sah zu, wie meine Füße über die Rune schleiften, wie die Kreide verwischte und eine der Linien unterbrochen wurde.

»Frei«, hauchte Kassian ganz leise und mit einer Selbstzufriedenheit in der Stimme, dass es mir kalt den Rücken herunterlief.

Seine Krallen legten sich fester um meinen Hals, ich rechnete mit dem Schlimmsten, spürte aber, wie seine Macht über mich nachließ – und von einer Sekunde auf die nächste war ich frei. Er ließ von mir ab, löste sich in Rauch auf und hüllte mich für einen Moment darin ein. Ich wusste nicht, ob es mein schwereloses Gefühl von Freiheit und neu gewonnener Selbstkontrolle war, das mich überrollte, oder seines. Wir hatten beide Grund genug dafür, uns so zu fühlen. Nur wusste Kassian nicht, dass seine Freiheit von kurzer Dauer war.

Caleb hatte meinen Blick richtig interpretiert. Er ließ sich auf ein Knie fallen, legte seine flache Hand auf den äußersten Kreidekreis und ließ seine Magie der Ordnung fließen. Ich konnte sehen, wie sie um sich griff, bis zu den innersten Linien und Runen vordrang und jeden noch so kleinen Kreidekrümel auf den vorbestimmten Platz zog. Es war, als würde sich der Ritualkreis im Rückwärtslauf wieder zusammensetzen, während sich alles andere vorwärtsbewegte. So auch Kassian, der sich bereits den Toren näherte, hinter denen seine Freiheit auf ihn wartete.

Mit derselben Genugtuung, die er beim Geschmack des Sieges über uns empfunden hatte, griff ich nach den sieben Weltmeeren in den Toren. Ich öffnete die Arme, stellte mich breitbeinig auf und ließ in dem Wissen, dass Caleb ein Verwischen der Kreide verhindern würde, die Wassermassen in die Höhle strömen. Diesen Trick hatte ich schon einmal benutzt, um Jae und mich abzuschirmen. Daher war ich sicher, es würde mir auch ein zweites Mal gelingen. Einerseits war es eine Herausforderung, so viel Wasser zu bezwingen, andererseits hatte ich das Gefühl, von den ungestümen Mächten der Meere gespeist zu werden. Ich formte das Wasser zu einer Kuppel und schnitt Kassian damit den Fluchtweg ab. Zumindest hoffte ich, ihn damit lange genug ausbremsen zu können, um Caleb die Zeit zu geben, den Ritualkreis wiederherzustellen. Tatsächlich stob der Rauch vor dem Wasser auseinander, vollzog einen Bogen und sammelte sich nicht weit von mir entfernt in seiner festen Form.

»Dein Ernst?«, grollte er.

»Unser Abschied war viel zu kurz«, gab ich spitz zurück.

»Wie lange glaubst du, das durchhalten zu können?« Seine Stimme war von Geringschätzung gefärbt. Er kam auf mich zu und ließ den Dämon in sich aufflackern wie eine Drohung, die nur darauf wartete, zur Gewissheit zu werden. »Deine Arme zittern schon.«

»Lange genug«, knurrte ich. Mir war klar, dass er recht hatte. Meine Arme zitterten, meine Kräfte verließen mich und die Tatsache, dass ich mitsamt der Wassermassen auch einige Fische und sogar einen verdammten Kraken aus den Meeren gezogen hatte, machte es mir nicht gerade leichter. Das Schlimmste aber war, dass Calebs Magie nur die Kreidezeichnungen instand setzen konnte, die mit der Linie verbunden waren, die er berührte. Zu der Rune, die ich verwischt hatte, drang er nicht vor. Damit hatte ich nicht gerechnet, auch wenn ich mir hätte denken können, dass ein Ritualkreis von mehreren Metern Durchmesser nicht mit einem Blatt Papier zu vergleichen war.

Kassian hatte also alle Zeit der Welt und ich nur noch Sekunden. Sekunden, in denen mir eine Lösung einfallen musste – bevor ich von ein paar Tonnen Wasser und einem Riesenkraken, der freudig dabei war, Fischschwärme aus ihm fremden Meeren zu jagen, erschlagen wurde. Ich konnte mir ein besseres Ende vorstellen. Eines, das weniger nass und glitschig war.

Kassian schaute zu den anderen, die hilflos hinter der Wasserwand standen. Ein zufriedenes Lächeln legte sich auf seine Lippen. »Wollen wir warten, bis dich deine Kräfte verlassen, oder soll ich dir meine Herzensgüte beweisen und dir die Chance geben, das Wasser wieder dorthin zurückzuschleusen, wo du es hergeholt hast?«

»Das wäre keine Herzensgüte. Das wäre nur Eigennutz. Wenn die Wasserkuppel fällt, trifft sie auch dich und dann bist du genauso hilflos ausgeliefert. Wir wissen beide, wie wenig sich Rauch und Wasser vertragen.«

Er hielt inne, nachdem er bereits die Hälfte der Strecke provokant schlendernd zurückgelegt hatte, breitete die Arme aus und ging rückwärts. »Du hast recht. So eine Wassermasse könnte mir übel mitspielen. Aber das Risiko sollte ich eingehen, meinst du nicht? Als ich das letzte Mal den Fehler gemacht habe, schwimmen zu gehen, hat es ein paar Sekunden gedauert, bis ich nicht mehr die Kraft hatte, diesen Körper zusammenzuhalten. Das sollte genügen, um aus diesem hübschen Aquarium herauszuspazieren.«

Ich schnaubte verächtlich, als mir klar wurde, dass ich nichts tun konnte. Rein gar nichts. Und er wusste das – mit einer solchen Gewissheit, dass er sich nicht einmal die Mühe machte, die Kontrolle über mich zurückzugewinnen. Sein breites Grinsen sorgte für Wut in meinem Bauch. Wie gern hätte ich es ihm ausgetrieben.

Ich schaute noch einmal zu den anderen. Mit Ausnahme des Kraken schien niemand Spaß an dieser Sache zu haben. Die Anspannung war ihnen ins Gesicht geschrieben. Aber es konnte doch nicht sein, dass Caleb und ich die Alleinunterhalter in dieser Dämonenverbannungsshow waren. Dort draußen standen ein Hexer, ein Nekromant und ein Drache. Irgendein genialer, alles auflösender Einfall musste doch einem von ihnen kommen.

Ich sah eine weitere Bewegung hinter dem Wasser, schaute in die Richtung und erkannte Lilou mit Mahina im Schlepptau. Eine Nixe könnte meine Rettung sein, wenn sie über dieselben Kräfte verfügte wie ich. Und das war offensichtlich der Fall, denn Lilou rief ihr etwas zu, Mahina breitete die Arme aus und die Kraft, die ich aufwenden musste, nahm ab. Es fühlte sich an, wie von einer schweren Last befreit zu werden. Obwohl *befreit* übertrieben war. Mahina hatte es alles andere als leicht, mir zu helfen.

»War der Abschied jetzt ausführlich genug?«, fragte Kassian.

Ich sah weitere Bewegungen hinter der Wasserkuppel. Es waren die anderen Nixen, der gesamte Schwarm. Sogar Dalia war unter ihnen. Alle breiteten die Arme aus und unterstützten mich.

»Nur eines noch«, sagte ich an Kassian gerichtet. Ich ließ von dem Zauber ab, der nun von den anderen Nixen kontrolliert wurde, riss meinen Arm in Seths Richtung und öffnete ein handgroßes Loch im Wasser. »Kreide!«, rief ich.

Seth warf mir die Kreide mit einer solchen Präzision zu, dass er mich damit beinahe aus dem Konzept brachte. Aber auch nur beinahe. Ich fing sie in der Luft, fiel auf die Knie und zog den fehlenden Kreidestrich.

»Nein!«, schrie Kassian völlig außer sich. Fast schon panisch schaute er sich um. »Nein, das darf nicht … das darf nicht sein!«

Ich stand auf, die Nixen schleusten das Wasser zurück in die Meere und Kassian fixierte mich mit einem stechenden Blick. Mir war sofort klar, was er vorhatte. Er würde mich noch einmal von den Füßen holen, noch einmal die Kreide verwischen und das Spiel würde von vorn beginnen.

So weit wollte ich es nicht kommen lassen. Fieberhaft suchte ich nach einem Ausweg, als ein dunkles Brüllen die Höhle erbeben ließ. Ein paar Nixen schrien erschrocken auf und brachten sich in Sicherheit. Mächtige Schwingen breiteten sich wie alles verschlingende Schatten aus, Pranken, die Baumstämme zerteilen konnten, schlugen sich in die Steintore, und ein kupferfarbener, geschuppter Hals wand sich einer gigantischen Anakonda gleich über sie hinweg. Er trug den Kopf eines Drachen mit Augen wie Rubine und rauchenden Nüstern. Bradford riss sein Maul weit auf, brüllte erneut und entblößte dabei armlange Fangzähne.

Ich hatte ihn mir riesig und eindrucksvoll vorgestellt, aber sein wahrer Anblick übertraf alles, was ich mir hätte ausmalen können. Er strahlte eine Macht aus, die selbst Armeen in die Knie gezwungen hätte.

Der weißhäutige Dämon brach aus Kassian hervor. Er stieß einen stummen, schmerzerfüllten Schrei aus, der das Feuer in ihm auflodern ließ, und schoss in gerader Linie auf mich zu.

Auch der Drache stieß sich ab, erwischte mich vor dem Dämon mit seinen Krallen und traf mich dabei mit einer Wucht, die mir die Luft aus der Lunge trieb.

Seine Flügelschläge ließen den Dämon auseinanderstieben wie flüchtigen Nebel, was die Umstehenden zwang, schützend ihre Arme zu heben. Einige Nixen stolperten zurück. Bradford landete außerhalb des Torkreises und begrub mich unter seinen Pranken, als wäre ich ein wehrloser Wurm, gefangen von einem hungrigen Raubvogel. Seine Klauen bohrten sich in mein Fleisch, Schmerz wallte in mir auf, tauchte das Bild vor meinen Augen für einen Moment in Dunkelheit.

Ich versuchte, mich aus Bradfords Griff zu winden, kam aber nicht frei. Ganz im Gegenteil. Meine Gegenwehr sorgte nur dafür, dass er fester zupackte.

»Loslassen!«, schrie ich mit erstickter Stimme und schlug gegen seine Pranken. Panik dröhnte in meinen Ohren.

Bradford drehte den Hals, bewegte seinen Drachenkopf auf mich zu und fletschte die Zähne. Er riss das Maul weit auf und blies mir seinen feuchten Schwefelatem ins Gesicht.

Er würde mich verschlingen. Dieser Gedanke schoss mir durch den Kopf, biss sich darin fest und ließ keinen Platz für irgendetwas anderes. Aber wieso? Wieso tat er das? Hatte Kassian am Ende recht und Bradford war nicht der, für den er sich ausgab? Ich bekam kaum Luft, japste und wusste nicht, was mich zuerst überwältigen und in die Ohnmacht treiben würde. Der Schmerz oder die Atemnot.

»Direktor!«, hörte ich Seth rufen. Damit zog er die Aufmerksamkeit des Drachen kurz von mir weg und in diesem Moment wirkte endlich der Zauber in der Mitte der Höhle, wie Mr Seymour es angekündigt hatte.

Der Ritualkreis erstrahlte in einem gleißenden Licht, hüllte den Dämon ein und erneut hoben alle die Arme schützend vor ihre Gesichter.

Das Licht war so hell, dass es sich durch alles hindurchfraß und nichts als gleißendes Weiß hinterließ. In der nächsten Sekunde ebbte es wieder ab, sodass rote Farbtupfer vor meinem Sichtfeld zurückblieben.

Ich rieb mir die brennenden Augen und bemerkte, dass ich mich aufsetzen und durchatmen konnte. Bradford hatte von mir abgelassen und sich zurückverwandelt. Er ging neben mir in die Knie und legte eine Hand auf meine Schulter.

»Geht es Ihnen gut, Ms Blackwood?«, fragte er besorgt.

Abgesehen davon, dass er mich beinahe aufgeschlitzt und anschließend verspeist hätte? Seine Frage kam mir höhnisch vor. Ich hielt mir die Seite, atmete durch den Schmerz hindurch und spürte, wie mir warmes Blut durch die Finger rann.

»Ich fühle mich ein wenig durchlöchert«, ächzte ich. »Aber sonst geht es mir blendend.«

»Das wird schon wieder.« Er presste die Lippen zu einer schmalen Linie zusammen. »Sie werden es in Ihrem Leben noch mit vielen Mächten zu tun bekommen, die für eine zerbrechliche, menschliche Hülle schnell zur Gefahr werden können. Ihre eigene beeindruckende Macht mit eingeschlossen. Aber glauben Sie mir, dass es bestimmt nicht meine Absicht gewesen ist, Ihnen Schaden zuzufügen. Es ist schlichtweg unmöglich, den Drachen in mir mit Feingefühl zu lenken.«

»Schon gut«, wiegelte ich ab, obwohl ich mich ganz und gar nicht gut fühlte. Für einen kurzen Moment hatte ich geglaubt, mit Haut und Haaren von ihm verschlungen zu werden, und diese Angst hing mir noch nach. Meine Rippen hatten nicht das erste Mal etwas abbekommen, insofern war ich es langsam gewohnt. Ich sollte mir ernsthaft überlegen, einen Brustpanzer zu tragen.

Lilou und Caleb kamen zu mir gelaufen. Ihnen folgten ein paar der Nixen und Seth. Mr Seymour begutachtete noch den Ritualkreis oder zumindest das, was davon übrig geblieben war. Das Licht hatte die Kreide geradezu weggebrannt und nur hier und dort Restpartikel übrig gelassen.

»Du blutest!«, stieß Lilou erschrocken aus.

Caleb sank neben mir auf die Knie und gab mir Halt. »Alles wird gut, ich stütze dich«, sagte er. »Wir bringen dich am besten sofort auf die Krankenstation.«

»Das sind nur Kratzer«, beteuerte ich und schaute zu Seth. »Ist er weg? Hat es funktioniert?«

Seth nickte. »Sieht so aus. Dank deines Einsatzes. Woher wusstest du, dass ich Kreide bei mir habe?«

Ich dachte kurz nach. »Mr Seymour wirkt ein wenig chaotisch auf mich, auch wenn er das sehr gut zu überspielen weiß, indem er den Anschein erweckt, alles durchdacht und geplant zu haben. Im Gegensatz dazu hast du immer alles im Griff. Ich war mir sicher, dass du Kreide bei dir hast. Nur für den Fall.«

»Gut mitgedacht«, lobte mich Bradford.

Dabei erfüllte mich nicht nur meine Vermutung über die Kreide mit Stolz. Ich hatte – wenn auch nur kurz – die sieben Weltmeere beherrscht. Okay, nur einen kleinen Teil davon, aber es hatte sich unglaublich gut angefühlt. Überragend gut, ohne zu übertreiben. Und das sahen auch die anderen Nixen so. Sie wirkten völlig aufgedreht, erzählten sich gegenseitig von dem Riesenkraken und dem Gefühl, das Wasser zu kontrollieren, als wäre nicht jede Einzelne von ihnen dabei gewesen. Mit Sicherheit würde diese Sache das Thema des Tages an der Schule werden – wenn nicht sogar das Thema der Woche oder des ganzen restlichen Schuljahres.

Ich war zu erschöpft, um mitschnattern zu können, auch wenn es mir auf der Seele brannte, von diesem unglaublichen Gefühl zu berichten. Stattdessen lächelte ich bloß zufrieden und erleichtert.

Mr Seymour trat zu unserer Versammlung am Rand der Tore und ich schaute zu ihm auf.

»Er ist wirklich weg?«, fragte ich, nur um mir das noch einmal bestätigen zu lassen.

»Der Zauber hat gewirkt, es gab kein Entkommen für ihn. Also ja, er wurde verbannt. Eigentlich fast schon schade. Er muss schon lange sein Unwesen in unserer Welt getrieben haben, wenn er mit dieser Leichtigkeit eine derart menschliche Form annehmen konnte, die ihn sogar zum Sprechen befähigte. Es wäre sehr aufschlussreich gewesen, mehr Zeit mit ihm zu haben. Wir wissen viel zu wenig über die Incubi.« Mit Bedauern schaute er zu den Überresten des Rituals.

»Aber er ist weg und das ist gut so«, meinte Seth.

»Ähm … ja«, gab er zu. »Und uns bleiben noch die Tore, von denen eines in seine Sphäre führt. Nicht einmal die Pranken eines Drachen konnten ihnen auch nur einen Kratzer verpassen. Wenn das nicht pure, unverfälschte Ursprungsmagie ist, fresse ich deinen Besen.«

»Du wirst nie damit aufhören, in meiner Gegenwart alberne Hexenwitze zu reißen, oder?«, fragte Seth trocken.

Mr Seymour schmunzelte. »Nicht, solange ich dich damit aus der Reserve locken kann.«

Ich wollte die Plänkeleien zwischen den beiden ungern unterbrechen, aber ich hatte durchaus ein paar Kratzer abbekommen – um es harmlos auszudrücken – und die brannten wie Feuer und hörten nicht auf zu bluten.

»Okay, ich will jetzt aufstehen.« Gequält biss ich mir auf die Lippe. »Ich gebe es ungern zu, aber meine Beine fühlen sich an wie Pudding. Wenn mir also jemand helfend unter die Arme greifen könnte?«

»Aber sicher«, sagte Bradford. Er und Caleb stützten mich unter den Ellbogen, ich erhob mich zittrig und presste meine Hand fest auf die Wunden.

»Geht es?«, fragte Caleb.

»Ob es geht? Es ging nie besser.« Ich lächelte müde. Wenn ich nicht in Ohnmacht fiel, würde er mir das vielleicht sogar abkaufen. »Wie lange bin ich jetzt auf dieser Schule? Einen Monat? Und ich habe schon einen Dämon verbannt. Bekomme ich dafür einen Orden oder so etwas?«

»Du bekommst von mir alles, was du willst«, versprach er mir.

Ich grinste breit und wackelte mit den Augenbrauen. »Wirklich alles?«

32

Ein Drachentransportservice wäre gar keine schlechte Idee

Erst auf der Krankenstation, nachdem mich Mr Longo mit einem Vorhang von den anderen abgeschirmt hatte und bat, meinen Hoodie hochzuziehen, wurde mir das ganze Ausmaß meiner Verletzungen bewusst. Drei tiefe Schnitte zogen sich gezackt und blutig von meinen Rippen bis zum Bauchnabel. Wahrscheinlich hatte mich das Adrenalin davor bewahrt, den tatsächlichen Schmerz zu fühlen.

Ich sog scharf die Luft ein, als Mr Longo die Wunden mit einem Tupfer reinigte. »Gibt es keinen Anti-Schmerz-Zauber?«, presste ich mühsam hervor.

»Schön wäre es.« Er lachte, unterbrach seine Arbeit kurz und legte nachdenklich die Stirn in Falten. »Eigentlich gibt es den. Aber Schmerz ist gut. Schmerz ist gesund. Er hält davon ab, Dummheiten anzustellen, zum Beispiel sich von einem Drachen wie ein Päckchen herumtragen zu lassen.«

»Als hätte ich das freiwillig gemacht«, murrte ich. »Obwohl ein Drachentransportservice gar keine schlechte Idee wäre. So schnell, wie Direktor Bradford die Höhle durchquert hat, wäre jedes Päckchen in Windeseile ausgeliefert. Umweltfreundlich ist es bestimmt auch. Zumindest vermute ich, dass der CO_2-Ausstoß eines Drachen niedriger ist als der eines handelsüblichen Transportflugzeugs.«

Hinter dem Vorhang räusperte sich jemand. »Ms Blackwood, ich wäre Ihnen dankbar, wenn Sie mich nicht für irgendwelche Geschäftsideen einplanen würden.«

»Tut mir leid, wenn ich zu viel plappere, nachdem ich aufgeschlitzt wurde«, entschuldigte ich mich. »Das ist auch für mich eine neue Erfahrung. Autsch!« Mr Longo hatte seine Arbeit ungeniert fortgesetzt und mir einen Tupfer gefühlt bis unter die Rippen gebohrt.

»Halten Sie noch ein wenig durch«, bat er mich.

»Sie müssen wirklich nicht hier warten«, rief ich Bradford zu.

»Es ist das Mindeste«, sagte er.

»So, das war es schon.« Mr Longo legte sein Arbeitsmaterial beiseite.

»Kein Nähen, keine Not-OP am Gehirn?«, fragte ich.

»Das mit der Hirn-OP entscheide ich noch, Sie wirken etwas verwirrt auf mich.« Er zwinkerte. »Aber nein, kein Nähen. Ich habe eine Salbe aufgetragen, die die Wunden sauber hält und die Heilung beschleunigt. Magie.«

Ich schaute mir das Ergebnis an. Was er als Salbe bezeichnet hatte, sah aus wie ein durchsichtiges Pflaster, lag dick über den Wunden und blieb nicht an meinen Fingern kleben, als ich es anfasste.

»Also doch ein kleiner Hilfszauber«, stellte ich anerkennend fest.

»Außerdem nehmen Sie die hier.« Er gab mir einen kleinen Pappbecher mit zwei Tabletten und ein Glas Wasser. »Gegen die Schmerzen.«

»Zauberpillen?«

»Ganz handelsübliche Schmerzmittel. Sollten Sie Nachschub brauchen, kommen Sie zu mir.«

Ich rümpfte die Nase, schluckte die Tabletten und spülte sie hinunter. »Dann kann ich jetzt gehen?«

»Jederzeit.« Er deutete auf den Vorhang.

Ich hievte mich mühsam hoch, gab mir Mühe, dabei nicht vor Schmerzen aufzustöhnen, und zog den Vorhang auf.

Bradford stand direkt dahinter. Ich wusste nicht, woran es lag, aber ich konnte ihm nicht in die Augen sehen. Nicht nach dem, was er mir angetan hatte. Beabsichtigt oder nicht.

Caleb und Lilou warteten etwas abseits, auch Alvar hatte sich zu ihnen gesellt.

»Würden Sie sich wohler damit fühlen, eine Nacht auf der Krankenstation zu verbringen?«, fragte Bradford.

»Äh, nein, schon gut«, lehnte ich ab. Mein Blick wanderte unruhig über den Boden. »Ich würde lieber mein Oberteil wechseln, sonst starte ich hier noch einen neuen Trend.« Ich zog an meinem Hoodie, um ihm die blutigen Löcher zu zeigen.

»Dass du damit einen Trend starten könntest, ist gar nicht mal so unwahrscheinlich«, meinte Alvar. »Immerhin bist du die Heldin des Tages. Aber es bleibt unter uns, dass ich die ganze Show verpasst habe, okay?« Er kratzte sich verlegen am Hinterkopf.

»Ich schweige wie ein Grab«, versicherte ich ihm.

»Ich habe mich nur an das Gebot unseres werten Direktors gehalten«, sagte er und deutete ausholend auf Bradford.

»Es spricht nichts dagegen, Regeln einzuhalten«, lobte er ihn.

»Und wir wissen alle, wie sehr du darauf achtest, ein Vorzeigeschüler zu sein«, zog ich ihn auf und lächelte freundlich. »Nein, schon gut. Wirklich. Es konnte niemand ahnen, wie das alles eskalieren würde.«

»Jetzt sind wir den Incubus jedenfalls los und darauf kommt es an«, sagte Lilou. Ein wenig verloren schaute sie zu Bradford. »Oder?«

Bradford nickte, wirkte aber nicht sehr überzeugend. Ein wenig Sorgen machte mir das schon, denn ich hatte bereits eine ganze Weile ein ungutes Gefühl. Rückblickend kam es mir vor, als wäre alles zu leicht gegangen, obwohl es das ganz und gar nicht gewesen war.

»Ich will hier niemanden belügen«, sagte er und begann damit einen Satz, der meistens kein Vorbote für eine gute Wendung war. Fragend und auch ein wenig verzweifelt schaute ich ihn an. Wenn er uns jetzt offenbarte, dass wir eine Aktion wie diese jeden zweiten Tag durchziehen mussten, versprach das eine ziemlich actionreiche Schulzeit zu werden.

»Sie wissen, warum ich die Wächter keinesfalls involvieren wollte«, fuhr er fort. »Sie haben dennoch einen von ihnen an unsere Schule geholt, wenn auch nur mit besten Absichten. Das ist mir klar. Aber Sie haben auch gehört, was Mr Seymour über die Tore gesagt hat. Er wird diese Sache nicht einfach auf sich beruhen lassen. Natürlich rede ich noch mit ihm und Mr Cardeles, ich bereite mich jedoch auf das Schlimmste vor.«

Ich konnte nicht anders, als mich zu fragen, ob der Drache in Bradford so unbarmherzig mit mir umgegangen war, weil er sich insgeheim dafür rächen wollte, dass ich die Schule in Gefahr gebracht hatte.

»Und das Schlimmste bedeutet?«, fragte Caleb.

»Eine Schulschließung«, verkündete er unverblümt. »Es ist nicht das erste Mal, dass so etwas passiert, und es wird gewiss nicht das letzte Mal sein. Es gibt zehn Schulen wie diese hier, die auf der ganzen Welt verteilt sind. Die School of Myth and Magic in Salem wurde schon Dutzende Male geschlossen. Zuletzt wegen eines Massengrabs im Kellergewölbe, aus dem die Toten stiegen, nachdem der Wiederbelebungszauber eines Schülers außer Kontrolle geraten ist.«

»Hieß dieser Schüler zufällig Cedric Seymour?«, fragte ich. Vorstellen konnte ich es mir.

»O nein, es war ein junger Bursche, der wenig später auf tragische

Weise starb.« Bradford zuckte mit den Schultern, als wäre das nur eine Kleinigkeit.

»Was?«, stieß ich schockiert aus.

Bradford hob abwehrend die Hand. »Und wiederbelebt wurde. Dann starb er wieder und ist jetzt als Nekromant tätig, soweit ich weiß.«

Ich hob eine Braue. »Tot oder lebendig?«

»Gute Frage.« Er dachte angestrengt nach.

»Ich denke nicht, dass wir uns große Sorgen wegen der Wächter machen müssen«, meinte Caleb. »Es war die richtige Entscheidung von Devin, einen von ihnen einzuschalten. Nur so sind wir den Incubus losgeworden.«

»Schlussendlich ist es weniger der Wächter, der mir Sorgen bereitet, sondern vielmehr sein Begleiter«, meinte Bradford. »Aber wie gesagt, ich werde beide noch einmal zu einem Gespräch bitten. Zu Ehren von Ihnen allen wird es heute Abend ein Festessen geben. Die Teilnahme ist selbstverständlich Pflicht und ich konnte unsere Gäste bereits überreden zu bleiben, um sich den Feierlichkeiten anzuschließen. Ich hoffe, ihnen bei dieser Gelegenheit die Wichtigkeit dieser Einrichtung nahebringen zu können. Wenn uns noch ein wenig Zeit gegeben wird, finden wir vielleicht einen Weg, die Tore zu zerstören. Damit hätte das Tribunal keine Veranlassung mehr, die Schule zu schließen. Und jetzt, Ms Blackwood, ruhen Sie sich aus, ziehen Sie sich um oder auch nicht, wie es Ihnen beliebt – es spricht nichts dagegen, einen Drachenkrallenlook ins Leben zu rufen –, und freuen Sie sich auf einen ganz besonderen Abend.« Er lächelte freundlich, deutete fast schon eine Verbeugung an und verließ die Krankenstation.

»Und ich habe alles verpasst«, beschwerte sich Alvar.

»Du hättest gar nichts machen können«, meinte Lilou und legte tröstend eine Hand auf seinen Arm. »Ich habe auch nur danebengestanden.« Sie wandte sich mir zu. »Wollen wir in deine Grotte und dir ein hübsches Outfit für heute Abend zusammenstellen?«

»Also erstens ist das hier so ziemlich das Hübscheste, was ich besitze, trotz der Blutspuren. Und zweitens sind alle meine Sachen in … Calebs Zimmer.«

Lilou riss die Augen auf und lief rot an, obwohl ich diejenige sein sollte, die peinlich berührt war.

»Wenn das so ist … dann lassen wir euch beide mal ein wenig allein. Kommst du?« Sie winkte Alvar zu und er folgte ihr brav.

»Ihr müsst nicht …«, rief ich ihnen noch hinterher.

»Lass sie gehen«, sagte Caleb. »Ich warte die ganze Zeit schon auf einen Moment nur mit dir.«

Ich schaute mich auf der gut gefüllten Krankenstation um. Noch waren nicht alle Opfer des Incubus entlassen worden und einige hatten Besuch.

»Aber das ist noch nicht dieser Moment, oder?«, scherzte ich.

Er trat an mich heran, strich mir das Haar aus dem Gesicht und ließ seine Finger über meinen Hals wandern. Mein Herz zog sich unter seiner Berührung zusammen.

»Ich bin ziemlich gut darin, alles um mich herum auszublenden«, sagte er leise.

»Wir könnten aber auch auf dein Zimmer gehen«, schlug ich vor und lächelte verstohlen.

Calebs Gesichtsausdruck wurde stockernst. Er legte die Hände auf meine Schultern, trat einen Schritt zurück und musterte mich ausgiebig. Dann packte er mich an Hüfte und Oberarm und schwang mich mit einer geschickten Drehbewegung wie einen Rucksack auf seinen Rücken.

»Hey!«, beschwerte ich mich lachend und strampelte im Versuch von ihm runterzukommen. »Hast du vergessen, dass ich aufgeschlitzt wurde?«

»Genau deswegen trage ich dich«, meinte er und ging mit großen Schritten auf die Tür zu. »Und weil ich keine Zeit verlieren will.«

Zugegeben, er hatte es wirklich geschafft, mich fast schmerzfrei und in idealer Position auf seinen Rücken zu hieven, was ich wieder wettmachte, indem ich herumzappelte. »Du weißt aber schon, dass ich laufen kann?«

»Vorhin konntest du das noch nicht«, erinnerte er mich. »Außerdem hast du viel zu kurze Beine.«

»Habe ich nicht!«, widersprach ich. Auch wenn ich nicht leugnen konnte, dass er mit seinen langen Beinen und großen Schritten mindestens doppelt so schnell war wie ich. Wir erreichten die Treppe, die uns ein Stockwerk höher führte.

»Und jetzt … lass … mich runter!« Ich strampelte weiter, sodass er sich gezwungen fühlte, mich abzusetzen, nachdem wir oben angekommen waren. Mit einem nicht ganz so schmerzfreien Hopser fand ich sicheren Stand. Ich strich mir das Haar hinters Ohr und schaute zu Caleb auf. »Du hast vorhin gesehen, wozu ich fähig bin. Wenn du das noch mal machst, bekommst du meine Nixenkräfte zu spüren«, drohte ich und stupste ihm spielerisch gegen die Brust, was ihn ungefähr so sehr ins Schwanken brachte wie eine Mücke einen Transporter beim Frontalzusammenstoß auf dem Highway.

»Ja, ich weiß, dann bewirfst du mich mit Tintenfisch.« Er legte einen Arm um mich und wir gingen weiter.

Es fühlte sich gut und richtig an, so von ihm gehalten zu werden. Als wäre alles, was aus den Fugen geraten war, wieder geradegerückt worden. Als wären wir mit der Welt im Reinen. Wenn ich ehrlich war, hörte sich das ein wenig schnulzig an und vielleicht war es das auch, aber so fühlte ich mich in dem Moment.

»Riesenkraken«, korrigierte ich ihn.

Seine Finger gruben sich in den Stoff meines Hoodies.

»Von mir aus kannst du mich mit frittierten Calamari bewerfen, wenn es dich glücklich macht. Obwohl du weißt, dass mir als Vegetarier das Herz bluten würde.«

»Okay, dir zuliebe bewerfe ich dich mit Seetang«, sagte ich.

Er lachte flüchtig. »Ist dir eigentlich klar, was dieses Essen zu deinen Ehren bedeutet?«, fragte er. »Am Büfett wird es jede Menge rohen Fisch geben. Alles, was Nixen lieben.«

»Zu *unseren* Ehren«, verbesserte ich ihn. »Und bäh.«

»Immer noch kein Sashimi-Fan?«

»Nicht wirklich.«

Eine Weile gingen wir schweigend weiter.

»Denkst du nicht auch, dass es zu früh ist, unseren großen Sieg zu feiern?« Ich konnte diesen Gedanken einfach nicht abschütteln. »Es war nur ein Incubus. Dort draußen gibt es noch Dutzende oder Hunderte. Vielleicht sogar Tausende. Wer weiß das schon? Morgen könnte es der nächste auf das achte Tor abgesehen haben, und was dahinter auf uns wartet, wissen wir auch nicht. Kassian wusste etwas und ich werde das Gefühl nicht los, dass ich mehr aus ihm herausbekommen hätte, wenn mir die richtigen Fragen eingefallen wären. Dafür ist es jetzt zu spät.«

»Welche Fragen du ihm auch gestellt hättest, er hätte dich belogen, glaub mir. Das liegt in der Natur dieser Dämonen. Und wieso sollen wir mehr über sie wissen? Wenn das Portal in ihre Sphäre zerstört ist, müssen wir uns keine Gedanken mehr darüber machen.«

Ich blieb stehen. »Bist du nicht mal ein bisschen neugierig?«

»Die Incubi sind gefährlich. Mein Leben und das aller anderen ist mir wichtiger als die Befriedigung meiner Neugier«, sagte er.

»Oh, wie nobel«, murmelte ich. Ich hatte nicht vorgehabt, meine Neugier gegen Menschenleben aufzuwiegen. Mir waren diejenigen, die von den Incubi bedroht wurden, ganz bestimmt nicht egal. Ich hatte nur das Gefühl, dass wir zu wenig über diese Wesen wussten. Mir gingen noch so viele Fragen durch den Kopf.

»Das sollte kein Vorwurf sein«, sagte Caleb. »Deine Vorfahren haben sich mit diesen Wesen bekriegt. Natürlich willst du mehr darüber erfahren. Aber das wirst du weder durch diese Dämonen noch durch das Tor. Vielleicht findet das Tribunal mehr heraus, wenn sie ein paar Wächter schicken, um die Tore zu untersuchen.«

»Du hast gehört, was der Direktor gesagt hat. Wenn das Tribunal Wind von der Sache bekommt, wird die Schule vielleicht geschlossen. Und so wie es aussieht, wird das Tribunal durch mich davon erfahren.«

»Dann lass uns das verhindern.« Er trat näher an mich heran. »Lass uns deine vollen Kräfte freisetzen, damit du die Kontrolle über die Tore erlangst.«

»Verbessere mich, wenn ich mich irre, aber das Thema hatten wir schon, oder?« Ich gab mich grüblerisch. »Und meine Antwort lautete nein, soweit ich mich erinnere. Oder um es deutlicher auszudrücken: Nie im Leben. Niemals. Auf keinen Fall. Nein, nein, nein.«

»Hast du die letzten drei Neins in verschiedenen Sprachen gesagt?«, fragte er. »Du weißt schon noch, dass wir in dieser Schule unter einem Zauber stehen und ich nur meine Sprache höre?«

»Jetzt mach daraus keinen Witz«, beschwerte ich mich, obwohl er recht hatte. Ich hatte verschiedene Sprachen verwendet, um meinen Worten Nachdruck zu verleihen, und den Übersetzungszauber dabei völlig vergessen. Der im Übrigen nur dann zu greifen schien, wenn er Lust hatte. Wie eine schlecht programmierte Gratis-App. Wenn jemand etwas aus einem fremdsprachigen Buch vorlas – zum

Beispiel im Unterricht für alte Sprachen –, übersetzte der Zauber nämlich nichts.

»Es ist mein voller Ernst«, betonte ich. »Ich werde weder dein Leben noch ein anderes auslöschen, nur um Kräfte freizusetzen, die mir vielleicht weiterhelfen.«

»Aber du wirst mein Leben nicht auslöschen«, erklärte er mir zum wiederholten Male. »Solange wir einen Nekromanten in der Schule haben, besteht gar kein Risiko. Wenn wir das also durchziehen wollen, dann jetzt! Heute Abend. Sollte wirklich etwas schiefgehen – und das wird es nicht –, rufst du ihn und er holt mich zurück.«

»Als ob das so einfach wäre.«

»Das ist es«, betonte er. »Du hast doch vorhin die Story über den Schüler aus der School of Myth and Magic in Salem gehört. So etwas passiert in der Zwischenwelt ständig. Jemand stirbt und wird wiederbelebt.«

»Mr Seymour meinte, dass es eben nicht so einfach ist.«

»Das muss er sagen«, behauptete Caleb. »Es ist sein Job, aus seinem Talent einen großen Mythos zu machen. Und offiziell sind Menschenopfer für Rituale und dergleichen verboten, auch wenn die Opfer später wiederbelebt werden. Aber das heißt nicht, dass es für einen Nekromanten eine große Sache ist, einen gerade erst Verstorbenen ins Leben zurückzuholen. Sie brauchen nur den unversehrten Körper und da du mich nicht auffressen wirst …«

»Und wenn doch?«, warf ich in den Raum. Die Zeichnung im Buch war diesbezüglich nicht sehr detailreich gewesen.

»Ja klar.« Er lachte und zog meine Ängste damit ins Lächerliche.

Das tat weh. Verstand er denn nicht, dass es mir um sein Leben ging und was es für mich bedeuten würde, wenn ich es auf dem Gewissen hätte?

»Du weißt es nicht«, brauste ich auf. »Und du nimmst es nicht ernst. Ich mache das nicht. Akzeptier es einfach, okay? Und wenn die Tatsache, dass ich dich nicht küssen kann, bedeutet, dass wir beide …« Ich deutete auf ihn und mich. »Wenn es bedeutet, dass es zwischen uns nicht …«

Caleb wirkte über meine Worte so schockiert, dass ich nicht weitersprechen konnte. Es war nicht meine Absicht gewesen, die Zukunft unserer Beziehung infrage zu stellen, aber es war geschehen. Ich war einfach zu aufgebracht, um vernünftig diskutieren zu können, und zu erschöpft, um klar zu denken.

»Devin, ich …«, begann er beschwichtigend und trat einen Schritt auf mich zu. Doch ich wich zurück.

»Nein«, wehrte ich kopfschüttelnd ab. »Vergiss einfach, was ich gesagt habe. Ich mache es nicht und damit ist das Thema erledigt.« Ich fuhr mir mit beiden Händen durchs Haar, drehte mich von ihm weg und ging ohne ihn weiter. »Ich kann das jetzt nicht, okay?«

»Warte!« Er bekam mich am Handgelenk zu fassen und hielt mich auf. »Ich hatte eine Vision.«

»Jetzt gerade?«, fragte ich verwirrt.

»Nein, schon vor einer Weile«, erklärte er. »Ich hätte es dir früher sagen sollen.«

Ich schob meine Fluchtgedanken beiseite und wandte mich ihm wieder zu. »Worum ging es in der Vision?«

»Ich habe uns gesehen. Das ist auch der Grund, warum ich mir so sicher bin, dass mir nichts geschehen wird«, begann er. »Ich habe gesehen, wie wir beide uns küssen. Das bedeutet etwas, Devin. Keine Vision erreicht mich ohne Grund. Es ist Schicksal, ein entscheidender Moment in unser beider Leben. Mit diesem Kuss wird sich etwas ändern und er soll geschehen. Sonst hätte ich ihn nicht gesehen.«

»Okay, das … das hättest du mir sagen können …« Wenn ich

nicht vorher schon verwirrt gewesen wäre, dann spätestens nach dieser Offenbarung. Ein schicksalhafter Kuss also? Das klang fast wie in einem Märchen. Die Frage war nur, ob ich es mit einer kunterbunten Zeichentrickverfilmung für Kinder oder dem blutrünstigen Original zu tun hatte. Meinen Wunden nach zu urteilen wohl eher Letzteres.

Mit gesenktem Blick trat Caleb näher. »Ich sage es dir jetzt.«

»Und du bist …«, begann ich zweifelnd.

»Ich bin mir sicher, die Vision war deutlich«, versprach er. »Manchmal stimmen Details nicht. Ich habe dich zum Beispiel in deiner menschlichen Form gesehen, aber wir wissen, dass du mich in deiner Nixengestalt küssen wirst, um deine Kräfte freizusetzen. Wir waren unter freiem Himmel, es war Vollmond wie heute.« Sein Blick ging flüchtig zum Fenster. »Das wird vermutlich stimmen, auch wenn unser Kuss nicht zwingend unter freiem Himmel stattfinden muss. Ich habe auch die Nordlichter erkannt, die heute Abend nicht zu sehen sind. Aber das bedeutet wahrscheinlich nur, dass der Kuss in Norwegen stattfinden wird. Verstehst du?«

»Eine Vision zeigt keine perfekte Filmaufnahme der Zukunft sondern setzt sich aus verschiedenen Hinweisen auf den Ort, die Zeit und so weiter zusammen?«

»So ist es.«

»Und wenn du nach dem Kuss tot umfällst, die Vision das aber als unwichtige Randinformation eingestuft und weggelassen hat«, hakte ich nach.

Er schmunzelte. »Das Ableben des Empfängers der Vision gehört nie zu den unwichtigen Details. Ich könnte nach dem Kuss an einem Stück Brokkoli ersticken, aber würde dieser Kuss meinen Tod bedeuten, wäre das Teil der Vision.«

»Es könnte doch auch ein ganz anderer Kuss sein, oder?«, mutmaßte ich. »Der in einem Jahr stattfindet, nachdem ich mir eine neue magieunterdrückende Kette besorgt habe.«

»Unwahrscheinlich.«

»Aber möglich«, beharrte ich.

»Du machst es mir nicht gerade leicht.« Seine Hand wanderte über mein Schlüsselbein. Er drehte eine meiner Strähnen um seinen Finger und strich mir mein Haar hinters Ohr.

»Das sollte es auch nicht sein. Wenn du am Ende tot bist, hilft auch kein *Ich hab's dir ja gesagt* mehr.«

Ich nahm seine Hand und schmiegte meine Wange daran. Es tat so gut, ihn zu spüren, zu riechen, diesen Geruch tief in mir aufzunehmen. Es gab mir das Gefühl, mich treiben lassen zu können.

Caleb zog mich an sich heran. »Aber ich werde nicht sterben.« Er küsste mich auf den Haaransatz. »Vertrau mir einfach.«

»Ein T-Shirt mit dem Aufdruck *Selbst schuld!* käme auch nicht so gut auf deiner Beerdigung«, merkte ich an und lächelte.

»Hätte aber etwas für sich.« Er legte seine Hand unter mein Kinn und hob es an. »Also? Wagen wir es?«

»Nur mit Seil und doppeltem Boden«, stellte ich als Bedingung.

Er nickte. »Von mir aus auch mit Schwimmflügeln.«

33

Der Kuss der Nixe

Auf Calebs Zimmer passierte natürlich nichts. Rein gar nichts. Ein Do-it-yourself-Häkeldeckchenkurs wäre aufregender gewesen. Nach unserem Gespräch über das Schicksal dieser Schule und seine Vision war einfach die Luft raus.

Wir wollten erst sichergehen, dass Mr Seymour nicht schon abgereist war, und uns beim Festessen blicken lassen, bevor wir uns an das Projekt Todeskuss wagten. Unser erster Kuss – und es fühlte sich an wie die Vorbereitungen für ein Experiment unter Laborbedingungen. Eigentlich war es klar, wieso keine Stimmung aufkam.

Caleb wartete vor der Tür, während ich in die erstbesten Klamotten schlüpfte, die mein vollgestopfter Koffer hergab. Ein schwarzweiß gestreifter Strickpullover, den mir Dad für meine Zeit in Norwegen geschenkt hatte, und eine Jeans mit der unliebsamen Eigenschaft, beim Anziehen viel zu eng zu sein und nach kurzem Tragen zu locker zu werden. Ich mühte mich vergebens damit ab, sie über meinen Hintern zu bekommen, und warf mich schließlich rücklings aufs Bett, was mich meinem Ziel etwas näher brachte, aber auch verdammt wehtat.

»Autsch«, murrte ich genervt.

Ich zerrte weiter an der Hose und kommentierte jedes Ruckeln mit einem *Autsch* und am Ende mit einem Augenrollen, gefolgt von einem tiefen Seufzer. Es war wirklich nur halb so lustig, von Drachenkrallen aufgeschlitzt zu werden.

Neben meinem Kopf streckte sich Lancie und gähnte ausgiebig. Er strahlte so viel Gleichgültigkeit aus, wie es nur Katzen zustande brachten.

»Habe ich den Herrn geweckt?«, fragte ich.

Er stand auf und legte sich wie selbstverständlich auf mein Gesicht.

»Hey, was …«, beschwerte ich mich, bekam Haare in den Mund, wollte sie ausspucken und musste lachen.

»Autsch«, jammerte ich erneut. Dass auch Lachen ein schmerzhafter Fehler war, hätte ich mir denken können. In meinem Zustand war so ziemlich jede Bewegung ein Fehler.

Was ich eigentlich hätte tun sollen, veranschaulichte mir der Kater. Der regte sich nämlich kein bisschen.

Ich hörte, wie die Tür aufgeschoben wurde.

»Was macht ihr beide in meinem Bett?«, fragte Caleb mit argwöhnischem Unterton.

»Wie sieht es denn aus? Dein Kater will mich ermorden.« Ich versuchte erfolglos, ihn von mir herunterzubekommen, denn er tat so, als wäre er aus Kaugummi. Er ließ sich am Bauch zwar anheben, blieb mit dem Rest des Körpers aber haften.

Ich hörte Caleb näher kommen und spürte seine Beine links und rechts von meinen Knien. Die Matratze gab unter seinem Gewicht nach, als er sich vorbeugte und neben mir abstützte.

»Es ist nicht das erste Mal, dass ihr beide euch ohne mich amüsiert«, zog mich Caleb auf. »Sollte ich eifersüchtig werden?«

Endlich gelang es mir, den Kater von meinem Gesicht zu schieben. Allerdings lag er noch auf meinen Haaren, sodass ich weiter bewegungsunfähig blieb.

»Hatte ich nicht erwähnt, dass ich auf Rothaarige stehe?« Ich hob vielsagend eine Braue, ergriff Calebs Shirt und zog ihn zu mir. Er war mir so nah, dass sein Atem mein Ohr kitzelte, was mein Herz dazu brachte, aufgeregt zu hüpfen.

»Hatte ich nicht erwähnt, dass ich mein Bett nicht gern mit einem anderen teile?« Er küsste meinen Hals und schob Lancie von meinem Haar. Seine Finger wanderten über meine Wange, meine Schulter und meine Seite hinab bis zu meiner Hüfte, wo sie sich in meinen Hosenbund schoben. Es war, als würden mich seine sanften Berührungen innerlich in Brand setzen. Ich fühlte mich wie in Trance und es dauerte einen Moment, bis mir klar wurde, dass er sich gerade an meiner Jeans zu schaffen machte.

»Was soll das werden?«, fragte ich ungewohnt heiser.

»Wonach sieht es denn aus?«, raunte er.

Es sah nach etwas aus, das wir besser nicht mit aufgeschlitztem Bauch veranstalten sollten, was aber dennoch für wild flatternde Schmetterlinge in selbigem sorgte und jeden klaren Gedanken in den Hintergrund rücken ließ.

Caleb richtete sich ein Stück über mir auf, vergrub mich unter seinem Schatten und ließ seine Finger über meinen Bauch wandern. Meine Hände verkrampften sich. Ich biss mir auf die Lippe, um den Moment nicht mit einem weiteren *Autsch* zu zerstören.

»Ich knöpfe dir deine Jeans zu«, erklärte er in lockerem Tonfall.

»Was?« Ich riss den Kopf hoch. Für mich hatte es sich genau nach dem Gegenteil angefühlt.

»Halt still, sonst tust du dir nur noch mehr weh«, erinnerte er mich, legte seinen Zeigefinger auf meine Stirn und drückte meinen Kopf zurück auf die Matratze. »Ich habe gehört, dass dir jede Bewegung Schmerzen bereitet. Vielleicht ist es doch nicht die beste Idee, die Vision heute schon wahr werden zu lassen.«

Ich richtete mich sofort auf den Ellbogen auf und konnte nicht anders, als vor Schmerzen das Gesicht zu verziehen. »Es ist wirklich …«

»Nicht schlimm?« Sein mahnender Blick brachte mich dazu, wieder auf die Matratze zu sinken.

»Ich habe vier Jahre Kieferchirurgie hinter mir«, erzählte ich. »*Das* waren Schmerzen. Diese Kratzer sind nichts dagegen.«

Wortlos und ganz sachte rückte Caleb meine Jeans zurecht, knöpfte sie zu und fuhr anschließend mit den Händen in meine Hosentaschen, um das Innenfutter zu richten. Ich schloss die Augen und genoss jede seiner Berührungen. Wenn er mir noch die Ärmel hochkrempeln, das Haar kämmen und Lippenbalsam auftragen wollte, hätte ich nichts dagegen gehabt. Es tat gut, so umsorgt zu werden.

Nachdem ich fertig angezogen war, stand Caleb auf und reichte mir die Hand.

Normalerweise war ich diejenige, die solchen Momenten zwischen uns ein jähes Ende bereitete. Entsprechend hatte ich auch keinen Grund, mich zu beschweren. Trotzdem hätte ich am liebsten all unsere wohldurchdachten Pläne in den Wind geschossen und ihn wieder zu mir gezogen, als ich seine Hand ergriff. Ich tat es nicht.

»Irgendwann musst du mir die Geschichte erzählen, wie du zu dem Kater gekommen bist«, sagte ich.

Caleb führte mich zur Tür. »Die ist nicht lang«, meinte er. »Lancie hat dieses Zimmer schon vor mir bewohnt. Ich bin nur sein Untermieter.«

Im Speisesaal war das Festmahl bereits in vollem Gange. Obwohl die Bezeichnung Stehparty besser gepasst hätte. Die Tische waren an den Rand des Saals geschoben und zu langen Tafeln zusammengestellt worden. Darauf war Fingerfood für jeden Geschmack angerichtet, ansehnlich drapiert auf meeresblauen Tüchern, mit jeder Menge Muscheln, Perlen und Seesternen als Dekoration. Abgerundet wurde das Ambiente von unzähligen Kerzen.

Die Nixen hatten sich in besonders festliche, wallende Kleider gehüllt, standen umringt von vielen Neugierigen beisammen und erzählten von den Geschehnissen im Kellergewölbe. Auch Lilou und Alvar wurden belagert.

Die Gespräche waren so angeregt, dass es nicht einmal zu dem üblichen ehrfürchtigen Schweigen kam, als Caleb den Saal betrat. Er hatte den Arm um mich gelegt und führte mich durch die Menge, vorbei an den Hexen, die uns gar nicht erst bemerkten, und den Vampiren, unter denen sich natürlich auch Jae befand, der mir anerkennend zunickte. Ich erwiderte die Geste.

»Siehst du das?«, flüsterte mir Caleb zu und deutete auf Mr Seymour, der es offensichtlich genoss, wie ein Popstar umschwärmt zu werden. Es fehlte nur, dass ihn seine Fans um Autogramme baten, was ich nicht ausschloss, so aufgeregt, wie einige von ihnen waren. Vielleicht schrie gleich jemand, hielt sich die Stirn und fiel in Ohnmacht. Das war zwar maßlos übertrieben, aber der Gedanke brachte mich trotzdem zum Schmunzeln.

»Lass uns Hallo sagen.« Ich wollte auf Mr Seymour zugehen, doch Caleb zog mich so schwungvoll zu sich zurück, dass ich in seinen Armen landete.

»Oder wir geben den Leuten hier etwas zu sehen«, schlug er vor, lächelte verstohlen und ließ seine gespreizten Finger über meine Wange bis in mein Haar wandern.

Ich ging auf die Zehenspitzen. »Du weißt, das hier ist der falsche Ort.«

»Devin!«, rief Mahina, die mit ein paar anderen Nixen zu uns kam. Ich trat von Caleb zurück und Mahina ergriff meine Hände. »Ist das alles, was deine Garderobe hergegeben hat? Für den Schulball müssen wir uns unbedingt etwas einfallen lassen. Immerhin bist du –«

»Schon gut«, unterbrach ich sie. »Ich bin nicht so der Typ für Röcke und Kleider.«

»Wir werden dir den perfekten Look verpassen«, versprach sie.

»Ja, ein Makeover!«, schlug eine der Nixen freudig vor. Die anderen stimmten mit ein und sofort begann die Planung, welche farbigen Strähnchen sie mir verpassen wollten und welcher Lippenstift mir gut stehen würde.

Ich geriet ein wenig in Panik und fragte mich, ob ich plausibel eine Make-up-Allergie vortäuschen konnte.

Dalia schloss zu den Nixen auf. Ihr perlenbesetztes Kleid aus Seide in blassem Lila wäre einer Prinzessin würdig gewesen. Das Diadem, das sie in ihrer Hochsteckfrisur trug, unterstrich das zusätzlich. Sie lächelte aufgesetzt, wechselte ein paar Worte mit den Nixen und wandte sich erst dann wie beiläufig an mich, als hätte sie mich vorher nicht bemerkt.

»Was du da unten veranstaltet hast, war gar nicht mal so übel«, lobte sie mich erzwungen. »Die sieben Weltmeere zu vereinen … das macht sich später bestimmt gut in deinem Lebenslauf. Obwohl du natürlich aufgeschmissen gewesen wärst, wenn wir dir nicht zu Hilfe geeilt wären.«

»Sie hat …«, begann Caleb mit einem Anflug von Zorn in der Stimme.

Ich legte ihm eine Hand auf den Arm. »Eure Hilfe habe ich wirklich gebraucht«, sagte ich, wandte mich Caleb zu und sprach mit gesenkter Stimme weiter. »Lass uns verschwinden.«

Er beugte sich zu mir. »Bist du dir sicher, dass du als Heldin des Tages nicht noch eine Ehrenrunde drehen willst?«

»So was von.« Ich griff nach seinem Handgelenk und zog ihn mit mir. Ein breites Lächeln schlich sich auf meine Lippen, was ihm unmissverständlich klarmachte, was ich vorhatte.

Auf dem Weg nach draußen winkte ich Lilou zu uns.

»Willst du etwa schon gehen?«, fragte sie verwundert. »Du bist doch gerade erst gekommen und hast noch nicht mal etwas gegessen. Nach allem, was passiert ist, musst du doch einen Riesenhunger haben.«

Tatsächlich hatte ich keinen Gedanken an Essen verschwendet. Dazu ging mir zu viel durch den Kopf.

»Ich brauche deine Hilfe«, sagte ich.

»Klar! Immer! Ich bin bereit«, erwiderte sie. »Wofür?«

Ich musste lachen. Lilou war unglaublich. Egal, was ich vorhatte, egal wozu ich sie brauchte, sie war zur Stelle. »Das erkläre ich dir unterwegs.«

Und das tat ich auf unserem Weg hinunter ins Kellergeschoss auch. Lilou verschlug es nicht nur die Sprache, sie wurde auch kreidebleich. Das machte es mir nicht gerade leichter, an unserem Plan festzuhalten.

In der Grotte der Kelpies angekommen hob sie den Zeigefinger und erbat sich einen Moment. Wir warteten geduldig.

»Ich renne also zurück, informiere Mr Seymour, dass es einen Unfall gegeben hat und wir seine Wiederbelebungskräfte brauchen, und du wirst in der Zeit … also Caleb und du … ihr werdet …?«

Ich schaute flüchtig zu Caleb. Einen Moment lang wollte ich abwinken und Lilou versprechen, dass alles nur ein Scherz war. Aber ich vertraute ihm – vertraute seinen Fähigkeiten. Er hatte diesen Kuss gesehen, es war unser Schicksal, wieso sollte ich mich dagegenstellen? Besonders wenn das Schicksal so verführerisch gut aussah wie Caleb.

»Ja, das werden wir«, bestätigte ich mit fester Stimme.

»Gut, dann …« Sie machte ein paar zögernde Schritte rückwärts. »Dann werde ich mal.« Sie wandte sich zum Gehen, stockte dann aber und wirbelte wieder zu uns herum. »Ihr denkt doch an Verhütung, oder?«

Ich riss die Augen auf. »Wir küssen uns nur!«, erinnerte ich sie mit ungewohnt schriller Stimme.

Es war schon schlimm genug, dass ich niemanden küssen konnte, ohne einen ganzen Katalog an Vorbereitungen zu treffen. Wenn ich als Nächstes erfuhr, dass es bei jedem weiteren Schritt, zu dem ich bereit wäre, nicht anders war, würde ich ein Zölibat in Betracht ziehen.

»Ja, ich weiß«, verteidigte sie sich. »Ich dachte nur … Egal, bis gleich!«

Sie lief los und ich drehte mich seufzend zu Caleb um.

Er verlor keine Zeit, zog sich mit einer fließenden Bewegung sein Shirt über den Kopf, ließ es fallen und begann nahtlos daran anschließend seine Hose aufzuknöpfen.

Ich war zu sehr damit beschäftigt, seinen perfekt gestählten Oberkörper zu bewundern, um sofort reagieren zu können. Ich hatte ihn zwar schon einmal oben ohne gesehen, nur *satt*gesehen hatte ich mich offensichtlich noch nicht.

»W-was machst du da?«, stammelte ich. Fehlte nur noch, dass ich rot anlief und verlegen auf der Unterlippe herumkaute. Lilou hatte Großartiges losgetreten, mir solche Gedanken in den Kopf zu setzen.

»Wir schwimmen doch jetzt dort raus. Oder habe ich das falsch verstanden?«, fragte er.

Ich ließ den Blick über die offene Bucht wandern. Im Buch hatte gestanden, dass Tiefenschrecken ihre Opfer ins Meer lockten. Ob das ein notwendiger Bestandteil des Ganzen war, wusste ich nicht.

»Das Wasser ist eiskalt«, meinte ich. »Mir macht das nichts aus, aber denkst du …?«

»Ich komme klar.« Er zog sich bis auf die Boxershorts aus und watete oberschenkeltief ins Wasser, als wäre das die leichteste Übung. »Kommst du?«, fragte er mich über die Schulter.

»Ich sollte eigentlich *dich* ins Wasser locken«, beschwerte ich mich.

Er schmunzelte. »Dann bist du jetzt wohl mein willenloses Opfer.«

»Das werden wir noch sehen«, gab ich zurück, rannte los, sprang ab und tauchte in die Fluten ein.

Die Schmerzen, die ich mir dabei zufügte, wurden von der Kälte abgemildert. Sofort spürte ich, wie das Wasser ein Teil von mir wurde und mein menschliches Ich wie Farbe von meiner Haut wusch. Mit einem Flossenschlag durchpflügte ich die Wellen, tauchte an Caleb vorbei und nahe dem Ausgang wieder auf. Die Salbe, die Mr Longo auf den Wunden aufgetragen hatte, hielt auch dem Wasser stand. Darunter sah ich zwar ein wenig aus wie ein filetierter Fisch, das Salzwasser spürte ich aber nicht.

»*Kommst du?*«, wiederholte ich Calebs Aufforderung telepathisch.

Caleb starrte mich bloß schweigend an. Sein Mund öffnete sich leicht, aber er sagte nichts.

»*Stimmt etwas nicht?*«, wollte ich wissen.

»N-nein, es …« Jetzt war er derjenige, der stammelte. »Ich hatte nicht noch erwartet, dass du so …«

»*Fischig bist?*«, höhnte ich.

Er lächelte sanft.

»Dass du so schön bist«, verbesserte er mich und kam näher. Er musste ein paar Schwimmzüge machen, um mich zu erreichen, tauchte dabei kurz komplett unter Wasser und strich sich mit gespreizten Fingern durch das nasse Haar, nachdem er vor mir aufgetaucht war. Ein paar Strähnen lösten sich und fielen ihm vor die Augen. Wasser tropfte von seinen Brauen und der Nasenspitze. »Atemberaubend schön.«

Er hob die Hand, um meine Wange zu berühren, zögerte aber, und ich wich ein wenig zurück. Ich hatte Angst, dass allein seine Berührung etwas auslösen würde.

»*Die anderen Nixen sind schön, ich bin nur …*«

»Nein«, widersprach er, die Hand noch erhoben. »Ich habe schon viele Nixen gesehen. Du bist mit Abstand das schönste Wesen, das ich je zu Gesicht bekommen habe.« Er berührte meine Wange – ganz zart nur, und dennoch war es, als würde die Berührung durch meinen ganzen Körper fahren. Sanft strichen seine Finger über meine Haut und lösten ein Leuchten der Zeichnungen darauf aus. Ein Leuchten, das bis in die Spitzen meiner Flossen wanderte, die Grotte in ein blau schimmerndes Licht hüllte und alle Dunkelheit verscheuchte. Ich schloss für einen Moment die Augen, einfach nur, um nichts anderes als bei ihm zu sein.

»Wollen wir weiter rausschwimmen?«, fragte er.

In dem Moment warf ich alle Zweifel über Bord. Ich öffnete die Augen, ergriff sein Gesicht mit beiden Händen und zog mich an ihn heran. Seine Hände wanderten über meinen Körper, seine Lippen näherten sich meinen, sein Atem flatterte über meine Haut. Es war, als wären wir versunken in dem Licht, das uns umhüllte – als gäbe es kein Gestern und kein Morgen, keine Zweifel und nichts, absolut nichts, was falsch sein könnte an diesem Augenblick, der nur uns beiden gehörte. Seine Lippen fielen auf meine, mein Herz explodierte geradezu in meiner Brust, zersprang in tausend Sterne und ließ alles um uns herum in einem fernen Rauschen versinken. Caleb zog mich nah an sich heran, sodass unsere Körper regelrecht verschmolzen, öffnete den Mund und ließ unsere Zungen umeinander tanzen, bis ich nicht mehr wusste, wo Caleb aufhörte und ich anfing. Wir versanken vollends im Wasser, wurden davon umhüllt, drehten uns und bewegten uns wie schwerelos, abgeschnitten vom Rest der Welt.

Es war perfekt. Alles war perfekt und richtig. Es war vorherbestimmt und der Kuss erfüllte mich auf eine Weise, wie ich es bisher noch nicht erlebt hatte. Ich spürte, wie wir eins wurden – sein Leben und meines –, wie alles, was er war, alles, was ihn ausmachte, durch meinen Körper floss – sein Glück, seine Leidenschaft, sein wild pochendes Herz. Nie zuvor in meinem Leben war ich in diesem Maße fähig gewesen zu verstehen, was in jemand anderem vorging. Nie zuvor war ich auf diese Weise eins mit jemandem. Und es war beinahe körperlich schmerzhaft, als dieser Moment enden wollte.

Hinter allem, was ihn ausmachte und was mich erfüllte, wartete nur noch Dunkelheit, die sich ausbreitete und mir das Licht zu nehmen drohte. Ich riss die Augen auf, löste mich von Caleb und schrumpfte innerlich zusammen. Meine Zeichnungen hatten auf ihn übergegriffen, leuchteten auf seiner Haut, waren jedoch im Begriff wieder zu verblassen. Durch seine Augen blickte mich nur noch Leere an.

Alles in mir schrie. Ich schrie – ein stummer Schrei, der das Meer brodeln ließ.

Calebs Lider fielen zu und er war kurz davor, leblos im Wasser zu versinken. Ich hielt ihn fest, tauchte mit ihm auf und zerrte ihn an Land. Panisch schaute ich mich nach Hilfe um.

Lilou war noch nicht zurück. Wie auch? Es waren bloß ein paar Minuten vergangen.

Als meine Flossen über rauen, sandigen Boden schleiften und ich nicht mehr die Kraft hatte, Calebs Körper ohne die Hilfe meiner Beine aus den Fluten zu ziehen, verwandelte ich mich zurück.

So hätte das nicht laufen dürfen! Seine Vision hatte ihm etwas anderes versprochen. Tränen liefen mir über die Wangen und vermischten sich mit dem Meerwasser. Mein Herz schlug in krampfhaften Schlägen gegen meine Brust. Ich stand zittrig auf, ergriff Calebs Handgelenke und ignorierte die Schmerzen, während ich ihn mit aller Kraft weiter aus dem Wasser zog. Immer wieder erfassten die Wellen seinen Körper, wollten ihn zurück ins eisige Nass zerren, und ich fühlte mich so machtlos, so wehrlos dieser übermenschlichen Kraft gegenüber. Meine Knie waren weich, ich drohte zusammenzusacken, und dennoch gab ich nicht auf, bis ich ihn in Sicherheit gebracht hatte.

Neben ihm fiel ich schwer zu Boden, tastete seinen Körper ab und fühlte nach seinem Puls.

Nichts. Da war nichts. Kein Leben, keine Wärme. Er war kreidebleich, atmete nicht. Er war …

Das hätte nicht passieren dürfen!

Noch einmal schaute ich zum Eingang. Wo blieb Lilou?

Weinend krümmte ich mich zusammen, griff mir an den Hals, weil ich das Gefühl hatte zu ersticken, und zwang mich, daran zu glauben, dass alles gut werden würde. Es würde Hilfe kommen, Caleb würde wiederbelebt werden. Unser Vorhaben war schiefgegangen, aber das war nicht das Ende. Das durfte es nicht sein.

Ich ließ meine bebenden Finger über sein Gesicht wandern. Die

Zeichnungen, die meine Magie auf seiner Haut hinterlassen hatte, waren zu verblassenden Rötungen geworden.

Wieso hatte ich mich bloß von ihm überreden lassen? Wie konnte ich sicher sein, dass rechtzeitig Hilfe kam?

Vielleicht sollte ich ihnen entgegenlaufen? Was, wenn Mr Seymour in der kurzen Zeit, in der wir zur Grotte gegangen waren, abgereist war oder Lilou unterwegs aufgehalten worden war?

Ich wollte aufstehen, da schraubten sich Finger fest um mein Handgelenk. Caleb? Eilig riss ich den Kopf zu ihm herum. Er hatte die Augen aufgeschlagen!

»Aber wie …«, entfuhr es mir, gleichzeitig lächelnd und weinend, überwältigt von den Gefühlen, die mein Inneres ins Chaos stürzten. Angst und Freude rangen um die Oberhand.

Calebs Mundwinkel hoben sich zu einem Lächeln. Leicht und sanft lag es auf seinen Lippen, verzog sich aber bald darauf zu einem Grinsen, das von eisig dunkler Kälte gefärbt war. Ein rotes Flackern huschte über seine linke Pupille.

»Hallo, Butterblümchen«, raunte er leise mit einer fremden, mit dennoch wohlvertrauten Stimme.

Kassian.

Mein Inneres verkrampfte sich. Mein Kopf war wie leergefegt.

Schritte hallten durch die Grotte und zwangen mich aufzuschauen. Lilou war mit Mr Seymour eingetroffen. Beide wirkten alarmiert, als sie mich über Caleb gebeugt sahen.

Ich wusste nicht, wie mir geschah. Wusste nicht, was ich denken oder fühlen sollte, und schaute wieder zu Caleb.

Nur sah ich nicht ihn. Seinen Körper, ja, aber nicht wirklich ihn.

Kassian legte einen Zeigefinger auf seine Lippen, um mich zum Schweigen aufzufordern. Sein hämisches Grinsen wurde breiter.

Devins Probleme haben gerade erst begonnen ...

Band 2
der knisternden Romantasy-Dilogie
erscheint im Sommer 2024
bei Ravensburger.

LESEPROBE

Jennifer Alice Jager

Emily Seymour – Totenbeschwörung für Anfänger

(Band 1)

ISBN 978-3-473-40222-9

Es war viel zu früh am Morgen, als mich der Sturz aus meinem Bett unsanft weckte. Ich landete auf dem Rücken zwischen meiner Dreckwäsche, schlug mir den Ellbogen auf und blinzelte verschlafen.

»Autsch«, sagte ich, verzögert zu dem bereits abklingenden Schmerz.

Meine Zimmertür schwang knarzend auf, ich legte den Kopf in den Nacken und sah meine Cousine Mandy im Eingang stehen.

»Wie zur Hölle schaffst du es, jeden Morgen aus deinem eigenen Bett zu fallen?«, fragte sie.

Mandy war aufgestylt, als würden ein roter Teppich und jede Menge Paparazzi auf sie warten. Sie hatte sich Wellen in ihre blonde Mähne geföhnt, trug ein paillettenbesetztes Oberteil, viel zu viel Make-up und Fingernägel, mit denen sie Steaks hätte schneiden können. Sie sah also aus wie immer. Allerdings war die Perspektive, aus der ich sie vom Boden aus betrachtete, nicht gerade vorteilhaft.

»Mir fällt jetzt erst auf, dass du ein Doppelkinn hast«, stellte ich fest. »Eigentlich sogar zwei.«

»Tss«, zischte sie empört, warf sich das Haar schwungvoll über die Schulter und stolzierte davon.

Ich mühte mich aus meiner Bettdecke, die meine Beine wie eine Würgeschlange fest im Griff hielt, und stand auf. Wie es mir gelang, mich nachts so darin einzuwickeln, dass ich jedes Mal auf dem Fußboden landete, wusste ich wirklich nicht. Es gehörte wohl zu meinen geheimen Superkräften. Neben dem Stolpern über die eigenen Füße im Stehen und dem Verfehlen eines Stuhls beim Hinsetzen.

»Emily, kommst du zum Essen?« Mom streckte ihren Kopf ins Zimmer und schaute sich erschrocken um. »Oder du räumst erst mal auf. Wurdest du heute Nacht von einer Horde Vampire angegriffen oder wieso sieht es hier aus wie nach einem Kampf?«

»Klopfen ist in diesem Haus ein Fremdwort, oder?«, murrte ich.

Mom hob eine Braue. »Deine Tür stand offen. Räum auf und dann komm runter. Es gibt Neuigkeiten.«

Ich schaute zum Fenster. Die Sonne war gerade erst aufgegangen, was bedeutete, dass ich noch mindestens eine halbe Stunde hätte dösen können, bevor ich zur Schule musste. Neuigkeiten beim Frühstück mit der ganzen Familie? Das klang in meinen Ohren nicht sehr verlockend.

»Fangt doch einfach ohne mich an«, schlug ich vor.

»Das war keine Bitte«, betonte Mom.

Ich seufzte. In solchen Fällen ließ sie nicht locker. Wenn es um die Familie ging, musste jeder jederzeit parat stehen.

»Von mir aus … bin gleich da«, gab ich widerwillig nach und feuerte meine Decke aufs Bett. Um diese Uhrzeit hatte ich wirklich keine Lust, mich auf unnötige Diskussionen einzulassen.

In Moms Rücken tauchte Cedric auf. Mein älterer Bruder, der mir alles andere als ähnlich sah. Er hätte Mandys Zwillingsbruder sein können, denn auch sein Haar war – genau wie Moms – von einem kräftigen Blond und nicht kürbisrot wie meines. Ich hatte keinen Zweifel daran, dass er jeden Morgen mindestens eine Stunde investierte, um seine perfekt sitzende Gelfrisur hinzubekommen. Er trug einen seiner maßgeschneiderten Anzüge, der ihn wie einen edlen

Lord aus dem 18. Jahrhundert aussehen ließ, den Wappenring unserer Familie und polierte Lederslipper. Auf dem roten Teppich wäre er neben Mandy gut weggekommen.

»Na, da lebt aber jemand seinen Hang zum Chaos in vollen Zügen aus«, sagte er und schaute sich um.

»Hat man hier nicht mal ein paar Minuten Ruhe?!« Ich stapfte auf ihn zu, drängte ihn aus dem Zimmer und schloss die Tür. Von innen lehnte ich mich dagegen und atmete tief durch. Wahrscheinlich versuchte ich meiner Familie im Schlaf zu entkommen. Das wäre jedenfalls eine logische Erklärung für meine unruhigen Nächte.

»Zehn Minuten!«, hörte ich Mom rufen.

Ich verdrehte die Augen, stieß mich ab und schnappte mir aus dem Durcheinander auf meinem Fußboden einen knallroten Hoodie und eine Jeans. Bei der Gelegenheit warf ich alles, was muffig roch, auf einen mannshohen Wäschehaufen neben dem Kleiderschrank.

Das war in meinen Augen erst einmal genug aufgeräumt. Es ging auch niemanden etwas an, wie es in meinem Zimmer aussah. Das war mein Reich. Meine eigenen vier Wände. Alles andere in diesem Haus musste ich mir mit Mandy, ihren und meinen Eltern, Cedric und meiner Granny teilen. Unsere abrissreife Villa, so riesig sie auch war, hatte einfach nicht genug Platz. Zumindest sah ich das so, denn ich sehnte mich danach, auch mal meine Ruhe zu haben, einfach ein paar Stunden für mich zu sein und dabei ein gutes Buch zu lesen – was jedoch unmöglich war, wenn ständig gestritten wurde, Hektik ausbrach, irgendetwas explodierte oder Untote durch den Garten wanderten. Für fast jeden, den ich außerhalb meiner Familie kannte, hätte sich das total irre angehört, für mich war es Alltag. Untote und solche Sachen.

So war das nun mal, wenn man in eine Nekromantenfamilie geboren wurde, bei der es auf der Tagesordnung stand, mit Geistern in Kontakt zu treten, die Seelen Verstorbener herbeizurufen oder Zombies zu beschwören. Denn Nekromantie war nichts anderes als die Gabe der Totenbeschwörung, die man vererbt bekam, was bei mir nicht der Fall war. Ich kam in dieser Hinsicht nach meinem Vater, war also eine Normalsterbliche, ganz ohne magische Fähigkeiten und das Können, Armeen von Untoten auf die Welt loszulassen, sollte mir der Sinn danach stehen.

Trotzdem konnte ich die Berufung meiner Familie nicht einfach ignorieren. Wenn jede helfende Hand benötigt wurde, musste auch ich mit anpacken. Häufiger als es für die gesunde Entwicklung einer Sechzehnjährigen gut sein konnte, war ich gezwungen, meine Nächte auf Friedhöfen zu verbringen, mich mit Geistern herumzuschlagen und Särge auszubuddeln.

Mein einziger Hoffnungsschimmer, dem zu entkommen, war ein guter Highschoolabschluss, um danach auf eine weit entfernte Uni zu gehen. Bevorzugt am anderen Ende der Welt, wo ich mit dem ganzen Theater nichts mehr zu tun haben musste und niemand auch nur ahnte, dass Nekromanten, Hexen, Vampire und Geister wirklich existierten.

Nachdem ich in die Klamotten geschlüpft war, gönnte ich mir ein paar Minuten Zeit im Badezimmer, wusch mich, putzte mir die Zähne und knotete mein wirres Haar zu einem lockeren Zopf zusammen. Von unten drang bereits das Geräusch von klirrendem Geschirr und Besteck zu mir herauf. Mit Sicherheit wäre ich mal wieder die Letzte am Tisch und würde böse Blicke ernten. Aber wenigstens musste ich mir das Waschbecken mit niemandem teilen.

Mit meiner Schultasche über der Schulter eilte ich die geschwungene Treppe hinunter. Das alte, abgenutzte Holz knarzte unter meinen Füßen, und kurz bevor ich die imposante Eingangshalle erreicht hatte, rutschte ich ab. Mit den Armen rudernd fing ich mich am Geländer ab, knallte mit dem Hintern auf die unterste Stufe und sah dabei zu, wie meine Tasche quer über das polierte Parkett bis zur Eingangstür schlitterte.

»Autsch«, stieß ich nun schon zum zweiten Mal an diesem bescheidenen Morgen aus. Wenn man bedachte, dass ich ungefähr so geschickt war wie ein betrunkener Esel beim Inlineskaten, war es vielleicht ganz gut, dass mir die Befähigung fehlte, über Leben und Tod zu bestimmen. Ich würde von mir jedenfalls nicht wiederbelebt werden wollen.

Wie gerufen, tauchte Mandy vor mir auf und stemmte die Fäuste in die Seiten. »Du liebst es, am Boden zu lümmeln, was?«

Ich zog mich hoch und rieb mir das Steißbein. »Weißt du, Mandy, in so ziemlich jedem trashigen Horrorstreifen gibt es ein altes, gruseliges Geisterhaus. Eben noch scheint die Sonne, die Vögel zwitschern, alle sind glücklich und lecken Vanilleeis. Dann zieht plötzlich Nebel auf, Wolken verdüstern den Himmel, ein Hund bellt in der Ferne und eine kleine Gruppe total verblödeter Teenies schmiedet den Plan, die Nacht in ebendiesem Geisterhaus zu verbringen. Der perfekte Ort, um sich einer Mutprobe zu stellen und binnen neunzig Minuten Filmmaterial eine bescheuerte Entscheidung nach der anderen zu treffen, bis am Ende alle tot sind.«

»Und was willst du damit sagen? Dass wir in so einem Geisterhaus leben? So schrecklich kannst du unser Familienanwesen doch nicht finden.«

»Nein, ich will damit sagen, dass du perfekt zu diesen hirnamputierten Teenies passt. Und wahrscheinlich würdest du als Erste draufgehen.«

Mandy lachte und warf dabei den Kopf zurück. »Ich nehme das als Kompliment. Ich wäre eine überragende Schauspielerin. Außerdem habe ich keine Angst vor Geistern. Eher haben die Angst vor mir.«

»Wer nicht«, murmelte ich.

»Wie bitte?«

Ich winkte ab und durchquerte die getäfelte Eingangshalle. »Nichts, ich habe mich nur gewundert, warum noch kein Filmproduzent angefragt hat, ob wir unsere abgehalfterte Villa für die Neuverfilmung der Addams Family zur Verfügung stellen würden.«

Das Setting wäre tatsächlich perfekt. Das Anwesen war riesig, steinalt, es gab Räume, die einer Todesfalle glichen, und geheime Gänge, die selbst ich noch nicht erkundet hatte. Geister gab es gratis dazu. Uns fehlte eigentlich nur noch das eiskalte Händchen.

»Du bist verrückt Emily, weißt du das?«, rief Mandy und folgte mir.

Wie ich es vermutet hatte, saßen an der langen Tafel im Esszimmer bereits Granny, Mom, Dad, mein Bruder Cedric und auf der gegenüberliegenden Seite Tante Sophia mit Onkel Joseph. Zu ihnen gesellte sich Mandy.

Granny hockte wie immer tief versunken in ihrem Ohrensessel am Kopfende des Tisches, um ihren Hals trug sie eine abgenutzte Fuchsfellboa über einer unbezahlbar teuren Perlenkette. Sie klammerte sich an den goldbeschlagenen Gehstock, der in den letzten Jahren zu ihrem treuesten Weggefährten geworden war, und murmelte etwas vor sich hin.

Von links goss Tante Sophia ihr Tee ein. Genauso aufgetakelt wie ihre Tochter Mandy war die Familienähnlichkeit kaum abzustreiten. Warum sie Granny ständig umsorgte, nur um sich bei ihr einzuschmeicheln, würde ich wohl nie verstehen. Hinter ihrem Rücken nannte Sophia sie eine alte Schabracke und schielte schon auf ihr großes Schlafzimmer. Ich bezweifelte allerdings, dass Granny sie in ihrem Testament besonders bedachte. Dazu konnte sie ihre Schwiegertochter viel zu wenig ausstehen. Wahrscheinlich, weil Onkel Joseph durch diese Ehe eine Hexe ins Haus geholt hatte. Granny traute Hexen nicht über den Weg.

»Das reicht!« Granny wedelte energisch mit der Hand. »Willst du mich in dem Tee ersaufen oder warum füllst du die Tasse bis zum Rand?«

»Sie hat es nur gut gemeint«, versicherte Mom versöhnlich. Sie saß rechts von Granny, gleich neben meinem Dad, der dabei war, auf seinem Teller einen Berg Rührei unter Speckstreifen zu begraben.

»Halt dich zurück, Veland«, ermahnte ihn Mom. »Denk an dein Herz.«

»Glaub mir Odila, ich denke an mein Herz und was mein Herz will, ist knuspriger Speck bis zum Abwinken.«

Mom seufzte. »Das bringt dich noch mal ins Grab und ich hole dich dort nicht wieder raus. Nur dass du es weißt.«

»Das will ich dir auch geraten haben«, sagte Dad.

Ich nahm zwischen ihm und Cedric Platz.

Dad raufte mir durch die Haare. »Na schau mal einer an, wer sich zu uns gesellt.«

»Lass das«, murrte ich und strich meine abstehenden Strähnen glatt. Als ich sechs oder sieben Jahre alt gewesen war, fand ich es noch ganz süß, wenn Dad mein Haar verwuschelte. Mittlerweile war es nur ein Zeichen dafür, dass er mich noch immer für ein Kind hielt.

»Das kannst du gleich aufgeben«, sagte Mandy schnippisch und setzte sich an die andere Tischseite. »Bei der Frisur ist nichts mehr zu retten.«

»Haha«, höhnte ich trocken.

»Zeigt am Tisch etwas mehr Benehmen«, ermahnte uns Tante Sophia, ohne aufzuschauen. Sie zerteilte gerade ein Vollkorntoast mit Messer und Gabel. Neben ihr starrte Onkel Joseph schweigend auf seinen leeren Teller. Manchmal fragte ich mich, ob er überhaupt noch am Leben war. Er sah aus und benahm sich, als hätte ihm Sophia längst das letzte Fünkchen Lebenskraft ausgesaugt.

»Genau, benimm dich«, pflichtete Cedric unserer Tante bei und beugte sich breit grinsend zu mir vor. »Obwohl sie ja recht hat.«

»Idiot«, zischte ich und rammte ihm meinen Ellbogen in die Rippen.

Er lachte. »War doch nur Spaß!«

Ich verdrehte die Augen, klatsche mir eine Scheibe Brot auf den Teller, malträtierte sie mit Butter und streute Kakao darüber.

»Du weißt schon, dass wir auch Nugatcreme haben?«, fragte Mandy rechthaberisch.

Ich hatte mir das Brot bereits in den Mund geschoben, schnaufte als Reaktion auf ihre Bemerkung und pustete dabei versehentlich Kakaopulver quer über den Tisch – direkt in Onkel Josephs Gesicht. Er sah aus, als hätte er sich eine Gesichtsmaske aus Blumenerde gegönnt, und ich musste die Luft anhalten, um bei dem Anblick nich vor Lachen loszuprusten.

»Pass doch auf!«, fluchte Tante Sophia, sprang auf und tupfte die Wange ihres Mannes mit einer Serviette ab. »Du bist so ungeschickt!«

Mandy und Cedric lachten herzhaft, während Onkel Joseph keine Miene verzog. »Es geht schon«, murmelte er und nahm Sophia die Serviette aus der Hand.

»Emily?«, sagte Mom in scharfem Ton.

»Es war ja wohl Mandy, die …«, begann ich, brach aber ab und seufzte resigniert. Ich musste mir unbedingt abgewöhnen, Diskussionen mit Mom loszutreten.